中國歷代文化藝術

通赏 中国古典小说

王树海/主编

孟祥娟　沈文凡　沈文雪/著

長春出版社
全国百佳图书出版单位

图书在版编目(CIP)数据

通赏中国古典小说/孟祥娟，沈文凡，沈文雪著. —长春：长春出版社，2014.1

(中国历代文化艺术/王树海主编)

ISBN 978-7-5445-2486-5

Ⅰ.①通… Ⅱ.①孟… ②沈… ③沈… Ⅲ.①古典小说-文学欣赏-中国 Ⅳ.①I207.41

中国版本图书馆CIP数据核字(2012)第234432号

通赏中国古典小说

主　编:王树海
著　者:孟祥娟　沈文凡　沈文雪
责任编辑:谢冰玉　历杏梅
封面设计:大　熊

出版发行:長春出版社　　总编室电话:0431-88563443
发行部电话:0431-88561180　　邮购零售电话:0431-88561177
地　址:吉林省长春市建设街1377号
邮　编:130061
网　址:www.cccbs.net
制　版:渲彩工作室
印　刷:长春方圆印业有限公司
经　销:新华书店

开　本:787毫米×1092毫米　1/16
字　数:275千字
印　张:16
版　次:2014年1月第1版
印　次:2014年1月第1次印刷
定　价:32.00元

总序

《中国历代文化艺术》丛书的策划萌生于自我拷问的“逼宫”阶段：富裕抑或温饱后的国人所衍生的一系列秽行劣迹如何消解？怎样阻遏？是亿万怀志有识之士焦虑的大事体，人们希冀、关注的目光合乎逻辑地投向了教育。诉诸宗教？不适国体，而且，中国自古以来就是多宗教而无宗教的国家。加重刑典？与时世潮流有舛，翻检家底，先秦法家的教训常教人记恚忧心；有人在正规教育的体制外补缺拾遗，力倡家庭教育甚或城隍庙教育，收效甚微……最终我们想到了文学艺术教育，宜先从历史古代入手。

长久长效的教育、教益，非文学艺术莫属。其向善向美的崇高道义，却是以社会成员自甘情愿、欣然领受的个体行为来实现的。她使人们乱中有支撑，忙里得从容，消闲时节有理想含慰藉。尽管学界时或有“文学边缘化”“后文学时代”和“文学死了”的众声喧哗，此于文学艺术自身难通款曲，西方哲学大佬黑格尔使用“三段论式”进行逻辑推演，宣判了文学艺术的死刑，时至今日不得执行。历史上大家大师误论误判是常有的事儿，鲜活的生活证明：只要有人类存在，文学就不能消亡。她呵护弱小，佑衵不幸，全力守望着心灵纯美，启迪人们对美的欣赏和追求。从其生产考稽，打压、支持全不奏效，夸饰、贬抑，几无意义，文学以其不可思议的独特魅力，展示着生灵的真善美。

“通赏”断限“历代”（以古代为主），析为A、B两大系列，A部含楹联、诗、词、书画、小说，B部则有神话、传奇、说唱文学、民间文学、杂剧戏曲等；一种体裁样式的通赏文学控制在30万字以内，约由上、下两编组成，上编简明交代基本知识、基本理论，下编分门别类进行赏析，精选精赏的撰述原则贯彻到底。

从根底上说，文学艺术没有国家民族的疆界，情感的交流，心灵的触碰，灵犀相通。然而，文学艺术的构成、鉴赏、表达传述、接受心理等，各民族、诸国度，尤其是中西方之间却赫然有别。首先是哲学信仰的崇奉和精神深层结构差异。中国传统的情节结构、矛盾冲突模式，整体上呈现出循环往复的“圆形曲线”，有类于“太极图”中的“阴阳鱼”——“我中有你，你中有我”，生息相依，和谐共生——无论怎样悲怆壮烈，不计如何可歌可泣，结局都归于“大团圆”。而西方则是一种“垂直交叉”的直线韵律，几近于“十字架”，平行展延与垂直运动的冲撞，势必造就毁灭性结局，读者抑或观众在经历了生与死的心灵颠簸、善与恶的人性决斗后，心智得以“升华”，道德赢获提升，悲剧一直是西方最高级质的审美范畴。文化谱系的不同，使中西方的文学艺术各现灵光。

就具体的文学艺术样式比较，益见各自拥居的优长缺憾。譬如诗歌，西方以“直抒胸臆”见长，中国则主要诉诸“借景抒情”“托物言志”的间接手段，看似表现手法不同，实则文化依本不一。有人称西方诗歌是“谋杀”，他们激情澎湃、高情千古地赞美歌唱一朵花儿时，花儿已“死”掉了，她已被掐下，或捧于掌，或置于案，或插于瓶，随着那“啊”的一声传来，花儿已被夸张的美意所“谋杀”。而中国的诗人倘或要钟情礼赞一朵花儿，作者就是那朵花儿，他要代她生根发芽，伸展枝叶，绽蕾开放，动摇于春风，接受雨露阳光的滋润爱抚，甚或经受风刀霜剑的侵凌，其语言也是委婉含蓄的，往往需要精致的通鉴通赏来理会其深幽不彰的诗意。诱惑似乎远不止于此，古代诗论有“诗无达诂”说，一人有一人的心得品鉴，一代人有一代人的训释理解，这是“一个没有终点的判断”，它永久性地刺激着人们的好奇心，引诱着你一步步走进文学艺术的纵深处。

关于“诗中诗”“艺中艺”的楹联艺术，亦须借此提醒记忆。倘或问询西方乃至世界文学艺术之林缺乏什么体裁，回答颇是简洁，这简洁的答案里滚动着沉雄的历史足音。西方文学艺术的园林里品类繁多，葳蕤茂盛，应有尽有，唯少楹联。她为母语汉语所独生独养，是汉文化体系万千宠爱集于一身的骄子。她与“戴着镣铐跳舞”的律诗血缘最近，诸多规矩的保障，成就其生长的方圆。她高贵亦平易，可长可短，小大由之；“可箴可铭”，概因世情；“纪胜纪地”，悉由胜意。“语其壮，则鲲海鹏霄；语其细，则蚊睫蜗角”。“诙谐亦寓劝惩，欣戚胥关名教”，“一为创局，顿成巨观”。在构成形式上，楹联最突出的特点是修辞格的对举对偶对仗，上联下联营构成为一个自给自足的圆融世界，“造化赋形，支体必双；神理为用，事不孤立”，“编字不只，捶句皆双；修短取均，奇偶相配”，通体呈现着宇宙对称守恒规律，忠实地传递着传统文化的命脉生息，一副佳联就是一个小宇宙。

小说乃至其前身，一直为人们所宠爱。西方小说催人读的力量多半在于谜底的篇末揭示。后来兴盛一时的“公案”“推理小说”将此推演到极致，当焦急的读者一路追随，赶到结局现场，看到了“嫌犯”是“谁”时，常常怅然若失，当读者翻江倒海般记忆、串联情节，一遍又一遍地“复盘”时，终觉不甚了了。而中国古代小说，往往一开局即告白结局，在其后的情节发展中，人们所寻觅的是那种导致成败胜负、团圆结局的因果关联是什么，历史的进步、局限？人性的光辉、暗淡？爱的饱满、缺失？抑或智慧的莅临、缺席……于思忖里颖悟，于颖悟中浸润美善。文学艺术的美育功能，善莫大焉，她该是全人类尤其是当下国人的宗教。

将中西文学艺术进行比照，并非厚此薄彼，意使彼此都获得一个参照系，亦使中国的古代文学艺术之“诗教”功用所呈现出的中国面目愈加俊美宜人。

在所有文学艺术体裁中虽只点到诗歌、楹联、小说，却也是“韵文”“散文”的典型代表了，余可均作如是观。读者可联系着自己的喜爱自我安排该丛书阅读的轻重缓急。令策划人、出版者充满自信、备感欣慰的是该丛书所延请的作者都是该领域的饱学之士，性情中人，读者与作者同赏、“通赏”，实属一大快事，同赏共勉，“通赏”普济，忙亦罢，闲亦罢，“达”亦罢，“穷”亦罢，赏吧！人生倘或没有文学艺术的照抚，日子将会如何的惨白啊！

王树海

前言

漫漫五千年的中华文明璀璨多姿，丰富多彩，散发着不朽的魅力。古典小说是绚烂的中华文明百花园中一朵浪漫而神异的奇葩。其发展源远流长，从萌芽到雏形，到成熟，再到繁荣，经历了一个漫长的历史过程。

中国古典小说的起源可以追溯到上古的神话传说、先秦的寓言故事和秦汉时期的史传文学。所以，一般把先秦两汉时期看作中国小说的萌芽期。这一漫长的历史时期内并没有产生符合小说文体基本条件的作品，但神话传说中丰富奇幻的浪漫想象，寓言故事中灵活多变的叙事技巧，史传文学中生动形象的人物刻画，都孕育着小说艺术的基本要素，为小说文体的形成奠定了基础，准备了条件。

神话传说产生于原始社会，那时生产力水平极其低下，先民们经常受到洪水、干旱、凶禽、恶兽等的侵袭，又因知识水平所限而不能正确地认识自然界各种复杂的现象，于是他们就对自然力加以幻想和神化，根据自己对大自然的理解和期望，按照自己的想象，创造了神话和人格化的神，在神的身上寄托了他们征服自然的强烈愿望和坚强决心。远古神话是每一个民族历史文化的源泉之一，中华民族在自己的童年时期所创造的美丽、奇幻、丰富的神话传说，具有较强的现实性和丰富的思想内容，从中随处可见先民从事生产劳动的情况、同大自然斗争的情形，也可以看到当时社会斗争的真实面貌。虽然不能称之为现代意义的小说，但可以从中看到故事情节和人物性格这两种重要的小说要素。这些上古的神话传说，是中国小说最初的渊源。那些简单的故事情节和具有一定个性的人物形象，正是萌芽状态的小说艺术要素，其题材也多为后世小说所汲取或加以演化。后世的志怪小说、传奇小说以及《西游记》《封神演义》等长篇小说，都与神话传说有着明显的继承关系。

春秋战国时代，诸子百家著书立说，谋臣策士游说诸侯。为了加强自己论说的说服力，他们常常虚构一些寓言，通过假托的故事说明抽象的道理。

这些寓言故事是我国最早的叙事文学作品之一，开创了自觉虚构故事的先河，在叙事、写人、拟人、状物、夸张等多方面积累了艺术经验，对小说文体的形成及后世小说的创作产生了直接而深刻的影响。尤其是寓言的讽刺艺术，直接为后世的讽刺小说所继承和借鉴。

先秦散文与秦汉史传文学有着历史的厚重和历久弥新的艺术魅力，从多个方面为小说文体的形成提供了丰富的艺术经验。《左传》中大量生动的故事情节，精彩生动的战争描写，通过重大历史事件中的言行展现人物性格、刻画人物形象的手法，都为后世的小说创作积累了宝贵的经验。《史记》首创以人物为中心的纪传体例，同时也是我国传记文学的开端。许多情节曲折的人物传记，栩栩如生的人物形象，符合人物身份、性格的语言，紧张激烈的矛盾冲突，都有很高的文学价值。在人物的塑造、情节的安排、场面的描写等方面为后来的小说创作提供了丰富的艺术借鉴，也为后来的小说提供了丰富的题材，对后世文学影响巨大。那些大量采录奇闻轶事，杂以虚构而成的杂史杂传，情节更曲折，描写更细致，则成为史传文学走向小说的一种过渡形式。

在上古神话传说、先秦寓言故事和秦汉史传文学的基础上，魏晋南北朝时期出现了大量的小说作品。这些小说按照内容可分为志怪和志人两大类。小说艺术在不断的进步中由雏形趋向成熟。

魏晋南北朝志怪小说大多记述神仙方术、鬼魅妖怪、殊方异物、佛法灵异，与当时社会道教、佛教的盛行有密切的关系。流传至今的志怪小说共四十余种，虽然有许多宣扬宗教迷信的作品，但也有不少富有现实意义的篇章，保存了一些优秀的神话传说和民间故事。它们大多篇幅短小，却充满了美丽的幻想，曲折地反映了社会现实，表达了人民对美好生活的追求与向往。东晋干宝的《搜神记》是其中最为杰出的代表。志人小说主要记述人物轶事，其出现与魏晋以后士族中品评人物、崇尚清谈的风气大有关系。当是时，士族标榜超脱，崇尚虚无，玄风甚炽，名士的玄虚清谈和奇行异举成为一时美谈，撰集成书，就成为志人小说。尤以宋刘义庆的《世说新语》最为著名，它真实地记录了魏晋时期上层士大夫的精神风貌，是魏晋名士风流的传神写照。无论志人抑或志怪，大多粗陈梗概，仍沿袭着丛残小语的格局。但是，也有一些篇章情节生动，人物传神，已经是相当出色的小说。

历史的车轮随着六朝的烟花寂寞驶向繁华的唐代，小说在经历了上千年的漫长发展之后也迈进了一个新的阶段。唐人“始有意为小说”，更加强调小说的审美性。自觉的艺术创造取得了长足的进步和卓绝的成就。在唐五代三百多年的时间内，小说得到极大发展。尤其是传奇小说的兴起和繁荣，标志着文言短篇小说的成熟，这在中国小说发展史上具有里程碑意义。

传奇是唐代兴起的一种新体小说，其源头主要是唐前志怪，“施之藻绘，扩其波澜，故所成就乃特异”，对志怪小说进一步人情化、精致化，便演化为传奇。同时，唐传奇同唐前以人物描写为中心的杂史杂传体小说也有着直接的渊源关系。此外，唐传奇在形成和发展过程中还不同程度地吸收了诗歌、辞赋、古文、佛教叙事文学、民间文学的营养，终于绽放出流光溢彩的丰美花朵。唐传奇“叙述宛转，文辞华艳”（鲁迅《中国小说史略》），是可以和唐诗相提并论的一代文学。

唐传奇由兴起并取得初步成就，到名家辈出、作品纷呈的兴盛，再到逐渐暗淡、渐趋低落，经历了一个由盛而衰的过程。此间产生了很多优秀的作品，如《离魂记》《莺莺传》《任氏传》《霍小玉传》《李娃传》《南柯太守传》《柳毅传》《虬髯客传》《红线传》等，都是“著文章之美”的佳作。唐传奇题材极为广泛，帝王将相、后宫妃嫔、文人墨客、英雄豪侠、娼优婢女，乃至神仙冥鬼、花妖狐魅，都是描写与记述的对象。丰富多彩的社会生活的方方面面，在唐传奇中都或隐或显地得到过表现。爱情、历史、政治、梦幻、英雄、神仙等主题，都曾在唐传奇中被反复演绎。总之，唐传奇专注于描绘现实人生，注意表现人物丰富的内心世界，善于通过精致的细节描写刻画人物性格，塑造了一系列个性鲜明的人物形象。大都叙事委曲，文辞工丽，从根本上改变了六朝志怪的粗陈梗概，演进成为情节曲折、形象鲜明、结构完整、情节生动的完全意义的小说，表现出娴熟的技巧。其中，尤以描写爱情的篇章成就最高。

高峰之后，必趋式微。唐五代以后，文言小说再难达到唐传奇的高度。宋代志怪小说虽题材广泛，文字条畅，但总的来说，大都“偏重事状，少所铺叙”，崇尚纪实。好的作品不多，又往往借以劝善惩恶，逐渐走入保守和衰退。宋代传奇小说亦崇尚纪实，偏重史材与议论，又有“托往事而避近闻”的风气，文学性不强，在文采上不及唐人作品。相较说来，元代的传奇小说尚有一些新的东西，更注重诗笔文采。宋远的《娇红记》情节曲折，节奏舒缓，词章华丽，人物性格鲜明，细节描写真实，达到了传奇小说的新高度。

与此同时，另一种小说样式——话本小说悄然兴起，使宋元时代成为中国小说史上一个重要的转折阶段。所谓话本，即说书人所用的底本，原本是说书人作为提示所用，后来逐渐演变为案头阅读的通俗小说。话本兴盛，代表了通俗小说的兴盛。白话小说的兴起“实在是小说史上的一大变迁”

(鲁迅语),这种变迁不只是文体的转变,更重要的是文化意义的嬗变,即由古典精神到近代意识的转变,由文人小说到平民小说的转变。于是,在宋元时代,文言小说和通俗小说同时并行,且在文言小说内还有新体和旧体的不同,在通俗小说内也有繁简文质的差别。文言小说呈现停滞衰落的倾向,通俗小说尚未达到完全成熟,正是中国小说史上一个继往开来的时代。

现存宋元话本,大多经过明人的修订,艺术成就并不平衡。《京本通俗小说》和《清平山堂话本》所收录的作品中,尚有相当部分为宋元旧作,从中可以窥见宋元话本的大致情形。

明代是中国通俗小说长足发展、繁荣兴盛的时期。长篇小说有目可考者不下百种,流传至今的仍有五六十部之多;短篇小说数以百计,形成了中国小说创作的又一个高潮。

明初,《三国演义》和《水浒传》相继问世,标志着中国小说史进入以长篇小说为主的新时期。《三国演义》是历史上第一部长篇小说;《水浒传》首次全面描写农民起义,也是英雄传奇的典范之作;《西游记》是第一部长篇神魔小说;《金瓶梅》是第一部由文人独立创作的描写世情的长篇小说。它们各自开创了一个长篇小说创作的新领域。

明代的白话短篇小说被称为“拟话本”,也取得了辉煌的成就。冯梦龙编辑的《喻世明言》《警世通言》和《醒世恒言》,凌蒙初创作的《初刻拍案惊奇》和《二刻拍案惊奇》,都是明代白话短篇小说的代表作品。这些小说更直接、更广泛地反映了社会生活,又以爱情婚姻题材为主体,反映了市民阶层进步的爱情婚姻观念,歌颂了青年男女争取婚姻自主和幸福生活的斗争精神。部分作品揭露了统治阶级的罪恶和黑暗政治,写出了人民的苦难。另有一些拟话本描写小商人和手工业者的生活和思想,带有明显的时代特点。这些作品一般都具有较强的故事性,语言通俗易晓,情节生动曲折,感情色彩鲜明,艺术手法更加成熟,特别是心理描写和细节描写更加趋于丰富细腻。

相形之下,明代的文言小说创作比较逊色,志怪小说效仿魏晋六朝,缺乏文采;轶事小说停留在《世说新语》的层次,少有新创;杂事小说则与笔记混为一体,无从分辨。唯传奇一体,在经历了南宋和元代的长期沉寂之后,出现了一点转机。瞿佑的《剪灯新话》以新奇艳异之事和藻绘淫靡之笔,使时人耳目一新,一时仿效者纷起。然而这股热潮不久后因朝廷的明令禁止而骤然冷却。至明中叶,随着社会思潮的活跃和市民文化的兴起,传奇小说的创作才同其他文学一起复兴,出现了李昌祺《剪灯余话》、邵景詹《觅灯因话》等作品，但写法上模仿唐宋传奇，缺乏新意，成就不高，其影响远不及白话短篇小说。

清代是继明代之后中国小说史上又一个创作和传播的高峰。清代作家创作了数量众多的优秀小说，曹雪芹的《红楼梦》、吴敬梓的《儒林外史》、蒲松龄的《聊斋志异》和李伯元的《官场现形记》是其中杰出的代表。它们的出现，标志着中国古代小说艺术的最高成就。《红楼梦》展开描绘了一幅精彩丰富的封建贵族生活画面，在大观园那个富丽豪华的舞台上展现了众多女儿的悲剧与家族的没落，暴露了光鲜背后的黑暗与丑恶，闪烁着诗意与理性的光辉。《儒林外史》和《聊斋志异》都选择了知识分子这一视角，通过对他们的生活遭遇和精神境界的描绘，入木三分地揭露了科举制度的弊端和罪恶。《官场现形记》则通过对封建官吏形象的刻画，淋漓尽致地抨击了官场的腐败和黑暗。

清代小说的样式丰富多彩，有了长足的进步。在语言上，更富有艺术表现力，更加注重追求人物语言的个性化。在文体上，各体小说中都或多或少地糅进了神怪的因素。同时，历史演义小说和英雄传奇小说交融，公案小说和侠义小说合流，文言小说和白话小说艺术表现手法交汇，都构成了清代小说的特色。

以上，按照历史发展的顺序对中国小说的总体发展历程做以简要的回顾，是对我国古典小说发展脉络的简单梳理。在本书的体例与选目上，我们尽量选择那些读者感兴趣的作品，以时间为经，以内容为纬，试图能够分门别类地反映出这一演进的过程，使读者在获得审美愉悦的同时，能够通过这样一本书，对各种题材的小说在内容与艺术上的发展与承传有一个大概了解。

上古的神话传说是中国小说最初的渊源，那些美丽奇幻的故事，寄托着我们民族征服自然的强烈愿望和坚强决心，表达着先民美好的生活理想，丰富着后世文学的题材和内容，因此，本书即以神话传说开篇。

兔走乌飞，日夜交替。光明与黑暗、阳光与阴影总是如影相随。有明媚灿烂的天堂仙苑，就有阴森黯然的幽冥地府。当我们从神与仙的世界中走出来时，也许，还想看看地府中发生过什么样的故事，故以地府故事继之。

人类是万物之灵，喜怒哀乐，贪嗔爱欲，有着丰富的感情。忠信仁义，谦恭仁爱，有着诸多行事的准则。那么，花草树木，飞禽走兽，是否也都有它们的情感世界？接下来，我们收集了一些有灵性的生物故事，和读者一起欣赏生物世界的传奇。

“少年侠气，结交五都雄。”每一个热血男儿的心中，都曾有一个仗剑天涯的侠客之梦。春秋战国诸侯争霸的纷纷乱世，出现了大批的侠客义士，也就出现了以侠士剑客为主要描写对象的侠义小说。这一题材，至唐而再兴，至今而不绝。因之，“豪侠”一编，将按照历史的轨迹，带领读者去体味古代侠客们的慷慨悲歌。

“问世间情为何物，直教生死相许。”古往今来，爱情是文学永恒的主题。世间的痴情男女，谱写了多少爱情传奇！而且，爱情的主角早已超越了“人”的范畴，上至九天仙境，下至洞府幽冥，仙女神妃，花妖狐魅，尽有无限风情。所以，“爱情”一编，又分为三节，以见人人之间、人神之间、人妖之间那形形色色的爱恨别离。

蛛丝马迹，剥茧抽丝，福尔摩斯般的探案故事也是许多读者喜爱的题材。而世路艰险，人心难测，古往今来的阳光下面，不知隐藏着多少罪恶的阴谋，不知上演了多少作奸犯科的丑剧。在我国的古典小说中，素来也不乏精彩的断案故事。因此，设公案一类，以领略中国古代神探们的风采。

《三国演义》《水浒传》《西游记》和《红楼梦》是我国古典小说的精华，代表着古代长篇小说创作的最高成就。从内容上来说，分别可以归为讲史、侠义、神魔和世情。其中丰富的社会内容和深刻的思想内涵是短篇小说无法比拟的。篇幅所限，不能全面展开，因设长篇名著咀英华，选取每一部中的精彩片段，管中窥豹，希望能够见其艺术成就之一斑。

千多年来的创作积累，中国的古典小说何止千百！这本小书所采，不过瀚海一珠，难免挂一漏万，欠缺之处，在所难免，还请专家、读者不吝指正。

目录

第一章 异彩纷呈说神话

广袤的宇宙是世间万事万物赖以存在和发展的空间，那么，宇宙成于何时？天地如何开辟？人类源自何方？正如屈原在《天问》开篇所发出的疑问："遂古之初，谁传道之？上下未形，何由考之？"这是每一个民族的先民都曾经有过的思考。他们对宇宙的生成、万物的起源和各种自然现象进行着一种朴素而又伟大的设想。因此，每一个民族都有着异彩纷呈的神话与传说。

第一节 开天辟地说盘古

所谓“神”者，乃引出万物者也。在我们叙及中华民族的诸神世界时，首先登场的非开天辟地的盘古莫属。

天地混沌如鸡子，盘古生其中。万八千岁，天地开辟。阳清为天，阴浊为地。盘古在其中，一日九变，神于天，圣于地。天日高一丈，地日厚一丈，盘古日长一丈。如此万八千岁，天数极高，地数极深，盘古极长。后乃有三皇。

——《艺文类聚》卷一引徐整《三五历记》(上海古籍出版社 1999 年版)

首生盘古，垂死化身。气成风云，声为雷霆，左眼为日，右眼为月，四肢五体为四极五岳，血液为江河，筋脉为地里，肌肉为田土，发髭为星辰，皮毛为草木，齿骨为金石，精髓为珠玉，汗流为雨泽，身之诸虫，因风所感，化为黎氓。

——《绎史》卷一引《五运历年记》(中华书局 2002 年版)

盘古，是中国上古神话中创造宇宙、自然的创世之神，但他的神迹在典籍中出现的时间远远晚于女娲、伏羲等始祖之神。在先秦文献以及秦至东汉中叶的文字记载中，我们都看不到盘古的身影。关于他的文字记载，最早出现在三国时期徐整的《三五历纪》和不知撰者的《五运历年记》之中。虽然如此，我们仍然要将盘古开天辟地的故事作为诸神传说的开篇，这不仅仅是因为“开天辟地”可以视为宇宙的起源，还因为这个简短故事所塑造的盘古形象，影响和塑造了中华民族的伟大精神。

遂古之初，在一片混沌如鸡子的沉寂与黑暗之中，孕育着盘古最初的生命。经历了一万八千年的漫长岁月，日渐成长的盘古撑开了天地的缝隙。于是，一片混沌中那些明亮的、轻盈的物质飘动起来，缓缓升起，变成了蓝天；那些浑浊的、厚重的物质则渐渐沉降，变成了大地。盘古则成为傲立于这天地之间的一个孤独的神。文中的“神于天，圣于地”，让我们仿佛看到了将混沌黑暗的天地开辟为一片清明世界的创世盘古那孤独的身影。

天日高而地日厚，盘古则在天地之间继续成长。又经历了一万八千年的悠悠岁月，天之高、地之厚都达到了极限，盘古的身高也达到了极限。天地之开辟，到此总算初步完成，而这位创世之神的生命却在这时走到了尽头——漫漫一万八千岁的坚守与支撑，耗尽了他所有的能量与精力，他终于疲惫地倒下了。但是，盘古死去了吗？他会真的离开由他亲手开辟、由他孤独支撑了一万八千年的清明世界吗？

故事的续篇很好地为我们解答了这个问题——在盘古即将死去的时候，他的身体发生了巨大的变化：他呼出的气流变成了清风和白云，他愤怒的声音变成了隆隆的雷霆，他的左眼变成了照耀万物的太阳，他的右眼变成了皎洁清冷的月亮，他的手足和身躯变成了支撑天地的四极和五岳，他的血液变成了滔滔的江河，他的筋脉变成了道路，他的肌肉变成了田土，他的头发和胡须变成了天上的星辰，他的皮肤和汗毛变成了花草树木，他的牙齿、骨头、骨髓变成了闪光的金属、坚硬的石头、圆亮的珍珠和温润的玉石，他的汗水变成了雨露和甘泉……垂死的盘古，仍用自己身体的一切，装点与丰富着他亲手开辟的世界。

带着对这个世界的无限眷恋，那个开天辟地的盘古消失了，但他的四肢和身躯依然支撑着天地，他的双眼仍然为世界带来温暖与光明，他的血液已经融入了茫茫大地，他的发须已经嵌入了浩瀚的夜空，他所化身的花草树木、金石珠玉无不昭示着盘古依然“活着”，所有这一切都是他永存于宇宙间的热切执念。

在这个故事中，盘古垂死时的幻化不仅反映了华夏民族天人合一的宇宙观，也反映了中华民族执着、坚忍、顽强的斗争精神以及“死而不已”的默默奉献精神。这种精神千百年来激励了一代又一代的中国人，使中华文明绵延不绝，成为人类发展史上的一个奇迹。居功至伟的创世之神盘古，得到了后世民众的广泛祭祀。在桐柏山、盘古山、王屋山等地，均建有盘古庙，今天的海南还有盘古神祠，每年都有大批的人前去祭祀。

第二节 造人补天话女娲

天地开辟了，宇宙形成了，五岳高山巍峨地耸立着，长江黄河不息地奔流着，花草树木茂盛地生长着……这是一个明媚、安宁、平静的世界，但总感觉少了点什么。是的，这里还缺少人的存在。于是，在上古神话中，我们的第二位造物神——女娲出现了。

女娲是中国神话中创造人类与化育万物的神祇，她“抟黄土作人”，在盘古开辟的天地间创造了人类。从此，宇宙不再静谧，历史不再沉寂，这个星球有了充盈的生机，同时也有了更为复杂的纷争。

先民们为自己的源起创造了神话，但这种“高贵的身份”并不能避免灾害的发生。洪水、地震、毒蛇、猛兽以及其他种种在当时人们看来所不能战胜的灾异都严重地影响着人们的生活，甚至给先民们造成了毁灭性的灾难。这时，人类的创造者女娲，担负起了另一个使命——护卫她所创造的人类。于是，我们看到了这样的故事：

> 往古之时，四极废，九州裂。天不兼覆，地不周载，火爁炎而不灭，水浩洋而不息。猛兽食颛民，鸷鸟攫老弱。于是女娲炼五色石以补苍天，断鳌足以立四极，杀黑龙以济冀州，积芦灰以止淫水。苍天补，四极正，淫水涸，冀州平，狡虫死，颛民生。背方州，抱圆天……当此之时，禽兽蝮蛇，无不匿其爪牙，藏其螫毒，无有攫噬之心。
>
> ——《淮南子集释》(中华书局 1998 年版)

经由女娲的双手，人类的足迹开始出现在广阔而丰饶的大地上。他们幸福地生活在盘古所开辟的天地之间，不知道经过了多少岁月。然而，一次巨大的灾难彻底扰乱了远古人类的幸福生活：天柱倾折，九州崩裂。天幕低垂，已经不能完全覆盖与遮蔽大地；大地陷落，仿佛再不能承受它的负载。惊恐的先民在倾斜、震荡的天地间奔走。到处都是熊熊的火焰肆意地燃烧，随处可见滔滔的洪水汹涌地奔腾。在水深火热中，还有猛兽、鸷鸟，它们猎捕人类作为食物，甚至用它们的利爪攫取老弱……山崩、地裂、天火、海啸，在严重的自然灾害面前，我们的先民是那样的无力与无助：他们在洪水与烈火的夹击下一步步退缩，他们在猛兽与鸷鸟的锐利目光下惊恐战栗。难道，这么快就到了世界的末日吗？如果不是，先民们要怎样才能战胜灾难呢？

这时候，造物神女娲再一次出现，她义无反顾地担任了人类的保护神。让我们看看女娲所付出的种种努力吧！炼造五色石，填补苍天的罅缝；斩断巨鳌的四足，支撑起塌陷的天幕；杀死作恶的黑龙，弥合大地的伤口；堆积芦灰，阻止肆虐的洪水……经过这一系列的努力，破裂的天空恢复了完整，且因为五色石的装扮而更为绚烂。倾斜的大地得到了支撑，回归了稳固。洪水平息了，那些为害生灵的野兽大半死去了，剩下的也都收起了毒害生灵的爪牙，整个冀州恢复了平静，人类在祥和的大地上重新安居乐业，地球依然是一片乐土。

从这个故事中，我们可以看到先民面对恶劣的生存条件与严重的自然灾害时由衷的恐惧，同时也能够从女娲艰苦卓绝的抗争中看到先民的顽强与不屈。当赖以生存的家园遭到灾难性的破坏，在恐惧与悲痛的同时，他们没有放弃信念，而是千方百计地“补天裂”——即使这场斗争借助了一位具有征服自然的非凡能力的造物之神的力量，也依然是值得礼赞的。在这位女神的身上，正蕴含着先民对征服自然的渴望与信心。从这一点来说，这与其他民族的创世神话或者灾难神话中靠神灵的预警逃离灾难形成了鲜明的对比。

第三节 发明创造有伏羲

在古代神话体系中，与那位孤独的盘古相比，女娲并不孤单。虽然造人补天都是由她独立完成的，但实际上她还有一位同伴——伏羲，也就是在汉墓出土的砖画中，常与女娲交尾的另一位人首蛇身神。《易经》《尚书》《管子》《春秋左传》《淮南子》《史记》等典籍中，均有关于伏羲的生动记载。其中，尤以司马贞钩稽各种记载综合而成的《补史记·三皇本纪》最为完整：

> 太皞庖牺氏，风姓，代燧人氏继天而王，母曰华胥，履大人迹于雷泽而生庖牺于成纪，蛇身人首。有圣德，仰则观象于天，俯则观法于地，旁观鸟兽之文与地之宜，近取诸身，远取诸物，始画八卦，以通神明之德，以类万物之情，造书契，以代结绳之政。于是始制嫁娶，以俪皮为礼。结网罟以教佃渔，故曰宓牺氏。养牺牲以庖厨。有龙瑞，以龙纪官，号曰龙师。作三十五弦之瑟。木德王，注春令，故《易》称“帝出乎震”，《月令》：“孟春，其帝太皞”是也。都于陈，东封太山。立一十一年崩。其后裔当春秋时有任、宿、须句、颛臾，皆风姓之胤也。
>
> ——《补史记》(上海同文书局影印版)

司马贞认为，庖牺、女娲、神农是传说中的“三皇”，而庖牺又是三皇之首。这里的“庖牺”即“伏羲”，是同一个名字的不同写法。在古籍中，尚有伏牺、伏戏、宓羲、虙羲、炮牺等多种写法。这是因为上古还没有文字，同一称谓口耳相传，后来记录成文字，不同的记录者依照自己的理解而写成不同的字形。再后来的人，又根据不同的字形做出不同的解释。如《经典释文》引郑玄云：“鸟兽全具曰牺。”《礼记·月令》说伏牺“执伏牺牲”。《尸子》说：“伏牺氏之世，天下多兽，故教民以猎。”《路史·后记》说伏牺氏“豢育牺牲，伏牛乘马”。据以上诸说，伏牺氏捕获野兽，驯服饲养，故称为伏牺。又《说文》称："庖，厨也。"《帝王世纪》说："取牺牲以充庖厨，以食天下，故号曰庖牺氏，是为牺皇。"《拾遗记》说："庖者，包也。言包含万象，以牺牲登荐于百神，民服其圣，故曰庖牺。"据此，伏羲不仅会驯养野兽，还讲究烹饪熟食，这些食物不但用来奉祀神灵，也用来供百姓食用，所以又被称为"庖牺"。

通过司马贞的传文，联系这些不同的解释，我们可以发现，虽然伏羲没有女娲补天、造人等卓绝的神绩，但是他为人类进步所做出的贡献也是众多而伟大的。具体说来，伏羲的发明与创造主要有八项：第一，始作八卦，用于占卜预测；第二，创造书契，推动了人类文明的进步；第三，制嫁娶之礼，明确脱离了群婚时代；第四，结网罟，教民渔猎，提高了生产力水平；第五，改良了钻木取火，烹饪熟食，改善了人民的生活条件；第六，设官理民，初步形成了国家机器；第七，制瑟作乐，丰富了先民的娱乐生活；第八，造历法，定节气，使生产生活有了一定的时间准则。

可见，和女娲斩鳌杀龙的"战功"相比，伏羲的贡献主要在发明与创造方面，这些发明与创造，推动了人类文明的进步。

当然，伏羲最大的创造是八卦。《易·正义》云："伏羲制卦，文王作卦辞，周公爻辞，孔子十翼。"《易》并非成于一时一人之手，而创始之功则归属伏羲。他用阳爻、阴爻这样简单的符号，表达了一生二、二生三、三生万物的玄理，推演自然界和社会历史变化的现象，蕴含着丰富的自然科学知识，玄妙无穷，至今仍是学界研究的热门。

说历史神话化也好，说神话历史化也好，伏羲既有传说的神性，也有历史的人性。据《续汉书·郡国志》记载，"成纪，古帝庖牺氏所生之地"。在今秦安东北90里陇城附近，便是民间传说的伏羲、女娲的出生地，至今此地仍有文化遗存，如风沟、风谷、风台、风茔等地名。另外，这里靠近秦安大地湾新石器时代遗址。据考古论证，秦安大地湾新石器时代距今约八千年，属于仰韶文化。其早期墓葬男女分区，女性葬区面积较大，地势较高，说明男女分属不同的氏族，女性地位较高，是典型的母系氏族制。大地湾居民有了种植、牲畜驯养、制陶、纺织等生产活动，有房屋建筑，人民定居。上述情况可以看作伏羲、女娲时代的考古证明。按司马贞所写，女娲为三皇之一，继伏羲为王，这就与伏羲、女娲本为兄妹，后来结婚而成为华夏民族始祖的传说又有所不同。这是因为，经过了漫长而久远的流传，上古的神话传说必然带有后世人们的层累叠加，内容上自然会发生一些演变。

按照中国的古史传说，盘古开天辟地后，中国先后经历了天皇、地皇、人皇、有巢氏、燧人氏、伏羲氏、女娲氏、神农氏，而后轩辕黄帝兴。这三皇五帝的传说正是人类文明进步的缩影：天皇、地皇和人皇为原始社会蒙昧时代；有巢氏为巢居野处时代；燧人氏为取火熟食时代；伏羲氏为渔猎驯养野兽时代；神农氏为农业初期时代。从这个系列一路走来，正代表了人类进入母系氏族社会所经历的四个阶段。也就是说，我们的先民通过“神话”记载了自己从蒙昧到文明一路走过的足迹与艰辛。

第四节 射日英雄

盘古化为了天地山川，女娲完成了世界的再造，从此以后，他们就退出了神话的舞台，让位于其他的神与仙。帮助人类战胜灾难、征服自然的神，不仅有女娲，还有羿：

> 逮至尧之时，十日并出，焦禾稼，杀草木，而民无所食。猰貐、凿齿、九婴、大风、封豨、修蛇皆为民害。尧乃使羿诛凿齿于畴华之野，杀九婴于凶水之上，缴大风于青丘之泽，上射十日而下杀猰貐，断修蛇于洞庭，禽封豨于桑林。万民皆喜，置尧以为天子。于是天下广狭、险易、远近始有道里。
>
> ——《淮南子集释》(中华书局 1998 年版)

在后起的诸神中，羿无疑是最为著名的一个，在后世更成为善射的代表。当他初次出现在我们视野中的时候，也是先民赖以战胜自然的保护神。不过，他所面对的情况似乎比女娲要简单得多——一次空前的炎旱和六个为害生灵的猛兽。

猰貐：又称“窫窳”，是古代传说中又一个声如婴儿的神兽。据《山海经·北山经》：“又北二百里，曰少咸之山。无草木，多青碧。有兽焉，其状如牛，而赤身、人面、马足，名曰窫窳。其音如婴儿，是食人。”他本是天神烛龙的儿子，本性老实善良，不幸被同为天神的危和贰负谋杀。善良的天帝可怜它无辜被害，就命令天神把它的尸体抬到昆仑山上，让几位巫师用不死药救活了它。谁知复活之后的猰貐神智迷乱，心性大变，成了一种“赤身、人面、马足”的吃人怪兽。

凿齿：传说中的怪兽或者巨人，它居住在南部沼泽地带，专门掠食人类。它的手中持有盾和矛，这是它的常规武器。尤为恐怖的是，它长有像凿子一样森森的长牙，这长牙穿过他的下巴伸出来，更显得面目狰狞。

九婴：传说中的水、火之怪，它的叫声如婴儿啼哭，所以叫九婴。但它绝对不是可爱的婴儿，而是随时会喷水、吐火，吞食毫无戒备的人类的凶兽。

大风：传说中的一种凶恶的鸷鸟。它的个头很大，振翼则起飓风，故又被称为风伯。它所到之处，就如同强热带风暴席卷而过，给古人造成的灾难是毁灭性的。

封豨、修蛇：大野猪和长蟒蛇。这两种猛兽十分贪婪和残暴，也比较常见，所以后来人们就常用"封豨长蛇"来比喻贪婪和残暴的侵略者。

面对着这些凶残、邪恶的怪兽，羿没有丝毫的退缩：在茫茫的畴华之野，他诛杀了凿齿；在滔滔的大海之上，杀死了九婴；在青邱之泽，擒获了大风；上射十日而下杀猰貐；在洞庭湖畔，长蛇被他斩为两段；在莽莽桑林，封豨也在他的神威下屈服。于是，世界又获得了安宁，羿成为"战神"一样的上古英雄。

这个故事可以这样理解——这是远古人们在艰险的生存环境中对山野猛兽和旱灾的遗留记忆。原初的故事古朴到只有一个梗概，并没有对这些战斗过程的渲染和叙述。但即便记叙如此简单，我们仍然可以看到斗争过程的艰苦：旷野、沧海、广泽、莽林的环境改变，南北、上下的方位挪移，从中仿佛可以看到上古英雄为人类安宁而奔波风尘的艰辛，进而能够体味先民对拯救万民于水火的英雄的渴慕，以及凭借自身的力量，通过艰苦的斗争征服自然的愿望。而封豨、修蛇等怪物和祸害则成为给人们带来苦难的象征，同时也成为伟大英雄的反衬。

第五节 月中女神

羿的故事在古代很多典籍中都有记载。要之，羿是下凡的天神，力大无穷，善于射箭，用一张装饰华丽的宝弓，上射九日，下杀怪兽，救百姓于酷热危难之中。羿的英雄事迹表现出远古人民对勇敢和力量的希求。也许是为了让英雄不至于寂寞，羿还有一个美貌的妻子，这位妻子在后世的名气似乎还要超过羿，她就是我们所熟悉的"奔月"故事的女主角——嫦娥，需要言明的是，嫦娥本来是叫姮娥的，西汉时为避汉文帝刘恒的讳而改称嫦娥并沿用至今，所以我们也用嫦娥来称呼这位"月中女神"。

羿请无死之药于西王母，姮娥窃之以奔月。将往，枚筮之于有黄。有黄占之曰："吉。翩翩归妹，独将西行，逢天晦芒，毋惊毋恐，后且大昌。"姮娥遂托身于月，是为蟾蜍。

——《归藏》(嘉庆三年刻汉魏遗书钞本)

这个故事简单到除了占卜的话语外几乎没有多少情节，因而会令我们产生很多疑问，却也因此给我们留下了广阔的想象空间。

也许是因为羿为人类安宁所付出的种种辛劳，作为奖赏，他向西王母请得了不死之药。但这药的分量到底有多少？为什么羿请来了药却没有尽快服用？他的妻子为什么要偷偷地自己服用？这些问题的答案我们都不得而知。不过我们不妨做一点合理的猜测：大概二人的感情出了一点问题，嫦娥想要离开那个世人眼中的英雄，过一种不一样的生活。怎么办？她想到了"不死药"，于是才有了嫦娥"奔月"。

当然，她并不是没有犹豫过，大概她也经历了一定的内心斗争，从她求人占卜一事上可以明确看出，她对"奔月"是心有疑虑的。毕竟，将要面对的是一种她茫然无知的生活。这位负责占卜的有黄先生，可能本来就不太高明。经他的占卜，嫦娥将得到一个看似美好的前途，一个"吉"字，已经足以坚定嫦娥奔月的决心，"后且大昌"的预言则勾画出服药之后的美好蓝图。于是，嫦娥"遂托身于月"，离开坚实的地面，翩翩而起，飞向她以后永远的居所。那么，嫦娥奔月的结果是否真如有黄先生所预言的那样呢？故事用最后四个字揭开了谜底："是为蟾蜍。"也就是说，托身于月的嫦娥最终变成了蟾蜍！在重庆市沙坪坝区出土的汉代石棺画像上面，就刻有两足蟾，它像人一样站立着，持杵下捣。袁珂的《古神话选释》中认为，这个两足而立的蟾人即变形以后的嫦娥，所捣者即不死药。又如长沙马王堆一号墓出土的西汉彩绘T形帛画里，其左上角画有一弯月，月上站着口含灵芝药草的蟾蜍，弯月下面是一个飞腾而上的女子。可见所绘正是嫦娥奔月的故事。出土的文物印证了这个略显残酷的传说。

这个简短得只能算微型小说的故事是颇富曲折与戏剧性的，充满了讽刺的意味。作者似乎要表达对弃英雄于不顾的美女的怨愤，所以就让嫦娥变成了一只面目可憎的动物，与"后且大昌"的预言相对照，令读者有一种啼笑皆非的感觉。

当然，我们善良的国人永远也不愿意看到美好事物的消失，同样不能接受一个英雄的妻子有这样一个郁闷的结局。于是在后世的传说中，嫦娥不但依然保持着人形，更成为知名度颇高的翩翩仙女。她拥有着三界少有的美貌，"嫦娥"两个字因此成为美女的代名词，这也许就是占卜家有黄先生所说的"后且大昌"吧！但是无论如何，待在清冷孤寂的广寒宫里，在那无边寂寞的包围之下，嫦娥恐怕不会有多少快乐吧！就像那样一句诗"嫦娥应悔偷灵药，碧海青天夜夜心"，在她的心里，除了悔恨、无奈、凄凉、孤单之外，是不是还有着对羿的思念，或者也有着对有黄先生的迁怒吧？

第六节 西王母

在《嫦娥奔月》这个故事中，还出现了上古神话中另一位重要的女神——西王母，由于她手上控制着不死之药，因而后来成为人间帝王追求长生时所热切向往的一位神仙，也是后世道家故事中不可或缺的人物，她在神界的地位至高无上：

帝乃盛服立于陛下，敕端门之内不得妄有窥者，内外寂谧，以俟云驾。至二唱之后，忽天西南如白云起，郁然直来，迳趋宫庭间。须臾转近，闻云中有箫鼓之声，人马之响。复半食顷，王母至也。县投殿前，有似鸟集。或驾龙虎，或乘狮子，或御白虎，或骑白麐，或控白鹤，或乘轩车，或乘天马，群仙数万，光耀庭宇。既至，从官不复知所在。唯见王母乘紫云之辇，驾九色斑龙，别有五十天仙，侧近鸾舆，皆身长一丈，同执彩毛之节，佩金刚灵玺，戴天真之冠，咸住殿前。王母唯扶二侍女上殿，年可十六七，服青绫之褂，容眸流眄，神姿清发，真美人也。王母上殿，东向坐，著黄锦袷襹，文采鲜明，光仪淑穆。带灵飞大绶，腰分头之剑。头上大华结，戴太真晨婴之冠，履元璚凤文之舄。视之可年卅许，修短得中，天姿掩蔼，容颜绝世，真灵人也。下车登床，帝拜跪，问寒温毕，立如也。因呼帝共坐，帝南面向王母。母自设膳，膳精非常：丰珍之肴，芳华百果；紫芝萎蕤，芬芳填樏。清香之酒，非地上所有，香气殊绝，帝不能名也。又命侍女索桃，须臾，以盘盛桃七枚，大如鸭子，形圆色青，以呈王母。母以四枚与帝，自食三桃。桃之甘美，口有盈味。帝食辄录核，母曰："何谓？"帝曰："欲种之耳。"母曰："此桃三千岁一生实耳，中夏地薄，种之不生如何！"帝乃止。于坐上酒觞数过，王母乃命侍女王子登弹八琅之璈，又命侍女董双成吹云和之笙，又命侍女石公子击昆庭之钟，又命侍女许飞琼鼓震灵之簧，侍女阮凌华拊五灵之石，侍女范成君击洞庭之磬，侍女段安香作九天之钧。于是众声澈朗，灵音骇空。

——《汉武帝内传》(商务印书馆丛书集成初编本 1937 年版)

《汉武帝内传》自汉武帝出生时写起，一直写到其死后殡葬。记事的重点不在于军国政务，而在于求仙问道，道教意味非常浓郁。此处所引一段，就大肆铺叙了西王母降临会见武帝之事，描叙详尽，情节繁复，运用汉赋排偶夸张的手法，极尽渲染铺排之能事。文字绮丽，具有较强的文学性。

我们看一看西王母的排场吧：云中箫鼓，紫辇龙车，列仙陪侍，光耀庭宇——这大概也是以后西王母出场的基本仪仗。衣则“黄锦袷褐，文采鲜明”；食则丰珍上果，芳华百味；饮则清香之酒，香气殊绝；乐则笙簧金石，灵音骇空。仙风缭绕中的西王母，“修短得中，天姿掩蔼，容颜绝世”，这样一位雍容富贵的中年美妇正是后世西王母形象的最初定型。

其实，在汉武帝之前，就有一位帝王曾经与西王母宴饮酬酢，但那时的西王母还没有如此的风光与美丽：

吉日甲子，天子宾于西王母。乃执白圭玄璧以见西王母。好献锦组百纯，□组三百纯，西王母再拜受之。□乙丑，天子觞西王母于瑶池之上。西王母为天子谣，曰：“白云在天，山陵自出。道里悠远，山川间之。将子无死，尚能复来。”天子答之曰：“予归东土，和治诸夏。万民平均，吾顾见汝。比及三年，将复而野。”西王母又为天子吟，曰：“徂彼西土，爰居其野。虎豹为群，於鹊与处。嘉命不迁，我惟帝女。彼何世民，又将去子。吹笙鼓簧，中心翔翔。世民之子，唯天之望。天子遂驱升于弇山，乃纪名迹于弇山之石，而树之槐，眉曰“西王母之山”。

——《穆天子传》(商务印书馆丛书集成初编本 1937 年版)

此时此处，西王母尚过着一种野居生活，她与虎豹为群，与乌鹊相处，有帝女的身份，又有常人的感情，她对周穆王有着一种亲近的情愫。这和后来道家所创造的那个与汉武帝相见的高高在上的西王母有极大的差别。

如果我们再进一步追根溯源就会发现，《穆天子传》中的西王母也不是她最初的本形，在更早的神话传说中，西王母还有更让我们大跌眼镜的形象：

西海之南，流沙之滨，赤水之后，黑水之前，有大山，名曰昆仑之丘。……其下有弱水之渊环立，其外有炎火之山，投物辄然。有人，戴胜，虎齿，有豹尾，穴处，名曰西王母。

——《山海经校注》(巴蜀书社 1992 年版)

又西三百五十里，曰玉山，是西王母所居也。西王母其状如人，豹尾虎齿而善啸，蓬发戴胜，是司天之厉及五残。

——《山海经校注》(巴蜀书社 1992 年版)

西王母梯几而戴胜杖，其南有三青鸟，为西王母取食，在昆仑虚北。

——《山海经校注》(巴蜀书社 1992 年版)

这是《山海经》中对西王母的几次描写，中间有一些虽细微但重要的差别。如在《山海经·大荒西经》中的西王母，是独居于洞穴的“人”——虽然“虎齿，有豹尾”，与一般的人有所区别，却还不是神。而在《山海经·西山经》中西王母则已经“是司天之厉及五残”，是可以掌控世人生死的神了。她“善啸”，“蓬发”，正增加了与其神职相对应的狰狞之气。再到《山海经·海内北经》，那个“其状如人”的怪兽一样的西王母在形象上再一次发生了变化，“她”凭几而坐，并有三青鸟为其取食，初步具备了王者的气度。不过，即便如此，司马相如在《大人赋》中还是说：“低回阴山翔以纡曲兮，吾乃今目睹西王母，𥏋然白首戴胜而穴处兮，亦幸有三足乌为之使。必长生若此而不死兮，虽济万世不足以喜。”她虽然长生，却不能不老。俨然一个白发苍苍，甚至丧失了自理能力的老者。在司马相如看来，这样的长生，并不值得去追求。

女娲造人，是古人对自身起源的朴素想象，是流传至今的优美传说。而由“豹尾虎齿”的神怪，到“𥏋然白首”的老者，再经过《穆天子传》与《汉武帝内传》的演变，最终定型为“修短得中，天姿掩蔼，容颜绝世”的中年美妇，并在后世成为神界地位至高的女神，西王母形象演进的过程，恰恰体现了先民“造神”的过程，说明了“神”是由人创造的。

第七节 东王公

前文说到了西王母，这里就不能不提一提东王公。作为西王母的“伴侣”，他最初的名气要远远小于那位原本“豹尾、虎齿而善啸，蓬发戴胜”的“女神”，形象也完全不同于后世那个喜感十足的“玉皇大帝”。比起西王母掌控人间生死的权威，这位王公似乎更像一位沉迷于游戏的老者：

> 东荒山中有大石室，东王公居焉。长一丈，头发皓白。鸟面人形而虎尾。载一黑熊，左右顾望。恒与一玉女投壶。每投千二百矫。设有入不出者，天为之噏嘘。矫出而脱误不接者，天为之笑。
>
> ——《神异经研究》(文史哲出版社 1985 年版)

这位东王公，“鸟面人形而虎尾”，在外貌上倒和原初的西王母非常般配。不过，他似乎没有什么正当的神职，日常的工作就是和一个美貌的仙女用竹箭玩投壶的游戏，一轮要投一千二百发。投中了，上天会为他开怀大笑；投不中，上天也会唏嘘感叹。而且，东王公和西王母也不像后世神话中的王母娘娘和玉皇大帝一样常年住在凌霄宝殿，而是住在昆仑山上：

昆仑之山有铜柱焉，其高入天，所谓天柱也。围三千里，圆周如削。下有回屋，方百丈，仙人九府治所。上有大鸟，名曰希有。南向，张左翼覆东王公，右翼覆西王母。背上小处无羽，一万九千里。西王母岁登翼上之东王公也。

——《神异经研究》（文史哲出版社 1985 年版）

在这种情况下，两个人要见一次面，恐怕比后世的牛郎织女还要辛苦得多吧？在以后的传说中，王母娘娘往往非常痛恨仙女们的美满婚姻，总是想尽办法拆散神与人的姻缘，大概就是因为当年的这一段经历，造成了心理上的障碍吧。

第八节 精卫填海

并不是每一位神话传说中的主人公都有着奇异惊悚的外貌，也并不是每一位都有着超凡的神力与法术，比如这只名叫精卫的小鸟，它“状如乌，文首、白喙、赤足”，多么可爱的长相啊！若养作宠物，其价值一定不菲吧！但你知道这只小鸟的来历吗？

又北二百里，曰发鸠之山，其上多柘木。有鸟焉，其状如乌，文首、白喙、赤足，名曰精卫，其鸣自詨。是炎帝之少女名曰女娃，女娃游于东海，溺而不返，故为精卫，常衔西山之木石，以堙于东海。

——《山海经校注》（巴蜀书社 1992 年版）

她本是炎帝的小女儿，不幸溺死于东海，她不屈的灵魂就化作了这只精卫鸟。她不甘心就这样死去，也无法忘记无情的大海夺去了她年轻的生命。所以，她“常衔西山之木石，以堙于东海”，誓要填平那滔滔的不测深渊！

与浩渺的大海相比，精卫是那么渺小，但我们不能嘲笑她不自量力。就如著名的隐逸诗人陶渊明在诗中所感叹的“精卫衔微木，将以填沧海”，一只小鸟，为复溺死之仇，竟有如此之大志，纵使复仇之路艰难而遥遥无期，纵使往来于西山东海的跋涉会疲惫了她的双翅，但她依然坚持，依然不舍。这坚持就是希望，这不舍就是胜利！

渺小的鸟儿——精卫为复仇立下了远大的志向，要衔西山之木石以湮东海。在远古神话中还有一位巨人，他有着另一种伟大的志向——逐日。

第九节 夸父逐日

夸父与日逐走，入日。渴欲得饮，饮于河渭；河渭不足，北饮大泽。未至，道渴而死。弃其杖，化为邓林。

——《山海经校注》(巴蜀书社 1992 年版)

大荒之中，有山名曰成都载天。有人珥两黄蛇，把两黄蛇，名曰夸父。后土生信，信生夸父。夸父不量力，欲追日景，逮之于禺谷。将饮河而不足也，将走大泽，未至，死于此。应龙已杀蚩尤，又杀夸父，乃去南方处之，故南方多雨。

——《山海经校注》(巴蜀书社 1992 年版)

夸父的形象有一些怪异，他用两条黄蛇作为耳环，手里还握着两条黄蛇。从这个形象来看，夸父应该出自一个善于捕蛇的古老部落。当然，怪异的形象并不是我们记得这位尊神的原因。我们时常提起他，是因为他“与日逐走”的伟大志向。

巨人夸父立志追逐光明的太阳，并付诸实践。同样，我们也不能讥笑他“不量力”，因为他几乎已经做到了——“入日”，“逮之于禺谷”，说明他已经非常接近了他的目标。然而，他终究还是没有达成他的夙愿。渴欲得饮而不足，乃北饮大泽，道渴而死。火热的太阳灼干了他身上最后的水分，伟大的夸父倒在了求饮的途中，这不能不说是探索者的悲剧，但我们仍然感动于这种勇于探索的英雄气概，这正是人类社会不断进步的原动力。

上古神话反映了古代人民与大自然之间的斗争，反映了人们探索自然、征服自然的强烈愿望和顽强意志。杨公骥先生认为，夸父逐日的故事有着其极为深刻的寓意——“只有重视时间和太阳竞走的人，才能走得快；越是走得快的人，才越感到腹中空虚，这样才能需要并接收更多的水(不妨将水当作知识的象征)；也只有获得更多的水后，才能和时间竞走，才能不致落后于时间”。这是对古代传说的现代解读，赋予传统作品以现代意义，同样得到了广泛的认同。

第十节 共工怒触不周山

神的世界并不和平，神与神之间也会有纷扰甚至战争，那个可怜的猰貐不就是被另外两个天神阴谋杀害了吗？神灵之间的战争，最著名的就是共工与颛顼之战。按《山海经·海内经》，共工乃炎帝的后裔："炎帝之妻，赤水之子听訞生炎居，炎居生节并，节并生戏器，戏器生祝融，祝融降处于江水，生共工。"他和那些上古诸神一样，有着奇特的长相："共工人面蛇身朱发。"(《归藏》)。蛇的身子，人的脸面，还披着一头朱红的头发，是够瘆人的了。相传，共工为水神，如《管子·揆度》中"共工之王，水处什之七，陆处什之三，乘天势以隘制天下"，《左传·昭公十七年》中"共工氏以水纪，故为水师而水名"。有关共工的神话中，最著名的要数他与颛顼之战。

昔者，共工与颛顼争为帝，怒而触不周之山，天柱折，地维绝。天倾西北，故日月星辰移焉；地不满东南，故水潦尘埃归焉。

——《淮南子集释》(中华书局 1998 年版)

此战又或传为共工与高辛氏(《淮南子·原道训》)、神农氏(《雕玉集·壮力》)、祝融氏(《补史记·三皇本纪》)、女娲氏(《路史·太昊纪》)之争，这是同一传说的不同版本。据《山海经·海内经》，颛顼乃黄帝之裔，故此战实为黄、炎战争之继续。战争是相当惨烈的——"天柱折，地维绝"，直接造成了天倾西北，地陷东南，真可谓风云变色，天地动容。神灵之间的不和谐给人类造成了多么严重的灾难！他们所损害的已不仅仅是他们自己的利益了。我们祈祷和平与安宁，希望神灵也好，人类也好，都能和睦共处，共享这个美好的世界。

第十一节 鲧禹治水

有为泄一己之愤而荼毒生灵的神，也有为民请命不惜殒身的神。我们常说，水是生命之源，但同时，水也是自然灾害的一种。长江、黄河不但孕育了古老的中华文明，同时也让这个民族饱经水患。所以，我们民族对治水英雄予以极大的尊重，并流传着许多动人的治水神话。

洪水滔天。鲧窃帝之息壤以堙洪水，不待帝命。帝令祝融杀鲧于羽郊。鲧复生禹。帝乃命禹卒布土以定九州。

——《山海经校注》(巴蜀书社 1992 年版)

禹娶涂山氏女，不以私害公，自辛至甲四日，复往治水。

——《吕氏春秋新校释》(上海古籍出版社 2002 年版)

洪水滔天，汹涌肆虐，生灵涂炭，民不聊生。为了平息洪水，解救万民，鲧窃取了天帝的息壤。这是一种可以不停生长的泥土，有了它，就可以堵塞洪水的奔流恣肆。但是，天帝是不愿意将这种“宝贝”赐给他的子民的。洪水虽然得到了暂时的控制，鲧却被残忍地杀害，为人类的平安奉献了自己的生命。说到此，我们自然会联想到西方神话中那位为窃取火种而遭受惩罚的普罗米修斯，这二者一为治水，一为取火，都为人类的进步付出了沉重的代价。

鲧没有完成治理洪水的宏愿就含恨而终，从他的身体里生出的大禹，宿命地承担起治水的责任。为了完成父亲未竟的事业，也为了拯救滔滔洪水下战栗的百姓，大禹付出了整整十三年的时间，其间的艰辛，是任何词汇都无法形容的。为了治水，即使新婚燕尔，他也仅仅休息了四天。后来，更是三过家门而不入，谱写了一曲无私奉献的英雄赞歌。

大禹治水，采取了一种与其父不同的策略，也就是用疏通而不是堵塞的办法，最终取得了决定性的胜利。滔滔的洪水被驯服了，平稳地流淌在宽广的河道中，大禹则因为治水的功勋，继承舜的帝位，成为治理百姓的人间之王。

第十二节 天河浮槎

人类的历史不断发展，人与神的距离却越来越远。他们渐渐地远离了人间的烟火，而成为高高在上的天界之神，俯瞰着天幕之下的芸芸众生。人类也渐渐消失了通天的本领，不再有直接与天神交往的能力或本领。但是，人们对宇宙空间的幻想是永远不会停止的，时不时借助于浪漫的想象，人们还是要去天上走一走的。

> 旧说云天河与海通。近世有人居海渚者，年年八月有浮槎去来，不失期，人有奇志，立飞阁于查上，多赍粮，乘槎而去。十余日中犹观星月日辰，自后茫茫忽忽亦不觉昼夜。去十余日，奄至一处，有城郭状，屋舍甚严。遥望宫中多织妇，见一丈夫牵牛渚次饮之。牵牛人乃惊问曰：“何由至此？”此人具说来意，并问此是何处。答曰：“君还至蜀郡访严君平则知之。”竟不上岸，因还如期。
>
> 后至蜀，问君平，曰：“某年月日有客星犯牵牛宿。”计年月，正是此人到天河时也。
>
> ——《博物志校正》（中华书局1980年版）

这个故事讲的是一个有奇志的人，当他知道天河与海相通，就下定了乘浮槎去“太空”一游的决心。在浮槎到来的那一天，他真的就登上了这座“宇宙飞船”，开始了他的“太空之旅”。故事颇有兴致地描述了他的一路所见：“犹观星月日辰，自后茫茫忽忽亦不觉昼夜。”经历了十余日的旅行之后，他到达了一个地方，那里有城郭屋舍，有织妇牛郎。牛郎惊异于他的到来，却又不肯明白告诉他所到为何处。他没有停船上岸，只是远远地观赏了天上的风景，就返了回去。按牛郎所说，他找到了蜀郡的严君平，通过他的解答，才知道自己就像客星一样，闯入了牵牛星宿。

所谓客星，天文学上又叫新星，实际上是星的爆发。爆发时亮了，就看得见；爆发过程结束，就看不见了，古人因此认为这是客星来了又走了。古时迷信认为，世间那些不平凡的人都是对应天上星宿的，所以这个有奇志的人到了天河，在卜者看来就是客星犯了牵牛星宿。

关于浮槎的记载，并不仅此一例。东晋时有一个方士，名叫王嘉，据说他“能言未然之事，辞如谶记”，非常灵验。他凿崖隐居，有弟子数百众，多次被朝廷征召出山。据他的《拾遗记》记载：“尧登位三十年，有巨查浮于西海，查上有光，夜明昼灭。海人望其光，乍大乍小，若星月之出入矣。查常浮绕四海，十二年一周天，周而复始，名曰贯月查，亦谓挂星查。羽人栖息其上。群仙含露以漱，日月之光则如暝矣。虞、夏之季，不复记其出没。游海之人，犹传其神仙也。”这里的“贯月查”是否就是前文“有奇志”之人访问牵牛星宿曾坐的浮槎，我们不得而知。但在王嘉的笔下，对这个“宇宙飞行器”有了更为奇丽的描绘：那上面有乍大乍小的光明，就如星月的出入。其上有羽人栖息，群仙含露以漱。看来，贯月之槎更像是某些仙人的房车，已经较西晋之人所乘坐的更为先进了。

八月槎的故事给诗人们的创作带了灵感，在后来的诗句中屡屡出现。如唐代大诗人杜甫的《秋兴》诗之二中就有“听猿实下三声泪，奉使虚随八月槎”，唐代另一位诗人吴融在《商人》诗中亦称“随风逐浪年年别，却笑如期八月槎”。直到清代，龚自珍的《己亥杂诗》中还有“少年奇气称才华，登岱还浮八月槎”的诗句。

天河浮槎的故事渐渐暗淡，但人类对外太空的探索永远不会终结。今天，我们一颗又一颗的卫星高悬于苍穹，它们是天空中真正的客星。我们的运载火箭往返于地球与广宇，那才是真正的贯月之槎。我们的宇航员已经凌越银河，漫步太空，他们是真正的地球来客。幻想中的贯月、挂星，成为现实中的漫步太空，这进步是多么伟大！

虽然，科学探索已经证明月宫并没有寂寞美丽的嫦娥仙子，银河两岸也没有苦苦相望的织女牛郎，但这些美丽的传说永远闪烁着不朽的魅力。

第十三节 天降织女助董永

汉董永，千乘人。少偏孤，与父居。肆力田亩，鹿车载自随。父亡，无以葬，乃自卖为奴，以供丧事。主人知其贤，与钱一万，遣之。永行三年丧毕，欲还主人，供其奴职。道逢一妇人曰："愿为子妻。"遂与之俱。主人谓永曰："以钱与君矣。"永曰："蒙君之惠，父丧收藏。永虽小人，必欲服勤致力，以报厚德。"主曰："妇人何能？"永曰："能织。"主曰："必尔者，但令君妇为我织缣百匹。"于是永妻为主人家织，十日而毕。女出门，谓永曰："我，天之织女也。缘君至孝，天帝令我助君偿债耳。"语毕，凌空而去，不知所在。

——《搜神记》(中华书局 2009 年版)

董永有着悲惨的身世，从小就没有了母亲，和他的父亲相依为命，靠着几亩薄田辛苦度日。在父亲去世的时候，他连安葬父亲的钱都没有。无奈之下，卖身为奴，希望以此获得钱财让老父入土为安。他幸运地遇到了一位好心的"买家"，给了他一万钱来操办丧事。为父亲守孝三年后，董永主动去找那个好心的"买家"以完成当年的约定。在途中，他遇到了一位妇人，说情愿当他的妻子，两个人就一起来到了主人家里。好心人说："那些钱是我送给你的，并不需要偿还。"但董永执意"服勤致力，以报厚德"，主人就提出让他的妻子织缣百匹，以偿万钱。这个妇人就在主人家里织作十日，成缣百匹。也就是说，因主人的善意和妇人的帮助，董永只用了十天，就偿还了债务，恢复了人身自由。离开之后，妇人向董永说明了自己的身份。原来，她本是天上的织女，因为董永的至孝感动了天帝，所以派她下界帮助董永偿还债务。现在任务完成了，她也应该回去了。说完，她"凌空而去，不知所在"，结束了短暂的人间之旅。

这个故事表达了广大劳苦人民的美好愿望。勤劳、孝顺、淳朴的董永，因无力葬父而卖身为奴，孝行感动上天，竟令天上的织女来帮助他走出困境，寄托了百姓对美好生活的向往。从中，我们也可以看到人世间的温情：那位善良的主人，给予董永无私的帮助，而不是一般传说中的地主恶霸乘人之危。我们还可以看到，在故事的最初，织女是奉命而来，在完成任务之后便凌空而去，并没有对人间表现出多少留恋。不过，孝感动天的董永，在日后娶妻生子的幸福生活之余，一定会对织女有所感激与思念吧。

董永与织女的故事在以后的流传过程中不断丰富、丰满，普通的织女化身为王母娘娘的女儿，受命下界变成了情动思凡，道遇为婚变成了槐树为媒，主动离开变成了被迫分别。原来施善的天帝，则和王母娘娘一起，变成了阻碍真挚恋爱的封建家长。也许，故事的发展变化已经脱离了最初的形貌，但其中寄托的美好愿望和对善良的人性的赞扬是没有改变的。所以，即便董永的故事流传了一千多年，却依然有着不朽的魅力。且不说各种影视剧对故事的不同演绎，只从当年江苏丹阳、金坛、丹徒、东台，湖北孝感，山东滨州，安徽安庆等全国十四个城市的董永故里之争，就足见故事流传范围之广了。

如果说牛郎织女和董永七仙女的故事是一对双胞胎，那么他们还有一位近亲姊妹——白水素女，看看这个故事吧。

第十四节 白水素女伴谢端

晋安帝时，侯官人谢端，少丧父母，无有亲属，为邻人所养。至年十七八，恭谨自守，不履非法。始出居，未有妻，邻人共愍念之，规为娶妇，未得。

端夜卧早起，躬耕力作，不舍昼夜。后于邑下得一大螺，如三升壶。以为异物，取以归，贮瓮中。畜之十数日。端每早至野还，见其户中有饭饮汤火，如有人为者。端谓邻人为之惠也。数日如此，便往谢邻人。邻人曰："吾初不为是，何见谢也。"端又以邻人不喻其意，然数尔如此，后更实问，邻人笑曰："卿已自取妇，密著室中炊爨，而言吾为之炊耶？"端默然心疑，不知其故。

后以鸡鸣出去，平早潜归，于篱外窃窥其家中。见一少女，从瓮中出，至灶下燃火。端便入门，径至瓮所视螺，但见壳。乃至灶下问之曰："新妇从何所来，而相为炊？"女大惶惑，欲还瓮中，不能得去，答曰："我天汉中白水素女也。天帝哀卿少孤，恭慎自守，故使我权为守舍炊烹。十年之中，使卿居富得妇，自当还去。而卿无故窃相窥掩。吾形已见，不宜复留，当相委去。虽然，尔后自当少差。勤于田作，渔采治生。留此壳去，以贮米谷，常可不乏。"端请留，终不肯。时天忽风雨，翕然而去。

端为立神座，时节祭祀。居常饶足，不致大富耳。于是邻人以女妻之。后仕至令长云。今道中素女祠是也。

——《搜神后记》(中华书局 1981 年版)

从身世上看，谢端较董永更为可怜，"少丧父母，无有亲属"，是一个连亲属都没有的孤儿。靠着好心邻居的抚养，他才得以长大成人。成人之后的谢端"恭谨自守，不履非法”，每天晨起晚睡，不舍昼夜地辛苦劳作。有一天，他拾到了一只大田螺，就像能装三升酒的壶那样大，他把这个奇异的东西带回了家里。十多天后，谢端的家中发生了一些神奇的事情：当他每天从田里归来时，家里不再是冷床冷灶，而是饭饮汤火齐全。谁干的好事呢？淳厚的谢端以为是好心的邻居在帮他。但连续多日都是如此，让谢端非常过意不去，就跑去向邻人道谢。可没想到，邻人却说自己没有做过这些，那么到底是谁在帮助谢端呢？邻人说是谢端自己娶了媳妇，秘密地藏在家中为他准备饭菜。谢端却是如坠云里雾中，丈二的和尚摸不着头脑了。

既然状况出现在自己的家里，那就好好侦察一下吧。有一天，鸡刚叫，谢端就出去干活了。等到平明时分，他便偷偷地潜回家中，躲在篱笆外面窥视自家的动静。神奇的事情真的出现了：一个少女从放置田螺的瓮中走了出来，到厨房生火做饭！原来，在他捡拾的田螺之中竟藏着一位少女。每天为他准备三餐的，就是这位田螺姑娘。

狐疑满腹的谢端当然要问个明白。原来，田螺姑娘本是白水素女，是天帝派遣下来帮助谢端的。本来，她可以在十年之中，助谢端勤劳致富，但现在谢端发现了真相，只好就此分别了。懊悔的谢端百般挽留，终究留不住行藏已露的素女。在一阵风雨之后，素女翕然而去。

在这个故事中，素女对谢端的帮助是以一种隐蔽的方式进行的。她隐身于田螺之中，由谢端带回家，这就于天意之外又加上了一点人为的因素。既有天帝的垂怜，又有谢端自身仁厚的原因。其次，不同于织女道遇董永便“愿为子妻”的突然，素女在谢端偷窥之前一直没有显露身份。她默默无闻地为谢端操持着家务，并打算将此事一直隐瞒下去。其三，织女在完成任务之后，主动向董永坦白了前因，素女则是在谢端发现真相之后，无奈说出事情的原委。这种以不为人知的方式助人，不正体现了中华民族乐于助人而又不求回报的优良品格吗？

素女在一阵风雨之后离去了，她给谢端留下了那个她曾经居住的螺壳。这个螺壳有着神奇的功能——用它存放米谷，就不必担心食物会匮乏。人虽远去，遗惠常存，也难怪谢端要为她修建神座，四时祭祀了。

难能可贵的是，虽谢端的身世令人凄然，但整个故事的氛围却是和谐而温暖的。孤儿谢端得到了邻人的抚养与关爱，健康成长，诚实而又勤劳。等到他长大成人，邻人们让他独立支撑门户，还想着要帮他娶一个媳妇。这些，都表现出融洽的、充满温情的人际关系。小说的最终，邻人将自己的女儿嫁给了谢端，贫苦出身的谢端做到了令长一级的官职，可谓一个皆大欢喜的结局。

也许，这种大团圆的结局在两晋的乱世中太过传奇；也许，谢端的本分勤劳并没有董永的纯孝感人至深，谢端与素女的故事在民间的影响要远远小于董永的传说。不过，从小说艺术的角度来说，较之于最初的董永故事，《白水素女》在情节上更加曲折离奇，也更具艺术感染力。

神话传说是产生于氏族社会的口头艺术形式。原始社会生产力水平极其低下，先民经常受到洪水、大旱、凶禽、恶兽等侵袭，又因知识水平的限制，不能正确认识自然界各种复杂的现象，于是就对自然力加以幻想和神化，创造了日、月、风、云等自然神及其故事。如羲和"生十日"(《山海经·大荒南经》)、常羲"生月十有二"(《山海经·大荒西经》)、女娲"抟黄土作人"(应劭《风俗通》)等。先民对自然界不只是简单地解释和探索，他们还要与自然进行不屈的斗争，于是在神话中又出现了征服自然、改造自然、与自然做斗争的英雄，如《搜神记》中有这样一则故事，"二华之山，本一山也。当河，河水过之而曲行。河神巨灵，以手擘开其上，以足蹈离其下，中分为两，以利河流。今观手迹于华岳上，指掌之形具在；脚迹在首阳山下，至今犹存"，描写了河神巨灵擘开华山，让黄河之水畅通无阻的豪迈气魄，是很有特色的中国神话传说。巨灵的形象气壮山河，是我们民族改造自然、排除万难的精神的具体体现。微小的精卫、渴死的夸父也都是这种不屈的斗争精神的体现。原始氏族或部落之间有时还要为争夺牧场或土地而进行残酷的厮杀，于是便产生了诸如共工与颛顼之争、黄帝与蚩尤之战等一类的神话。

虽然，从小说的角度看，远古神话尚不能称之为现代意义的小说，却是每个民族历史文化的源泉之一，其中蕴涵着一个民族的哲学、宗教、风俗、习惯、艺术的起源。正如黑格尔所说："古人……用凭想象创造形象的方式，把他们最内在最深刻的内心生活转变成认识的对象。"中华民族在自己的童年时期所创造的这些美丽、奇幻、丰富的神话传说，具有较强的现实性和丰富的思想内容，从中随处可见先民从事生产劳动的情况、同大自然斗争的情形，也可以看到当时社会斗争的真实面貌。

不同于希腊神话那种乐天的戏剧化特征，也不同于其极富人性而缺乏神性的诸神体系，中国的神话是沉重而庄严的，中国的神是远离人间且不食人间烟火的。何新在《诸神的起源》(生活·读书·新知三联书店出版社 1986 年版)中说："中国的天神……不仅是至高无上的权力化身，而且是美德(圣)和全知全能(贤)的化身。中国神话的气氛是沉重而庄严的，以至这种沉重有时甚至是一种沉闷，这种庄严有时简直使人感到压抑。它充满一种内向的忧患意识和理性的反省思考。在伏羲女娲的人面蛇身形象中，似乎象征着人类从野蛮过渡于文明的进程是何等艰难！而在燧人氏、有巢氏、神农氏以及造字的仓颉、作甲子的大挠、掘井的伯益等一系列前古圣贤‘观象制器’的故事中，我们看到了民族祖先对整个文明进程的追溯和反思。一只渺小的雀鸟精卫，为了复仇，决心一石一木地填平沧海。神农遍尝百草，被毒得死去活来，最后终于成为农神和医药之神！正直的鲧被杀死于羽山，而他的治水抱负却宿命般由他的儿子禹来继承。于是由此，禹又开始了十三年漫长而艰辛的苦功——劈开巨山，凿通江河；他的情人因漫长而无希望的苦守和等待，终于凝成了高山顶峰的一座石头！请看这是一种何等顽强而执着的追求，同时又是人对自然、对生活所做的一种多么深沉、多么平静，又多么有力的抗争！”

诚如所言，这些神话故事重视人的力量和人的社会性，表现了以人的生存为中心的原始艺术精神，表现了他们对真理的不懈追求和对理想的热烈憧憬，还表现了中华民族立足现实人生、自强不息、坚忍顽强的斗争精神和奋发昂扬的乐观品格。从中可以看出中华民族饱经磨难后百炼成钢的不屈与坚忍，顽强与执着。在反映中华民族追求真理、富于理想、意志坚强、积极进取、乐观豪迈的民族性格基础上，形成了神话的积极浪漫主义精神。在艺术方面，则展示了中华民族的艺术思维特征，成功运用了幻想、想象和夸张、拟人等浪漫主义手法，体现了悲剧美与崇高美的统一。

第二章 幽冥世界多妖鬼

世上有光明就有黑暗，有明媚灿烂的天堂仙苑，就有阴森黯然的幽冥地府。“蒿里谁家地，聚敛魂魄无贤愚”。据说，幽冥地府是掌管世间万物灵魂的地方。凡天地万物，死后的灵魂都会被黑白无常拘到阴界，由四大判官对其审判，其在阳世之一切善恶都要在此做一个了结。下面，让我们从诸仙的世界中走出来，看看地府中发生过什么样的故事。

第一节 蒋济亡儿

魏蒋济为领军也。其妻梦亡儿涕泣言曰："死生异路。我生时为卿相子孙，今在地下为泰山伍伯，憔悴困辱，不可复言。今太庙西有孙阿者，将召为泰山令。愿母为白领军，嘱阿转我，今得乐处。"言讫，母遂惊寤。以白济，济曰："梦不足凭耳。"明日，母复梦之。言曰："我今来迎新君，止在庙下，未发之间，暂得归来。新君明日日中当发，临发多事，不得复归于此。愿重启之，何惜一试验也。"遂说阿形状，言甚备悉。天明，母又为言之曰："昨又梦如此，虽知梦不足凭，何惜一验之乎？"济乃遣人诣太庙下，推问孙阿，果得之，形状如其梦。济乃涕泣曰："几负我儿。"于是乃见孙阿，具语其事。阿不惧当死，而喜为泰山令，惟恐济言之不信也，乃谓济曰："若诚如所言，某之愿也，不知贤郎欲得何职？"济曰："随地下乐者与之。"阿许诺。言讫遣还，济欲速知其验，从领军门下至庙下，十步安一人，以传阿之消息。辰时传阿心痛，日中传阿亡。济泣曰："虽哀儿之不幸，见喜亡者之有知。"后月余，母复梦儿来告曰："已得转为录事矣。"

——《列异传》(据《太平广记》，中华书局 1961 年版)

这是一个比较早的关于地府的故事。曹魏时，领军蒋济的儿子早亡。一天夜里，他的妻子梦见亡儿向她哭诉自己在地下的苦楚，还说眼下正好有一个机会，家住太庙西的孙阿将要成为新的泰山令，希望母亲能够说服父亲蒋济去和孙阿说说人情，给他换一个好一点的差事。儿子说完了，母亲也惊醒了，就向蒋济讲述了这个奇怪的梦，但是蒋济并不相信梦里的事情是真的。第二天，亡儿再次进入母亲的梦境，希望母亲再次请求父亲，就算不信，试一下又有何妨呢？天亮以后，其妻再一次向蒋济转述儿子的请求，就算仍然不信，蒋济终归是有些狐疑了。所以，他就派人到太庙西去查找孙阿，没想到真的找到了这个人，孙阿的长相也和亡儿在梦中描述的一模一样。这下，蒋济已经不能不信了。于是，他面见了孙阿，说明了亡儿两次托梦的原委。这个孙阿倒好，"不惧当死，而喜为泰山令"，为了当官，连死都不怕了，生怕蒋济所言有假。并问蒋济："如果真的如您所言，那么您的宝贝儿子希望得到一个什么样的职位呢？"可怜阳间的蒋济，怎会知道地府哪里有肥缺呢，只好说："您就随便将地下的好差事给他一个就行了。"孙阿毫不犹豫地答应了。月余之后，儿子又一次托梦，告知其母，自己已经转为录事了。也就是说，蒋济在孙阿生前的请托，在孙阿死后实现了。

这个故事虽然讲的是地下官场的故事，却丝毫不见阴森恐怖之气，反而有着较为浓厚的生活气息，真实地反映了社会现实。我们看，蒋济亡儿想要谋得一个好差事，此事是要靠蒋济来完成的。但从说明要求到达成所愿的三次托梦，亡儿的倾诉对象都是他的母亲，蒋济的妻子，而不是蒋济。这就从一个侧面反映了母子关系要远比父子之间更为亲切、随意。自古严父慈母，父亲更多时候是以管教者的身份出现在子女面前的。所以，父亲给子女的感觉往往是惧怕多于亲近。母亲则全然相反，她们是子女的保护者，也是子女撒娇的对象。想想《红楼梦》中贾宝玉在贾政和王夫人面前截然不同的感受与表现，就可以体会到他对父亲深深的恐惧，而封建家长制下的父子关系往往如此。不过，血脉相连，父亲对儿子总是有着难以割舍的血缘深情的。所以，在其妻第一次说梦时，蒋济说“不足凭耳”，还是那个板着面孔的严父。当找到了儿子所称的孙阿之后，他则“涕泣曰：‘几负我儿’”，终于再也绷不住严肃的表情。这涕泣中，有对亡儿的思念，以及对亡儿在地下“憔悴困辱”的哀怜，这就于严厉之外，写出了他慈爱的一面。这样，一个真实的父亲形象得到了完整的刻画。

再看看蒋济为亡儿请托人情的过程：他先是派人去太庙西打探，发现真有亡儿所说的孙阿；又派人将孙阿找来，说明事情的原委，将孙阿打发回去；随后，为了早一点知道事情的进展，他“从领军门下至庙下，十步安一人，以传阿之消息”，动用了大量的人力。整个过程中，我们看到了领军的权威——就连为亡儿请托求门路，他也不用挪动一下他尊贵的脚步。尤其具有讽刺意义的是，孙阿得知死后能做阴间的大官，竟然连死都不怕了。可见，官位的诱惑足以让人舍生忘死。那么，为了升官，还有什么事情做不出来呢？我们还可以看出，阴间也如阳间一样讲究门路。就因为有了蒋济的嘱托，死后担任泰山令的孙阿就可以徇私将蒋济的儿子调任一个好的职位，那么，我们又怎能相信所谓阴司审判的公正、公平？

这个故事也体现了我国传统文化的一个细节，即“人死为鬼，魂归泰山”。中国传统文化认为，阴曹地府有两处，一处是四川的丰都，另一处就是泰山前的蒿里山。“泰山令”的职责之一，就是“定生死之期，兼注贵贱之分，长短之事”（《五岳真形图》），这样我们就可以理解为何孙阿做了泰山令，就可以给蒋济的亡儿换一个好差事了。

请托转官，毕竟还只是阴间的权力分配，更为荒唐的，是行贿竟可以免死。托名陶潜的《搜神后记》中，就记载了这样一个故事。

第二节 襄阳李除

襄阳李除，中时气死。其妇守尸。至于三更，崛然起坐，搏妇臂上金钏甚遽。

妇因助脱，既手执之，还死。妇伺察之，至晓，心中更暖，渐渐得苏。既活，云："为吏将去，比伴甚多，见有行货得免者，乃许吏金钏。吏令还，故归取以与吏。吏得钏，便放令还。见吏取钏去。"后数日，不知犹在妇衣内。妇不敢复着，依事咒埋。

——《搜神后记》(中华书局 1981 年版)

这个故事讲的是襄阳李除中时气而死，又经行贿生还的传奇经历。故事短小精悍，语言生动传神，内容相当丰富。

李除是中时气而死的，且在去往地府的途中"比伴甚多"，说明彼时爆发了一次致命的传染病，造成了百姓大量死亡。这正是乱世灾荒战争之后经常发生的现象。李除至于三更而"崛然起坐，抟妇臂上金钏甚遽"，说明死去的时间不是很长，也写出他欲向鬼吏行贿时心境的急迫。"妇伺察之"，写在刚刚那令人惊恐的一幕发生之后，家人心中充满疑惧。此后，虽然金钏还在其妇衣内，而"不敢复着，依事咒埋"，说明了人类对于鬼神的畏惧。真也好，假也罢，那个金钏应该已经是属于阴间鬼吏的了。

小说虽然简短，但已经运用了故设悬疑的叙事手法。如开头写李除尸身猛然坐起后的骇人行为，并没有直接说明原因，而是要等到李除醒来之后，由他自己说明原委。这样既符合事件发展的自然顺序，也起到了吸引读者兴趣的作用。

从思想内容而言，已死之人可以靠行贿的手段复活，可以看作对阴间执法黑暗的揭露，也可以看作对阳世贿赂公行、司法不公的曲折反映。

有受贿舞弊的贪官，就有索贿行私的污吏。李除死后行贿阴间的官吏，得以复活，算得上一个喜剧的收场；费庆伯活着见鬼索贿，却终难免于暴卒，就是一个完全的悲剧。

第三节 费庆伯

宋费庆伯者，孝建中，仕为州治中。假归至家，忽见三驺，皆赤帻，同来，云："官唤。"庆伯云："才谒归，那得见召？且汝常黑帻，今何得皆赤帻也？"驺答云："非此间官也。"庆伯方知非生人，遂叩头祈。三驺同词，因许回换，言："却后四日，当更诣君。可办少酒食见待，慎勿泄也。"如期果至，云："已得为力矣。"庆伯欣喜拜谢，躬设酒食，见鬼饮啖不异生人。临去曰："哀君故尔，乞秘隐也。"庆伯妻性猜妒，谓伯云："此必妖魅所罔也。"庆伯不得已，因具告其状。俄见向三驺，楚挞流血，怒而立于前，曰："君何相误也？"言讫失所在。庆伯遂得暴疾，未旦而卒。

——《述异记》[据《古小说钩沉》，人民文学出版社 1973 年版]

这个故事说的是刘宋孝建年间，州治中费庆伯放假回家，忽然看见三个骑马的侍从，说是官府派来召唤他的。费庆伯很警觉，对侍从们说："我刚刚从那里回来，怎么会又召见我呢？况且，你们平常都是带黑色的头巾，今天怎么都换成了红色的头巾呢？"这几个侍从回答说："我们所说的官，并不是你们人间的官。"这时，费庆伯才明白，这三个赤帻侍从，并不是生人，而是鬼。这可把他吓坏了，谁愿意去死啊！怎么办？求吧！在他的苦苦哀求之下，三个侍从答应回去帮他疏通疏通，并要求他置办酒席，四日后再来相见。

四天后，三个鬼侍从果然再次到来，说已经为费庆伯打好了关节，他暂时可以不死了。费庆伯欣喜异常，亲自为三个鬼侍从摆酒设宴。这三个鬼也不客气，大吃大嚼，和活人没什么两样。吃饱喝足了，三个鬼侍从也要离开了，他们再三叮嘱费庆伯，这件事是见不得光的，千万不要泄露出去。可惜啊，再隐蔽的事情也瞒不过自己的妻子，更何况费庆伯还有一个猜妒之妻呢。在紧紧追问之下，费庆伯向妻子说明了详细原委。这一说不要紧，不一会儿，就看见那三个鬼侍从浑身都是受刑后的伤痕，还流着血，非常愤怒地站在他面前，指责他说："你怎么能这样害我们？"说完，三个鬼侍从就不见了，费庆伯得了急病，没到天亮就一命呜呼了。

如果说李除的故事多多少少有一点搞笑的话，那这个故事则令人感到恐怖了。费庆伯是否真的到了死期我们不得而知，但对三个鬼侍从要求以"酒食见待"，就可以疏通关节，总是有一些可笑可悲可疑的。而一旦事情败露，恶鬼受罚，生人暴死，淋漓的血流和迅疾的死亡使整个故事笼罩在一片恐怖的气氛之中。

当然，并不是每一个地府故事都凄凉悲惨或者阴森恐怖，有时，在地府中也能看到脉脉的温情，如刘宋时庾某的地府一行，就温情得多。

第四节 门司求物

颍川庾某，宋孝建中，遇疾亡，心下犹温，经宿未殡，忽然而寤。说初死，有两人黑衣来，收缚之，驱使前行，见一大城，门楼高峻，防卫重复，将庾入厅前，同入者甚众，厅上一贵人南向坐，侍直数百，呼为府君。府君执笔，简阅到者。次至庾曰："此人算尚未尽。"催遣之。一人阶上来，引庾出，至城门，语吏差人送之。门吏云："须覆白，然后得去。"门外一女子，年十五六，容色闲丽，曰："庾君幸得归，而留停如此，是门司求物。"庾云："向被录轻来，无所赍持。"女脱左臂三只金钏，投庾云："并此与之。”庚问女何姓，云：“姓张，家在茅渚，昨霍乱亡。”庚曰：“我临亡，遣赍五千钱，拟市材。若更生，当送此钱相报。”女曰：“不忍见君艰厄，此我私物，不烦还家中也。”庚以钏与吏，吏受，竟不覆白，便差人送去。庚与女别，女长叹泣下。庚既恍惚苏。至茅渚寻求，果有张氏新亡少女云。

——《还冤记》[据《太平广记》，中华书局1961年版]

故事所记，是刘宋孝建年间的庾某死而复活后讲述的他在阴世的经历。与前面几篇相比，内容上有所丰富，人物上有所增加，描写手法也更为多样。

前面几个故事中，出场的仅仅是阴世中的一个或几个人物，并没有关于地府的详细描写，而在这里，通过庾某的所见所闻，作者已经将丰都鬼城做了一个大致的描述，“见一大城，门楼高峻，防卫重复，将庾入厅前，同入者甚众，厅上一贵人南向坐，侍直数百，呼为府君”，规模、气度、威严都得到了渲染。

在这个故事里，庾某复活的原因是阳寿未尽，府君已经催促了要赶快放他回去，却依然为门吏所阻，不能顺利返回。幸遇一女子点拨，又助以金钏。庾某将金钏送给了门吏，方才得以复活。这就写出了阴世中黑暗腐败的肆虐与猖狂。毕竟，李除行贿，是因为阳寿已尽，他想要继续活在人世，对阴吏属于有所求。毕竟，三个鬼侍从在向费庆伯索要酒食的时候，还反复叮咛“慎勿泄也”，并且很快就受到了重罚。而庾某所遇到的，是发生在府君(阎君)眼皮底下的公然的以权谋私，一个阳寿未尽的人，本应立即放回人间复活，也要有所供奉才能得到放行，揭露与批判的程度就更为深刻。

故事在暴露阴世贪残的同时，也写出了张氏少女对庾某的无私帮助，表现了人性的善良。正是这个“容色闲丽”的女子，向庾某说明了他停留而不得去的原因，在得知他身无赍持之后，慷慨地解下腕上的三只金钏，帮助他摆脱了困境，使庾某在阴冷的幽冥世界中，感受到了人世间的一点温情。这点温情，是不是也可以算作一片昏暗世界中的一点光明呢？

自古以来，有压迫就会有反抗的壮举，有不公就会有不平的呐喊。阴曹地府存在着种种黑暗与腐朽，却依然掌管着世间的生死轮回，那么世间的人，自然也会对这些不公有所反抗。无论有意或是无意，这些反抗都值得称颂。

第五节 令狐生冥梦录

令狐撰者，刚直之士也，生而不信神灵，傲诞自得。有言及鬼神变化幽冥果报之事，必大言折之。所居邻近，有乌老者，家赀巨富，贪求不止，敢为不义，凶恶著闻。一夕，病卒；卒之三日而再苏。人问其故，则曰："吾殁之后，家人广为佛事，多焚楮币，冥官喜之，因是得还。"撰闻之，尤其不忿，曰："始吾谓世间贪官污吏受财曲法，富者纳贿而得全，贫者无赀而抵罪，岂意冥府乃更甚焉！"因赋诗曰：

一陌金钱便返魂，公私随处可通门！鬼神有德开生路，日月无光照覆盆。

贫者何缘蒙佛力？富家容易受天恩。早知善恶都无报，多积黄金遗子孙！

诗成，朗吟数过。是夜，明烛独坐，忽有二鬼使，状貌狞恶，径至其前，曰："地府奉追。"撰大惊，方欲辞避，一人执其衣，一人挽其带，驱迫出门，足不履地，须臾已至。见大官府若世间台、省之状。二使将撰入门，遥望殿上有王者被冕据案而坐。二使挟撰伏于阶下，上殿致命曰："奉命追令狐撰已至。"即闻王者厉声曰："既读儒书，不知自检，敢为狂辞，诬我官府！合付犁舌狱。"遂有鬼卒数人，牵捽令去。撰大惧，攀挽槛楯不得去，俄而槛折，乃大呼曰："令狐撰人间儒士，无罪受刑，皇天有知，乞赐昭鉴！"见殿上有一绿袍秉笏者，号称明法，禀于王曰："此人好讦，遽尔加罪，必不肯伏，不若令其供责所犯，明正其罪，当无词也。"王曰："善！"乃有一吏，操纸笔置于撰前，逼其供状。撰固称无罪，不知所供。忽闻殿上曰："汝言无罪，所谓'一陌金钱便返魂，公私随处可通门'，谁所作也？"撰始大悟，即下笔大书以供曰：

伏以混沌二气，初分天地之形；高下三才，不列鬼神之数。降自中古，始肇多端。焚币帛以通神，诵经文以谄佛。于是名山大泽，咸有灵焉；古庙丛祠，亦多主者。盖以群生昏聩，众类冥顽，或长恶以不悛，或行凶而自恣。以强凌弱，恃富欺贫。上不孝于君亲，下不睦于宗党。贪财悖义，见利忘恩。天门高而九重莫知，地府深而十殿是列，立锉烧舂磨之狱，具轮回报应之科，使为善者劝而益勤，为恶者惩而知戒，可谓法之至密，道之至公。然而威令所行，既前瞻而后仰；聪明所及，反小察而大遗。贫者入狱而受殃，富者转经而免罪。惟取伤弓之鸟，每漏吞舟之鱼。赏罚之条，不宜如是。至如撰者，三生贱士，一介穷儒。左枝右梧，未免儿啼女哭；东涂西抹，不救命蹇时乖。偶以不平而鸣，遽获多言之咎。悔噬脐而莫及，耻摇尾而乞怜。今蒙责其罪名，逼其状伏。批龙鳞，探龙颔，岂敢求生；料虎头，编虎须，固知受祸。言止此矣，伏乞鉴之！

王览毕，批曰："令狐撰持论颇正，难以罪加，秉志不回，非可威屈。今观所陈，实为有理，可特放还，以彰遗直。"仍命复追乌老，置之于狱。复遣二使送撰还家。撰恳二使曰："仆在人间，以儒为业，虽闻地狱之事，不以为然，今既到此，可一观否？"二使曰："欲观亦不难，但禀知刑曹录事耳。"即引撰循西廊而行，别至一厅，文簿山积，录事中坐，二使以撰入白，录事以朱笔批一帖付之，其文若篆籀不可识。撰出府门，投北行里余，见铁城巍巍，黑雾涨天，守卫者甚众，皆牛头鬼面，青体绀发，各执戈戟之属，或坐或立于门左右。二使以批帖示之，即放之入，见罪人无数，被剥皮刺血，剔心剜目。叫呼怨痛，宛转其间，楚毒之声动地。至一处，见铜柱二，缚男女二人于上，有夜叉以刃剖其胸，肠胃流出，以沸汤沃之，名为洗涤。撰问其故。曰："此人在世为医。因疗此妇之夫，遂与妇通。已而其夫病卒，虽非二人杀之，原情定罪，与杀同也，故受此报。"又至一处，见僧尼裸体，诸鬼以牛马之皮覆之，皆成畜类。有越趄未肯就者，即以铁鞭击之，流血狼藉。撰又问其故。曰："此徒在世，不耕而食，不织而衣，而乃不守戒律，贪淫茹荤，故令化为异类，出力以报人耳。"最后至一处，榜曰："误国之门。"见数十人坐铁床上，身具桎梏，以青石为枷压之。二使指一人示撰曰："此即宋朝秦桧也。谋害忠良，迷误其主，故受重罪。其余亦皆历代误国之臣也。每一朝革命，即驱之出，令毒虺噬其肉，饥鹰啄其髓，骨肉糜烂至尽，复以神水洒之，业风吹之，仍复本形。此辈虽历亿万劫，不可出世矣。"撰观毕，求回，二使送之至家。撰顾谓曰："劳君相送，无以为报。"二使笑曰："报则不敢望，但请君勿更为诗以累我耳。"撰亦大笑。欠伸而觉，乃一梦也。及旦，叩乌老之家而问焉，则于是夜三更逝矣。

——《剪灯新话》(上海古籍出版社 1981 年版)

故事的主角是一位刚直的儒生，他素来不信鬼神变化、幽冥报应之事。但是，有财有势的近邻乌老，竟靠着"广为佛事，多焚楮币"，在死后三日复活，继续在人间作威作福。这事使令狐生尤感不忿，怒而赋诗，对冥府与阳世一般无二的"富者纳贿而得全，贫者无赀而抵罪"的现象，给以辛辣的讽刺。诗写完了，令狐生还意犹未尽，又高声地朗诵了数遍，方才舒泄了心中郁积的怒气。但他仍然"明烛独坐"，想必是心中的不平终未得消，所以夜不成眠吧。这时候，两个状貌狰狞的恶鬼将他捉至地府，判其狂辞诬陷之罪，要将他发付至犁舌地狱。令狐生自然大呼无罪。在令狐生得知获罪的原因在于刚刚创作的那首诗的时候，他索性就豁出去了，又写下了一篇激昂着愤愤不平之气的供状。他痛惜人们广设淫祠的昏聩，揭露世人贪财恃义、见利忘义的丑行，讽刺地府执法"小察而大遗"的昏暗，感慨自己"偶以不平之鸣，遽获多言之咎"的荒唐与悲愤，表达了自己"耻摇尾而乞怜"的坚贞与正直。与其说这是一篇认罪的供状，不如说这是一篇讨贼的檄文。锋芒所向，正是地府中"一陌金钱便返魂"的荒唐与黑暗。正是这篇供状，使阎王看到了他"秉志不回，非可威屈"的品格，因而，不但将他放还，复生的乌老也再次被追回地府，令狐生以他的刚直不屈取得了斗争的最后胜利。

在返回阳间的路上，素来不信鬼神报应之事的令狐生提出要到地狱去参观一下，在那里，他看到了奸邪之徒被惩罚、受轮回之苦的场景，尤其特写了谋害忠良的秦桧与其他误国之臣所受到的重劫，表现出鲜明的爱憎。

作者用清俊的笔触为读者塑造了一个刚直不阿、疾恶如仇、坚贞不屈的儒士形象，他对乌老复生的愤愤不平，他怒而赋诗的辛辣讽刺，他所作地府供状的浩然正气，都生动鲜活地表现在字里行间。作者在令狐生的身上，寄托了自己高尚的品格追求。

小说中的阎王形象也很生动，在两个使者挟持着令狐生伏于殿下的时候，他是厉声责备令狐生身为儒生却“敢为狂辞，诬我官府”，直接就要把令狐生发付到犁舌地狱，表现出一定的武断与蛮横。但在明法的进谏之下，他也能给予令狐生申辩的机会，表现出从谏如流的一面。当他看到令狐生持论刚正的供状之后，认识到自己的错误，立刻将其放还，并复追乌老，又表现了他的知错能改。这样的阎君，在可怖之中又有着几分可爱。再看看地狱中那些奸邪凶恶之徒受到的严厉责罚，我们有理由相信，乌老复生，是他一时失察所致。

故事从令狐生不信神灵地府之事，对乌老的死后复活之事气不公而赋诗写起，以令狐生亲身游历地狱，眼见因果报应轮回，醒来时乌老复死结束，首尾圆整，表现出成熟的结构艺术。

说起秦桧，恐怕是中国历史上最受人唾骂、遗臭万年的一个宰相了。如果说，令狐生的故事还只是捎带着对他进行了批判，那么下面这篇小说，则专为秦桧而发。

第六节 续东窗事犯传

锦城士人胡生，名迪，性志倜傥，涉猎经书，好善恶恶，出于天性。一日，自酌小轩之中。饮至酣，启囊探书而读。偶得《秦桧东窗传》，观未竟，不觉赫然大怒，气涌如山，掷书于地，拍案高吟曰：

长脚邪臣长舌妻，忍将忠孝苦谋夷。天曹默默缘无报，地府冥冥定有私。

黄阁主和千载恨，青衣行酒两君悲。愚生若得阎罗做，剥此奸臣万劫皮！

朗吟数遍，已而就寝。俄见皂衣二人至前，揖曰：“阎君命仆等相招，君宜速行。”生尚醉，不知阎君为谁。问曰：“阎君何人？吾素昧平生，今而见召，何也？”皂衣笑曰：“君至则知，不劳详问。”强挽生行。及十余里，乃荒郊之地。烟雨霏微，如深秋之时。前有城郭，而居人亦稠密，往来贸易者如市廛之状。既而入城，则有殿宇峥嵘，朱门高敞，题曰“曜灵之府”，门外守者甚严。皂衣者令一人为伴，一人入白之。少焉出曰：“阎君召子。”生大骇愕，罔知所以，乃趋入门。殿上王者衮衣冕旒，类人间祠庙中绘塑神像。左右列神吏六人，绿袍皂履，高幞广带，各执文簿。阶下侍立五十余众，有牛首马面，长喙朱发者，狰狞可畏。生稽颡阶下。王问曰：“子胡迪耶？”生曰：“然。”王怒曰：“子为儒流，读书习礼，何为怨天怒地，谤鬼侮神乎”生答曰：“贱子后进之流，蚤习先圣先贤之道，安贫守分，循理修身，未尝敢怨天尤人，而矧乃侮神谤鬼也。"王曰:"然则'天曹默默缘无报,地府冥冥定有私'之句,孰为之邪?"生方悟为怒秦桧之作,再拜谢曰:"贱子酒酣,罔能持性,偶读奸臣之传,致吟忿憾之诗。颙望神君,特垂宽宥。"王呼吏以纸笔令生供款,让曰:"尔好掉笔头,议论古今人之臧否。若所供有理,则增寿放还;脱辞意舛讹,则送风刀之狱也。"生谢过再四,援笔而供曰:

伏以混沌未分,亦无生而无死;阴阳既判,方有鬼以有神。为桑门传因果之经,知地狱设轮回之报。善者福而恶者祸,理所当然;直之升而屈之沉,亦非谬矣。盖贤愚之异类,若幽显之殊途。是乎不得其平则鸣,匪沽名而吊誉,敢忘非法不道之戒。故离罪以招愆,出于自然,本乎天性。切念某幼读父书,早有功名之志;长承师训,惭无经纬之才。非惟弄月管之毫,拟欲插天门之翼。每夙兴而夜寐,常究理以修身。读孔圣之微言,思举直而措枉;观王珪之确论,想激浊以扬清。立忠贞欲效松筠,肯衰老甘同蒲柳。天高地厚,深知半世之行藏;日居月诸,洞见一心之妙用。惟尊贤而似宝,第见恶以如仇。每岳飞父子之冤,欲追求而死诤;既睹秦桧夫妻之恶,便欲得而生吞。因东窗赞擒虎之言,致北狩失回銮之望。伤忠臣被屠刘而残灭,恨贼子受棺椁以全终。天道无知,神明安在?俾奸回生于有幸,令贤哲死于无辜。谤鬼侮神,岂比滑稽之士;好贤恶佞,实非迂阔之儒。是皆至正之心,焉有偏私之意?饮三杯之狂药,赋八句之鄙吟,虽冒大聪,诚为小过。斯言至矣,惟神鉴之!

王览毕,笑曰:"腐儒倔强乃耳!虽然,好善恶恶,固君子之所尚也。至夫'若得阎罗做',其毁孰甚焉。汝若为阎罗,将吾置于何地?"生曰:"昔者韩擒虎云:'生为上柱国,死作阎罗王。'又寇莱公、江丞相,亦尝为是任,明载简册,班班可考。以此征之,冥君皆世间正人君子之所为也。仆固不敢希韩、寇三公之万一,而公正之心颇有三公之毫末耳。"王曰:"若然,冥官有代,而旧者何之?"生曰:"新者既临,旧者必生人道而为王公大人矣!"王顾左右曰:"此人所言,深有玄理。惟其狂直若此,苟不令见之,恐终不信善恶之报,而视幽明之道,如风声水月,无所忌惮矣。"即呼绿衣吏,以一白简书云:"右仰普掠狱冥官,即启狴牢,领此儒生,遍视泉扃报应,毋得违错。"

既而吏引生之西廊,过殿后三里许,有石垣高数仞,以生铁为门,题曰:"普掠之狱。"吏扣门呼之。少焉,夜叉数辈突出,如有擒生之状。吏叱曰:"此儒生也,无罪。阎君令视善恶之报。"以白简示之。夜叉谢生曰:"吾辈以为罪鬼入狱,不知公为书生也,幸勿见怪。"乃启关,揖生而入。其中广袤五十余里,日光惨淡,冷风萧然。四维门碑,皆榜名额:东曰"风雷之狱",南曰"火车之狱",西曰"金刚之狱",北曰"冥冷之狱"。男女荷铁枷者余人。又至一小门,则见男子二十余人,皆披发裸体,以巨钉钉其手足于铁床之上,项荷铁枷,举身皆刀杖痕,脓血腥秽不可近旁。一妇人裳而无衣，罩于铁笼中，一夜叉以沸汤浇之。绿衣吏指下者三人，谓生曰："此秦桧父子与万俟卨，此妇人即秦桧之妻王氏也。其他数人乃章惇、蔡京父子、王黼、朱勔、耿南仲、吴拜、莫俦、范琼、丁大全、贾似道，皆其同奸党恶之徒。王遣吾施阴刑，令君观之。"即呼鬼卒五十余众，驱桧等至风雷之狱，缚于铜柱，一卒以鞭加其环，即有风刀乱至，绕刺其身。桧等体如筛底。良久，震雷一声，击其身如齑粉，血流凝地。少焉，恶风盘旋，吹其骨肉，复为人形。吏谓生曰："此震击者，阴雷也。吹者，业风也。"又呼狱卒驱至金刚之狱，缚桧等于铁床之上。牛头者长哨数声，黑风飘扬，飞戈冲突，碎其肢体。久之，吏呵曰："已矣！"牛头复哨一声，黑风乃止，飞戈亦息。又驱至火车之狱，一夜叉以铁挝驱桧等登车，以巨扇拂之，车运如飞，烈焰大作，且焚且碾，顷刻皆为煨烬。狱卒以水洒之，复成人形。又至溟泠之狱，夜叉以长矛贯桧等沉于寒冰中，霜刃乱斫，骨肉皆碎。良久，以铁钩挽而出之，仍驱于旧所，以钉钉手足于铜柱，用沸油淋之。饥则食以铁丸，渴则饮以铜汁。吏曰："此曹凡三日则遍历诸狱，受诸苦楚。三年之后，变为牛羊犬豕，生于凡世，使人烹剥而食其肉。其妻亦为牝豕，与人育雏，食其不洁，亦不免刀烹之苦。今此众以为畜类于世五十余次矣。"生问曰："其罪有限乎？"吏曰："历万劫而无已，岂有限焉！"

复引生至西垣一小门，题曰："奸回之狱。"荷桎梏者百余人，举身插刃，浑类猬形。生曰："此曹何人？"吏曰："是皆历代将相，奸回党恶，欺君罔上，蠹国害民者。每三日，亦与秦桧等同受其刑。三年后，变为畜类，皆同桧也。"

复至南垣一小门，题曰"不忠内臣之狱"。内有牝牛数百，皆以铁索贯鼻，系于铁柱，四周以火炙之。生曰："牛，畜类也，何罪而致是耶？"吏曰："君勿言，姑俟观之。"即呼狱卒，以巨扇拂火。须臾，烈焰直天，牛皆不胜其苦，哮吼踯躅，皮毛焦烂。良久，大震一声，皮忽绽裂，突出者皆人。视之，俱无发髯，悉寺人也。吏呼夜叉掷于镬汤中烹之。已而，皮肉融液，惟存白骨而已。复以冷水沃之，仍复人形。吏谓生曰："此皆历代宦官，汉之十常侍，唐之李辅国、仇士良、王守澄、田令孜，宋之阎文应、童贯之徒，曩者长养禁中，锦衣玉食，欺枉人主，妒害忠良，浊乱海内，今受此报，历劫而不原也。"

复至东壁，男女以千数，皆裸身跣足，或烹剥刳心，或挫烧舂磨，哀痛之声，彻闻数里。吏曰："是皆在世为官为吏，贪污虐民，不孝于亲，不友兄弟，悖负师友，奸淫背夫，为盗为贼，不仁不义者，皆受此报。"生见之大喜，叹曰："今日始出吾不平之气也。"吏笑携生之手，偕出。

仍入曜灵殿，再拜叩首谢曰："可谓天地无私，鬼神明察，善恶不能逃其责也。"王曰："尔既见之，心已坦然。更烦为吾作一判文，以枭秦桧父子夫妻之过。"即命吏以纸笔给之。生辞谢弗获，为之判曰：

尝谓轩辕得六相而助理万机，则神明应至；虞舜有五臣以揆持百事，而内外平成。苟非怀经天纬地之才，曷敢受调鼎持衡之任？今照：奸臣秦桧，斗筲之器，闾阎小人，虽居宰辅之名，实乃匹夫之辈。獐头鼠目，伺至意以逢迎；羊质虎皮，阿邪情而谄谀。岂有论道经邦之志，全无扶危拯溺之心！久占都堂，怀奸谋而肆为僭分；闭塞贤路，固宠渥而妒忌贤良。残伤犹剽掠之徒，贪鄙胜穿窬之盗。既忝职居师保，而叨任处公台，惟知黄阁之荣华，罔竭赤心之左右。欺君罔上，擅行予夺之权；嫉善妒能，专起窜诛之曲。奸宄逾其莽、操，凶顽犹胜斯、高。以枭獍为心，蝎蛇成性。忠臣义士，尽陷于罗网之中；贼子乱臣，咸置于岩廊之上。视本朝如敝甑，通敌国若宗亲。鸱鹰啄架臂之人，猘犬吠豢牢之主。奸心迷暗，受诡胡兀术之私盟；凶行荒残，害贤将岳飞之正命。悍妻王氏，不言豹隐而言放虎之难；愚子秦熺，只顾狼贪不顾回鸾之幸。一家同情而稔恶，万民共怒以含冤。虽侥幸免乎阳诛，其业报还教阴受。数其罪状，书千张茧纸不能尽其详；察此愆非，历万劫畜生不足偿其责。合行牍示，幽显同知。

生呈稿上，王览之大喜，赞曰："谠正之士也！"生因告曰："奸回受报，仆已目击，信不诬矣。其他忠信义士，在于何所？愿希一见，以适鄙怀，不胜感幸。"王俯首而思，良久乃曰："诸公皆生人中为王公大人，享受天禄三十余次矣。寿满天年，仍还原所。子既求见，吾请躬导之。"于是登舆而前，俾从者舁生于后。行五里许，但见琼楼玉殿，碧瓦参差，朱牌金字，题曰："忠贤天爵之府。"既入，有仙童数百，皆衣紫绡之衣，悬丹霞玉珮，执彩幢绛节，持羽葆花旌，云气缤纷，天花飞舞，鸾啸凤唱，仙乐铿锵，异香馥郁，袭人不散。殿上坐者百余人，皆冠通天之冠，衣云锦之裳，蹑珠霓之履，玉珂琼珮，光彩射人。绛绡玉女五百余人，或执五明之扇，或捧八宝之盂，圜侍左右。见王至，悉降阶迎迓。宾主礼毕，分东西而坐。彩女数人，执玛瑙之壶，捧玻璃之盏，荐龙睛之果，倾凤髓之茶，世罕闻见。茶既毕，王乃道生所见之故，命生致拜。诸公皆答之尽礼，同声赞曰："先生可谓仁者能好人、能恶人矣。"乃具席，命生坐于右。生谦退再三，不敢当宾礼。王曰："诸公以子斯文，故待之厚，何用苦辞？"生乃揖谢而坐。王谓生曰："座上皆历代忠良之臣、节义之士，在阳则流芳百世，身逝则阴享天恩。每遇明君治世，则生为王侯将相，黼黻朝廷，功施社稷，以辅雍熙之治也。"言既，命朱衣二吏送生还。谓生曰"子寿七十有二，今复延一纪。食肉跃马，五十一年。"生大悦，再拜而谢。

及辞诸公而出，行十余里，天色渐明。朱衣指谓生曰："日出处即汝家也。"生挽二吏衣，延归谢之，二吏坚却不允。再三挽留，不觉失手而仆，即展臂而寤，时漏下五鼓矣。

——《效颦集》(明清善本小说丛刊初编本)

《效颦集》是赵弼仿效洪迈《夷坚志》与瞿佑《剪灯新话》而成。这篇小说的前半部分，描写锦城儒士胡迪因夜读《秦桧东窗传》而义愤填膺，怒而赋诗，指斥地府阴曹。在夜半时分，胡迪被召至地府，差点被送入风刀之狱。他以一篇供状，获得了阎罗的称赏。这些情节，与《令狐生冥梦录》几乎相同，但事件的起因，则由不知名的巨富乌老复活变成了人人皆知的奸相秦桧，就将矛盾冲突浓缩到了对权奸的切齿仇恨这一主题。在胡迪所赋的诗中，不但明白直写“地府冥冥定有私”，声称“愚生若得阎罗做”，表现出强烈的批判与反抗意识，而且，诗中“黄阁主和千载恨，青衣行酒两君悲”两句，更是饱含着对宋徽、钦二帝的深切怜悯和对奸相的无情揭露，使作品的主题更加鲜明。小说的后半部分，也有地狱之游，但与《令狐生冥梦录》相比，篇幅上有所扩展，描绘得更为细致，涉及的人物大多直言无隐，在这一点上，尤为鲜明地体现出作者的政治立场和爱憎之情。

作者用尤为冷峻的笔调，极力描写了秦桧等奸党恶徒每隔三个月就要遍历风雷、金刚、火车、冥泠诸狱，受诸般苦楚的惨状。作者对这些人毫不留情，处则钉其手足，或铁枷加颈，或罩以铁笼；刑则沸汤浇之，锋刀刺之，阴雷震之，业风吹之；饥食铁丸，渴饮铜汁，还要以禽兽轮回凡世，食人不洁，受刀烹之苦。此外，作者还特设了一个“不忠内臣之狱”，对历朝历代那些欺诳人主、妒害忠良的宦官给予了严厉的果报。这些，与其说是胡迪游览地狱所见，不如说是作者自己对奸相权宦、对明朝宦官当道的社会现实的仇恨与不满的笔端发泄。

赵弼生活在明代英宗朝前后，此间曾经发生举世震惊的“土木堡之变”——在宦官王振的误导之下，数十万明军惨败于土木堡，明英宗成为瓦剌的俘虏。赵弼之所以对三百年前的权奸秦桧有如此深刻的仇恨，对宋徽、钦二帝有着如此深切的同情，对巨阉内侍有着如此切骨的愤怒，大概源于“土木堡之变”这一奇耻大辱。

地狱一游之后，作者意犹未尽，再由阎君之邀，引出一篇揭露秦桧父子夫妻之恶的判文，口诛笔伐，一吐心中的恶气。

小说新增的情节——应胡迪的请求，阎君带着他上游“忠贤天爵之府”。这样写的目的，无疑就是进一步彰显忠臣节义之士“在阳则流芳百世，身逝则阴享天恩”的善报，与前文奸回之徒“历万劫而无已”的地狱之苦形成鲜明对比。琼楼玉殿、碧瓦参差的“忠贤天爵之府”，“云气缤纷，天花飞舞”，“仙乐铿锵，异香馥郁”，与“普掠之狱”中的脓血腥秽、血流凝地、皮毛焦烂、冷风萧然形成强烈对照，惩恶扬善的劝诫用意非常明显。

在光明、雍容的氛围之中，小说接近了尾声。这时，作者不忘给疾恶如仇、敢于斗争的胡迪以善报，令他延寿一纪。

最后，胡迪“展臂而寤，时漏下五鼓矣”。那么，这一夜的见闻，是他昨夜真的去地府阴曹走了一遭，还是仅仅日有所思而夜有所梦？庄生晓梦迷蝴蝶，我们也不必深究这到底是真是幻，我们只是希望，世人能够明了其中的劝诫意义，洁身自好，做一个忠贞、正直的人。

第七节 丰都知县

四川丰都县，俗传人鬼交界处。县中有井，每岁焚纸钱帛镪投之，约费三千金，名“纳阴司钱粮”。人或吝惜，必生瘟疫。

国初，知县刘纲到任，闻而禁之。众论哗然。令持之颇坚。众曰：“公能与鬼神言明乃可。”令曰：“鬼神何在？”曰：“井底即鬼神所居，无人敢往。”令毅然曰：“为民请命，死何惜？吾当自行。”命左右取长绳缚而坠焉。众持留之，令不可。其幕客李诜，豪士也，谓令曰：“吾欲知鬼神之情状，请与子俱。”令沮之，客不可，亦缚而坠焉。

入井五丈许，地黑复明，灿然有天光，所见城郭宫室，悉如阳世。其人民藐小，映日无影，蹈空而行，自言在此者，不知有地也。见县令，皆罗拜曰：“公阳官，来何为？”令曰：“吾为阳间百姓请免阴司钱粮。”众鬼啧啧称贤，手加额曰：“此事须与包阎罗商之。”令曰：“包公何在？”曰：“在殿上。”引至一处，宫室巍峨，上有冕旒而坐者，年七十余，容貌方严。群鬼传呼曰：“某县令至。”公下阶迎，揖以上坐，曰：“阴阳道隔，公来何为？”令起立拱手曰：“丰都水旱频年，民力竭矣。朝廷国课尚且不输，岂能为阴司纳帛镪，再作租户哉？知县冒死而来，为民请命。”包公笑曰：“世有妖僧恶道，借鬼神为口实，诱人修斋打醮，倾家者不下千万。鬼神幽明道隔，不能家喻户晓，破其诬罔。明公为民除弊，虽不来此，谁敢相违？今更宠临，具征仁勇。”语未竟，红光自天而下。包公起曰：“伏魔大帝至矣。公少避。”刘退至后堂。少顷，关神绿袍长髯，冉冉而下，与包公行宾客礼，语多不可辨。关神曰：“公处有生人气，何也？”包公具道所以。关神曰：“若然，则贤令也，我愿见之。”令与幕客李惶恐出拜。关赐坐，颜色甚温，问世事甚悉，惟不及幽明之事。李素戆，遽问曰：“玄德公何在？”关不答，色不怿，帽发尽指，即辞去。包公大惊，谓李曰：“汝必为雷击死，吾不能救汝矣。此事何可问也？况于臣子之前，呼其君之字乎！”令代为乞哀，包公曰：“但令速死，免致焚死。”取匣中玉印，方尺许，解李袍背印之。令与李拜谢毕，仍缒而出。甫至丰都南门，李竟中风而亡。未几，暴雷震电，绕其棺椁，衣服焚烧殆尽，惟背间其印处不坏。

——《子不语》(大达图书供应社本1934年版)

古往今来，虽不乏敲骨吸髓、搜刮民脂民膏的贪官，也不乏爱民如子、尽职尽责的良吏。他们为民请命，不仅要与人斗，甚至还要与鬼斗。《丰都县令》所记载的，就是清初县令刘纲为减轻百姓负担，独自前往阴司与阎罗交涉的故事。

小说首先介绍了丰都县作为传说中的人鬼交界之地，每年都要耗费重金，焚烧大量的纸钱帛镪以“纳阴司钱粮”。频遭水旱灾害的百姓本就度日艰难，却因对瘟疫的恐惧而不敢稍有吝惜。这时，来了一个不信邪的县令刘纲，他不但严厉禁止这种焚烧敬鬼的行为，还亲自进入了传说中的鬼神所居之井，得见阎王包公，为民请命，表现出为解民疾苦而无所畏惧的凛然正气。

作者锋芒所向，并不是阴司的贪残，而是世间的妖僧恶道。而且，作者虽未明言，但文中的阎罗包公极易让人联想到那位誉满华夏、刚正不阿、铁面无私的包青天。那么，有他坐镇阴司，想必不会再有官吏贪腐的行为发生了吧？更何况，这个包阎罗与伏魔大帝关公似乎也有着不浅的交情呢。

作者借包阎罗之口，对丰都县民被瘟疫胁迫缴纳阴司钱粮一事作出了解释，说这是因为世上的“妖僧恶道，借鬼神为口实”。又因为“鬼神幽明道隔，不能家喻户晓，破其诬罔”，所以他也只能坐视。这话从以清廉著称的铁面包公口中说出，时人对其真实性应该不会有太多怀疑。但是，那个刚正无私、疾恶如仇的包青天，在做了阎罗之后，竟然坐视妖僧恶道们打着阴司的幌子骗人钱财，总是令人难以释怀的事情。

既然阎王如此开通，刘县令的地府之行本应是非常圆满的，但不速之客伏魔大帝的到来，却给本应平静的结局掀起了波澜。那个勇敢地陪同县令下井的豪爽幕客李诜，略为莽撞地向关帝问了一句：“玄德公何在？”竟使关帝“色不怿，帽发尽指”而去。他的愤怒似乎是莫名的，其原因在文中并没有交代，似乎是一个不可问不可言的痛处。但无论如何，“不知者不为罪”，一个粗爽的、直率的幕客，就算问及隐秘，也罪不至死吧。因此为雷所击，连包公亦无力施救，难免让人觉得有些不近人情。以忠义著称的圣人关羽，是不是有一点过于残酷？

其实，阴司并没有包拯这样的青天去做阎罗，地府仍然存在着种种不公。《席方平》就写出了地府官员的相互勾结、上下串通，展示了一个与人间官场一般无二的黑暗世界。

第八节 席方平

席方平，东安人。其父名廉，性戆拙。因与里中富室羊姓有郤，羊先死；数年，廉病垂危，谓人曰：“羊某今贿嘱冥使搒我矣。”俄而身赤肿，号呼遂死。席惨怛不食，曰：“我父朴讷，今见凌于强鬼，我将赴地下，代伸冤气耳。”自此不复言，时坐时立，状类痴，盖魂已离舍矣。

席觉初出门，莫知所往，但见路有行人，便问城邑。少选，入城。其父已收狱中。至狱门，遥见父卧檐下，似甚狼狈。举目见子，潸然流涕，便谓："狱吏悉受赇嘱，日夜搒掠，胫股摧残甚矣！"席怒，大骂狱吏："父如有罪，自有王章，岂汝等死魅所能操耶！"遂出，抽笔为词。值城隍早衙，喊冤以投。羊惧，内外贿通，始出质理。城隍以所告无据，颇不直席。席忿气无所复伸，冥行百余里，至郡，以官役私状，告之郡司。迟之半月，始得质理。郡司扑席，仍批城隍覆案。席至邑，备受械梏，惨冤不能自舒。城隍恐其再讼，遣役押送归家。役至门辞去。席不肯入，遁赴冥府，诉郡邑之酷贪。冥王立拘质对。二官密遣腹心，与席关说，许以千金。席不听。过数日，逆旅主人告曰："君负气已甚，官府求和而执不从，今闻于王前各有函进，恐事殆矣。"席以道路之口，犹未深信。俄有皂衣人唤入。升堂，见冥王有怒色，不容置词，命笞二十。席厉声问："小人何罪？"冥王漠若不闻。席受笞，喊曰："受笞允当，谁教我无钱也！"冥王益怒，命置火床。两鬼捽席下，见东墀有铁床，炽火其下，床面通赤。鬼脱席衣，掬置其上，反复揉捺之。痛极，骨肉焦黑，苦不得死。约一时许，鬼曰："可矣。"遂扶起，促使下床着衣，犹幸跛而能行。复至堂上，冥王问："敢再讼乎？"席曰："大冤未伸，寸心不死，若言不讼，是欺王也。必讼！"又问："讼何词？"席曰："身所受者，皆言之耳。"冥王又怒，命以锯解其体。二鬼拉去，见立木，高八九尺许，有木板二，仰置其下，上下凝血模糊。方将就缚，忽堂上大呼"席某"，二鬼即复押回。冥王又问："尚敢讼否？"答云："必讼！"冥王命捉去速解。既下，鬼乃以二板夹席，缚木上。锯方下，觉顶脑渐辟，痛不可禁，顾亦忍而不号。闻鬼曰："壮哉此汉！"锯隆隆然寻至胸下。又闻一鬼云："此人大孝无辜，锯令稍偏，勿损其心。"遂觉锯锋曲折而下，其痛倍苦。俄顷，半身辟矣。板解，两身俱仆。鬼上堂大声以报。堂上传呼，令合身来见。二鬼即推令复合，曳使行。席觉锯缝一道，痛欲复裂，半步而踣。一鬼于腰间出丝带一条授之，曰："赠此以报汝孝。"受而束之，一身顿健，殊无少苦。遂升堂而伏。冥王复问如前；席恐再罹酷毒，便答："不讼矣。"冥王立命送还阳界。

隶率出北门，指示归途，反身遂去。席念阴曹之暗昧尤甚于阳间，奈无路可达帝听。世传灌口二郎为帝勋戚，其神聪明正直，诉之当有灵异。窃喜两隶已去，遂转身南向。奔驰间，有二人追至，曰："王疑汝不归，今果然矣。"捽回复见冥王。窃意冥王益怒，祸必更惨；而王殊无厉容，谓席曰："汝志诚孝。但汝父冤，我已为若雪之矣。今已往生富贵家，何用汝鸣呼为。今送汝归，予以千金之产、期颐之寿，于愿足乎？"乃注籍中，嵌以巨印，使亲视之。席谢而下。鬼与俱出，至途，驱而骂曰："奸猾贼！频频翻覆，使人奔波欲死！再犯，当捉入大磨中，细细研之！"席张目叱曰："鬼子胡为者！我性耐刀锯，不耐挞楚。请反见王，王如令我自归，亦复何劳相送。”乃返奔。二鬼惧，温语劝回。席故蹇缓，行数步，辄憩路侧。鬼含怒不敢复言。约半日，至一村，一门半辟，鬼引与共坐；席便据门阈。二鬼乘其不备，推入门中。惊定自视，身已生为婴儿。愤啼不乳，三日遂殇。魂摇摇不忘灌口，约奔数十里，忽见羽葆来，幡戟横路。越道避之，因犯卤簿，为前马所执，絷送车前。仰见车中一少年，丰仪瑰玮。问席：“何人？”席冤愤正无所出，且意是必巨官，或当能作威福，因缅诉毒痛。车中人命释其缚，使随车行。俄至一处，官府十余员，迎谒道左，车中人各有问讯。已而指席谓一官曰：“此下方人，正欲往诉，宜即为之剖决。”席询之从者，始知车中即上帝殿下九王，所嘱即二郎也。席视二郎，修躯多髯，不类世间所传。

九王既去，席从二郎至一官廨，则其父与羊姓并衙隶俱在。少顷，槛车中有囚人出，则冥王及郡司、城隍也。当堂对勘，席所言皆不妄。三官战慄，状若伏鼠。二郎援笔立判；顷之，传下判语，令案中人共视之。判云：“勘得冥王者：职膺王爵，身受帝恩。自应贞洁以率臣僚，不当贪墨以速官谤。而乃繁缨棨戟，徒夸品秩之尊；羊很狼贪，竟玷人臣之节。斧敲斫，斫入木，妇子之皮骨皆空；鲸吞鱼，鱼食虾，蝼蚁之微生可悯。当掬西江之水，为尔湔肠；即烧东壁之床，请君入瓮。城隍、郡司，为小民父母之官，司上帝牛羊之牧。虽则职居下列，而尽瘁者不辞折腰；即或势逼大僚，而有志者亦应强项。乃上下其鹰鸷之手，既罔念夫民贫；且飞扬其狙狯之奸，更不嫌乎鬼瘦。惟受赃而枉法，真人面而兽心！是宜剔髓伐毛，暂罚冥死；所当脱皮换革，仍令胎生。隶役者：既在鬼曹，便非人类。只宜公门修行，庶还落蓐之身；何得苦海生波，益造弥天之孽？飞扬跋扈，狗脸生六月之霜；隳突叫号，虎威断九衢之路。肆淫威于冥界，咸知狱吏为尊；助酷虐于昏官，共以屠伯是惧。当于法场之内，剁其四肢；更向汤镬之中，捞其筋骨。羊某：富而不仁，狡而多诈。金光盖地，因使阎摩殿上，尽是阴霾；铜臭熏天，遂教枉死城中，全无日月。余腥犹能役鬼，大力直可通神。宜籍羊氏之家，以偿席生之孝。即押赴东岳施行。”又谓席廉：“念汝子孝义，汝性良懦，可再赐阳寿三纪。”因使两人送之归里。

席乃抄其判词，途中父子共读之。既至家，席先苏；令家人启棺视父，僵尸犹冰，俟之终日，渐温而活。及索抄词，则已无矣。自此，家日益丰，三年间，良沃遍野；而羊氏子孙微矣，楼阁田产，尽为席有。里人或有买其田者，夜梦神人叱之曰：“此席家物，汝乌得有之！”初未深信；既而种作，则终年升斗无所获，于是复鬻于席。席父九十余岁而卒。

异史氏曰：人人言净土，而不知生死隔世，意念都迷，且不知其所以来，又乌知其所以去；而况死而又死，生而复生者乎？忠孝志定，万劫不移，异哉席生，何其伟也！

——《聊斋志异》(上海古籍出版社 2011 年版)

小说从席方平的父亲被先死数年的富室羊某所害写起。席父不但浑身赤肿而死，更在地狱中日夜受刑，饱受摧残。哀痛愤怒的席方平魂赴幽冥，先后至城隍、郡司、冥府喊冤讼屈。由于羊某早已“内外贿通”，席方平不但未能申冤，反而屡遭迫害。城隍“以所告无据，颇不直席”；郡司“迟之半月，始得质理”，却又“扑席，仍批城隍复案”，致席方平“备受械梏，惨冤不能自舒”；在冥府，则“不容置词，命笞二十”，又将他置于火床之上，“反复揉捺”，“骨肉焦黑”，甚至，残忍地将他的整个身体锯为两半，直到他答应了冥王不再诉讼，方被放还。

作者详细记录了席方平一路“上诉”的经过，记下了他带着希望一层层上告申诉的信念，也记下了他所受到的一次比一次惨烈的迫害，从而揭露出阴司的整体性昧暗。幽冥世界里一样是官官相护、勾打连环。就连冥王都对席方平的冤苦置若罔闻，只是反复地问他敢不敢再告。仿佛只要席方平不上告，一切的黑暗、腐朽、罪恶都可以当作不曾发生，他便可以坐享阴世的太平。

席方平没有屈服于冥王的淫威，但他已经认识到，阴曹是一个完全黑暗的世界，在那里根本看不到一线光明。所以，他转而诉之于天。他想到了常驻灌江口的那位聪明正直的二郎神。终于在历经了一番生死轮回之后，道遇九王，得见二郎，最终使冥王、郡司、城隍、吏役、羊某都受到了应有的惩罚。席方平与其父席廉则还魂复活，家道日丰，取得了斗争的最后胜利。

在这里，席方平所面对的阴司地狱，分明就是作者所处的黑暗的社会现实的曲折写照。这里的鬼奴、狱吏、城隍、郡司、冥王，分明就是人世间下至鹰犬上至王侯的大小官僚和他们的走狗。他的申冤之路，已不再是简单的为父报仇。在他的斗争过程中，我们看到的是穷与富的对立，是正义与邪恶的对抗，是受压制、受迫害的民众不屈地反抗。而正是席方平这种执着、坚毅的反抗精神，使他得到了旅舍主人的同情，得到了行刑鬼卒的钦敬。就连那个残酷迫害过他的冥王，面对他的百折不回，不但“殊无厉容”，而且许以“千金之产、期颐之寿”，改威逼为利诱。这些，都体现了席方平顽强不屈的斗争精神，也就是作者在篇末所高度赞扬的“忠孝志定，万劫不移”的坚持。

小说以席廉全身赤肿，号呼而死，席方平惨怛不食，魂赴幽冥开始，带领着读者和席方平的鬼魂一起，亲历了阴司的种种黑暗与腐朽，见识了“金光盖地，因使阎摩殿上，尽是阴霾；铜臭熏天，遂教枉死城中，全无日月”的腐败现实。以二郎神公正判决，席廉延寿三纪，席家日益丰足，三年良沃遍野结束。一前一后形成了鲜明对比，通过这一对比，展示了敢于斗争、勇于抗争之后的美好画卷。这种前景，这种精神，激励着一代又一代的后来者，与邪恶势力相抗争。

既然，阴世也有兴替，那么阴曹的冥王，可能真如胡迪所言，也是要轮流来做的吧。这不，沂水李伯言就要到地府暂摄阎罗之职了。

第九节 李伯言

李生伯言，沂水人。抗直有肝胆。忽暴病，家人进药，却之曰："吾病非药饵可疗。阴司阎罗缺，欲吾暂摄其篆耳。死勿埋我，宜待之。"是日果死。

驺从导去，入一宫殿，进冕服；隶胥祗候甚肃。案上簿书丛沓。一宗，江南某，稽生平所私良家女八十二人。鞫之，佐证不诬。按冥律，宜炮烙。堂下有铜柱，高八九尺，围可一抱；空其中而炽炭焉，表里通赤。群鬼以铁蒺藜挞驱使登，手移足盘而上。甫至顶，则烟气飞腾，崩然一响如爆竹，人乃堕；团伏移时，始复苏。又挞之，爆堕如前。三堕，则匝地如烟而散，不复能成形矣。

又一起，为同邑王某，被婢父讼盗占生女。王即生姻家。先是，一人卖婢。王知其所来非道，而利其直廉，遂购之。至是王暴卒。越日，其友周生遇于途，知为鬼，奔避斋中。王亦从入。周惧而祝，问所欲为。王曰："烦作见证于冥司耳。"惊问："何事？"曰："余婢实价购之，今被误控，此事君亲见之，惟借季路一言，无他说也。"周固拒之，王出曰："恐不由君耳。"未几，周果死，同赴阎罗质审。李见王，隐存左袒意。忽见殿上火生，焰烧梁栋。李大骇，侧足立，吏急进曰："阴曹不与人世等，一念之私不可容。急消他念，则火自熄。"李敛神寂虑，火顿灭。已而鞫状，王与婢父反复相苦。问周，周以实对。王以故犯论笞。笞讫，遣人俱送回生。周与王皆三日而苏。

李视事毕，舆马而返。中途见阙头断足者数百辈，伏地哀鸣。停车研诘，则异乡之鬼，思践故土，恐关隘阻隔，乞求路引。李曰："余摄任三日，已解任矣，何能为力？"众曰："南村胡生，将建道场，代嘱可致。"李诺之。至家，驺从都去，李乃苏。

胡生字水心，与李善，闻李再生，便诣探省。李遽问："清醮何时？"胡讶曰："兵燹之后，妻孥瓦全，向与室人作此愿心，未向一人道也。何知之？"李具以告。胡叹曰："闺房一语，遂播幽冥，可惧哉！"乃敬诺而去。次日，如王所，王犹惫卧。见李，肃然起敬，申谢佑庇。李曰："法律不能宽假。今幸无恙乎？"王云："已无他症，但笞疮脓溃耳。"又二十余日始痊；臀肉腐落，瘢痕如杖者。

异史氏曰："阴司之刑，惨于阳世；责亦苛于阳世。然关说不行，则受残酷者不怨也。谁谓夜台无天日哉？第恨无火烧临民之堂廨耳！"

——《聊斋志异》(上海古籍出版社 2011 年版)

与那些懵懂赴死的人相比,李伯言是很清醒的。在自己暴病之时,他就已经知道了自己此去是暂代阎罗之职,几日之后就会回来,所以他嘱托家人千万不要埋葬他,可见这个人本身是有一些特异功能的。在他死后,灵魂由侍从引导,进入地宫,穿上冕服之后,俨然就是幽冥之王了。

他接手的第一个案子——江南一恶霸强占良家妇女 82 人。在查明案情之后,李伯言按冥间的律法,对恶霸施以炮烙之刑。看来,阴司的执法还是挺容易的。

但接下来的一件就不是那么好办了,因为李伯言遇到了熟人。案中的王某,不但是他的同乡,还是他的儿女亲家。因有这层关系,李伯言当然想要对王某有所偏袒。没想到一念及此,阎罗殿上就着起了大火。火焰直冲梁栋,可把李伯言吓坏了,一下子就从阎王宝座之上跳了起来,侧足而立。这是怎么回事?小吏告诉他,阴间和阳世是不一样的,这里容不下一点私心。劝他赶紧打消心中那些不公正的念头,大火自然就会熄灭。阴司既然有此烛照人心之火,李伯言哪敢再有半点私心?他详加审查之后,按冥律,对王某判以笞刑。

"快乐"的日子总是短暂的,李伯言的"阎罗暂代"很快就到了期限。在返阳的途中,他遇到了数百个异乡之鬼,请求他代嘱南村胡生,在其建道场时,助这些游魂回归故土。李伯言答应了下来,然后一路顺风顺水,安然返回了阳世。

作者在李伯言复活之后,又安排了胡水心的探省、李对王某的探视两个事件,其意在证明神道不诬,也意在说明若持法严正,即使受刑者也会心悦诚服,而不会有所怨恨。

作者于李伯言的暂摄阎罗,虽然只记载了两个案件和一个嘱托,但江南某氏之案写出了豪强恶霸的荒淫;王某一案,写出了贩卖人口的罪行;数百缺头断足的游魂,写出了兵燹造成的生灵涂炭。在内容上,是很丰富的。

小说的最后,作者用极为悲愤的一句"恨无火烧临民之堂廨耳",点明了作品深刻的寓意。阴司有明察之烈火,故冥官不敢稍有私心,而阳世无此烛照之明焰,竟致世上贪残横行。但是,天地之间有杆秤,公道自在人心。是非对错,老百姓自然会有一个公允的评价。那些遭受了不公正、不公平待遇的百姓,那些被压迫、被伤害的民众,他们心中压抑的怒火,必将会在郁积到一定程度的时候猛烈爆发,而这熊熊烈焰一旦燃起,就不是那些高高在上者"侧足而立"就能躲避得了的了!

与阴森的地府、恐怖的冥王相比,那些鸡鸣狗盗的诸色小鬼是根本不足为怪的。我们的国民向来不乏斗争的智慧与勇气,所以我们在与天斗的悲壮雄浑、与地斗的阴暗惨烈之外,还可以看到与鬼斗的轻松诙谐。

第十节 宋定伯捉鬼

南阳宋定伯年少时，夜行逢鬼。问之，鬼言："我是鬼。"鬼问："汝复谁？"定伯诳之，言："我亦鬼。"鬼问："欲至何所？"答曰："欲至宛市。"鬼言："我亦欲至宛市。"遂行数里。鬼言："步行太迟，可共递相担，何如？"定伯曰："大善。"鬼便先担定伯数里。鬼言："卿太重，将非鬼也。"定伯言："我新鬼，故身重耳。"定伯因复担鬼，鬼略无重。如是再三。定伯复言："我新鬼，不知有何所畏忌？"鬼答言："惟不喜人唾。"于是共行。道遇水，定伯令鬼先渡，听之，了然无声音。定伯自渡，漕漼作声。鬼复言："何以有声？"定伯曰："新死，不习渡水故耳。勿怪吾也。"行欲至宛市，定伯便担鬼，着肩上，急执之。鬼大呼，声咋咋然，索下，不复听之。径至宛市中，下着地，化为一羊，便卖之。恐其变化，唾之。得钱千五百乃去。当时石崇有言："定伯卖鬼，得钱千五。"

——《搜神记》（中华书局2009年版）

这是一个不怕鬼的故事，讲的是年轻的宋定伯晚上出行碰到了鬼。一般来说，提起鬼来，总令人有点毛骨悚然的感觉，可宋定伯在得知对方是鬼之后，不但没有害怕躲避，反而谎称自己也是鬼。他与鬼一路同行，还交替互背。在与鬼的交谈对话中，宋定伯机智应答，打消鬼的猜疑，摸清鬼的底细，探明了鬼的弱点。在行程接近终点的时候，宋定伯发动突袭，不但抓住了这只倒霉的笨鬼，还使它现出了原形。最终，在到达宛市的时候，他将化为原形的鬼卖了一个好价钱，在与鬼的斗争中取得了胜利。

小说的突出特点在于叙事语言的生动传神。尤其是宋定伯与鬼之间的对话描写，绘声绘形，宛若亲见。在几番问答之中，表现出宋定伯的机智聪慧，也表现出鬼的轻信愚蠢。

如果说这只羊本无害人之心，反而为人所卖，多多少少有些无辜的话，那么下面几个故事中的鬼，就不再如此良善了。

第十一节 宋大贤擒狐

南阳西郊有一亭，人不可止，止则有祸。邑人宋大贤，以正道自处，尝宿亭楼，夜坐鼓琴，不设兵仗。至夜半时，忽有鬼来登梯，与大贤语，眝目磋齿，形貌可恶。大贤鼓琴如故，鬼乃去。于市中取死人头来，还语大贤曰："宁可少睡耶？"因以死人头投大贤前。大贤曰："甚佳。我暮卧无枕，正欲得此。"鬼复去。良久乃还，曰："宁可共手搏耶？"大贤曰："善。"语未竟，鬼在前，大贤便逆捉其腰。鬼但急言："死。"大贤遂杀之。明日视之，乃老狐也。自是亭舍更无妖怪。

——《搜神记》(中华书局 2009 年版)

南阳西郊的一个亭子经常闹鬼，只要有人到那里停留，就会有灾祸发生，一般的人都不敢在那里停留。偏偏村里有个不信邪的人，名叫宋大贤。有一天，他就特意来到这个闹鬼的亭子里去住宿。晚上他没有早早睡觉，而是坐在那里弹琴，静观其变。弹着弹着，鬼就出现了。鬼主动和宋大贤对话，还做出一副恐怖的样子，大概是想吓走这个宋大贤吧！但宋大贤不为所动，镇定自若，弹琴如故。鬼看看没有办法，悻悻地离开了。

不久，鬼带着一个死人的头骨回来了，对宋大贤说："你就不能稍微睡一会儿吗？"说完，还把死人的头骨扔到了宋大贤的面前。宋大贤看了，依然没有一丝一毫的畏惧，反而说："太好了，我本想睡一会儿，却没有枕头，正想找个什么东西来枕呢，你就给我送来了这个，不错不错。"鬼简直要气疯了，再一次悻悻地离开了。

这一次，鬼过了好久才回来，而且什么也没有带回来。只是对宋大贤说："咱们一起猜猜拳，如何？"宋大贤爽快地答应了。话音未落，鬼已经到了宋大贤的面前。宋大贤毫不含糊，冲上去将鬼拦腰捉住，并把他杀死了。第二天再一看，被杀死的竟是一只老狐狸。

从此以后，这个亭舍就安静了，再也没有闹过什么鬼怪。

在这个小说中，突出表现了宋大贤镇定自若、无所畏惧的英雄气概。无论是妖狐恐怖的外貌，还是死人头骨的惊悚，都没有令他退却。当鬼出现在他面前时，他没有丝毫畏缩。这些都表现出他超人的胆气。之所以能够如此，是因为他平常就以正道自处，从来没有做过什么亏心的事情，自然也就无所畏惧。

在与狐妖的斗争过程中，也表现出了宋大贤的机智。面对狐妖的一计不成再施一计，宋大贤能够镇定地见招拆招，不仅在气势上压倒对方，在语言对话上也占尽上风，表现了他乐观聪颖的斗争智慧。

第十二节 安阳亭三怪

安阳城南有一亭，夜不可宿。宿辄杀人。书生明术数，乃过宿之。亭民曰："此不可宿。前后宿此，未有活者。"书生曰："无苦也，吾自能谐。"遂住廨舍，乃端坐诵书，良久乃休。夜半后，有一人，着皂单衣，来往户外，呼亭主，亭主应诺。“见亭中有人耶？”答曰：“向者有一书生在此读书。适休，似未寝。”乃喑嗟而去。须臾，复有一人，冠赤帻者，呼亭主，问答如前，复喑嗟而去。既去，寂然。书生知无来者，即起，诣向者呼处，效呼亭主，亭主亦应诺。复云：“亭中有人耶？”亭主答如前。乃问曰：“向黑衣来者谁？”曰：“北舍母猪也。”又曰：“冠赤帻来者谁？”曰：“西舍老雄鸡父也。”曰：“汝复谁耶？”曰：“我是老蝎也。”于是书生密便诵书至明，不敢寐。天明，亭民来视，惊曰：“君何得独活？”书生曰：“促索剑来。吾与卿取魅。”乃握剑至昨夜应处，果得老蝎，大如琵琶，毒长数尺。西舍得老雄鸡父，北舍得老母猪。凡杀三物，亭毒遂静，永无灾横。

——《搜神记》(中华书局 2009 年版)

鬼有时可能也会感到势孤力单，所以他们偶尔也会组团出现，结成团伙，杀人害命。这个故事讲的依然是一个闹鬼的亭子，与宋大贤住过的那个“止则有祸”的亭子相比，这个亭子更吓人，只要住在那里就会被杀！这样，一般的人就更不敢靠近了。正所谓艺高人胆大，有这样一个年轻人，他会一点道术，决定去那里一探究竟。

书生在亭子里住下了，但他并没有躺下安寝，而是端坐读书，以观其变。后半夜的时候，先后有“人”在户外呼唤“亭主”，打探他的动静。书生看出端倪之后，也学着前两个“人”的样子，呼唤亭主，从而打探出所谓“亭主”与前后两个“来人”的底细。天亮以后，书生与亭民们一起，一举铲除了作恶多端的三个妖怪。

在这个故事里，妖由单打独斗变成了拉帮结伙，在力量上有所壮大。但是，妖终究是妖，在人类的勇敢和智慧面前，最终仍以失败收场。

小说在艺术创新方面，首先体现在描绘妖怪所变化的人形时，带有着动物自身的某些特点。如北舍母猪的变身，就是“着皂单衣”，穿着黑色的衣服；西舍老雄鸡父的幻形，就是“冠赤帻”，戴着红色的头巾。这本是母猪通体黑毛和公鸡红色鸡冠的典型特征，化成人形之后，初看不觉其异，而当了解其原形之后，就让人忍俊不禁了。

另外，作者写妖魔害人必有所待，要么是乘人之危，要么必趁暗夜。如果是在光天化日之下，或者人类有所戒备时，他们就会束手无策。所以，只要人类提高自身的警觉与胆识，所谓的精魅，又怎能掀起什么风浪呢？

第十三节 神树

颍川陈庆孙家后有神树，多就求福，遂起庙，名“天神庙”。庆孙有乌牛，神于空中言：“我是天神，乐卿此牛。若不与我，来月二十日当杀尔儿。”庆孙曰：“人生有命，命不由汝。”至日，儿果死。复言：“汝不与我，至五月杀汝妇。”又不与。至时，妇果死。又来言：“汝不与我，秋当杀汝。”又不与。至秋遂不死。

鬼乃来谢曰：“君为人心正，方受大福，愿莫道此事，天地闻之，我罪不细。实见小鬼，得作司命度事干，见君妇儿终期，为此欺君索食耳，深愿恕亮。君录籍年八十三，家方如意，鬼神祐助，吾亦当奴仆相事。”遂闻稽颡声。

——《幽明录》(文化艺术出版社 1988 年版)

妖鬼行法，或趁人虚，或欺暗夜，多鬼鬼祟祟。有时，它们也会有稍微高一点点的智商，看似神通广大，具有极大的欺骗性。《神树》讲的就是这样一个精怪，它看中了陈庆孙家的黑牛，就向陈庆孙索要。它说：“我是天上的神仙，喜欢你的这头牛。你要是舍不得把牛献给我，下个月二十号，我就杀掉你的儿子！”所谓父子连心，与一头牛相比，儿子的命是无价的。一般人在这个时候想必都会妥协——破财免灾，舍牛保儿吧！可是陈庆孙偏偏不吃这一套，他说“人生有命，命不由汝”，根本不理会所谓天神的要挟。可怕的是，到了那一天，他的儿子竟真的死去了。这样看来，“天神”还真是惹不起啊！

就当陈庆孙悲伤之际，“天神”又出现了。这次它扬言，如果得不到想要的牛，就会在五月份的时候杀掉陈的妻子。陈庆孙也够犟，仍然不肯献牛。到了五月，他的妻子也去世了。这时，“天神”又来了，说：“你要是坚持不给，我就在秋天时把你也杀了！看你还留着牛做什么！”面对如此“强大凶狠”的天神，陈庆孙仍然没有妥协。

秋天很快就到了，发生在妻儿身上的“灵验”并没有在陈庆孙的身上发生，他安然无恙地活了下来。这个时候，出乎意料的事情发生了——奸谋未逞的“天神”来向他道歉，请求他千万不要把这件事情说出去，否则，“天地闻之，我罪不细”。它还主动坦白了它的伎俩——它是偶然看到了陈庆孙妻儿的死期，便心生歹计，故意以此欺骗、要挟陈庆孙，希望能够得到一些丰厚的祭食。不但如此，“天神”折服于陈庆孙的一腔正气，打算“奴仆相事”，心甘情愿地做人类的奴仆。在这一场人与鬼的斗智斗勇中，陈庆孙取得了最终的胜利。

其实，如果稍加分析，前半部分的“天神”言之必中，貌似强大，破绽也很明显：如果它真的强大到能够随意取人性命，那么要一头牛对它来说又是什么难事呢？用得着如此大费周章吗？所以人们根本不必害怕它的恫吓。陈庆孙正是坚持了“人生有命”，妖鬼不能更改的信念，不为它的威吓所动，才坚持到最后，取得了斗争的胜利。

小说通过这样一个狐假虎威的故事，通过“天神”前倨后恭的态度变化，刻画了一个色厉内荏、外强中干的精魅形象。它借巨树以蔽身，靠危言耸听达到卑劣的目的。鬼怪的伎俩也许会蒙蔽一时，但只要人类持心正直，其阴谋可不攻而破。

第三章 万物有灵皆需爱

我们常说，人类乃万物之灵，喜怒哀乐，贪嗔爱欲，有着丰富的感情；忠信正直，谦恭仁爱，有着许多行事的准则。而事实上，万物有灵，花草树木，飞禽走兽，也都有着它们的情感世界。下面，就让我们从人类最为熟悉的物种说起，看一看生物世界的传奇。

第一节 盘瓠

高辛氏有老妇人，居于王宫，得耳疾历时。医为挑治，出顶虫，大如茧。妇人去后，置以瓠篱，覆之以盘，俄尔顶虫乃化为犬，其文五色，因名“盘瓠”，遂畜之。时戎吴强盛，数侵边境，遣将征讨，不能擒胜。乃募天下有能得戎吴将军首者，购金千斤，封邑万户，又赐以少女。后盘瓠衔得一头，将造王阙。王诊视之，即是戎吴。为之奈何？群臣皆曰：“盘瓠是畜，不可官秩，又不可妻。虽有功，无施也。”少女闻之，启王曰：“大王既以我许天下矣。盘瓠衔首而来，为国除害，此天命使然，岂狗之智力哉？王者重言，伯者重信，不可以女子微躯，而负明约于天下，国之祸也。”王惧而从之，令少女从盘瓠。盘瓠将女上南山，草木茂盛，无人行迹。于是女解去衣裳，为仆竖之结，着独力之衣，随盘瓠升山，入谷，止于石室之中。王悲思之，遣往视觅，天辄风雨，岭震云晦，往者莫至。盖经三年，产六男六女。盘瓠死后，自相配偶，因为夫妇。织绩木皮，染以草实。好五色衣服，裁制皆有尾形。后母归，以语王，王遣使迎诸男女，天不复雨。衣服褊裢，言语侏离，饮食蹲踞，好山恶都。王顺其意，赐以名山广泽，号曰“蛮夷”。蛮夷者，外痴内黠，安土重旧，以其受异气于天命，故待以不常之律。田作贾贩，无关繻符传、租税之赋；有邑君长，皆赐印绶。冠用獭皮，取其游食于水。今即梁、汉、巴、蜀、武陵、长沙、庐江郡夷是也。用糁杂鱼肉，叩槽而号，以祭盘瓠，其俗至今。故世称：“赤髀横裙，盘瓠子孙。”

——《搜神记》(中华书局 2009 年版)

这是一个关于民族起源的、具有民俗学意义的传说。一只有着神奇的出生经历的狗——盘瓠，在高辛氏被戎吴侵略且大军压境的时候，挺身而出，衔得戎吴将军的头颅，因此得娶高辛王的小女儿，并繁衍生息，这就是“蛮夷”的来源。盘瓠与高辛少女，自然就是蛮夷的始祖。

作为古老的民族起源传说，这个故事是荒诞离奇的。首先，盘瓠的出生是离奇的。它不是一只简单又常见的狗，而是由一只虫变化而来。而这只虫，也不是普通又常见的虫，而是出自一位老妇的头顶。高辛氏的一位老妇得了耳疾，经过手术，从老妇的头顶取出了一条虫。这虫儿被“置以瓠篱，覆之以盘”，不久就化成了盘瓠。其次，盘瓠的行为是奇特的。当戎吴大军压境之时，高辛王为打败戎吴，许出了千金、万户的重赏，并舍出自己的小女儿作为给予功臣的赏赐。结果，竟是盘瓠衔着戎吴将军的脑袋回到了王城。看来，这只出身奇异的狗对少女早有爱慕之情啊。国王原想重赏之下必有勇夫，谁知招来的是一只勇犬！再次，高辛王少女的表现也很奇异。在国王和大臣们看来，盘瓠仅仅是一只可能听得懂人类语言的狗，既不可以封官，也没办法赏赐。虽然它为国家立下了伟大的功勋，却不可以按先前的承诺进行奖赏。但少女不这样想。她认为，盘瓠此行乃是天命使然，作为国家，作为君主，当信守承诺，“不可以女子微躯，而负明约于天下”，表现出她不惜个人幸福、利益，也要信守承诺的坚定。当她和盘瓠一起去南山的时候，她“解去衣裳，为仆竖之结，着独力之衣”，原本娇生惯养的千金公主，立即适应了自己身份的变化，毫无怨言地和盘瓠山居野处，并生儿育女，这中间要经历怎样激烈的内心斗争？但从王之少女的行为来看，仿佛这一切都是理所当然。第四，盘瓠与少女的后人习俗奇特。少女为盘瓠生下了六儿六女，他们在盘瓠死后自相配偶，结为夫妻。“织绩木皮，染以草实。好五色衣服，裁制皆有尾形”，“饮食蹲踞”，这些都表现出他们始祖盘瓠的某些本色特征。从后人“用糁杂鱼肉，叩槽而号，以祭盘瓠”等对始祖特殊形式的纪念中，也可以看出这一古老传说的印迹。

人与动物之间的感情是丰富多彩的，特别是早就成为人类朋友的犬，留下了许多动人的忠义传说。比如，陆机家的那条名犬——黄耳，就很神奇。

第二节 黄耳

陆机少时，颇好游猎。在吴豪盛，客献快犬，名曰黄耳。机后仕洛，常将自随。此犬黠慧，能解人语。又尝借人三百里外，犬识路自还，一日至家。

机羁旅京师，久无家问，因戏语犬曰：“我家绝无书信，汝能赍书驰取消息不？”犬喜，摇尾作声应之。机试为书，盛以竹筒，系之犬颈。犬出驿路，疾走向吴。饥则入草噬肉取饱。每经大水，辄依渡者，弭耳掉尾向之。其人怜爱，因呼上船。裁近岸，犬即腾上，速去，先到机家，口衔筒，作声示之。机家开筒取书，看毕，犬又向人作声，如有所求。其家作答书，内筒，复系犬颈。犬既得答，仍驰还洛。计人程五旬，而犬往还裁半月。

后犬死，殡之，遣送还，葬机村南，去机家二百步，聚土为坟，村人呼为黄耳冢。

——《述异记》(据《古小说钩沉》，人民文学出版社 1973 年版)

这个小故事写的是陆机家里有一只快犬，名叫黄耳。黄耳很聪明，也很机灵。他能够听懂人们的谈话，还认识路途。有一次，黄耳被外借到三百里远的地方，它一日之内就安全返回。有了这两点，已经够奇异的了，不过更神奇的事情还在后面。

陆机在京师洛阳做官，离家千万里之遥。这一回，很久都没有家里的消息了，他就和黄耳开起了玩笑，问黄耳能不能帮他传一封平安家书。没想到，黄耳不但听懂了他的话，还真的为他将家书从洛阳送到了东吴，并且将家人的答书安然带回了洛阳。往返只用了半个月的时间，竟比派人往来还要快。这样一只有灵性的狗儿，主人怎能不怜爱？所以，在黄耳死后，陆机家人像对待自己的亲人一样，不但置办灵柩，还千里迢迢地将它送回故乡，安葬在距离陆机家二百步远的地方，让它和它的主人永远相伴，表现了人与狗之间深厚的感情。

故事的主角是一只黠慧的灵犬，作者描写它的语言生动而传神。如陆机开玩笑般问询之后，黄耳"摇尾作声应之"；在往返的路上，每当遇到大水，靠它自己的力量无法渡过时，黄耳"辄依渡者，弭耳掉尾向之"；到了陆机家的门口，黄耳"口衔筒，作声示之"；在陆机家人看完书信之后，黄耳"又向人作声，如有所求"，这一系列的动作细腻传神地写出了口不能言的黄耳的肢体语言，写出了它的聪慧与善解人意。真是我见犹怜！

陆机的黄耳以千里驰书往返的辛劳获得了认可，如果说它以善解人意和不辞劳苦感动了陆机和他的家人，那么广陵杨生之狗，其行为则更加可歌可泣。

第三节 义犬救主

晋太和中，广陵人杨生，养一狗，甚爱怜之，行止与俱。后生饮酒醉，行大泽草中，眠，不能动。时方冬月燎原，风势极盛。狗乃周章号唤，生醉不觉。前有一坑水，狗便走往水中还，以身洒生左右草上。如此数次，周旋跬步，草皆沾湿。火至免焚。生醒，方见之。尔后生因暗行，堕于空井中，狗呻吟彻晓。有人经过，怪此狗向井号，往视，见生。生曰："君可出我，当有厚报。"人曰："以此狗见与，便当相出。"生曰："此狗曾活我已死，不得相与。余即无惜。"人曰："若尔，便不相出。"狗因下头目井。生知其意，乃语路人云："以狗相与。"人即出之，系之而去。却后五日，狗夜走归。

——《搜神后记》(中华书局 1981 年版)

这个故事讲的是晋时广陵一个姓杨的书生，他养了一条狗，并且对这条狗特别好，走到哪里都带着它。有一次，杨生喝多了酒，就在野外的草地上睡着了。

没想到，冬月草枯，星火燎原，竟着起火来。火借风势，很快就要烧到杨生了。情况万分危急，可任凭狗儿怎么叫唤，就是叫不醒烂醉的杨生。怎么办？考验狗儿智慧的时刻到了。它看见前面有一个水坑，就急中生智，用自己身上的皮毛沾一些水，洒到杨生附近的草上。如此往返多次，将杨生附近的草地都打湿了，使杨生免于火焚之灾。

可祸不单行，刚刚逃过一劫的杨生又因为黑夜赶路不慎跌入了一口空井。这一次他的狗儿守着井口哀鸣，一直叫到了天亮，终于有人经过了。这个人却提出：救人可以，但是狗要归他所有。杨生又怎么舍得刚刚救他出火海的爱犬呢？这只狗好像明白主人的心意和两人的僵持，竟以眼色告诉杨生，可以将它送给那个人。路人救出了杨生，开心地领着狗走了。五天之后的一个晚上，这只狗自己跑了回来。

在这个小故事中，义犬的出场并不神奇，而是先特别强调了杨生对狗的爱护，这是后文义犬救主的感情铺垫。在杨生连遭的两次危难中，都表现了犬的忠义。当燎原之火迫近杨生，它"周章号唤"，"走往水中还，以身洒生左右草上。如此数次，周旋跬步，草皆沾湿"；当杨生跌入深井，它"呻吟彻晓"；当有人经过，杨生有了得救的希望，却又面临两难的选择时，它"下头目井"，所有这些都表现了它在主人遭遇危险之时的急切、勇敢、机智，以及杨生与狗之间的默契、深情。

读罢全篇，不由感叹：一只狗尚且对善待它的主人竭尽忠诚，人和狗可以培养出如此深厚的感情，可世上又有多少忘恩负义、见利忘义的卑鄙小人？世人常骂那些小人为"衣冠禽兽"，与文中的义犬相比，是不是有些人的行径连禽兽都不如呢？

其实，不仅是人类豢养多年的犬类，就连地上爬的虫蚁、天上飞的黄雀，也一样懂得知恩图报，这样的故事也发生过很多。

第四节 蚁王报恩

吴富阳县董昭之，尝乘船过钱塘江，中央，见有一蚁，着一短芦，走一头，回复向一头，甚惶遽。昭之曰："此畏死也。"欲取着船。船中人骂："此是毒螫物，不可长。我当踏杀之。"昭意甚怜此蚁，因以绳系芦着船。船至岸，蚁得出。其夜梦一人，乌衣，从百许人来谢云："仆是蚁中之王，不慎堕江，惭君济活。若有急难，当见告语。"历十余年，时所在劫盗，昭之被横录为劫主，系狱余杭。昭之忽思蚁王梦，缓急当告。今何处告之？结念之际，同被禁者问之，昭之具以实告。其人曰："但取两三蚁着掌中，语之。"昭之如其言。夜果梦乌衣人云："可急投余杭山中。天下既乱，赦令不久也。"于是便觉。蚁啮械已尽，因得出狱。过江，投余杭山。旋遇赦，得免。

——《搜神记》(中华书局 2009 年版)

故事讲述了富阳县民董昭之在乘船渡过钱塘江时，偶然营救了一只落水的蚂蚁。没想到，这只蚂蚁竟是蚁中之王。十余年后，董昭之被诬入狱，在群蚁的帮助下，摆脱困境。这个故事表现了万物有灵、善恶有报的思想。

小说的情节离奇，叙事生动形象，语言传神。如董昭之初见蚁王时的情景，"见有一蚁，着一短芦，走一头，回复向一头，甚惶遽"，形象地勾画出蚁王落水后疲于求生的仓皇狼狈之态。也正是这种努力求生的表现，打动了董昭之，促成了他对蚁王的救助。又如，当董昭之想要将蚁王救到船上时，船上的人骂道"此是毒螫物，不可长。我当踏杀之"，传神地表现出人们对于毒螫之物的深恶痛绝。而董昭之无奈之下，"以绳系芦着船"的举动，则是在意欲救蚁又难犯众怒的情况下的折中之法，表现出董昭之的善良和忠厚。这些都是语言的成功运用。

十余年后，如此善良忠厚的董昭之——一个不忍心见蚂蚁溺死的人，却"被横录为劫主"，身陷囹圄，从侧面写出了当时社会的动乱与黑暗。如此一篇志怪短文，因此而具有了深刻的社会内容。

第五节 华阴黄雀

弘农杨宝，性慈爱。年九岁，至华阴山，见一黄雀为鸱枭所搏，逐树下，伤瘢甚多，宛转复为蝼蚁所困。宝怀之以归，置诸梁上。夜闻啼声甚切，亲自照视，为蚊所啮，乃移置巾箱中，啖以黄花。逮十余日，毛羽成，飞翔，朝去暮来，宿巾箱中，如此积年。忽与群雀俱来，哀鸣绕堂，数日乃去。是夕，宝三更读书，有黄衣童子曰："我，王母使者。昔使蓬莱，为鸱枭所搏，蒙君之仁爱见救，今当受赐南海。"别以四玉环与之，曰："令君子孙洁白，且从登三公，事如此环矣。"宝之孝大闻天下，名位日隆。子震，震生秉，秉生彪，四世名公。及震葬时，有大鸟降，人皆谓真孝招也。

——《续齐谐记》(据《汉魏六朝笔记小说大观》，上海古籍出版社 1999 年版)

这篇写的是弘农杨宝在九岁时救下了一只被鸱枭所伤的黄雀，精心帮它调养康复，后来得到善报的故事，表现了杨宝仁爱善良的优良品格。其实，这只黄雀乃是西王母的使者。后来，它用四枚玉环报答杨宝的恩德，使杨宝后人在汉代四世名公，余庆不绝。

短文反复渲染了落难黄雀的可怜境地，它为鸱枭所搏，逐于树下，本已伤痕累累，又“宛转复为蝼蚁所困”，在被小杨宝救回之初，又“啼声甚切”，“为蚊所啮”，其可怜可悲之状令人叹惋，令人动容。

文中通过杨宝对黄雀的救助，颂扬了杨宝的仁爱。他看到被蝼蚁所困的黄雀，“怀之以归，置诸梁上”，将它救回了家。夜间听到黄雀为蚊所啮的哀鸣，又将它“移置巾箱中，啖以黄花”。正是在他的精心照料下，黄雀在十余日后就恢复了毛羽。在此后一年多的相处中，黄雀与他结下了深厚的感情，所以在离去的时候，黄雀“哀鸣绕堂，数日乃去”，已经舍不得离开这个温暖的人间家园了。可见，只要人类以一颗仁爱之心去善待它们，鸟雀也会感知这份爱意。

不但弱小的蚁雀会因在危难的时候被人类的善举所救，进而和人类结下深情厚意，有时候，即使猛虎等野兽，也会在人类对它们施以援手后知恩图报。《张鱼舟》讲述的，就是唐代青州北海县的渔民张鱼舟救治了一只受伤的老虎，得到了丰厚回报的故事。

第六节 张鱼舟

唐建中初，青州北海县北有秦始皇望海台，台之侧有别浕泊，泊边有取鱼人张鱼舟结草庵止其中。常有一虎夜突入庵中，值鱼舟方睡，至欲晓，鱼舟乃觉有人，初不知是虎，至明方见之。鱼舟惊惧，伏不敢动，虎徐以足扪鱼舟。鱼舟心疑有故，因起坐，虎举前左足示鱼舟。鱼舟视之，见掌有刺，可长五六寸，乃为除之。虎跃然出庵，若拜伏之状，因以身劘鱼舟，良久，回顾而去。至夜半，忽闻庵前坠一大物，鱼舟走出，见一野豕，腯甚，几三百斤。在庵前，见鱼舟，复以身劘之，良久而去。自后每夜送物来，或豕或鹿。村人以为妖，送县，鱼舟陈始末，县使吏随而伺之。至二更，又送麋来，县遂释其罪。鱼舟为虎设一百一斋功德。其夜又衔绢一匹而来。一日，其庵忽被虎折之，意者不欲鱼舟居此。鱼舟知意，遂别卜居焉。自后虎亦不复来。

——《广异记》(中华书局 1992 年版)

较之于娇小的黄雀及微小的蚂蚁，当一只凶猛的老虎出现在人类面前时，人类首先感到的一定是恐惧。在本文中，我们就看到了这样一个场面："鱼舟惊惧，伏不敢动"。不过细看之下，我们就会发现，老虎不但没有凶狠之气，反且温驯守礼。它早在夜半时分就来到了张鱼舟的草庵，却不肯打扰人的安睡，而是忍着伤痛一直等到天亮，待人醒来之后才发现它。张鱼舟被突然映入眼帘的老虎吓得趴在那不敢动的时候，老虎又慢慢地用爪子抚摸他，以示自己并无恶意。惊魂稍定的张鱼舟明白了老虎的用意，为老虎拔下了左足的长刺，这时老虎"跃然出庵，若拜伏之状"，还"以身劘鱼舟，良久，回顾而去"，表示了对张鱼舟的感激与亲近之情。

除了初见老虎时受到了一点惊吓之外，张鱼舟对老虎的救治可谓举手之劳，但老虎为报此恩，给予了张鱼舟丰厚的回报。先是在当夜，就给鱼舟送来了近三百斤重的一只肥野猪。之后，要么是猪，要么是鹿，每夜老虎都会送野物过来。当鱼舟为它设了功德，它又衔绢作谢。虽然虎的报恩行为给张鱼舟带来了一点点小麻烦，但不过是报恩故事中的一个小插曲而已。最后，虎以拆庵示警，鱼舟别卜居所，结束了这段人虎之交。

第七节 安南猎者

安南人以射猎为业，每药附箭镞，射鸟兽，中者必毙。开元中，其人曾入深山，假寐树下，忽有物触之。惊起，见是白象，大倍他象，南人呼之为"将军"，祝之而拜。象以鼻卷人上背，复取其弓矢药筒等以授之。因尔遂骋行百余里，入邃谷，至平石，迥望十里许，两崖悉是大树，围如巨屋，森然隐天。象至平台，战惧，且行且望，经六七里，往倚大树，以鼻仰拂人。人悟其意，乃携弓箭，缘树上，象于树下望之。可上二十余丈，欲止，象鼻直指，意如导令复上。人知其意，迳上六十丈，象视毕走去。其人夜宿树上，至明，见平石上有二目光。久之，见巨兽，高十余丈，毛色正黑。须臾清朗，昨所见大象，领凡象百余头，循山而来，伏于其前。巨兽躩食二象，食毕，各引去。人乃思象意，欲令其射，因傅药矢端，极力射之，累中二矢。兽视矢吼奋，声震林木，人亦大呼引兽。兽来寻人，人附树，会其开口，又当口中射之。兽吼而自掷，久之方死。俄见大象从平石入，一步一望，至兽所，审其已死，以头触之，仰天大吼。顷间，群象五六百辈，云萃吼叫，声彻数十里。大象来至树所，屈膝再拜，以鼻招人，人乃下树，上其背。象载人前行，群象从之。寻至一所，植木如陇，大象以鼻揭楂，群象皆揭，日旰而尽，中有象牙数万枚。象载人行，数十步内，必披一枝，盖示其路。讫，寻至昨寐之处，下人于地，再拜而去。其人归白都护，都护发使随之，得牙数万，岭表牙为之贱。使人至平石所，巨兽但余骨存。都护取一节骨，十人舁致之，骨有孔，通人来去。

——《广异记》(中华书局 1992 年版)

这篇故事生动讲述了一群受巨兽迫害的大象求助于善射的猎人，最终除去巨兽的经过，不但表现了猎者精湛的射箭技艺，也表现了巨兽残酷迫害下群象的智慧与反抗。

故事中的安南猎人，不但有着高超的射箭技艺，也有着猎手的勇敢、机敏和面对残暴时的正义感。他被白象惊起之初，"祝之而拜"，对这个庞然大物自然表现出了恐惧之感。当大象驮着他奔行百余里，而终倚靠在大树上，"以鼻仰拂人"的时候，他能够很快明白大象的意图，并与大象进行有效的交流，表现出他的机智。天亮之后，他亲眼见到了巨兽对群象残忍地吞食，明白了白象驮他前来的目的。这时，面对远远比白象凶狠得多的巨兽，他没有畏惧，没有退缩，没有置身事外，而是"傅药矢端，极力射之"，与巨兽进行了激烈的搏斗，表现出了他的正义和勇敢。在整个斗争过程中，也表现出了他高超的技艺、敏捷的身手以及熟练的射猎经验。他首先是趁其不备，出其不意，"累中二矢"，使巨兽负伤；之后，面对伤痛愤怒、声震林木的巨兽，他没有一丝一毫的退缩，而是"大呼引兽"，诱敌深入，再找准机会，"会其开口，又当口中射之"，表现出猎手英勇的斗志和斗争的智慧。归来之后，他向都护如实报告此事，又点明了他安分守法的百姓身份。至此，一个勇敢、机敏、正直、善良、守法的猎者形象得到了充分的展现。

故事还用生动的文字刻画了白象的灵性、智慧，同时也刻画出群象在巨兽残酷压制下的悲惨境地。我们相信，白象绝不是偶然找到猎者并对他委以重任。对白象来说，它一定是经历了艰苦的跋涉和艰难的寻访，最终才锁定了这样一个合适的人选。当猎人不明就里，对它"祝之而拜"时，因为不能说话，无法用语言表明自己的来意，它就用它特有的长鼻子将猎人卷上了自己的脊背，还不忘取上猎人的弓矢药筒。在到达目的地之后，它又用自己的肢体语言向猎人表明自己的意图。在和猎人的交流中，它的鼻子起到了巨大的作用，读来生动传神。从寻找猎者、选定地点、安置猎者的过程中，我们看到了动物为摆脱困境而做出的种种谋划，你能说它们没有灵性吗？

故事还通过白象与群象的表现，写出了它们在巨兽淫威之下的悲惨处境。当远距巨兽所在六十里远的平台时，白象就"战惧，且行且望"；在清晨，则主动率群象前来，伏于巨兽之前，坐以待毙，任其吞噬，可见巨兽平日的残暴与群象的凄惨。所以，当它们确定巨兽已死的时候，"以头触之，仰天大吼"，这"头触"是压抑了太久的仇恨的发泄，这"大吼"则是隐藏了太久的愤怒的爆发。

文中的巨兽没有名字，但从群象对它的恐惧足可以想象到其凶残程度。它

“高十余丈，毛色正黑”，是一个绝对的庞然大物，这也就难怪白象一定要让猎人上到六十丈高的地方才能放心。巨兽的一节骨头，就需要十多个人才能抬动，骨头中间的孔隙，可通人行，这些都突出它的形体之巨。即便如此凶猛残忍的庞然大物，当它不顾群象死活，肆无忌惮地作威作福时，也终于被群象运用自己的智慧并通过猎人之手除掉了。数日之间，仅存余骨，它的下场是悲惨的。巨兽最终惨死的结局，是不是也可以给那些残暴的统治者们以警示呢？

有时候，人兽之间，就算不为了求助、报恩，也是可以和睦共处的。哪怕原本处于敌对的状态，只要诚信以待，也能够和谐相对。那么我们就看看噬人之虎与捕虎之人同落陷阱，由敌对转为合作，进而和平解决问题的神奇故事。

第八节 丁岩

贞元十四年中，多虎暴，白昼噬人。时淮上阻兵，因以武将王征牧申州焉。征至，则大修擒虎具，兵仗坑阱，靡不备设。又重悬购，得一虎而酬十缣焉。有老卒丁岩者，善为陷阱，遂列于太守，请山间至路隅，张设以图之。征既许，不数日而获一虎焉。虎在深坑，无施勇力。岩遂俯而下视，加以侮诮。虎则跳跃哮吼，怒声如雷。而聚观之徒，千百其众。岩炫其计得，今喜异常。时方被酒，因为衣襟罥挂树根，而坠阱中。众共嗟骇，谓糜粉于暴虎之爪牙矣。及就窥，岩乃端坐，而虎但瞪视耳。岩之亲爱忧岩，乃共设计，以辘轳下巨索，伺岩自缚，当遽引上，或希十一之全。岩得索，则缠缚腰肢，挥手，外人则共引之。去地三二尺，其虎则以前足捉其索而留焉。意态极仁。如此数四。岩因而谓之曰：“尔辈纵暴，入郭犯人，事须剪除，理宜及此。顾尔之命，且在顷刻。吾因沉醉，误落此中。众所未便屠者，盖以我故也。尔若损我，固激怒众人。我气未绝，即当薪火乱投，尔为灰烬矣。尔不若从吾，当启白太守，舍尔之命，冀尔率领群辈，远离此土。斯亦渡河他适，尔所知者矣。我当质之天日，不渝此约。”其虎谛听，若有知解。岩则引绳，众共出之。虎乃弭耳瞩目，不复留。岩既得出，遂以其事白于邦伯曰：“今杀一虎，不足禳群辈之暴，况与试约，乞舍之，冀其率侣四出，管界获宁耳。”征许之。岩遂以太守之意，丁宁告谕。虎于陷中，踊跃盘旋，如荷恩施。岩即积土坑侧，稍益浅，犹深丈许。虎乃跃而出，奋迅踯腾，啸风而逝。自是旬朔之内，群虎屏迹，而山野晏然矣。

吁！保全躯命之计，虽在异类，亦有可观者焉。若暴虎之猛悍，况厄陷阱，得人固当恣其狂怒，决裂噬啖，以豁其情。斯虎乃因岩以图全，而果谐焉。何其智哉！而岩能以言词诱谕，通于强戾，果致族行出境之异，况免挂罥之害，又何智哉！斯乃信诚交感之致耳。于戏，信诚之为物也，何其神欤！

——《集异记》(中华书局1980年版)

小说开篇即写出了人与虎之间尖锐的矛盾对立。虎是白昼噬人，杀生害命；人则“大修擒虎具，兵仗坑阱，靡不备设”，这是对立的第一个层次，还只是普通层面上的对立，尚未有直接的冲突。几天后，一只猛虎落入陷阱，丁岩“俯而下视，加以侮诮”，虎则“跳跃哮吼，怒声如雷”，这是对立的第二个层次，已经深化到人与虎直接、正面的冲突。

阱上之人与阱下之虎尖锐对立，人占据着绝对的优势。谁知紧接下来，也许是丁岩太过得意忘形，在酒的作用下手舞足蹈，一不小心坠入了陷阱！情节上陡起波澜，变成了人与虎同陷困境。矛盾冲突发展到了人与虎近距离对峙。此时态势急转直下，在围观的百姓看来——丁岩肯定要被暴怒的老虎吞食了！大家震惊于这一突变，向阱下窥视，却发现了戏剧性的一幕：阱下丁岩安然端坐，老虎只是盯着他看，并没有要攻击他的意思。

既然丁岩还活着，那就想办法救他吧。于是，大家找来了又粗又长的绳索，用辘轳垂到阱下，希望能侥幸将丁岩从虎口救出。可是，就当丁岩将自己绑缚好并招呼大伙向上拉他的时候，更为戏剧性的一幕发生了：每当丁岩被拉到离地两三尺高的时候，老虎就会用它的前爪按住绳索，不让他上去，而表现出来的神情又非常仁爱，这是怎么回事？几次三番之后，丁岩终于明白了老虎的用意。于是，丁岩对着老虎，进行了一番推心置腹的谈话，并指天誓日，与老虎定下了盟约。神奇的是，当他说出如此一段长篇大论时，老虎就那样静静地、仔细地听着，仿佛什么都听懂了一般。估计老虎心中所想，也就是借丁岩之命，换自己自由之身。它相信丁岩能够想到这一层，那么他所说的，应该就是这个意思吧。所以，当丁岩和它长谈之后，它没有再捣乱，丁岩得以安然出阱。

在小说的最后，写出了人与虎对承诺的信守。安全返回的丁岩没有失信，他将情况禀明太守，在得到太守的首肯之后，帮助老虎跳出了陷阱。而老虎也真的按照“阱下之盟”，带领着其他的老虎离开了申州地界。

小说对人、虎的形象都进行了深刻、生动的刻画。如初得虎时，丁岩“俯而下视，加以侮诮”，围观之人越聚越多，丁岩则“炫其计得，夸喜异常”，写出了老卒丁岩醉后的得意忘形之态。而随后的坠入陷阱，就更显出了喜剧性的效果。又如，当丁岩对其侮诮之时，老虎“跳跃哮吼，怒声如雷”，虽处困境，仍不失威猛。而当丁岩坠阱之后，老虎由“但瞪视耳”，到“捉其索而留焉。意态极仁”，再到“弭耳瞩目，不复留”的动作表情变化，写出了老虎“因岩以图全”的智谋。在丁岩积土坑侧，然犹深丈许时，“虎乃跃而出，奋迅踯腾，啸风而逝”，更显出老虎的凶猛与强悍。因而，它依然信守自己的承诺，族行出境，也就更显可钦可敬。

篇末，作者对虎之急智，对人与虎“信诚交感”之通神进行了热情的讴歌。

人类往往以为自己才是世间各种生灵的主宰，常常为了一己之私而做出种种残害动物之举。在这种时候，看似微弱的生灵也会采取它们特有的方式，对人类的恶行进行报复。而这种报复往往也是非常残酷的。下文要说的，就是唐代咸通年间，新安县民王公直因坑蚕之咎，受到蚕灵惩罚的神异故事。

第九节 埋蚕受祸

唐咸通庚寅岁，洛师大饥，谷价腾贵，民有殍于沟塍者。至蚕月而桑多为虫食，叶一斤直一镮。新安县慈涧店北村民王公直者，有桑数十株，特茂盛荫翳。公直与其妻谋曰：“歉俭若此，家无见粮。徒极力于此蚕，尚未知其得失。以我计者，莫若弃蚕，乘贵货叶，可获钱十万，蓄一月之粮，则接麦矣，岂不胜为馁死乎？”妻曰：“善。”乃携锸坎地，卷蚕数箔瘗焉。

明日凌晨，荷桑叶诣都市鬻之，得三千文，市彘肩及饼饵以归。至徽安门，门吏见囊中殷血连洒于地，遂止诘之。公直曰：“适卖叶得钱，市彘肩及饼饵贮囊，无他物也。”请吏搜索之。既发囊，唯有人左臂，若新支解焉。群吏乃反接送于居守，居守命付河南府。尹正琅琊王公凝令纲纪鞫之，具款云：“某瘗蚕卖桑叶市肉以归，实不杀人，特请检验。”尹判差所由监令就村验埋蚕处。所由领公直至村，先集邻保责手状，皆称实知王公直埋蚕，别无恶迹。乃与村众及公直同发蚕坑，中有箔角一死人，而缺其左臂。取得臂附之，宛然符合。遂复领公直诣府白尹，尹曰：“王公直虽无杀人之辜，且有坑蚕之咎，法或可恕，情在难容。蚕者，天地灵虫，绵帛之本。故加剿绝，与杀人不殊。当置严刑，以绝凶丑。”遂命于市杖杀之。使验死者，则复为腐蚕矣。

——《三水小牍》(据《唐五代笔记小说大观》，上海古籍出版社 2000 年版)

如果说，丁岩与老虎由敌对、抗争到信诚交感，算得上一幕喜剧的话，那么王公直由养蚕到弃蚕、埋蚕，则出演了一部彻底的悲剧。小说开头交代了事件发生的背景：京师洛阳发生了严重的饥荒，造成米价暴涨，老百姓甚至有饿死于沟渠者。偏偏又发生了虫灾，连桑叶的价格都直线上涨。而王公直家的数十株桑树却枝繁叶茂，长势良好。这时候，王公直就与他的妻子合计说：“这年头是这样的不好，咱们家里连存粮都没有。如果我们白白把这几十树的好桑叶拿来喂蚕，还不知道最后的收入如何。依我之见，还不如干脆别养蚕了，趁着现在桑叶的价钱贵，卖它十万钱，买上一个月的粮食存起来，这不是更好吗?”妻子一听，也觉得不错，两个人一拍即合，当即“携锸坎地，卷蚕数箔瘗焉”，一桩“惨案”就这样发生了。

接下来，小说生动叙述了王公直坑蚕之后发生的奇异事件。第二天一早王公直就担着桑叶到市上去卖，果然如其所愿，卖了一个好价钱。开心的王公直买了一只猪腿和一些烧饼干粮往家里走。可能他心里正盘算着晚上可以大快朵颐呢。谁知走到徽安门时，他就被守门的官吏拦住了。门吏在他的包裹之中，竟然发现了一只人的左臂！这就昭示着有人命关天的大案发生，非同小可。所以逐级上报，王公直被交付河南府尹正处置。尹正还算负责，按王公直的供词，派人到现场进行核查。可是谁知，当挖开王公直的埋蚕之处时，不见群蚕而见人尸，这具尸体又正好失去了左臂。这简直太匪夷所思了！最终，尽管有村邻的手状担保，王公直仍以埋蚕之罪，被尹正判以杖杀之刑。

在这个故事中，王公直埋蚕的原因是基于人类对利益追求最大化的本能。他为获取眼前桑叶高价的暴利，为免日后可能的饥饿之苦，做出了残忍的坑蚕之举。在饥荒、战乱频仍的唐代末年，作为普通百姓的王公直有这样的想法和行为，尚属可以理解。但无论如何，将天地之灵虫、绵帛之根本如此残忍地坑杀，总是有些说不过去的。所以蚕用一种灵异的方式，借官府之手，严厉地报复了王公直。

对于中国这个古老的农耕民族来说，对于习惯了男耕女织的生活方式的百姓来说，蚕在人类的生活中扮演着重要的角色，与人类有着深厚的感情。正因为此，尹正才会认为王公直坑蚕的行为“与杀人不殊”，给予严惩。这是故事发生的历史文化背景。

在这些人与动物的故事中，我们可以发现，人类的付出往往是微薄的，而得到的回报常常是丰厚的。但是，人的欲望是无穷的，因人心之不足，往往会使原本和谐的关系产生裂痕，造成对动物的伤害。

第十节 姗姗

楚之凤凰厅，万山中有石亭，颜曰“苗姑救夫处”。间疑为跳月人绣帕涅面，吹芦笙呜呜者，自觅藁砧故事，而不知其非也。

明季，焦生鼐，字梅仲，中州人，任侠放生，读书学剑，偕友游汴之上河。时值清明，士女如织。有健儿弄虎演剧者，围观若堵墙。虎眇一目，爪牙钩刺，文质斑斓。弄者故以头触其吻，手捋其须，背承其腹，而虎且宛转如人意。众掷青蚨，胜撒白雨。市散，驱入大木函，荷之去。

生归而冥想，太息曰："丈夫不能自全，误落陷阱，亦犹是夫！"友戏曰："然则封使君亦将买而放之乎？"曰："有何不可？"夜寝，梦老父阘然入，白衣绛冠，向生拱揖，曰："封使君谪限已满，郎君若仗义侠，放归山林，则得美妇，解奇厄，证仙果，功德无量也。"生曰："弄虎者以之攫阿堵，为衣食券，恐靳而不售也。"曰："有机可乘。"生一诺而醒。朝暾满窗，起呼盥栉，挈友再往。

至则鸣钲开场，虎摇尾瞑目，意甚颓败。倏一老叟，科头袒背而前，骑虎背，龇虎颔，更以髭颅抵唇侧。虎忽大吼，利喙一合，则头脆如瓠落矣。观者尽奔，两健儿哭曰："杀者吾父也！虎向驯，不知何故突变性！将杀毙抵吾父！"子操刀欲砍。生忽止之曰："子迂矣！虎噬人，性也。即毙之，岂即能抵尔父？人财两空，殊失算计。"曰："将奈何？"曰："曷卖于我，以资殓尔父，余则另作生涯，此计之善者。"健儿私议久之，以为然。问其值，曰："十万钱。"如数交兑。生命仆人放之去，咸不敢，曰："索在颈，尚噬人，若解去，不将继叟伥耶？"生怒，自策马，送虎至深山中，曰："荒野穷岩，不少生物，幸勿扰行路，罪株小生。"虎颔之，独目若流涕。生亲解铁铛锒，急上马返辔，挥之曰："去！"遂分道行。甫转官衢，忽狂飚骤起，砂石横飞，虎至。急夺路，则已伏马前，叩数十下始去。归告友，咸不甚信。

是秋礼闱获解，往应南宫试。行至燕赵间，仆马奔驰，日色已堕，疏林叠巘，倏迷路歧。忽林中矗出欹石，高丈余，瘦削可爱。炊烟缕缕，知有野人家。趋求止宿，则老屋数椽，门临曲涧，一眇目老叟龙钟迓客，曰："何处贵人，下顾草野？"生自陈名氏，且告所求。邀入坐草堂中，仆马亦有安置。叟衣冠整洁，言语粗豪，自云苗姓，向客中州，遄归未久。倏一红妆屏角窥客，又一老媪上堂篝灯，蹀躞颇苦。叟曰："寒家无仆御，此山荆也。"生局促不安，意在呼仆，曰："累夫人不当。"叟止之曰："纲纪劳乏，已安栖止。"向屏内呼曰："大姑姗姗儿，出拜郎君，一代母劳。"女果盈盈趋前裣衽。生见其媚态万方，神魂飞越，几致失礼。揖而问叟曰："女公子耶？"曰："然。以郎君贵人，敢以女儿相见。"

须臾，肴陈于案，酒沸于铛，叟以巨瓯自饮，以常樽劝客。酒阑，女出，为生解装设榻，布枕拂衾，殷勤臻至。生逊谢，女一笑去。餐已，叟诣内与媪絮语，遂不出。生醉而隐几，女摇生醒，曰："郎可寝矣。"曰："卿尚未去耶？"曰："父母遣视安枕，防呼茗饮耳。"问："芳龄几何？"曰："十六。"问："有婿家否？"女酡然久之，微嗔曰："夜深可寝，絮絮何为？恐老亲闻知，叱辱将及。"生倚醉，遽揽红袖，女挣脱移立，不得近，遂寝。醒则吻燥，试呼茗，则女已捧磁盏立榻下。生饮已，牵玉臂求欢。女呼曰："鲁莽儿！何动欲丧人廉耻？"叟媪内呼问，手释，女急遁。意将诟谇，转寂然。

天明，晨光透，女起，出洒扫，生惴惴不敢语。女呼曰："郎起耶？满天风雪，真天留客也。"生披衣视庭外，果花飞六出，片如掌大。旋进盥具，更沏苦茶。女笑曰："痴郎子，昨宵几惊破胆！"曰："忍哉，卿也！"曰："柔情媚骨，何必尔尔！"生益惑，语渐狎亵。女秋波微怒，似又欲呼。生哀之，始已。临去，忽红涨于面，欲言又止者再，曰："郎娶否？"曰："未。"曰："真耶？"曰："天日可誓。"曰："郎求婚于吾父母，无不谐，万勿望非礼苟合也。"生曰："诺。"

时仆亦起，问生行否，生痴立犹豫。叟出挥仆夫曰："茫茫风雪，向何处去？霁即行，岂碍程途耶？"少顷，女又陈餐膳，饼饵带松子香，雉羹鹿脯味尤美。生且啖且问女郎年齿与婿家姓氏，叟答以择配甚难，红鸾犹缺。生曰："仆不才，尚属清门，忝登桂籍，未知可列雀屏选否？"叟曰："姗姗甚倔强，容归与山荆询明白，免他日怨老朽孟浪。"顷出，告生曰："大喜大喜！小妮子竟首肯。但夫妇老矣，风烛草霜，一朝殒谢，反累弱息茕独。山野无鼓乐傧相，意屈东床即于今夕草草花烛，明即携去。愧无奁妆，能相谅否？"生喜极再拜，一一承命。

媪扶女出，韦布新更，云环微掠，愈觉妩媚动人。交拜讫，重设尊罍，一家团聚。仆在斗室，亦小犒赏，痛饮极欢。夜深，二老去，生移灯掩门，即就客榻成婚礼，缱绻恩爱，盟誓万言。明晨雪霁，叟媪并出，曰："姗姗儿娇惯，乞郎君百事看老朽，勿加罪责。双双登程，不敢以私爱误功名事也。"母流涕悲恋曰："勉事郎君，锦旋时可一归宁，何须戚戚！"生以马授女，自则与仆徒步，拜别出门。叟于欹石下掀卧石起，内皆朱提，曰："仓卒不及备奁，以此为倩。"生曰："客途无玉台下聘，尚敢领厚贶乎？"曰："聊壮行色耳。"生勉取三锭，叟以为太少，尽代捡入囊，挥之曰："去！"

出山数十里，入一大城市，为女购簪珥裙服，崭然一新。再觅车马，入都赁宅居，倡随乐甚。榜发，成进士，授浙之会稽令，挈夫人同之官，多政声，皆内助也。然生性好客，旧雨新云，争来趋附。

明年升钱塘太守，而客益多。女请却之，不听。客闻之惧，醵千金购妖姬名窈娘者，奉生为妾。窈娘色既艳冶，弦索歌唱无一不工，床笫之间，尤多内媚。生惑之，嬖昵忘政事，而客皆隐攘其权矣。女独宿，决不争夕。然生偶抱恙，女辄鸡鸣起，侍汤药，不啻孝子。窈娘见女肢体发肤无处不美，即乱头粗服亦饶姿致，退而揽镜，愈自惭汗。由爱生惭，惭生妒，妒生恨。遂广结婢媵，环布腹心，思倾女，不得入。暗以鸩毒置酥酪中，布女室。生偶入呼饥，女以酥酪进，窈急夺而弃之，啖猫犬，立毙。乃娇啼求去，曰："夫人妒忌，意毒良人。妾若不去，恐难免也。"又女每夜焚香于庭，礼拜北斗，潜告生曰："夫人毒未成，又用诅禳法，妾时心痛，恐中魔巫。"由是生怒女，动辄得咎，曰："终非好相识！"立逼大归。女泣曰："自为君妇，有何失德？"曰："吾与尔缘尽，眼中钉，喉中骨鲠，不能顷刻留！"女大恸。曰："若留，须跪受鞭笞始已。"女即膝立受辱，婢媪争伏女旁，愿代受杖。邑之仕宦眷属闻之，咸不平，声名益狼藉。

当道者罗织生之荒怠酒色，侵蚀库帑十余款，欲劾之。生惧，谋于客，出千金购玉鼎，将献中丞。又出千金购冬貂，献侍御。同列中堂，鼎无故碎，裘无故焚，至问谁毁，窈坚以夫人对。生大怒，狂呼不可忍，操杖立逐女出。女曰："是真不可留矣！"自脱簪珥裙服掷地下，着嫁衣，匆匆出门，飘瞥不见。

当道待生贿不至，疏劾之，奉旨降官东鲁滕阳丞，婢仆与客，一时星散。生典质玩物，得千金，携窈就丞任。策马悠悠，误入山谷，见疏林烟里，欹石犹存，忽至当年止宿处，大惊，恐翁媪出，无颜相见，勒马不前。遣仆觇视，则空林无屋宇，仅曲涧流泉，荒苔虎迹。急趋而过。

丞任清苦异常，窈不能堪，终日悲啼，生唯隐忍。旋抱病，呼窈不至，盖早已随仆遁去。至是始悔，恸曰："其负吾结发苗姑报乎？"而已无及矣。更以行贼革职，充云南军。赭衣登程，监者呵詈，资斧一空，货马徒走，两足肿溃，踯躅不前。

比至凤凰厅，万山中人踪断绝处，有亭翼然，监者引入，嗔目叱曰："尔罪应受，我辈何辜？请速自戕，免污吾刃！"生哀涕不已，监者操刀而至。正惶急间，忽腥风怒号，一白额猛虎自绝岭下，爪搏监者，三人死路侧，生亦迷闷。微苏，觉耳畔有妇人哀唤声，启眸视之，非他，姗姗苗大姑也。生反痛哭，曰："夫妻邂逅，得毋梦中乎，抑冥中乎？"曰："窈娘何在，客又何在？"生以头触地，泣言知悔。问："虎究何往，卿究何来？"曰："郎至此，量言亦无惧。妾非人，虎也。郎在中州所放者，妾生身父也。父母感大德，遣侍巾栉，又以无状被逐。若非大难当前，实无颜见夫子。然真面目已露，郎能无以非类见疑乎？"曰："岂但无疑！"言已，抽刀断拇指，血涔涔焉。女惊救之，已断，急出药末糁而接之，裹以残帛，竟不痛。曰："郎君既悔，又何必尔！"曰："非此无以对我贤卿也。"问："翁媪何往？"曰："天谪已满，重证仙班，不在人间矣。南山之南尚有敝庐，能惠临否？"曰："逃军杀监，出则领断，茫茫海内，托足无区，愿随卿隐。"曰："以郎资质，堪破泡幻，大丹且成。"言已，携手同行。穿云越涧，约十余里，怪石数转，忽见洞府。门前长须赤脚者三四辈，翘首拱候，呼曰："大姑救得郎君归矣。"问："此数辈何来？"曰："老父遗留婢仆，侍郎君耳。"入见釜铛鼎臼，几案床第，无一非石。曲折数层，若分内外。西偏一洞，为女卧房，房内陈设古雅，帷帐悉具。床上坐一婴儿，呀呀索乳。问是谁氏子，曰："此君种也。渠外大父命名曰寅生。"生亲与摩顶，见其丰丽魁梧，知是国器。夜夕燃石灯，出石瓮中花酿饮生，烹茯苓松花饼啖生。晨起，督婢仆各出采药，自以野蚕织布，无一废驰。

寅生五岁，颇慧。生拾树叶为笺，燃松枝为笔，抄书教儿读。十岁即通六经，能韵语。生悲曰："吾负罪窜匿，累娇儿何时出头？"女问："中州有手足否？"曰："有。"问："曾受君惠否？"曰："有从堂弟名盉者，从未贷一钱。"女以纤指卜再四，曰："是真可托。"翌日早起，呼秃发僮驾牛车抱儿端坐，以生手书置儿怀，自脱金钏束儿腕，并与玉瓶，曰："需果饵，此中索即得。"安置讫，遽挥曰："去！"车如电掣风驰，突入云际。生失声哭，女笑曰："君别儿即苦，妾父母嫁女时亦苦耳。何一入宦途，顿加白眼？"生大愧，以指示女，曰："卿忘却耶？"相与大笑。

焦盉，中州名士也，四十无子以为忧。族人子蓬头历齿，不欲继。夫人为置妾，又恐分恩爱，不肯受。是日，忽牛车到门，僮抱儿入，投书案上。盉拆阅，见的真为兄鼐笔迹，大喜。阅至托儿为嗣一节，更觉欢欣。一瞥眼，僮与牛车不见，唯儿束钏捧瓶依膝下。市人哄闹，曰："焦家门内，豹负猩猩，奔出城去。"夫妻爱儿逾所生，寝必搂于怀，食必加诸膝。冬日盉病，思樱桃不得，儿忽捧金丸至，问何来，笑指瓶以母语告。戏呼他物，无不应，由是大富。

寅生冠而就试，贵为大中丞，征云南寇。时盉夫妇寿八十，犹健饭，领军拜别，谕功成速回，顺路访亲生父母。寅泣受教。凯旋时，果访至旧处，则洞口云迷，树叶零落而已。痛哭榛莽，视石壁镌草书一行，曰："中州焦鼐，遇虎得生，洞居卅载，吐纳通神。天降丹颗，服之身轻。水火调御，夫妇道成。某年月日，白昼飞升。儿读能贵，勉事圣君。石啮流水，岭横白云。人间天上，一样看承。"

懊侬氏曰：人虽至愚，当其受恩，则未尝不疾首抚心，以为苟渝此盟，有如江水。及至孽昵既久，责报太苛，反面若仇，有终身切齿者。姗姑姗姑，既报德于未遇之时，又救之极危既穷之后，其亦愧夫人而须眉者乎！至于女子小人，谗谮惑主，虎且惮之矣。噫嘻！姗姑，慎勿孟浪唱《想夫怜》也！

——《夜雨秋灯录》（重庆出版社 2005 年版）

《姗姗》讲述的是书生焦生救下落难之虎，从而"得美妇，解奇厄，证仙果"的离奇故事，批判了人类"责报太苛，反面若仇"的负义行为，表现了知过能改、行善积德的因果报应思想。

小说通过离奇曲折的情节，塑造了虎女姗姗、书生焦生、侍妾窈娘等数个鲜明生动的人物形象。

先看焦生。作者开篇即写他"任侠放生"，本就是一个有着侠士之义、仁爱之心的儒生。所以，当他看到爪牙钩刺的斑斓猛虎竟被耍杂技者玩弄于股掌，且"宛转如人意"时，心中油然而生不平之感，并有解救之意。再看他梦中受人之托，承诺救虎，晨起便付诸行动，乘机施救，也表现出他重信义、守承诺的侠义精神。废十万钱而不吝惜，送虎深山而无畏惧，体现出他的豪爽与勇敢。看他在放虎归山时的简单叮嘱，有要求而无苛责，合情合理。可以说，在小说的前半部分，焦生是以一个重信守诺、轻财好义的高大的侠客形象出现在读者面前的。

接下来，在燕赵山野之间，再看他一见媚态万方的姗姗就"神魂飞越，几致失礼"，自夜及晨，又是"倚醉，遽揽红袖"，又是"牵玉臂求欢"，又是"语渐猥亵"，已经流露出一定程度的轻薄。当金榜高中，仕途顺达，门客趋附、妖姬相伴时，焦生已完全不见了当初的豪侠之气。他全然忘记了今日的富贵荣华皆源于姗姗的帮助，更忘记了洞房之夜对姗姗的盟誓万言。在宠妾的谮言之下，他对姗姗动辄鞭笞杖逐，丝毫没有半点的温情与怜爱，竟至视姗姗为“眼中钉，喉中骨鲠”，不去不快，暴露出得志之后的猖狂与忘恩负义的丑恶嘴脸。所以，当他在姗姗走后，一路败落，终至革职充军。在他“赭衣登程，监者呵詈，资斧一空，货马徒走，两足肿溃，踯躅不前”之时，非但不能激起读者的同情之感，反而令人有解恨之意。不过，纵使他曾经绝情绝义，姗姗依然对他有情有义。所以，姗姗及时出现并解救了他。还好，在得到了姗姗的解救之后，他能断指明誓，痛改前非，最终修成正果，白日飞升，也算有始有终。

再看虎女姗姗，这是作者倾注了深厚感情的一个形象。作者用满含深情的笔触，描写了她的美丽、端庄、贤淑、坚忍和善良。她是美丽的，甫一出场，盈盈敛衽之际，已令焦生神魂飞越。即使在那个艳冶的妖姬窈娘眼中，姗姗也是“肢体发肤无处不美，即乱头粗服亦饶姿致”，以至于“退而揽镜，愈自惭汗”，进而由惭生妒，由妒生恨。我们常说，男人与女人的审美眼光是不同的，女性对自己的同性往往有着更为苛刻的标准。但姗姗之美甚至得到了情敌的认同，可见已经超越了一般的凡尘之美。她是端庄的，当焦生倚着酒醉，对她行轻薄挑逗之举，她义正词严，凛然而不可侵犯。就算早已芳心暗许，仍对焦生猥亵之言以礼相拒，决然不肯“非礼苟合”。她是贤惠的，在焦生惑于窈娘之媚，移情别恋时，她“独宿，决不争夕”，而当焦生偶然疾病，她“辄鸡鸣起，侍汤药，不啻孝子”，这些完全符合封建社会男子对于女性贤良淑德的要求，所以她的无辜被逐也就越加显出焦生的无情无义。当焦生对她无故鞭笞之时，“婢媪争伏女旁，愿代受杖。邑之仕宦眷属闻之，咸不平，声名益狼藉”，也说明姗姗的贤德得到了广泛的认同。当然，姗姗并不是那种在封建礼教约束下逆来顺受、完全失去自我的女性。所以，面对焦生的无故笞辱，她初尚隐忍、静观，一旦意识到焦生对她已经恩断情绝，她“自脱簪珥裙服掷地下”，连焦生为她购置的衣物都不肯穿走，只穿着自己出嫁时的衣裳，毅然决然地离开了伤心之地。这正应了虎翁当年所言的“甚倔强”。而姗姗去后，焦生由降职到革职、充军的一路败落，婢仆星散，宠妾潜逃，抱病无应的惨状，也印证了他此前“多政声”皆因内助之实，烘托出姗姗的贤良品德和先见之明。姗姗是善良的，当焦生落难之际，她不计前嫌，及时援救，以她的宽容大度令焦生无地自容。作者正是通过这些情节，成功塑造了美丽、端庄、贤良、坚忍、善良的虎女形象，感人至深。

小说中的窈娘是一个非常鲜明的反面形象。她是门客们为攘夺焦生之权而不惜千金购买的“妖姬”，色既艳冶，又多内媚。为了巩固自己的地位，对与她“决不争夕”的姗姗百般谮言，用尽机关。而姗姗一去，焦生败落，富贵转眼如云烟，她先是终日悲啼，抱怨生活的清苦；进而弃抱病的焦生于不顾，和仆从卷资潜遁，表演了一出蛇蝎美妇惑乱人心的闹剧。正是她如此不堪的丑恶行径，更加衬托出姗姗的美德。而焦生直至窈娘与仆人私奔之后方知悔悟，知其辜负了结发之妻，何其晚也！

小说写的是焦生救虎而引起的一段传奇，叙事委婉，感情深厚，有着浓郁的生活气息。如焦生与姗姗夜间的强求与推拒，写姗姗“挣脱移立”，“秋波微怒”，“红涨于面”，皆宛然如见。又如在姗姗救下焦生之后，面对痛哭流涕的焦生，她先问一句“窈娘何在？客又何在”，算是对焦生当初不从己言的质问。在送儿远别之际，又言“何一入宦途，顿加白眼”，算是对焦生往日负恩的指责。可见小儿女情态，富有情味。

小说在语言运用上贴切传神。如焦生放虎归山之时，是“亲解铁铛锒，急上马返辔，挥之曰：去！”一个“急”字，一个“去”字，写出了焦生对猛虎多多少少是心存恐惧的。他已经完成了诺言，则希望老虎赶紧离开。焦生与姗姗新婚之后，虎翁将金锭“尽代捡入囊，挥之曰：去！”，一个“尽”字，一个“去”字，写出了嫁女之后难以割舍的亲情。为了寅生的前途，而将他托寄他人之时，姗姗“自脱金钏束儿腕，并与玉瓶，曰：‘需果饵，此中索即得。’安置讫，遽挥曰：‘去！’”一个“遽”字，一个“去”字，写出了慈母别儿的痛楚与悲伤。

焦生是幸运的，他一念之仁积无量功德，“得美妇，解奇厄，证仙果”，无疑是令人艳羡的。但是，当他“嬖昵既久，责报太苛”与姗姗反目成仇，以致自己身败名裂之际，不是更值得我们深思吗？

其实，不仅动物有灵性，植物亦有灵性。这不，一家三兄弟打算分家时，他家的紫荆树就“显灵”了。

第十一节　紫荆

京兆田真兄弟三人，共议分财。生资皆平均，惟堂前一株紫荆树，共议欲破三片。明日，就截之，其树即枯死，状如火然。真往见之，大惊，谓诸弟曰：“树本同株，闻将分斫，所以憔悴。是人不如木也。”因悲不自胜，不复解树，树应声荣茂。兄弟相感，合财宝，遂为孝门。真仕至太中大夫。

——《续齐谐记》(据《汉魏六朝笔记小说大观》，上海古籍出版社 1999 年版)

故事说的是当年京兆府有这么一户人家，兄弟三人要分家另过了，家里所有的财物都平均分成三份，就剩下堂前一株紫荆树还没有分。怎么分呢？兄弟三人一合计：干脆砍了吧，破成三片，也均分。可见三人已经计较到了怎样的程度。既然协议达成了，第二天就动手截树吧。可是到树前一看，奇怪了，原本枝繁叶茂的大树，一夜之间竟至枯死，就像被火烧过一样！这时候，他们的大哥赶到了。看到此情此景，大概是想到了当年兄弟三人玩耍于树下的温馨画面，他猜到了树枯是因为三兄弟分财所致，责怪自己“人不如木”。说也奇怪，当三兄弟决定和好后紫荆树竟应声复荣。

中华民族是一个注重血缘、家庭的民族，历来提倡世代同堂，聚族而居。因此，对兄弟分财的行为一直有着情感上的鄙薄。文中紫荆的枯荣，正是这种文化背景的反映。

第四章 慷慨悲歌讲豪侠

“赵客缦胡缨，吴钩霜雪明。银鞍照白马，飒沓如流星。十步杀一人，千里不留行。”（李白《侠客行》）。侠士剑客，是一个特殊的群体。司马迁称“其行虽不轨于正义，然其言必信，其行必果，已诺必诚，不爱其躯，赴士之厄困，既已存亡死生矣，而不矜其能，羞伐其德，盖亦有足多者焉”（《史记·游侠列传》）。以侠士剑客为主要描写对象的侠义小说，展现了古代侠客们的风采。

第一节 燕丹子

卷上

燕太子丹质于秦，秦王遇之无礼，不得意，欲求归。秦王不听，谬言曰令乌白头、马生角，乃可许耳。丹仰天叹，乌即白头，马生角。秦王不得已而遣之，为机发之桥，欲陷丹。丹过之，桥为不发。夜到关，关门未开。丹为鸡鸣，众鸡皆鸣，遂得逃归。深怨于秦，求欲复之。奉养勇士，无所不至。

丹与其傅鞠武书，曰："丹不肖，生于僻陋之国，长于不毛之地，未尝得睹君子雅训、达人之道也。然鄙意欲有所陈，幸傅垂览之。丹闻丈夫所耻，耻受辱以生于世也；贞女所羞，羞见劫以亏其节也。故有刎喉不顾、据鼎不避者，斯岂乐死而忘生哉？其心有所守也。今秦王反戾天常，虎狼其行，遇丹无礼，为诸侯最。丹每念之，痛入骨髓。计燕国之众不能敌之，旷年相守，力固不足。欲收天下之勇士，集海内之英雄，破国空藏，以奉养之，重币甘辞以市于秦。秦贪我赂，而信我辞，则一剑之任，可当百万之师。须臾之间，可解丹万世之耻。若其不然，令丹生无面目于天下，死怀恨于九泉。必令诸侯无以为叹，易水之北，未知谁有。此盖亦子大夫之耻也。谨遣书，愿熟思之。"

鞠武报书曰："臣闻快于意者亏于行，甘于心者伤于性。今太子欲灭悁悁之耻，除久久之恨，此实臣所当糜躯碎首而不避也。私以为：智者不冀侥幸以要功，明者不苟从志以顺心。事必成然后举，身必安而后行。故发无失举之尤，动无蹉跌之愧也。太子贵匹夫之勇，信一剑之任，而欲望功，臣以为疏。臣愿合从于楚，并势于赵，连衡于韩、魏，然后图秦，秦可破也。且韩、魏与秦，外亲内疏。若有倡兵，楚乃来应，韩、魏必从，其势可见。今臣计从，太子之耻除，愚鄙之累解矣。太子虑之。"

太子得书，不说，召鞠武而问之。武曰："臣以为太子行臣言，则易水之北永无秦忧，四邻诸侯必有求我者矣。"太子曰："此引日缦缦，心不能须也！"鞠武曰："臣为太子计熟矣。夫有秦，疾不如徐，走不如坐。今合楚、赵，并韩、魏，虽引岁月，其事必成。臣以为良。"太子睡卧不听。鞠武曰："臣不能为太子计。臣所知田光，其人深中有谋。愿令见太子。"太子曰："敬诺！"

卷 中

田光见太子，太子侧阶而迎，迎而再拜。坐定，太子丹曰："傅不以蛮域而丹不肖，乃使先生来降弊邑。今燕国僻在北陲，比于蛮域，而先生不羞之。丹得侍左右，睹见玉颜，斯乃上世神灵保祐燕国，令先生设降辱焉。"田光曰："结发立身，以至于今，徒慕太子之高行，美太子之令名耳。太子将何以教之?"太子膝行而前，涕泪横流曰："丹尝质于秦，秦遇丹无礼，日夜焦心，思欲复之。论众则秦多，计强则燕弱。欲曰合从，心复不能。常食不识位，寝不安席。纵令燕秦同日而亡，则为死灰复燃，白骨更生。愿先生图之。"田光曰："此国事也，请得思之。"于是舍光上馆。太子三时进食，存问不绝，如是三月。

太子怪其无说，就光辟左右，问曰："先生既垂哀恤，许惠嘉谋。侧身倾听，三月于斯，先生岂有意欤?"田光曰："微太子言，固将竭之。臣闻骐骥之少，力轻千里，及其罢朽，不能取道。太子闻臣时已老矣。欲为太子良谋，则太子不能；欲奋筋力，则臣不能。然窃观太子客，无可用者。夏扶，血勇之人，怒而面赤；宋意，脉勇之人，怒而面青；武阳，骨勇之人，怒而面白。光所知荆轲，神勇之人，怒而色不变。为人博闻强记，体烈骨壮，不拘小节，欲立大功。尝家于卫，脱贤大夫之急十有余人，其余庸庸不可称。太子欲图事，非此人莫可。"太子下席再拜曰："若因先生之灵，得交于荆君，则燕国社稷长为不灭，唯先生成之。"田光遂行。太子自送，执光手曰："此国事，愿勿泄之!"光笑曰："诺。"

遂见荆轲，曰："光不自度不肖，达足下于太子。夫燕太子，真天下之士也，倾心于足下，愿足下勿疑焉。"荆轲曰："有鄙志，常谓心向意，投身不顾，情有异，一毛不拔。今先生令交于太子，敬诺不违。"田光谓荆轲曰："盖闻士不为人所疑。太子送光之时，言此国事，愿勿泄，此疑光也。是疑而生于世，光所羞也。"向轲吞舌而死。轲遂之燕。

卷 下

荆轲之燕，太子自御，虚左，轲援绥不让。至，坐定，宾客满坐，轲言曰："田光褒扬太子仁爱之风，说太子不世之器，高行厉天，美声盈耳。轲出卫都，望燕路，历险不以为勤，望远不以为遐。今太子礼之以旧故之恩，接之以新人之敬，所以不复让者，士信于知己也。"太子曰："田先生今无恙乎?"轲曰："光临送轲之时，言太子戒以国事，耻以丈夫而不见信，向轲吞舌而死矣。"太子惊愕失色，歔欷饮泪曰："丹所以戒先生，岂疑先生哉！今先生自杀，亦令丹自弃于世矣!"茫然良久，不怡民氏日。

太子置酒请轲，酒酣，太子起为寿。夏扶前曰："闻士无乡曲之誉，则未可与论行；马无服舆之伎，则未可与决良。今荆君远至，将何以教太子?"欲微感之。轲曰："士有超世之行者，不必合于乡曲；马有千里之相者，何必出于服舆。昔吕望当屠钓之时，天下之贱丈夫也，其遇文王，则为周师；骐骥之在盐车，驽之下也，及遇伯乐，则有千里之功。如此在乡曲而后发善，服舆而后别良哉！”夏扶问荆轲：“何以教太子？”轲曰：“将令燕继召公之迹，追甘棠之化，高欲令四三王，下欲令六五霸。于君何如也？”坐皆称善。竟酒，无能屈。太子甚喜，自以得轲，永无秦忧。

后日，与轲之东宫，临池而观。轲拾瓦投龟，太子令人奉槃金。轲用抵，抵尽复进。轲曰：“非为太子爱金也，但臂痛耳。”后复共乘千里马。轲曰：“闻千里马肝美。”太子即杀马进肝。暨樊将军得罪于秦，秦求之急，乃来归太子。太子为置酒华阳之台。酒中，太子出美人能琴者。轲曰：“好手琴者！”太子即进之。轲曰：“但爱其手耳。”太子即断其手，盛以玉槃奉之。太子常与轲同案而食，同床而寝。

后日，轲从容曰：“轲侍太子，三年于斯矣，而太子遇轲甚厚，黄金投龟，千里马肝，姬人好手，盛以玉槃。凡庸人当之，犹尚乐出尺寸之长，当犬马之用。今轲常侍君子之侧，闻烈士之节，死有重于太山，有轻于鸿毛者，但问用之所在耳。太子幸教之。”太子敛袂，正色而言曰：“丹尝游秦，秦遇丹不道，丹耻与之俱生。今荆君不以丹不肖，降辱小国。今丹以社稷干长者，不知所谓。”轲曰：“今天下强国，莫强于秦。今太子力不能威诸侯，诸侯未肯为太子用也。太子率燕国之众而当之，犹使羊将狼，使狼追虎耳。”太子曰：“丹之忧计久，不知安出？”轲曰：“樊於期得罪于秦，秦求之急。又督亢之地，秦所贪也。今得樊於期首、督亢地图，则事可成也。”太子曰：“若事可成，举燕国而献之，丹甘心焉。樊将军以穷归我，而丹卖之，心不忍也。”轲默然不应。

居五月，太子恐轲悔，见轲曰：“今秦已破赵国，兵临燕，事已迫急。虽欲足下计，安施之？今欲先遣武阳，何如？”轲怒曰：“何太子所遣，往而不返者，竖子也！轲所以未行者，待吾客耳。”于是轲潜见樊於期曰：“闻将军得罪于秦，父母妻子皆见焚烧，求将军邑万户、金千斤，轲为将军痛之。今有一言，除将军之辱，解燕国之耻，将军岂有意乎？”於期曰：“常念之，日夜饮泪，不知所出。荆君幸教，愿闻命矣！”轲曰：“今愿得将军之首，与燕督亢地图进之，秦王必喜。喜必见轲，轲因左手把其袖，右手揕其胸，数以负燕之罪，责以将军之仇。而燕国见陵雪，将军积忿之怒除矣。”於期起，扼腕执刀曰：“是於期日夜所欲，而今闻命矣！”于是自刭，头坠背后，两目不瞑。太子闻之，自驾驰往，伏於期尸而哭，悲不自胜。良久，无奈何，遂函盛於期首与燕督亢地图以献秦，武阳为副。

荆轲入秦，不择日而发，太子与知谋者，皆素衣冠送之。于易水之上。荆轲起为寿，歌曰：“风萧萧兮易水寒，壮士一去兮不复还。”高渐离击筑，宋意和之。为壮声则发怒冲冠，为哀声则士皆流涕。二人皆升车，终已不顾也。二子行过，夏扶当车前刎颈以送。二子行过阳翟，轲买肉争轻重，屠者辱之，武阳欲击，轲止之。

西入秦，至咸阳，因中庶子蒙白曰：“燕太子丹畏大王之威，今奉樊於期首与督亢地图，愿为北蕃臣妾。”秦王喜。百官陪位，陛戟数百，见燕使者。轲奉於期首，武阳奉地图。钟鼓并发，群臣皆呼万岁。武阳大恐，两足不能相过，面如死灰色。秦王怪之。轲顾武阳前，谢曰：“北蕃蛮夷之鄙人，未见天子。愿陛下少假借之，使得毕事于前。”秦王曰：“轲起，督亢图进之。”秦王发图，图穷而匕首出。轲左手把秦王袖，右手揕其胸，数之曰：“足下负燕日久，贪暴海内，不知厌足。於期无罪而夷其族。轲将海内报仇。今燕王母病，与轲促期，从吾计则生，不从则死。”秦王曰：“今日之事，从子计耳！乞听琴声而死。”召姬人鼓琴，琴声曰：“罗縠单衣，可掣而绝。八尺屏风，可超而越。鹿卢之剑，可负而拔。”轲不解音。秦王从琴声负剑拔之，于是奋袖超屏风而走，轲拔匕首擿之，决秦王，刃入铜柱，火出。秦王还断轲两手。轲因倚柱而笑，箕踞而骂，曰：“吾坐轻易，为竖子所欺。燕国之不报，我事之不立哉！”

——《燕丹子》（据《汉魏六朝笔记小说大观》，上海古籍出版社 1999 年版）

说起“侠”，最出名的，恐怕非荆轲莫属。记载他的事迹的《燕丹子》，一般被认为是中国侠义小说的胚胎。这篇不足 3500 字的作品，在中国古代已经称得上长篇。小说所叙述的故事与《史记·刺客列传》中对荆轲事迹的记载大体相同，却与《史记》表现出截然不同的艺术风格。

上卷的开头，不是如《史记》那样先介绍荆轲的姓名、性格，而是先点明矛盾的焦点，介绍了太子丹和秦王政之间矛盾的由来，说明太子丹立誓报仇的原因。从这里可以看出，太子丹后面的所作所为，不仅仅是为国家的存亡，更重要的是因为个人的仇怨。

接下来的一大段，详细记录了燕太子丹与大臣鞠武之间的书信往来，从中可以看出太子丹内心极度的愤愤不平，也可看出他对于“一剑之任，可当百万之师。须臾之间，可解丹万世之耻”的报仇行为的渴望与执念。正因为此，尽管鞠武从长远的角度对事态进行了细致分析，权衡了个中利害，但因仇恨而“痛入骨髓”的太子丹根本听不进劝告，也等不及鞠武的长久之计。因此，鞠武不得已向太子推荐了他的知交田光。这段文字为我们塑造了一个汲汲于负仇的弱国太子和一个深谋远虑的隐忍、忠诚的老臣形象。

上卷主要是通过书信与对话表现了鞠武这一人物，中卷的主角则变成了他所推荐的田光。此时，太子丹报仇的愿望更为强烈：“论众则秦多，计强则燕弱。欲曰合从，心复不能。常食不识位，寝不安席。纵令燕秦同日而亡，则为死灰复燃，白骨更生。”因国力不能与强秦相抗衡，太子丹宁愿“鱼死网破”、“同归于尽”，也要坚决复仇。

面对太子的急切，不同于鞠武的谆谆劝诫，田光“欲为太子良谋，则太子不能；欲奋筋力，则臣不能”，这是一个两难的处境，那么就再找一个可用之人吧。

田光经过对太子门客的观察，得出“无可用者”的结论，使事情又一次陷入了绝境。此时，再由田光向太子推荐荆轲，不但突出了荆轲的殊异，也表现了田光“受人之命，终人之事”的侠义性格。

经过了前文的几度渲染，故事的主角荆轲终于要正式出场了。而就在他出场的时候，老隐士田光却自杀身亡。为了不负麴武的推荐与太子的礼遇，田光推荐了荆轲，而仅仅因为太子丹的一点疑虑，田光便放弃了宝贵的生命，此举突出了他刚烈的、富有血性的、不容误解的侠客形象。老迈时尚且如此，那么血气方刚时的豪侠气概又当如何？这样的田光也从侧面表现了麴武的荐举之当。同时，太子丹与田光的对话也表明，从朝堂到乡野，都认为太子丹所选择的报仇方式是“策之下者”。但是他们又都无力改变太子的决定。在这种情况下，为了尽臣子的职责也好，为了报知遇之恩也好，他们都选择了尽可能地帮助太子去完成他的夙愿。这种为了“道义”明知其不可为而为之的精神，正是侠客精神的一个重要体现。

经过前面两卷的陪衬铺垫，荆轲终于正式登场。下卷首先用大量的篇幅来写太子丹对荆轲的超常礼遇。我们可以将太子丹接待田光与荆轲的情况进行对比阅读：

首先，“田光见太子，太子侧阶而迎，迎而再拜”，甫一坐定，便“膝行而前，涕泪横流”，说明自己意欲报仇的急切心情。而“荆轲之燕，太子自御，虚左，轲援绥不让”。又数日之后，“太子置酒请轲，酒酣，太子起为寿”，太子丹并没有像上一次那样急切地说出自己的图谋。

其次，当田光以“此国事也，请得思之”回复之后，太子“舍光上馆”，“三时进食，存问不绝，如是三月。太子怪其无说”；对荆轲，则是“遇轲甚厚，黄金投龟，千里马肝，姬人好手，盛以玉槃”，如此的殊遇，与对田光的三时进食形成第二层对比。

二人“同案而食，同床而寝”三年之久，太子丹一直没有向荆轲提出自己的想法，反倒由荆轲提出“但问用之所在耳。太子幸教之”，这就又与前文的急切形成了第三层对比，表现出经历了麴武之谏与田光之死后，太子在一定程度上的成熟与为报仇而不计代价的隐忍。

太子对荆轲的超常礼遇终于在三年之后有了“收获”，但复仇的计划仍然不能实施。这一次是荆轲提出的建议遭到了太子的反对。因为，太子情愿“举燕国而献之”，却不肯出卖樊於期，导致荆轲的计划无法实行。这个情节表现了太子丹对他人的“义”，某种程度上突出了太子的仁慈。当然，这种仁慈与前文斩美人之手的残忍又形成了一种鲜明对比。

故事至此，仿佛陷入了僵局，太子与荆轲能否想出新的办法，或者荆轲的计划要如何才能实现？大家都在等，可这一等又是五个月。

太子的耐心终于在五个月后消耗殆尽，他再一次去见荆轲，追问："虽欲足下计，安施之？今欲先遣武阳，何如？"这一问，引起了荆轲之怒，"何太子所遣，往而不返者，竖子也！轲所以未行者，待吾客耳"。秦武阳这个名字在文中是第二次出现。此前，田光已经对其"骨勇"做过一次否定，此处则通过荆轲之口再一次强调秦武阳不能成事。但是，太子丹三年多的隐忍已经到了极限，秦国兼并天下的迅猛势头已经势不可挡，因而荆轲之行已经不能再等。于是，荆轲亲自去向樊於期说明了他的计划，於期自杀。不能胜任的秦武阳作为荆轲的副手，两个人踏上了"刺秦"的不归路。

"易水送别"是古往今来最为人熟知的情节，那一句"风萧萧兮易水寒，壮士一去兮不复还"仿佛已经预示着故事的结局。因此，我们会感动于那明知不可为而为之的冲冠之怒，也同样哀伤于那明知必死而慷慨以赴的悲壮。此时此刻，此情此景，令曾经为难过荆轲的夏扶"刎颈以送"，写出当时的"侠"与"士"们，不爱其躯、轻生死而重情义的群体性特征。

这时候，让我们简单回顾一下自太子丹归燕以来发生的事情：田光因见疑而死，千里马、能琴美人为笼络人心而死，樊於期为有所用而死，夏扶以愧而死……未至秦庭，流血就已如此之多！代价的惨重让我们都成为太子的同谋，我们希望这些人能够死得其所，希望他们的牺牲能够换来太子丹计划的完成，因而我们对"刺秦"的结局更感关切。可以说，故事至此，所有的铺垫都已完成，就等着荆轲为太子、为那些死去的义士、美人、骏马祭出那把复仇之剑了。

但作者并没有急于写刺秦，而是悠闲地叙述了"二子行过阳翟，轲买肉争轻重，屠者辱之，武阳欲击，轲止之"这样一个看似无关紧要实则颇有深意的细节。可能读者会想，以荆轲的身份、名气，在买肉时斤斤计较，是不是有失身份？对屠者之辱不敢反抗，是不是徒有虚名？愚以为，荆轲这样做，是故意示弱，就是为了让秦国的"密探"们打探到此事，从而放松戒备。因此，武阳的"欲击"就拉开了二人在"智"上的差别。入秦之后，"钟鼓并发，群臣皆呼万岁。武阳大恐，两足不能相过，面如死灰色"的表现，和荆轲的镇定自若形成鲜明对比，二人在"勇"上也拉开了距离。作者以武阳的行为表现，证明了田光与荆轲判定的正确，侧面表现了二人的知人之明。

秦武阳的紧张昭示着故事发展到了最为关键的时刻，于是图穷匕见，荆轲一举控制了秦王——期待已久的刺秦，似乎就要成功了！读者此时大概也都跟着松了一口气吧！这时，秦王"乞听琴声而死"，是紧张之后的一种舒缓，仿佛成功之前的尾声。相信善良的读者也希望这琴声能成为荆轲刺秦的一曲别样颂歌吧。但遗憾的是，鼓琴在舒缓节奏的同时，也使故事发生了戏剧性的转折。原本被控制的秦王经过姬人的提醒，反败为胜，不但摆脱了控制，反而"断轲两手"。

刺秦终归还是失败了，等待荆轲的命运自不必说。

在功败垂成之际，荆轲对失败的原因进行了反思。他说自己因为"轻易"被欺骗而导致了行动的失败，可见他并没有推卸自己的责任，而"燕国之不报，我事之不立"则表明，他并没有对行将消失的生命有所留恋，而是为不能报答太子丹的知遇之恩，不能实现自己的志向而感到遗憾。侠客的轻死重诺，再一次得到了体现。

荆轲没能阻止秦皇的铁骑扫平六国的纷争，但他却在后世留下了一个响亮的名字。其实，在荆轲之前，还有一位颇具个性的侠客，他只是一个无名之客，不像荆轲那样声名远扬，但他的故事却同样精彩。

第二节 干将莫邪

楚干将、莫邪为楚王作剑，三年乃成。王怒，欲杀之。剑有雌雄，其妻重身当产，夫语妻曰："吾为王作剑，三年乃成。王怒，往必杀我。汝若生子是男，大，告之曰：'出户望南山，松生石上，剑在其背。'"于是即将雌剑往见楚王。王大怒，使相之："剑有二，一雄一雌。雌来，雄不来。"王怒，即杀之。

莫邪子名赤，比后壮，乃问其母曰："吾父所在？"母曰："汝父为楚王作剑，三年乃成。王怒，杀之。去时嘱我：'语汝子：出户望南山，松生石上，剑在其背。'"于是子出户南望，不见有山，但睹堂前松柱下石砥之上，即以斧破其背，得剑。日夜思欲报楚王。

王梦见一儿，眉间广尺，言："欲报仇。"王即购之千金。儿闻之，亡去。入山，行歌。客有逢者，谓："子年少，何哭之甚悲耶？"曰："吾干将、莫邪子也。楚王杀吾父，吾欲报之！"客曰："闻王购子头千金，将子头与剑来，为子报之。"儿曰："幸甚！"即自刎，两手捧头及剑奉之，立僵。客曰："不负子也。"于是尸乃仆。客持头往见楚王，王大喜。客曰："此乃勇士头也，当于汤镬煮之。"王如其言。煮头三日三夕，不烂。头踔出汤中，瞋目大怒。客曰："此儿头不烂，愿王自往临视之，是必烂也。"王即临之。客以剑拟王，王头随堕汤中。客亦自拟己头，头复堕汤中。三首俱烂，不可识别。乃分其汤肉葬之，故通名"三王墓"。今在汝南北宜春县界。

——《搜神记》（中华书局 2009 年版）

这篇不及五百字的短文叙述了无名侠客替干将之子报仇的故事，篇幅虽短，却成功地塑造了几个个性鲜明的人物。

干将：他是知名的剑师，用三年的时间为楚王造就了两柄宝剑。干将清楚地知道，献剑之日必将是他被杀之时，但是他又不能不去。在赴死之前，干将用谜语的形式向有身孕的妻子交代了雄剑的处所，并嘱咐她要在男孩儿长大之后才告诉他真相——这是替他报仇的希望。他不明确告诉妻子雄剑所在，不是故弄玄虚，而是危险情况下对妻子的一种竭力保护。这样的安排，表现出一出场便交代后事的干将机智与坚强的丈夫形象。

莫邪：她是干将的妻子，文中着墨不多。她的存在，仿佛只是为了传达干将的遗言与仇恨。但是，如果我们稍微去想象一下她的处境，则于不着墨处也可想而知她的艰辛。干将死时，楚王已经知道了剑有雌雄，他怎么可能不去干将的家里搜查雄剑？带有身孕或者一个婴儿的莫邪如何经受得住楚王的拷问而保全秘密？十余年又是如何含辛茹苦地将孩子抚养长大？这中间的艰难与苦楚，不是简单的几句话就能描述的。这些故事中都没有写，但读者完全可以想象得到。因此，这是一个坚忍的女性，在恶劣的条件下，坚守着为丈夫报仇的信念，顽强地生存下来。

赤：他尚未出生就失去了父亲，有着孤苦的童年。他的父亲被楚王所杀，为了“避难”，他必然从小就和母亲过着一种不甚安定的生活。他的父亲是被冤杀而死，他又必然要担负起复仇的责任。在他长大之后对父亲的找寻中，含有一直没有父亲的委屈与不幸。当他从母亲口里知道了父亲被杀的原因与遗言，“报仇”就成为他唯一的选择。他是聪明的，能够一下就解开父亲的谜题，找到复仇的利剑。他又是无力的，当楚王以千金悬赏购取他的人头时，他只能逃往深山。一介平民和一国之君及其爪牙们的对抗，双方的力量对比是悬殊的，所以他只能长歌当哭。深仇大恨无望得报，他的悲哀是真切而绝望的。就在这时，“客”出现了，他的出现给绝望的赤带来了一线希望。为了报仇，他不惜自刎，将自己的头颅交给“客”，足见其坚决深沉的复仇决心，其行为与遭遇都可歌可泣。

客：在干将、莫邪与楚王的恩怨之中，“客”原本是毫无干系的，但是他听到了赤的悲泣，便主动提出要为干将报仇，将自己牵扯进来。他接受了赤的头颅，也就接受或者说继承了报仇的使命。最终，他为完成这一使命献出了自己的生命。从这个意义上来说，赤是幸运的，因为他遇到了一个正义的、果断的、勇敢的、机智的、真正的侠客。

楚王：是整个故事中最大的反面人物，是杀害干将的凶手。因铸剑延期而杀害干将，体现出他的残暴；因梦见赤欲报仇而悬赏千金，更显出他的凶残和不思悔改；最后落入“客”的圈套而丧命，又体现了他的愚蠢。

除形象塑造上的突出成就之外，小说在情节安排上也是跌宕起伏、悬念丛生。例如，干将携带雌剑去见楚王时，认为自己一定会被楚王杀死，因而向妻子交代后事，这就留下了许多悬念：楚王真的会杀死干将吗？如果楚王杀死了干将,他的妻儿能够平安生存吗？楚王能否知道雄剑的存在并找到雄剑？他的妻子能否生下男孩儿？这个男孩儿能不能健康长大？长大后能不能参破他的谜语？……这些悬念吸引着读者。小说没有过多地描写,只写了干将被杀,孩子长大并找到了雄剑,回答了一系列的疑问。

接下来,就到了复仇的故事:赤找到了雄剑之后,日思夜想报仇雪恨;楚王得到了预警,悬赏千金购买赤的人头。赤所要面对的,不只是一个昏庸残暴的国君,还有一群为千金重赏而效命的鹰犬。这时悬念再生:赤要如何才能逃过那些贪婪的眼睛,保存自己并为父报仇？无奈的赤逃入了深山,情节随之跌入低谷——等待了十几年的复仇,实现的希望竟如此渺茫。因而,赤的行歌悲哭,是一种近乎绝望的悲哀。这时,山中的"客"出现了,他主动提出要为赤报仇,情节因而振起,悬念又随之而生:客说"将子头与剑来,为子报之",赤即挥剑自刎,持头以赠,这是不是太轻率了？想必读者都有此疑虑吧,因为我们无法相信一个突然出现的客。他是真的要帮助赤完成报仇的愿望,还是打算拿着雄剑和头颅去换取赏金？赤就这样死了,"客"是否值得信任？就算客是真的要帮助赤,他又如何才能实践自己的承诺？

客带着赤的人头去见楚王了,还提议楚王用汤镬来煮这颗人头！此时此刻,您的心境应该是五味杂陈吧？同情赤的悲惨遭遇,痛恨楚王的凶残不道,而又不能确定客到底是何目的,不知道赤的大仇能否得报……情节低回而悲婉。然而,"煮头三日三夕,不烂。头踔出汤中,瞋目大怒",这使情节再次为之振起——赤虽然死了,但复仇的志向与决心未泯。他用他仅存的头颅,依然怒视着楚王。这时候,客说:"此儿头不烂,愿王自往临视之,是必烂也。"楚王相信了,他毫无戒备地走到汤镬之前,想要近距离地看看这颗煮不烂的人头。就在这时,客"以剑拟王,王头随堕汤中",手起剑落,斩杀了昏王,完成了使命。变生肘腋之间,楚王防不胜防,直到此时,方才显出客的英雄本色。

小说就在这样山重水复、峰回路转的情节安排下,塑造了个性鲜明、栩栩如生的人物形象,表现了侠客轻死重诺的品质特征,尤其是客设计杀死楚王的过程,可谓步步惊心,精彩离奇,扣人心弦,感人至深。

自古以来,侠就不是属于男性的专有名词,女性甚至是少女,一样可以侠肝义胆,李寄就堪称一个勇敢的侠女。

第三节 李寄斩蛇

东越闽中有庸岭,高数十里。其西北隰中有大蛇,长七八丈,大十余围,土俗常病。东冶都尉及属城长吏，多有死者。祭以牛羊，故不得福。或与人梦，或下谕巫祝，欲得啖童女年十二三者。都尉令长并共患之。然气厉不息。共请求人家生婢子，兼有罪家女养之。至八月朝祭，送蛇穴口。蛇出，吞啮之。累年如此，已用九女。

尔时预复募索，未得其女。将乐县李诞家有六女，无男，其小女名寄，应募欲行，父母不听。寄曰："父母无相，惟生六女，无有一男，虽有如无。女无缇萦济父母之功，既不能供养，徒费衣食，生无所益，不如早死。卖寄之身，可得少钱，以供父母，岂不善耶？"父母慈怜，终不听去。

寄自潜行，不可禁止。寄乃告请好剑及咋蛇犬。至八月朝，便诣庙中坐，怀剑，将犬。先将数石米餈，用蜜麨灌之，以置穴口。蛇便出，头大如囷，目如二尺镜，闻糍香气，先啖食之。寄便放犬，犬就啮咋，寄从后斫得数创。疮痛急，蛇因踊出，至庭而死。寄入视穴，得其九女髑髅，悉举出，咤言曰："汝曹怯弱，为蛇所食，甚可哀愍。"于是寄女缓步而归。

越王闻之，聘寄女为后，指其父为将乐令，母及姊皆有赏赐。自是东冶无复妖邪之物。其歌谣至今存焉。

——《搜神记》（中华书局2009年版）

这篇不足四百字的小说，写的是少女李寄不惧危难，设计杀死长蛇的故事，成功地刻画了机智、勇敢的少女李寄的形象。

第一段，写长蛇为害。开篇即点明故事发生的地点是东越闽中，庸岭之上，西北隰中，言之凿凿，增强了故事的真实性。之后极力渲染大蛇的可怕与危害：它长有七八丈，粗则十余围，光这形状就足够骇人的了。当地的官员多有被其吞食的，因而"土俗常病"。惊惧之下，人们以牛羊作为祭品，希望长蛇不再为害。没想到非但没有效果，蛇反而通过巫祝提出了要求：它希望能够吃到十二三岁的女童！这个要求是猖狂而残暴的，但都尉、令长们面对长蛇的暴虐束手无策，只好在每年的八月朝祭之时，按照蛇的要求，将一个个十二三岁的可怜的女孩儿送至穴口，以此来暂保一时的平安。"累年如此，已用九女"短短八个字，不但说明了长蛇为害之久，也揭露了地方官吏的昏庸无能。九年时间，九个花样年华的生命被吞入蛇口，人们竟习以为常。官员们根本不去想彻底解决问题的办法，只用一个又一个幼弱的生命来换取暂时的平安，作者于平淡的叙述间暗含着深切的谴责。

第二段，写李寄应募。又到了给长蛇献祭的时候，地方官们开始征募祭品。但是，谁又忍心眼睁睁地看着自己的骨肉走上死路呢？这时候少女李寄出场了。故事先介绍了李寄的家庭：父母生养了六个女儿，没有一个男孩，她是六个女孩儿中最小的。这样的背景使她的主动应募有了一定的"合理"性——一个渴望男孩的家庭，却接二连三地生下六个女孩儿，一次次地失望之后，对女孩儿一定会有些轻视。对第六个孩子的出生，希望一定会更殷切，而失望因之也会更为深刻。那种“你怎么就不是个男孩儿”的想法一定会时常有所流露，父母一定时常念叨着没有儿子的苦恼。因而，李寄在主动应募之后对父母说的那些话就都有了着落。但失望归失望，毕竟是自己的骨肉，家里又没有穷到要靠卖女儿来养家糊口的地步，李寄的父母自然无论如何也不肯让李寄自赴死地。

这一段写出了李寄的善良，也写出了人性中的善良与骨肉至亲间的感情。同时，李寄父母对女儿的不舍，可以看作补叙前面那九个女孩儿被迫赴死时的凄惨景象。就算她们是没有人身自由的家生婢子，就算她们是十恶不赦的犯人之女，但她们本身是无辜的，她们一样正处在父慈母怜的豆蔻年华啊！

第三段，写李寄斩蛇，这是故事的高潮与重点。李寄是果决的，她“潜行应募”，事先安排好剑和犬，这让我们预感到她绝不是简单地赴死。接下来，作者浓墨重彩地写李寄斩蛇的经过。到了献祭的日子，她自己到庙中坐好，“怀剑，将犬”，沉着而镇静。她用食物诱蛇出洞后，瞅准犬啮蛇的机会，果断出击，重创长蛇，机敏而勇敢。斩蛇之后，李寄再入蛇穴，举出九女之骨，勇敢而谨慎。最后，李寄“缓步而归”，在生死攸关的紧张斗争之后，她又是如此从容不迫。

斩蛇的故事至此结束了，读者自然会问，这个女孩儿长大后会怎么样？因而，作者在文末对李寄和整个故事的结局做了交代——越王聘其为后，父母及诸姊皆因此加官受赏，东冶自此再没有妖邪之物。这是一个皆大欢喜的结局，从中可以知道，对待那些残暴的“祸害”，与其姑息迁就，不如奋起反抗。机智勇敢的李寄不但解救了自己，也解救了其他的女孩儿——如果不是她将蛇斩杀，不知道还有多少女孩儿要被送入蛇口丧生！在这个意义上，她是当之无愧的侠女。

历史的长河滔滔东逝，侠的传说不绝如缕。到了唐代，小说在内容和技巧上均趋成熟，出现了以志怪传奇为主要题材的唐传奇。“侠”的奇行异事正是唐传奇热衷的题材，因此，豪侠故事如雨后春笋般大量涌现，其中不乏脍炙人口的名篇，比如我们下面要看到的——杜光庭《虬髯客传》。

第四节 虬髯客传

隋炀帝之幸江都也，命司空杨素守西京。素骄贵，又以时乱，天下之权重望崇者，莫我若也，奢贵自奉，礼异人臣。每公卿入言，宾客上谒，未尝不踞床而见，令美人捧出，侍婢罗列，颇僭于上。末年愈甚，无复知所负荷，有扶危持颠之心。

一日，卫公李靖以布衣上谒，献奇策。素亦踞见。公前揖曰："天下方乱，英雄竞起。公为帝室重臣，须以收罗豪杰为心，不宜踞见宾客。"素敛容而起，谢公，与语，大悦，收其策而退。

当公之骋辩也，一妓有殊色，执红拂，立于前，独目公。公既去，而执拂者临轩指吏曰："问去者处士第几？住何处？"公具以对。妓诵而去。

公归逆旅。其夜五更初，忽闻叩门而声低者，公起问焉。乃紫衣戴帽人，杖揭一囊。公问谁。曰："妾，杨家之红拂妓也。"公遽延入。脱衣去帽，乃十八九佳丽人也。素面画衣而拜。公惊答拜。曰："妾侍杨司空久，阅天下之人多矣，无如公者。丝萝非独生，愿托乔木，故来奔耳。"公曰："杨司空权重京师，如何？"曰："彼尸居余气，不足畏也。诸妓知其无成，去者众矣。彼亦不甚逐也。计之详矣，幸无疑焉。"问其姓，曰："张。"问其伯仲之次。曰："最长。"观其肌肤、仪状、言词、气语，真天人也。公不自意获之，愈喜愈惧，瞬息万虑不安。而窥户者无停履。数日，亦闻追讨之声，意亦非峻。乃雄服乘马，排闼而去，将归太原。

行次灵石旅舍，既设床，炉中烹肉且熟。张氏以发长委地，立梳床前。公方刷马，忽有一人，中形，赤髯如虬，乘蹇驴而来。投革囊于炉前，取枕欹卧，看张梳头。公怒甚，未决，犹亲刷马。张熟视其面，一手握发，一手映身摇示公，令勿怒。急急梳头毕，敛衽前问其姓。卧客答曰："姓张。"对曰："妾亦姓张，合是妹。"遽拜之。问第几。曰："第三。"问妹第几。曰："最长。"遂喜曰："今夕幸逢一妹。"张氏遥呼："李郎且来见三兄！"公骤拜之。

遂环坐，曰："煮者何肉？"曰："羊肉，计已熟矣。"客曰："饥。"公出市胡饼，客抽腰间匕首，切肉共食。食竟，余肉乱切送驴前食之，甚速。客曰："观李郎之行，贫士也，何以致斯异人？"曰："靖虽贫，亦有心者焉。他人见问，故不言。兄之问，则不隐耳。"具言其由。曰："然则将何之？"曰："将避地太原。"曰："然吾故非君所致也。"曰："有酒乎？"曰："主人西，则酒肆也。"公取酒一斗。既巡，客曰："吾有少下酒物，李郎能同之乎？"曰："不敢。"于是开革囊，取一人头并心肝，却头囊中，以匕首切心肝，共食之。曰："此人天下负心者，衔之十年，今始获之。吾憾释矣。"又曰："观李郎仪形器宇，真丈夫也。亦闻太原有异人乎？"曰："尝识一人，愚谓之真人也。其余，将帅而已。"曰："何姓？"曰："靖之同姓。"曰："年几？"曰："仅二十。"曰："今何为？"曰："州将之子。"曰："似矣。亦须见之。李郎能致吾一见乎？"曰："靖之友刘文静者，与之狎，因文静见之可也。然兄何为？"曰："望气者言太原有奇气，使访之。李郎明发，何日到太原？"靖计之日。曰："达之明日，日方曙，候我于汾阳桥。"言讫，乘驴而去，其行若飞，回顾已失。公与张氏且惊且喜，久之，曰："烈士不欺人，固无畏。"促鞭而行。及期，入太原。果复相见。大喜，偕诣刘氏。诈谓文静曰："有善相者思见郎君，请迎之。"文静素奇其人，一旦闻有客善相，遽致使迎之。使回而至，不衫不履，裼裘而来，神气扬扬，貌与常异。虬髯默然居末坐，见之心死。饮数杯，招靖曰："真天子也！"公以告刘，刘益喜，自负。既出，而虬髯曰："吾得十八九矣。然须道兄见之。李郎宜与一妹复入京，某日午时，访我于马行东酒楼。下有此驴及瘦驴，即我与道兄俱在其上矣。到即登焉。"又别而去，公与张氏复应之。

及期访焉，宛见二乘。揽衣登楼，虬髯与一道士方对饮，见公惊喜，召坐。围饮十数巡，曰："楼下柜中有钱十万。择一深稳处一妹。某日复会我于汾阳桥。"如期至，即道士与虬髯已到矣。俱谒文静。时方弈棋，揖而话心焉。文静飞书迎文皇看棋。道士对弈，虬髯与公傍侍焉。俄而文皇到来，精采惊人，长揖而坐。神气清朗，满坐风生，顾盼炜如也。道士一见惨然，下棋子曰："此局全输矣！于此失却局哉！救无路矣！复奚言！"罢弈而请去。既出，谓虬髯曰："此世界非公世界。他方可也。勉之，勿以为念。"因共入京。虬髯曰："计李郎之程，某日方到。到之明日，可与一妹同诣某坊曲小宅相访。李郎相从一妹，悬然如磬。欲令新妇祗谒，兼议从容，无前却也。"言毕，吁嗟而去。公策马而归。

即到京，遂与张氏同往。一小版门子，扣之，有应者，拜曰："三郎令候李郎、一娘子久矣。"延入重门，门愈壮。婢四十人，罗列廷前。奴二十人，引公入东厅。厅之陈设，穷极珍异，巾箱妆奁冠镜首饰之盛，非人间之物。巾栉妆饰毕，请更衣，衣又珍异。既毕，传云："三郎来！"乃虬髯纱帽裼裘而来，亦有龙虎之状，欢然相见。催其妻出拜，盖亦天人耳。遂延中堂，陈设盘筵之盛，虽王公家不侔也。四人对馔讫，陈女乐二十人，列奏于前，若从天降，非人间之曲。

食毕，行酒。家人自堂东舁出二十床，各以锦绣帕覆之。既陈，尽去其帕，乃文簿钥匙耳。虬髯曰："此尽宝货泉贝之数。吾之所有，悉以充赠。何者？欲以此世界求事，当或龙战三二十载，建少功业。今既有主，住亦何为？太原李氏，真英主也。三五年内，即当太平。李郎以奇特之才，辅清平之主，竭心尽善，必极人臣。一妹以天人之姿，蕴不世之艺，从夫之贵，以盛轩裳。非一妹不能识李郎，非李郎不能荣一妹。起陆之贵，际会如期，虎啸风生，龙吟云萃，固非偶然也。持余之赠，以佐真主，赞功业也，勉之哉！此后十年，当东南数千里外有异事，是吾得事之秋也。一妹与李郎可沥酒东南相贺。"因命家童列拜，曰："李郎一妹，是汝主也！"言讫，与其妻从一奴，乘马而去。数步，遂不复见。公据其宅，乃为豪家，得以助文皇缔构之资，遂匡天下。

贞观十年，公以左仆射平章事。适南蛮入奏曰："有海船千艘，甲兵十万，入扶余国，杀其主自立，国已定矣。"公心知虬髯得事也。归告张氏，具衣拜贺，沥酒东南祝拜之。

乃知真人之兴也，非英雄所冀，况非英雄者乎？人臣之谬思乱者，乃螳臂之拒走轮耳。我皇家垂福万叶，岂虚然哉？或曰：卫公之兵法，半乃虬髯所传耳。

——《虬髯客传》(据《唐人小说》，上海古籍出版社 1978 年版)

隋唐之际，“虎啸风生，龙吟云萃”，是继三国之后又一个英雄辈出的年代。《虬髯客传》即以隋朝末年的群雄逐鹿为背景，以虬髯客、红拂、李靖三人的遇合为主线，描绘了风云际会中各路豪杰的英雄气概、豪侠往事，曲折反映了广大人民厌恶战争，期待天下太平安定的美好愿望。

故事从权倾天下的杨素居功自傲、“尸居余气”写起，引出虽身为布衣，却胸怀大志、关心国家的李靖席上进言。再由李靖进言表现出来的英见卓识、凛然正气，引出杨素侍女红拂的慧眼识英、夜半来奔。又由红拂、李靖同归太原，巧遇虬髯客，引出风尘三侠的结交。再由灵石旅舍把酒言欢、畅谈平生志向，引出虬髯客二访李世民，最终放弃逐鹿中原的壮志，捐出全部家财，远走海外别创基业的豪侠壮举。这些情节环环相扣，渐至高潮，具有很强的故事性。

小说生动地展示了一系列的英雄形象：风流倜傥的李靖，见识超群的红拂，慷慨豪气的虬髯客。不但男人英雄，女子同样英雄。

杨素为一代权臣，“奢贵自奉，礼异人臣”，其气势与威风自然不凡。一介布衣李靖，直斥其倨傲，令其“敛容而起”，显示出超人的胆识与气度。在与杨素的交谈中，又令其“大悦，收其策而退”，足见其过人的见识与风采。红拂更是一个奇女子，她不过是杨素府中的歌伎，却能够一见李靖便识其不凡，改妆夜奔，谱写出一曲美人识英雄的爱情传奇。其大胆与勇敢、机智与见识，足称“女中丈夫”。虬髯客则是整个故事的主角，他一出场即带着一股粗犷的气息，不拘小节，豪放潇洒，是一位有志于功业的志士，更是一位快意恩仇的侠士。

小说善于气氛的营造，以人物的心理刻画与生动的细节描写见长，表现出不凡的艺术造诣。

细节方面，如李靖离开杨府的时候，红拂“临轩指吏曰：‘问去者处士第几？住何处？’公具以对”。这一问一答，是红拂夜半投靖的铺垫，也是她能够找到李靖的前提。又如红拂来奔之夜，李靖又喜又惧，作者用“窥户者无停履”这一细节，来表现李靖“瞬息万虑不安”的忐忑心境。再如灵石夜宿，红拂“发长委地”，突出红拂的殊色。虬髯客“投革囊于炉前，取枕攲卧，看张梳头”，看似冒昧的举动传神地表现出其豪放与粗犷。李靖“怒甚，未决，犹亲刷马”，以不变应万变，写出其克制和冷静。红拂“急急梳头毕”，则写出她化解矛盾的急切。这些细节对推动情节的发展，刻画人物的性格，都起到了画龙点睛的作用。小说就是通过这些细节描写，使三人风姿各具，因而成就一段传奇。

气氛营造方面，如三人的旅舍初遇，虬髯客“取枕攲卧”，肆无忌惮地看红拂梳头，属无礼在先；李靖怒而未发，静观其变，暂忍在后；红拂则熟视虬髯客，又以手势示意李靖，压制其怒。从三个人的动作描写中，营造出剑拔弩张的紧张气氛。此后红拂与豪客结拜，将紧张的气氛一下转换成英雄际会的惺惺相惜，酣饮畅谈间，充盈的是英雄豪杰指点江山的壮烈昂扬。小说就是在如此热烈激昂的氛围中，展现出隋末英雄的风云际会。

又如，李靖与红拂前往虬髯客的宅邸时，作者不厌其烦地用一系列的排场、摆设、妆饰、珍异之物，营造出虬髯客生活的富贵，“虽王公家不侔”的豪奢。而虬髯客对之弃若敝屣，更显出其不凡的英雄本色。

在人物形象的塑造上，作者善于运用对话描写，语言描写极具特色。最为精彩的是灵石旅舍的畅饮剧谈。结拜之后，虬髯客径问“煮者何肉”，又直言“饥”；对李靖与红拂之同行，同样直接发问：“观李郎之行，贫士也，何以致斯异人?”“然则将何之?”当交谈之中，言及太原有异人时，他先后问“何姓”、“年几”、“今何为”一系列的问话均直截了当，简短有力，正是其豪爽个性在语言上的体现。而且，虬髯客与李靖的几次相约，一是“达之明日，日方曙，候我于汾阳桥”，二是“李郎宜与一妹复入京，某日午时，访我于马行东酒楼”，三是“到之明日，可与一妹同诣某坊曲小宅相访”。时间、地点、语气都肯定而不容置疑，更显示出虬髯客的“龙虎之状”与英雄霸气。

小说在塑造人物形象时还运用了对比烘托的表现手法，如“风尘三侠”之间的互相欣赏、惺惺相惜，可以看作彼此之间的衬托，表现出英雄侠士的豪爽与正直。又如，作者先是极力描写了虬髯客豪气干云的英雄气概，接下来又描写他一见李世民便折服于其风采，这就更能烘托出李世民的气质与英姿。

小说在最后发为议论，称“我皇家垂福万叶，岂虚然哉”，联系当时唐王朝皇纲不振、藩镇割据的史实，可见作者在其中寄托了对唐太宗这样的圣主明君，对安定团结的社会环境的渴望，以及对那些觊觎政权的割据军阀的劝诫。

如果说《虬髯客传》突出表现了红拂女的慧眼识英、见识超凡，重点是“识”；《红线传》则突出表现了红线女的身怀绝技、神龙见首而不见尾，重点在“技”。

第五节 红线传

唐潞州节度使薛嵩家青衣红线者，善弹阮咸，又通经史，嵩乃俾掌其笺表，号曰内记室。时军中大宴，红线谓嵩曰：“羯鼓之声颇甚悲切，其击者必有事也。”嵩素晓音律，曰："如汝所言。"乃召而问之，云："某妻昨夜身亡，不敢求假。"嵩遽放归。

是时至德之后，两河未宁，以淦阳为镇，命嵩固守，控压山东。杀伤之余，军府草创，朝廷命嵩遣女嫁魏博节度使田承嗣男。又遣嵩男娶滑台节度使胡章女。三镇交为姻娅，使使日浃往来。

而田承嗣常患肺气，遇暑增剧，每曰："我若移镇山东，纳其凉冷，可以延数年之命。"乃募军中武勇十倍者，得三千人，号外宅男，而厚其恤养。常令三百人夜直州宅。卜选良日，将并潞州。

嵩闻之，日夜忧闷，咄咄自语，计无所出。时夜漏将传，辕门已闭，杖策庭际，唯红线从焉。红线曰："主自一月，不遑寝食，意有所属，岂非邻境乎？"嵩曰："事系安危，非尔能料。"红线曰："某诚贱品，亦能解主忧者。"嵩闻其语异，乃曰："我知汝是异人，我暗昧也。"遂具告其事曰："我承祖父遗业，受国家重恩，一旦失其疆土，即数百年勋伐尽矣。"红线曰："此易与耳，不足劳主忧焉。暂放某一到魏城，观其形势，觇其有无。今一更首途，二更可以复命。请先定一走马使，具寒暄书，其他则待某却回也。"嵩曰："然事不济，反速其祸，又如之何？"红线曰："某之此行，无不济也。"乃入闺房，饬其行具。乃梳乌蛮髻，贯金雀钗，衣紫绣短袍，系青丝轻履，胸前佩龙文匕首，额上书太一神名。再拜而行，倏忽不见。

嵩乃返身闭户，背烛危坐。常时饮酒，不过数合，是夕举觞，十余不醉。忽闻晓角吟风，一叶坠露，惊而起问，即红线回矣。嵩喜而慰劳曰："事谐否？"红线曰："不敢辱命。"又问曰："无伤杀否？"曰："不至是。但取床头金合为信耳。"红线曰："某子夜前二刻，即达魏城，凡历数门，遂及寝所。闻外宅儿止于房廊，睡声雷动，见中军士卒，徒步于庭，传叫风生。乃发其左扉，抵其寝帐。田亲家翁止于帐内，鼓趺酣眠。头枕文犀，髻包黄縠。枕前露一星剑。剑前仰开一金合，合内书生身甲子与北斗神名。复以名香美珠，散覆其上。然则扬威玉帐，坦其心豁于生前；熟寝兰堂，不觉命悬于手下。宁劳擒纵，只益伤嗟。时则蜡炬烟微，炉香烬委，侍人四布，兵器交罗。或头触屏风，鼾而亸者；或手持巾拂，寝而伸者。某乃拔其簪珥，縻其襦裳，如病如醒，皆不能寤。遂持金合以归。出魏城西门，将行二百里，见铜台高揭，漳水东流，晨鸡动野，斜月在林。忿往喜还，顿忘于行役。感知酬德，聊副于依归。所以当夜漏三时，往返七百里。入危邦一道，经过五六城，冀减主忧，敢言其苦？"

嵩乃发使入魏，遗田承嗣书曰："昨夜有客从魏中来云，从元帅床头获一金合，不敢留驻，谨却封纳。"专使星驰，夜半方到。见搜捕金合，一军忧疑。使者以马箠挝门，非时请见，承嗣遽出。使者乃以金合授之，捧承之时，惊怛绝倒。遂留使者，止于宅中，狎以宴私，多其赐赍。明日，专遣使赍帛三万匹，名马二百匹，杂珍异等，以献于嵩，曰："某之首领，系在恩私，便宜知过自新，不复更贻伊戚。专膺指使，敢议亲姻，役当捧毂后车，来在麾鞭前马。所置纪纲外宅儿者，本防他盗，亦非异图，今并脱其甲裳，放归田亩矣。"由是一两个月之内，河北河南信使交至。

忽一日，红线辞去。嵩曰："汝生我家，今欲安往？又方赖于汝，岂可议行？"红线曰："某前本男子，游学江湖间，读神农药书，而救世人灾患。时里有孕妇，忽患蛊症，某以芫花酒下之，妇人与腹中二子俱毙。是某一举杀其三人，阴力见诛，降为女子。使身居贱隶，气禀凡俚。幸生于公家，今十九年矣。身厌罗绮，口穷甘鲜，宠待有加，荣亦甚矣。况国家建极，庆且无疆。此即违天，理当尽弭。昨往魏邦，以是报恩。今两地保其城池，万人全其性命，使乱臣知惧，烈士安谋，在某一妇人，功亦不小。固可赎其前罪，还其本形。便当遁迹尘中，栖心物外，澄清一气，生死长存。"嵩曰："不然，以千金为居山之所。"红线曰："事关来世，安可预谋。"嵩知不可留，乃广为饯别，悉集宾友，夜宴中堂。嵩以歌送红线酒，请座客冷朝阳为词。词曰：采菱歌怨木兰舟，送客魂消百尺楼。还似洛妃乘雾去，碧天无际水空流。歌竟，嵩不胜其悲，红线拜且泣。因伪醉离席，遂亡所在。

——《甘泽谣传》(据《太平广记》，中华书局 1961 年版)

《红线传》是唐传奇中侠义小说的名篇，讲述了婢女红线运用太乙道术，深入敌境，在田承嗣的卧室之中盗走金盒，及时阻止了一场藩镇之间战争的故事。

小说中的红线是一个非常神奇的人物，她只不过是贵族军阀家的一个婢女，在身份上是卑微的；同时，她精于音律，又通经史，多才多艺，在能力上是高超的，因而得到了节度使薛嵩的信任与重用。更重要的是，她身怀绝技，能够在危急时刻，"夜漏三时，往返七百里"，只身涉险，巧妙地制止了一场迫在眉睫的战争。为了弥合婢女与豪侠这两个身份之间的巨大差异，作者借红线自己的叙述，交代了她离奇曲折的前世今生，于荒诞之中蕴有情理，有着浓厚的浪漫色彩。

小说的突出特色首先在于情节的曲折离奇和作者的构思精妙。全文以薛嵩与红线之间关系的深入过程贯穿始终，重点描写了唐代藩镇之间的复杂矛盾。两条线索并行穿插，不但记述了侠女红线奇异的两世经历，更展示了两个藩镇之间的矛盾与斗争。将侠女义行置身于国家安定的大背景之下，歌颂了红线以一己之力消弭战争，救万民于水火的英雄壮举。

在小说的开篇，作者就向读者展示了红线不同于一般婢女的殊异之处。一般来说，婢女的职责多在于照顾主人的饮食起居，她们或者以温柔贤淑得到欣赏，或者以美丽窈窕得到宠幸，红线却因通晓经史而负责帮薛嵩掌管笺表，担当的是一般男性幕僚的职责。这样，就表现出红线在卑微的身份下所具有的不凡见识。然后，作者又通过一次军中大宴时发生的小事，揭示出薛嵩与红线都有着共同的对音乐的品鉴能力，两个人在一般的主仆关系之上又多了一层志同意合的知音相赏。

接下来，作者概括介绍了当时的政治情况和三镇之间的关系，点明了田承嗣吞并潞州的图谋，“卜选良日，将并潞州”，战争已如箭在弦上。而薛嵩面对强敌，一筹莫展。一场血战迫在眉睫的紧张局势，引出了红线的主动请命。

虽然红线有着相当的才能并得到了薛嵩的器重，但谁又能相信一个婢女会有力挽狂澜的本事呢？所以薛嵩始则不欲与之谋，谋则疑其能，这样的反应都在情理之中。否则，一个堂堂节度使轻易与一个婢女商讨军机并轻率地委以重任，只会显示出他的鲁莽无能。薛嵩有所疑虑是正常的，是可以理解的，但万般无奈之下，也只能让红线去走一趟了。红线收拾妥当，“再拜而行，倏忽不见”。这时，相信每一位读者都急于知道红线如何完成使命，但作者并不急于跟随红线的行踪向读者展示她的绝技，而是让读者和薛嵩一样，陷入了对红线的急切等待与好奇之中。

这时候薛嵩的心中是相当忐忑的，他希望红线能够马到功成，却又对红线的本领没有把握；他急切地想要知道结果，但能做的却只有等待。所以，他“乃返身闭户，背烛危坐。常时饮酒，不过数合，是夕举觞，十余不醉”。饮而不醉的细节，写出了他对红线的担忧之情。“忽闻晓角吟风，一叶坠露，惊而起问，即红线回矣”。真是“迅如脱兔”！这时，才由胜利归来的红线自述盗取宝盒的经过。在敌军森严的戒备之下，红线成功盗取了田承嗣床头的金盒，“夜漏三时，往返七百里。入危邦一道，经过五六城”，写出了红线的高超技艺和过人胆识，同时也写出了她超常的谋略。

金盒神奇被盗，魏城恐慌莫名，正在全城搜捕的时候，薛嵩派遣的使者连夜送回了金盒。盗盒与送盒的迅速，是在向田承嗣宣告自己掌握着战争的主动，可以随时取走他的性命。田承嗣自然明白个中利害，所以他立即由骄横转变为谦恭，“明日，专遣使赍帛三万匹，名马二百匹，杂珍异等，以献于嵩”，薛嵩与田承嗣之间达成了和解，一触即发的战事就这样化解于无形，红线功不可没。

这时，我们会想：薛嵩会如何奖赏立下了如此大功的红线？两个人的关系是否会更进一层？出乎所有人意料，我们紧接着看到的却是红线辞别。薛嵩的挽留又引出了红线对自己前生的介绍。这是一段离奇的经历，既是红线身怀绝技的缘由，也是她挺身而出的原因，再一次强调了红线盗盒令“两地保其城池，万人全其性命，使乱臣知惧，烈士安谋”的不朽功勋。

故事的最后，薛嵩为红线设宴饯别，在哀婉凄绝的歌曲声中，在薛嵩悲不自胜的伤感面前，红线“伪醉离席，遂亡所在”，神龙见首而不见尾，仿佛正应了李白那句“事了拂衣去，深藏功与名”，给读者留下了广阔的想象空间。

故事在成功塑造红线侠女形象的同时，也表现了薛嵩与红线间超出一般主仆的深厚情义。薛嵩重视其才能，红线则施展其才能；薛嵩对她有知遇之恩，红线则有报恩之举。功成之后，红线不是坐享功劳，而是功成身退、“栖心物外”，从这一点来说，小说在一定程度上体现了作者对自由与平等的追求。

小说运用了虚实并举的写作手法，叙事详略得当。整个故事是关于红线前世与今生的两世故事，重点则是今生盗取金盒、消解战乱的侠义之举。作者对薛、红二人的主仆关系、两镇交恶、红线辞行采用了实写，而对整个盗取金盒的过程却采用了虚写。对红线前世与今生的经历，作者不是平铺直叙，而是采用了倒叙与补叙的手法，详略合宜。这种虚实相间、详略协调的写法，使本来就离奇的故事在情节上更加引人入胜。

安史之乱的铁蹄之下，大唐盛世的辉煌陡然暗淡，从此陷入了皇权衰落、藩镇跋扈的泥潭。割据军阀们为了巩固自己的势力，常常大力搜罗有奇行异能之士，类似于红线这样的人才自然是他们最为渴望的。所以，在唐传奇中红线并不孤单，尚有其他擅长于神仙道术的女子，有着和她或相近或不同的事迹。比如说，贞元年间，就出现了这样一位神异的人物——聂隐娘。

第六节 聂隐娘传

聂隐娘者，唐贞元中魏博大将聂锋之女也。年方十岁，有尼乞食于锋舍，见隐娘，悦之，云：“问押衙乞取此女教。”锋大怒，叱尼。尼曰：“任押衙铁柜中盛，亦须偷去矣。”及夜，果失隐娘所向。锋大惊骇，令人搜寻，曾无影响。父母每思之，相对涕泣而已。

后五年，尼送隐娘归，告锋曰：“教已成矣，子却领取。”尼欻亦不见。一家悲喜，问其所学。曰：“初但读经念咒，余无他也。”锋不信，恳诘，隐娘曰：“真说，又恐不信，如何？”锋曰：“但真说之。”曰：“隐娘初被尼挈，不知行几里。及明，至大石穴之嵌空，数十步寂无居人，猿狖极多，松萝益邃。已有二女，亦各十岁，皆聪明婉丽，不食，能于峭壁上飞走，若捷猱登木，无有蹶失。尼与我药一粒，兼令长执宝剑一口，长二尺许，锋利吹毛，令刳逐二女攀缘，渐觉身轻如风。一年后，刺猿狖，百无一失。后刺虎豹，皆决其首而归。三年后，能飞，使刺鹰隼，无不中。剑之刃渐减五寸，飞禽遇之，不知其来也。至四年，留二女守穴，挈我于都市——不知何处也，指其人者，一一数其过，曰：'为我刺其首来，无使知觉。定其胆，若飞鸟之容易也。'受以羊角匕首，刀广三寸，遂白日刺其人于都市，人莫能见。以首入囊，返主人舍，以药化之为水。五年，又曰：'某大僚有罪，无故害人若干，夜可入其室，决其首来。'又携匕首入室，度其门隙，无有障碍。伏之梁上，至暝，持得其首而归。尼大怒曰：'何太晚如是？'某云：'见前人戏弄一儿，可爱，未忍便下手。'尼叱曰：'已后遇此辈，先断其所爱，然后决之。'某拜谢。尼曰：'吾为汝开脑后，藏匕首而无所伤，用即抽之。'曰：'汝术已成，可归家。'遂送还，云：'后二十年，方可一见。'"

锋闻语，甚惧。后遇夜即失踪，及明而返。锋已不敢诘之，因兹亦不甚怜爱。忽值磨镜少年及门，女曰："此人可与我为夫。"白父，父不敢不从，遂嫁之。其夫但能淬镜，余无他能。父乃给衣食甚丰，外室而居。

数年后，父卒，魏帅稍知其异，遂以金帛署为左右吏。如此又数年，至元和间，魏帅与陈许节度使刘昌裔不协，使隐娘贼其首。隐娘辞帅之许。刘能神算，已知其来，召衙将，令"来日早，至城北候一丈夫一女子，各跨白黑卫，至门，遇有鹊前噪夫，夫以弓弹之不中，妻夺夫弹，一丸而毙鹊者，揖之，云：'吾欲相见，故远相祗迎也'。"衙将受约束，遇之。隐娘夫妻曰："刘仆射果神人，不然者，何以洞吾也？愿见刘公。"刘劳之。隐娘夫妻拜曰："合负仆射，万死。"刘曰："不然，各亲其主，人之常事。魏今与许何异？愿请留此，勿相疑也。"隐娘谢曰："仆射左右无人，愿舍彼而就此，服公神明也。"知魏帅之不及刘。刘问其所须。曰："每日只要钱二百文足矣。"乃依所请。忽不见二卫所之，刘使人寻之，不知所向，后潜搜布囊中，见二纸卫，一黑一白。

后月余，白刘曰："彼未知住，必使人继至。今宵请剪发，系之以红绡，送于魏帅枕前，以表不回。"刘听之。至四更，却返，曰："送其信了，后夜必使精精儿来杀某，及贼仆射之首。此时亦万计杀之，乞不忧耳。"刘豁达大度，亦无畏色。是夜明烛，半宵之后，果有二幡子，一红一白，飘飘然如相击于床四隅。良久，见一人自空而踣，身首异处。隐娘亦出，曰："精精儿已毙。"拽出于堂之下，以药化为水，毛发不存矣。

隐娘曰："后夜当使妙手空空儿继至。空空儿之神术，人莫能窥其用，鬼莫得蹑其踪，能从空虚之入冥，善无形而灭影。隐娘之艺，故不能造其境，此即系仆射之福耳。但以于阗玉周其颈，拥以衾，隐娘当化为蠛蠓，潜入仆射肠中听伺，其余无逃避处。"刘如言。至三更，瞑目未熟，果闻项上铿然声甚厉。隐娘自刘口中跃出，贺曰："仆射无患矣。此人如俊鹘，一搏不中，即翩然远逝，耻其不中。才未逾一更，已千里矣。"后视其玉，果有匕首划处，痕逾数分。自此，刘转厚礼之。

自元和八年，刘自许入觐，隐娘不愿从焉。云："自此寻山水，访至人。"但乞一虚给与其夫。刘如约，后渐不知所之。及刘薨于统军，隐娘亦鞭驴而一至京师柩前，恸哭而去。

开成年，昌裔子纵，除陵州刺史，至蜀栈道，遇隐娘，貌若当时。甚喜相见。依前跨白卫如故。语纵曰："郎君大灾，不合适此。"出药一粒，令纵吞之。云："来年火急抛官归洛，方脱此祸，吾药力只保一年患耳。"纵亦不甚信，遗其缯彩，隐娘一无所受，但沉醉而去。后一年，纵不休官，果卒于陵州，自此无复有人见隐娘矣。

——《传奇》(据《唐五代笔记小说大观》，上海古籍出版社2000年版)

红线用两世的轮回完成了一次壮举，聂隐娘则用一生的经历书写了一段传奇。这篇小说从聂隐娘十岁时被一个尼姑偷去学习道术写起，描写了她五年后学成归来，先为魏帅礼聘，后为陈许节度使刘昌裔笼络，一直到最后隐居山林的离奇一生，情节怪异，波澜起伏。

虽然小说发生的历史背景是真实的，但整个故事充满了虚构和幻想的色彩。如聂隐娘的神奇道术，精精儿的飘飘如幡，空空儿的俊鹘一搏，尤其是隐娘化为蠛蠓并潜入肠中的情节，无不充盈着奇特的幻想。后世神魔小说中变幻莫测的神仙斗法，在这里已经初现端倪。

在这个故事中，聂隐娘不是简单的侠客，而是一个有着超凡道术的剑仙。同时，生于凡俗的她也有着尘世的情感。作为剑仙，她"遇夜即失踪，及明而返"，能够以纸为驴，迅捷往来，尤其是在她投靠了刘昌裔之后，先后两次破解了精精儿和空空儿对刘昌裔的谋杀，甚至可以"化为蠛蠓，潜入仆射肠中听伺"，这些都是她的神奇怪异之处。作为女子，她奉师命去暗杀一个大官时，"见前人戏弄一儿，可爱，未忍便下手"，有着一般人的恻隐之心；归隐之后，请求刘昌裔给她的丈夫一个白领薪水的虚衔，妥善安置其后半生的生活，有着对丈夫的恩爱之情；在刘昌裔卒后，她专程赶到京师，柩前哭奠。数年之后，还向刘昌裔之子示警，希望他能够免于祸患，表现出对旧主人的忠义。这些描写生动而又充实地刻画出一个有情有义的剑仙形象。

小说在奇幻神异的艺术表象下，真实地反映了安史之乱后割据的藩镇间明争暗斗、社会动荡不安的历史现实。一方面，各个藩镇为了巩固自己的势力，采用各种手段消灭和排除异己，他们豢养武士，私蓄剑侠，笼络才士，刺探暗杀、文争武斗，无所不用其极。文章中的聂隐娘、精精儿、空空儿就都是被割据政权收买的刺客，聂隐娘后来又成为刘昌裔的保镖。这些方外之人，都利用其道术，参与到割据势力的残酷斗争之中。另一方面，面对动荡的社会，辗转流离的百姓有着太多的不满和无能为力。因此，他们希望有这样一种力量，能够为他们消灭贪官，消解战争。文章中的聂隐娘，几次被师父派出杀人，所杀皆“有罪”，就是这种愿望的曲折反映。

其实，很多侠客、义士并不是完美的英雄偶像，他们的处事方式、行为准则都有许多局限或者缺憾。比如，唐代的冯燕，就是一个很有争议的“义士”。

第七节 冯燕传

冯燕者，魏豪人，父祖无闻名。燕少以意气任，专为击毬斗鸡戏。魏市有争财斗者，燕闻之往，搏杀不平，遂沉匿田间。官捕急，遂亡滑。益与滑军中少年鸡毬相得。相国贾公耽在滑，能燕材，留属中军。

他日出行里中，见户傍妇人，翳袖而望者，色甚冶，使人熟其意，遂室之。其夫，滑将张婴者也。婴闻其故，累殴妻，妻党皆怨望婴。会从其饮类，燕伺得间，复偃寝中，拒寝户。婴还，妻开户纳婴。以裾蔽燕。燕卑脊步就蔽，转匿户扇后，而巾堕枕下，与佩刀近。婴醉且瞑。燕指巾令其妻取，妻取刀授燕。燕熟视，断其妻颈，遂持巾去。

明旦婴起，见妻毁死，愕然，欲出自白。婴邻以为真婴杀，留缚之。趋告妻党，皆来，曰：“常嫉殴吾女，乃诬以过失。今复贼杀之矣，安得他杀事？即其他杀，而安得独存耶？”共持婴，且百余笞，遂不能言。官家收系杀人罪，莫有辨者，强伏其辜。司法官小吏持扑者数十人，将婴就市，看者围面千余人。有一人排看者来，呼曰：“且无令不辜者死，吾窃其妻，而又杀之，当系我。”吏执自言人，乃燕也。法司官与俱见贾公，尽以状闻，请归其印，以赎燕死。上谊之，下诏，凡滑城死罪皆免。

赞曰：“余尚太史言，而又好叙谊事。其宾党耳目之所闻见而为余道。元和中，外郎刘元鼎为语以冯燕事，得传焉。呜呼！淫惑之心，有甚水火，可不畏哉！然而燕杀不谊，白不辜，真古豪矣！”

——《沈下贤文集》(光绪二十一年观古堂本卷四)

《冯燕传》是为魏中游侠冯燕作传，主要记叙了他私人之妻、杀人之妻后，为洗刷情敌的不白之冤，不惜牺牲自己生命的奇行异迹。作者对其“杀不谊，白不辜”的豪侠行为给予了高度颂扬。

冯燕是以一个纯粹的游侠形象出场的，他以意气自任，每日斗鸡击球，游手好闲。听说市上有人因财争斗，他闻之而往，抱打不平，将理亏的一方搏杀，又为躲避官府的追捕而远走滑台。这正是游侠的惯常行径。

逃亡滑台的冯燕得到了节度使贾耽的器重，在军中有了职属，这也算是因祸得福。但冯燕偏偏不肯安生，又与滑台将军张婴的妻子勾搭成奸。这种行为无论出于何处原因，发生在任何时候，都应该受到谴责。后来，在冯燕与情妇伺机私通之夜，张婴醉归，冯燕仓皇躲避时将头巾遗忘在枕头之下。趁张婴睡着的时候，冯燕示意张妻将头巾递给他。没想到，张妻竟将张婴的佩刀递给了冯燕。看来，她是要冯燕杀死张婴！出人意料，冯燕在接过佩刀并熟视之后，手起刀落，砍下的竟是情妇的人头。相信，在他熟视之时，心中一定有过激烈的思想斗争。在他的行为准则里，“私人之妻”可能只算是一时的风流韵事，并不需要承担道德上的自责。但若私人之妻又杀人之夫，那就绝非侠客所为了。而且，他因打抱不平杀人夺命而尝到了逃亡的滋味，想必也不愿舍弃目前的一切，再次浪迹天涯吧！那么，当他端详着那张妖冶的面庞时，心中也生出了几许寒意吧！都说“最毒不过妇人心”，如此蛇蝎美妇，能不令人生惧吗？再者，如果说一个女人不守妇道、与人私通尚可原谅的话，那谋杀亲夫则属十恶不赦之行。这正是冯燕这样的豪侠所切齿痛恨的。所以，虽然这是一个他喜爱的女子，他仍然横起心肠将其斩杀。那么，当他熟视之际，是否有着对这张娇媚面庞的留恋呢？

此前，二人的奸情已经传到了张婴的耳朵里，戴了绿帽子的张婴心里当然不痛快，面对出轨的妻子，家庭暴力也就自然发生了。前有累次殴打其妻的恶名，今有其妻被杀的惨状，邻人与其妻的家人都理所当然地认定他有最大的杀人嫌疑。到了官府那里，也自然无法辩明，张婴就这样稀里糊涂地被判了死刑。

就在张婴行将就戮之际，冯燕“排看者来”，供出了自己“私人之妻并杀人之妇”的原委本末，以雪张婴之冤。这一举动，才是冯燕一生行为的最大亮点！在作者看来，张婴之妻乃不义之人，被杀属罪有应得。而冯燕为洗脱张婴的罪名，不惜自赴死地，则是豪侠的壮举。所以，作者在文末称赞他“真古豪矣”！

在今天看来，冯燕的行为是不值得提倡的，更不值得颂扬。他私人之妻，违背最基本的道德准则在前；杀人之妇，轻夺人命于后。这样的行为是应该受到法律的惩处的。但是，在那个时代看来，他杀所爱，救情敌，是从“义”的角度出发，因而得到了广泛的认同。他的幕主贾耽，甚至“请归其印，以赎燕死”，情愿用自己的官位来换取冯燕的免死，足见当时社会道德评判标准之一斑。而且，在本文作者为之立传后，著名的诗人司空图根据他的“事迹”，也创作了一首长篇叙事诗

《冯燕歌》。诗人认为：冯燕杀人的原因是认识到："尔能负彼必相负，假手他人复在谁"，杀人之举是"唯将大义断胸襟"，其所作所为是难能可贵的。诗人高度颂扬了冯燕"己为不平能割爱，更将身命救深冤"的侠义行为：他宁可将自己喜欢的女人杀了，只为惩罚她的歹毒心肠；他甚至还愿意牺牲自己的生命，来为情敌申明不白之冤，这正是义的体现。诗人认为他的义行会如黄河滚滚东流一样，永不停歇，千古传诵。

当然，并不是所有的"剑客"都有值得钦敬的事迹，因为这世上素来就不乏欺世盗名之徒。侠的世界里一样鱼龙混杂，万州白廷让兄弟所遇到的，就是一个以剑客之名，行诈骗之实的假剑客。

第八节 白万州遇剑客

万州白太保，名廷诲，即致政中令讳文珂之长子也。任庄宅使时，权五司兼水北巡检。平蜀有功，就除万州刺史。受代归，殁于荆南。

白性好奇，重道士之术。从兄廷让，为亲事都将，不履行检，屡游行于廛市中。忽有客谓廷让曰："剑客尝闻之乎？"廷让曰："闻。""曾见之乎？"曰："未尝见。"客曰："见在通利坊逆旅中，呼为处士，即剑客也。可同往见之。"廷让如其言。

明日，同诣逆旅中，见五六人席地环坐，中有一人，深目丰眉，紫黑色，黄须。廷让至，黄须独不起。客曰："可拜。"廷让拜，黄须据受，徐曰："谁氏子至？"客曰："白令公侄，与某同来，专起居处士。"黄须笑曰："尔同来，可坐共饮。"须臾，将一木盆至，取酒数瓶，满其盆，各置一瓷碗在面前。舁一案，驴肉置其侧。中一人鼓刀切肉，作大脔。用杓酌酒于碗中，每人前设一肉器。廷让视之有难色。黄须者一举而尽，数辈亦然。且引手取肉啖之。顾廷让，扬眉摄目，若怒色。廷让强饮半碗许，咀嚼少肉而已。酒食罢，散去。廷让熟视，皆狗屠角抵辈。廷让与同来客独住款曲。客语黄须曰："白公志士也。处士幸勿形迹。"黄须于床上取一短剑，引出匣，以手簸弄讫，以指弹剑，铿然有声。廷让视之，意谓剑客尔。复起，再三拜之，曰："幸睹处士，他日终愿乞为弟子。"黄须曰："此剑凡杀五七十人，皆吝财轻侮人者。取首级煮食之，味如猪羊头尔。"廷让闻之，若芒刺满身，恐悚而退。

归，具以事语于弟。廷诲贵家子，闻异人奇士，素所尚，且曰："某如何得一见之，可谋于客。"遂告之。客曰："但备酒馔俟之。"

明日辰巳间，客果与俱来。白兄弟迎接之，延入，白俱设拜。黄须悉据受之。饮食讫，谓白曰："君家有好剑否？"对曰："有。"因取数十口置于前。黄须一一阅之，曰："皆凡铁也。"廷让曰："某房中有两口剑，试取观之。"黄须置一于地，亦曰："凡铁尔。"再取一，云："此可。"乃命工磨之。黄须命取火箸至，引剑断之，刃无复缺。黄须曰："果称堪尔。"以手揶若剑舞状，久之告去。廷诲奇而留之，命于止厅侧，待之甚厚。黄须大率少语，但应唯而已。

忽一日，借一骏蹄暂出，数日徒步而来，曰："马惊逸，不知所之。"旬日，有人送马至。又月余，黄须谓廷让曰："于尔弟处借银十挺、皮箧一、好马一匹、仆二人，暂至华阳。回日，银与马却奉还。"白兄潜思之：欲不与，闻其多杀吝财者；欲与，虑其不返。犹豫未决。黄须果怒，告去，不可留。白昆弟逊谢之，曰："十挺银、一马，暂借小事尔。却是选人力，恐不称处士指顾。"悉依借与之。黄须不辞，上马而去。白之昆仲，亦不之测。

数日，一仆至曰："处士至土壕，怒行迟，遣回。"又旬日，一仆至曰："到陕州，处士怒，遣回。"白之昆仲，谓剑客不敢窃议，恐知而及祸。踰年不至。有贾客乘所借马过门者，白之左右皆识之，闻于白。诘之，曰："于华州八十千买之。"契券分明，卖马姓名易之矣。方知其诈。三数年后，有人陕州见之，盖素善锻者也。大凡人平常厚貌深衷，未易轻信。黄须假剑术以惑人，宜乎白之可欺也。书之者，亦铸鼎备物之象，使人入山林逢之，不敢尔思，亦自古欺诈之尤者也。君子志之，抑铸鼎之类也。诚之诚之！

——《洛阳缙绅旧闻记》（商务印书馆丛书集成初编本）

《白万州遇剑客》讲述的是一个铁匠虚张声势，冒称剑客骗人财物的故事，揭露了骗子设局行骗的丑恶伎俩，也讽刺了白氏兄弟识人不明的愚蠢。

在小说中首先出场的是受害者白氏兄弟，他们本为贵宦子弟，却一个"性好奇，重道术之士"，一个"不履行检，屡游行于廛市中"。俗话说，苍蝇不叮无缝的蛋，正是白氏兄弟这种行为、信仰上的缺失，给了骗子以可乘之机。

接下来，小说就具体描述了骗子行骗的整个过程。话说有一天，白廷让像往常一样，无所事事地在街上闲逛，就有一个人主动过来和他搭讪，神秘兮兮地问他：听说过剑客吗？见过剑客吗？没见过，好，现在通利坊的旅店里就住着一位。要不，我领你去见识见识？我们无从知道白廷让和这个人的熟悉程度，想必不会太熟。可白廷让就这样相信了他的话，第二日便欣然赴约，一头钻进了人家设好的圈套。可见他是多么的轻信与草率。

想必，"客"与"黄须"早就打探好了白氏兄弟的性格、爱好，才故意投其所好，请君入瓮。当白廷让走入了他们的骗局，他们就合伙上演了一出不算精彩的把戏。其实质，无非就是一群屠狗角抵之辈，聚在一起大碗饮酒大块吃肉而已。但已经在气势上镇住了白廷让。紧接着，黄须又引剑出鞘，摆弄炫耀，并“以指弹剑，铿然有声”，仿佛真有那么两下子一样，蒙得白廷让再三下拜，愿为弟子。就这样几下虚张声势的表演，白廷让就对黄须的剑客身份完全信服，写出了他的无知。而黄须似乎意犹未尽，又加上一套骇人的说辞，称手上的剑已经斩杀了五七十人，都是慢待剑客的吝财之人。又称这些人的头颅都被他煮着吃了，就像吃猪头、羊头一样。这一番恫吓，更是吓破了白廷让的鼠胆，他“若芒刺满身，恐悚而退”。黄须取得了自己预期的效果。

白廷让自以为见到了真正的奇人，他的吹嘘也勾起了白廷诲的兴趣。兄弟二人置办了丰盛的酒席，恭恭敬敬地邀请“剑客”光临。剑客吃饱喝足之后，又是一番装腔作势的表演，但已经足够蒙蔽白氏兄弟。二人不但好吃好喝地招待所谓的剑客，对其提出的要求更不敢有半点违逆，就连最终财物被骗，二人仍“不敢窃议，恐知而及祸”，懦弱之下，更见可怜。直到年余之后，被黄须骑去的马易主他人，偶经其门，他们才明白自己上当受骗，何其愚也！

在这个故事中，黄须并非真正的剑客，他只不过是一个借剑客之名行欺诈之实，骗钱骗物的骗子而已。白氏兄弟对他的盲目推崇固然可笑可悲，却也从一个侧面反映了国人对于“侠”的敬慕之情。

侠是中国文化中一种重要的英雄象征，这不仅因为自春秋战国以来，直至汉魏隋唐时期，“侠”一直活跃于历史舞台，更因为在侠文化的发展过程中，一直就兼备并强调着“义”的品质。虽然这种“义”会因时代、阶级、人物、立场等表现出不同的标准，但大体上，扶贫济弱、劫富救贫、见义勇为、以一己之力对抗社会种种不公……诸如此类，一直是其共同的特质。唐代李德裕《豪侠论》中曾经写道“夫侠者，盖非常人也。虽然以诺许人，必以节义为本。义非侠不立，侠非义不成，难兼之矣”，说明了“侠”与“义”二者之间不可分割的联系。侠客都重承诺，这承诺又以义作为根本，作为约束。由此，侠客们践行承诺的过程，也就是实现其义举的过程，或为国，或为民，侠客的行为就成为“义”的绝佳注解。

也许，正是因为侠与义并行的英雄象征，中国的文人们往往会倾慕“侠”的世界。唐代诗歌中，王维的《少年行》、李白的《侠客行》、贾岛的《剑客》、孟郊的《游侠行》、岑参的《赵将军歌》、卢纶的《塞下曲》等，都是颂美侠客英雄的功业、品格与生活的诗作，是诗人们对于豪侠生活的礼赞，浩然的侠气昂扬其中。

侠义小说伴随着游侠的产生而出现，描写侠士的形象之外，其魅力还在于作者在凡俗的世界之外构建了一个特殊的世界——江湖。江湖是每一个少年侠客的理想与梦境，江湖是每一个江湖豪侠的家园与归宿，江湖脱离于世间王法之外，是一个快意恩仇的世界，江湖中人遵从着江湖的秩序与规则，在相对公平的规则下进行着生死较量。英雄可以不问出处——惩恶扬善，匡扶正义者，都可以称为侠。于是，风云际会，诗酒啸傲，侠客们的生活自然吸引并打动着无数的读者。

侠义小说在唐代趋于兴盛。元明以降，小说创作由文言转为白话，又出现了一批以侠义为中心的白话小说。这时的侠客行为，已经固定为见义勇为、除暴安良、劫富济贫等几种，其中最为出色的，是记载宋江等群英于梁山聚义故事的《水浒传》。它虽然不是完全意义的侠义小说，但是其中《鲁提辖拳打镇关西》等章节对绿林、江湖和英雄豪杰都有开创性的描写。清代是侠义小说发展的高峰期，这时的小说吸收了剑术和仙术而成为剑侠或者仙侠小说。如《红牡丹全传》《七剑十三侠》等。另有一些加入公案的内容，形成侠义公案小说，如《三侠五义》等。"五四"以后，侠义小说呈现出新的面貌，《江湖奇侠传》《蜀山剑侠传》等吸引了大量的读者。进入50年代以后，金庸、古龙、梁羽生创作的新派武侠小说中，武打成为重要的描写内容，吸引了更多的读者。进入新世纪以来，"侠"的题材又与悬疑、科幻、穿越等结合在一起，可谓与时俱进。不过，变化的是形式，不变的是精神。忠贞与正义，永远是"侠"之精神的核心。

第五章 世间自有痴男女

常有人说“问世间情为何物，直教生死相许”，古往今来，不知道有多少痴男怨女，因为爱情不能自主，因为婚姻不能圆满，因为相爱不能相守，而抱憾黄泉，遗恨终生。正所谓“天长地久有时尽，此恨绵绵无绝期”，爱情的力量就在于它似乎真的可以穿越生死，书写了一个又一个感人至深的爱情故事。

第一节 吴王小女

吴王夫差小女名曰紫玉，年十八，才貌俱美。童子韩重年十九，有道术，女悦之，私交信问，许为之妻。重学于齐、鲁之间，临去，属其父母使求婚。王怒，不与女。玉结气死，葬阊门之外。

三年，重归，诘其父母，父母曰："王大怒，玉结气死，已葬矣。"重哭泣哀恸，具牲币往吊于墓前。玉魂从墓出，见重流涕，谓曰："昔尔行之后，令二亲从王相求，度必克从大愿，不图别后遭命，奈何！"玉乃左顾宛颈而歌曰："南山有乌，北山张罗。乌既高飞，罗将奈何？意欲从君，谗言孔多。悲结生疾，没命黄垆。命之不造，冤如之何？羽族之长，名为凤凰。一日失雄，三年感伤。虽有众鸟，不为匹双。故现鄙姿，逢君辉光。身远心近，何当暂忘！"歌毕，歔欷流涕，要重还冢。

重曰："死生异路，惧有尤愆，不敢承命。"玉曰：死生异路，吾亦知之，然今一别，永无后期，子将畏我为鬼而祸子乎？欲诚所奉，宁不相信？"重感其言，送之还冢。玉与之饮宴，留三日三夜，尽夫妇之礼。临出，取径寸明珠以送重曰："既毁其名，又绝其愿，复何言哉！时节自爱。若至吾家，致敬大王。"

重既出，遂诣王，自说其事。王大怒曰："吾女既死，而重造讹言，以玷秽亡灵。此不过发冢取物，托以鬼神。"趣收重。重走脱，至玉墓所，诉之。玉曰："无忧！今归白王。"王妆梳，忽见玉，惊愕悲喜，问曰："尔缘何生？"玉跪而言曰："昔诸生韩重来求玉，大王不许。玉名毁义绝，自致身亡。重从远还，闻玉已死，故赍牲币，诣冢吊唁。感其笃终，辄与相见，因以珠遗之。不为发冢，愿勿推治。"夫人闻之，出而抱之，玉如烟然。

——《搜神记》(中华书局 2009 年版)

故事叙述了吴王夫差的小女紫玉和童子韩重的爱情悲剧。

十八九岁，正是情窦初开的年龄，"才貌俱美"的小玉和有道术的韩重坠入爱河。紫玉"私交信问，许为之妻"，表现出对婚姻追求的主动与大胆。但当韩重父母向吴王求婚时，"王怒，不与女"，这一怒，就造成了爱情悲剧。紫玉因此结气而死，一个贵族少女为追求理想的婚姻而付出了生命的代价。

如果故事至此结束，那么我们只会知道有这样一个女子，因为残暴的父亲阻止了自己的婚姻而悲愤死去。我们会感到惋惜，但似乎不会有太多的感动。而在小说里，紫玉之死仅仅是故事的开端，作者叙述的重点显然是那情理之中而又意料之外的后面的故事。

韩重学于齐鲁，三年而归，原以为回来后可以和紫玉情结连理，谁知道，得到的却是紫玉已死的噩耗！情理之中的，是一对曾经相爱的恋人生死异途，生者是一定要去祭奠一下死者的。因而，韩重在哭泣之后准备了祭品去拜祭紫玉。意料之外的，是韩重的祭奠竟然呼唤出紫玉的灵魂！她从阴冷的墓穴中走出来，对着韩重痛哭悲吟，表达着别后的相思与死去的伤痛。更在意料之外的，悲伤的紫玉竟然邀请韩重一同回到坟墓中去。情理之中的，毕竟生死悬隔，韩重起初是有些恐惧和忧虑的。在紫玉表达了她的至诚之后，韩重深受感动，陪着她回到了坟墓。三日三夜的“坟墓生活”，与其说是久别后的欢会，不如说是绝别前的狂欢。三日之后，我们看到了紫玉与韩重人鬼殊途的依依惜别。

故事到这里，又是一个可以结束的关口——纵使人鬼情未了，但终须了——两个“人”已经见了，婚姻的梦已经“圆”了，故事也可以结束了。但是故事并未结束，后面的情节依然动人。

走出坟墓的韩重去见了紫玉的父亲，向他陈述事情的经过。或者，韩重的本意只是想向爱人的父母汇报一下紫玉在幽冥世界中的生活，以解父母的亡女之思。但是吴王认为韩重是在污辱紫玉的灵魂，并认定韩重的明珠是盗墓所得，要将他逮捕入狱，韩重的命运再一次出现转折。这次转折促使这对人鬼殊途的恋人再次相聚——只有紫玉才能为韩重洗脱清白。因此，紫玉的灵魂出现在吴王的面前，说明了原因。

小说中恋爱的双方自然都是故事的主角，而纵观全篇，紫玉的戏份无疑要比韩重多得多。自始至终，在双方爱情中起着主导作用的都是紫玉。首先，紫玉“悦之，私交信问，许为之妻”，主动示爱并提出了婚姻的诉求；然后，在韩重祭墓时“要重还冢”，即便人死，依然要实现婚姻的夙愿；最后，当韩重受到吴王的冤枉，紫玉再一次走出坟墓，向吴王说明原委，保护韩重的安全，承担了婚姻的责任。正因为此，我们感动于紫玉追求爱情与婚姻时的勇敢与执着；也因为此，故事感动我们的，不再是离奇的情节与灵异的内容，而是紫玉的勇敢与执着。

小说在结构、描写上也很有特点。作为一篇以志怪为主的作品，紫玉与韩重生时的恋爱经过并不是叙述的重点，二人生死异路之后的经历，则是作者浓墨重彩、极力铺陈的情节。尤其是紫玉的悲歌，如泣如诉，既是对前文气结而死的补充，也是二人爱情的挽歌，同时也是对吴王的控诉，使得小说动人心弦，感人至深。而结尾“玉如烟然”四个字，不仅写出了灵魂的虚无，也起到了“曲终人不见”的效果，每一位读者都可体会到其母的感受，同时会有一种怅然若失的感觉随之而起。

第二节 韩凭夫妇

宋康王舍人韩凭，娶妻何氏，美，康王夺之。凭怨，王囚之，论为城旦。妻密遗凭书，缪其辞曰："其雨淫淫，河大水深，日出当心。"既而王得其书，以示左右，左右莫解其意。臣苏贺对曰："其雨淫淫，言愁且思也；河大水深，不得往来也；日出当心，心有死志也。"俄而凭乃自杀。其妻乃阴腐其衣。王与之登台，妻遂自投台，左右揽之，衣不中手而死。遗书于带曰："王利其生，妾利其死。愿以尸骨，赐凭合葬！"王怒，弗听。使里人埋之，冢相望也。王曰："尔夫妇相爱不已，若能使冢合，则吾弗阻也。"宿昔之间，便有大梓木生于二冢之端，旬日而大盈抱。屈体相就，根交于下，枝错于上。又有鸳鸯，雌雄各一，恒栖树上，晨夕不去，交颈悲鸣，音声感人。宋人哀之，遂号其木曰"相思树"。相思之名，起于此也。南人谓此禽即韩凭夫妇之精魂。今睢阳有韩凭城，其歌谣至今犹存。

——《搜神记》(中华书局 2009 年版)

小说描写了韩凭夫妇坚贞不渝的爱情，赞扬了韩凭妻不慕富贵、不畏强暴的美德，同时揭露了统治者强夺人妻的罪行。

文中的宋康王是荒淫无道的典型。他因何氏貌美，仗势强夺。韩凭有所不满，就将其罚为城旦。宋康王不但无理地强占人妻，还残暴地迫害其夫，其行为令人发指。更为甚者，当韩凭夫妇双双自杀之后，他非但不肯满足二人合葬的愿望，反而故意令二冢相望，还说出"尔夫妇相爱不已，若能使冢合，则吾弗阻也"这种混话，令人义愤填膺。然而，这样一个荒淫的君主竟没有受到应有的惩罚，真是天道不公。

文中最感人的，是韩凭夫妇坚贞不屈、生死不渝的爱情。韩凭被罚做城旦，何氏密传隐语，表达其愁思之情与必死之志。韩凭自杀之后，何氏也为自杀做了充分的准备。她找准机会自投于高台之下，以衣带遗书，表明既然生不能同衾，但求死能同穴的愿望。残暴的宋康王违背了他们的意愿，二人殁而有灵，情动天地，使得旬月之间，墓梓盈抱。两株树"屈体相就，根交于下，枝错于上"，这不是树的交错，而是人的拥抱。又有两只鸳鸯"晨夕不去，交颈悲鸣"，这不是爱情鸟的悲鸣，而是韩凭夫妇的控诉！生而相爱，却被活活拆散，不能同衾枕，已足堪怜；死而有情，又被远远分开，不能同穴墓，又怎堪其悲！

第三节 卖胡粉女子

有人家甚富，止有一男，宠恣过常。游市，见一女子美丽，卖胡粉，爱之，无由自达。乃托买粉，日往市，得粉便去，初无所言。

积渐久，女深疑之。明日复来，问曰："君买此粉，将欲何施？"答曰："意相爱乐，不敢自达。然恒欲相见，故假此以观姿耳。"女怅然有感，遂相许以私，克以明夕。其夜，安寝堂屋，以俟女来。薄暮，果到，男不胜其悦，把臂曰："宿愿始伸于此！"欢踊遂死。女惶惧，不知所以。因遁去，明还粉店。

至食时，父母怪男不起，往视，已死矣。当就殡敛，发箧笥中，见百余裹胡粉，大小一积。其母曰："杀我儿者，必此粉也。"入市遍买胡粉，次此女，比之，手迹如先。遂执问女曰："何杀我儿？"女闻呜咽，具以实陈。父母不信，遂以诉官。女曰："妾岂复吝死？乞一临尸尽哀！"县令许焉。

径往，抚之恸哭，曰："不幸致此，若死魂而灵，复何恨哉？"男豁然复生，具说情状，遂为夫妇，子孙繁茂。

——《幽明录》(据《汉魏六朝笔记小说大观》，上海古籍出版社 1999 年版)

这个短篇讲述了一个充溢浪漫情调的爱情故事：富家儿与商家女私相爱慕，痴男的意外死亡和神奇复活使情节斗转峰回。不同于那些遭遇种种反对和阻止的不幸爱情，也不同于紫玉和韩重最终的人鬼殊途，这对恋人似乎并没有多少来自外界的压力，最终是一个团圆美满的结局。

故事里的痴男生长于富家，虽"宠恣过常"，但并不是那种轻薄无度的放荡公子。他爱上了美丽的卖胡粉女子，便每天都去买胡粉，买完即走，连一句多余的话都没有说过，更没有那些无理、轻薄的挑逗。可见，只要在买胡粉时能够多看看这个女子，他似乎就已经非常满足了。这表明他并不是一个浮浪的公子哥，他对卖胡粉女子的爱是真诚的，发自于内心的，是纯洁的。

再看看这个女子，面对一个多情且有些羞涩的少年的"追求"，起初她可能尚未意识到什么吧！她只当他是一个普通的顾客，自然也没有多余的话语。但日久天长，这样一个温文尔雅的翩翩富家少年，一定也会在少女心中激起涟漪。于是，有了她主动的探问。当男子用看似简单的话语说出了刻骨的相思时，"女怅然有感，遂相许与私"。这一问，就问出了两情相悦；这一许，便许出了一段传奇。

看到这里，读者大概会有两种感受交杂其中。首先，自然是感动于少年的"追求"终于有了结果，得到了回报，这是令善良的人们感到开心的，是他们乐于看到的结果；同时，女子的回应是相许以私，而不是约定婚姻，这又让我们难免有一丝隐忧，担心他们未来的命运。

故事的出人意料在于，私会之期，男子竟因“宿愿始伸”的惊喜而“欢踊遂死”，足见爱之深、期之切！男子的死不但令刚入高潮的爱情故事戛然而止，也令人们更加担心女子的命运。

当男子将要殡敛的时候，家人发现了他的秘密，那百余裹胡粉，不但见证了两个人相爱的过程，也提供了找到女子的线索。当男子的父母找到女子时，她没有隐瞒，没有抵赖，而是将事情的经过据实以对。但悲痛中的男方父母不肯相信她的说法，将她诉之于官。旁观者清，审案的县令相信女子的陈述，并答应了她“临尸尽哀”的请求。这时的女子，摆脱了最初的惶惧，抚尸痛哭。这一哭，竟然令男子“豁然复生”！然后，两个人“遂为夫妇，子孙繁茂”，故事在一波三折中达到了一个圆满的结局。

富家儿的爱之纯、爱之深已如前所述，而商家女一旦感动于男子的爱情，便勇敢地做出幽会的承诺，足见其追求爱情的大胆。在男子“欢踊遂死”时恐慌逃去，乃是一个少女的正常反应，完全可以理解。当生死关头，女子请求“临尸尽哀”，这时她不吝一死，只是希望死而有灵，可见其对爱情的忠贞。

故事曲折生动，扣人心弦，形象生动地塑造了痴情的富家男和多情的商家女形象，真实感人。

第四节 离魂记

天授三年，清河张镒，因官家于衡州。性简静，寡知友。无子，有女二人。其长早亡；幼女倩娘，端妍绝伦。镒外甥太原王宙，幼聪悟，美容范。镒常器重，每曰：“他时当以倩娘妻之。”后各长成，宙与倩娘常私感想于寤寐，家人莫知其状。后有宾寮之选者求之，镒许焉。女闻而郁抑；宙亦深恚恨，托以当调，请赴京，止之不可，遂厚遣之。

宙阴恨悲恸，决别上船。日暮，至山郭数里。夜方半，宙不寐，忽闻岸上有一人行声甚速，须臾至船，问之，乃倩娘，徒行跣足而至。宙惊喜发狂，执手问其从来。泣曰：“君厚意如此，寝梦相感。今将夺我此志，又知君深情不易，思将杀身奉报，是以亡命来奔。”宙非意所望，欣跃特甚。遂匿倩娘于船，连夜遁去。倍道兼行，数月至蜀。凡五年，生两子，与镒绝信。其妻常思父母，涕泣言曰：“吾曩日不能相负，弃大义而来奔君，向今五年，恩慈间阻，覆载之下，胡颜独存也？”宙哀之，曰："将归，无苦。"遂俱归衡州。

既至，宙独身先至镒家，首谢其事。镒曰："倩娘病在闺中数年，何其诡说也！"宙曰："见在舟中！"镒大惊，促使人验之。果见倩娘在船中，颜色怡畅，讯使者曰："大人安否？"家人异之，疾走报镒。室中女闻，喜而起，饰妆更衣，笑而不语，出与相迎，翕然而合为一体，其衣裳皆重。

其家以事不正，秘之。惟亲戚间有潜知之者。后四十年间，夫妻皆丧，二男并孝廉擢第，至丞尉。事出陈玄祐离魂记云。

玄祐少常闻此说，而多异同，或谓其虚。大历末，遇莱芜县令张仲规，因备述其本末。镒则仲规堂叔，而说极备悉，故记之。

——《离魂记》(据《唐人小说》，上海古籍出版社 1978 年版)

"倩女离魂"是历代文人墨客们所津津乐道、反复称引的典故，其所出之《离魂记》，则是唐代小说中非常引人注目的一篇。

女主角张倩娘的父亲张镒在衡州做官，性格简静，并没有什么知心的朋友。虽然育有二女，但长女早夭，那么，可以想象，"端妍绝伦"的幼女倩娘，必定被视若掌上明珠，承受了父母双亲的全部关爱。男主角王宙，在血缘上是张镒的外甥，"幼聪悟，美容范"，才貌双全，因而张镒对他很是器重，并有"当以倩娘妻之"的承诺。

至此，在亲缘关系的温情下，两小无猜、青梅竹马的少年男女，"常私感想于寤寐"，爱情得以生根发芽。乍一看，这应该是一桩会得到双方父母认可的、两情相悦的、亲上加亲的好事，谁料中间却出现了变故——"后有宾寮之选者求之，镒许焉"。正当两个青年渴望着美满爱情与婚姻的时候，张镒却改变了初衷，将倩娘许给了他人！文中没有说明原因，我们也不便做凭空的猜测。但对两个青年人命运的关心，使我们急切地想要知道事情的后续发展。

"女闻而抑郁；宙亦深恚恨，托以当调，请赴京"，这短短的几句中有着深刻的社会内容：封建社会，男女之间的私相爱慕是不能正大光明地表达出来的。因而，尽管两个人的爱情已经到了梦寐思之的程度，但身为父母并不知情。封建家长制下，青年男女更没有追求自主婚姻的权利，面对张镒的"失信"，倩娘只能"抑郁"，王宙在伤心之余，只能找个理由离开。等待这对爱侣的，可能是今生今世都不能再见的更伤于死别的生离。

如果事情这样发展下去，不过是多了一曲有情人不能终成眷属的哀婉悲歌，没有抗争，没有惨别，尚不足以感动千百年来的读者。但就当王宙孤单地离开，夜半不寐时，倩娘"徒行跣足而至"。此时，我们尚不知道到来的是倩娘的离魂，但"徒行跣足"的细节足以表现倩娘离家的仓促与奔波的劳苦。我们会困惑于一个闺中弱女怎能"行声甚速，须臾至船"，而这正是作者有意埋下的伏笔。

倩娘深夜而至，这对本以为今生无望的王宙来说，自然是喜出望外，“执手问其从来”，形象地写出情侣之间的关切与亲近。接下来倩娘的一番深情告白，更显出二人感情之深切。于是，“匿倩娘于船，连夜遁去”，且又倍道兼行，经历了数月的漂泊终于安稳下来。

岁月悠悠，时光飞逝，两个人已经一起生活了五年，并且还生育了两个孩子，对这对小夫妻来说，这是一次成功的“私奔”，但对于张镒夫妻来说，走失了女儿，他们现在的生活又会是怎样一种情形呢？这时，作者着重描写了倩娘对父母的思念。深夜出奔是为了爱情，而一旦爱情稳定，那割舍不断的亲情自然会时不时地涌上心头。因此，倩娘常因思念父母而涕泣交流。而且，事情已经过去了五年，作为晚辈，作为父母唯一的女儿，也应该向父母说明一切了。对于一般的父母来说，就算再不愿意，也只好接受这个事实了。王宙在听了妻子的诉说之后，便决定带着妻子回归那个曾经给予他梦想，也曾让他黯然神伤的地方。而这一次的归省，方揭开了事情离奇的真相——那个在蜀中与王宙生活了五年的倩娘，竟然只是离开了躯体的魂灵。倩娘的躯体，则在衡州的家中卧病数年！作者在描写了张镒与家人的惊异之后，用颇为轻松愉快的笔调写出了两个倩娘的“复合”，特别写出了“衣裳皆重”的细节，更增加了故事的可信性。

这是一个大团圆的结局，但不同于后世才子佳人小说金榜题名、奉旨完婚的那种团圆。因为，那些故事里的状元才子是在传统的规范之内，在提升了个人的条件之后，依靠着外力的作用才实现了对婚姻的追求；而在《离魂记》中，倩娘凭借爱情的力量使精魂与躯体分离，将一片痴情附着于精魂，完全依靠着自身的力量成就了美满婚姻的夙愿。倩娘的一点精魂赤足徒步行走于漆黑的暗夜，追随着意中人而去。这勇敢的精魂正是那些敢于把握自身命运的女性的鲜明写照。正因如此，才使这个情节并不算曲折、文辞也很朴实、叙述非常简略的小故事，成为引人注目、流传广远的篇章。

第五节 霍小玉传

大历中，陇西李生名益，年二十，以进士擢第。其明年，拔萃，俟试于天官。夏六月，至长安，舍于新昌里。生门族清华，少有才思，丽词嘉句，时谓无双。先达丈人，翕然推伏。每自矜风调，思得佳偶，博求名妓，久而未谐。

长安有媒鲍十一娘者，故薛驸马家青衣也，折券从良，十余年矣。性便辟，巧言语，豪家戚里，无不经过，追风挟策，推为渠帅。当受生诚托厚赂，意颇德之。

经数月，李方闲居舍之南亭，申未间，忽闻扣门甚急，云是鲍十一娘至。摄衣从之，迎问曰："鲍卿，今日何故忽然而来？"鲍笑曰："苏姑子作好梦也未？有一仙人，谪在下界，不邀财货，但慕风流，如此色目，共十郎相当矣。"生闻之惊跃，神飞体轻，引鲍手且拜且谢曰："一生作奴，死亦不惮。"因问其名居。鲍具说曰："故霍王小女，字小玉，王甚爱之。母曰净持，净持即王之宠婢也。王之初薨，诸弟兄以其出自贱庶，不甚收录。因分与资财，遣居于外，易姓为郑氏，人亦不知其王女。资质秾艳，一生未见，高情逸态，事事过人，音乐诗书，无不通解。昨遣某求一好儿郎格调相称者。某具说十郎，他亦知有李十郎名字，非常欢惬。住在胜业坊古寺曲，甫上车门宅是也。以与他作期约。明日午时，但至曲头觅桂子，即得矣。"

鲍既去，生便备行计，遂令家僮秋鸿，于从兄京兆参军尚公处假青骊驹，黄金勒。其夕，生浣衣沐浴，修饰容仪，喜跃交并，通夕不寐。迟明，巾帻，引镜自照，惟惧不谐也。徘徊之间，至于亭午。遂命驾疾驱，直抵胜业。

至约之所，果见青衣立候，迎问曰："莫是李十郎否？"即下马，令牵入屋底，急急锁门，见鲍果从内出来，遥笑曰："何等儿郎，造次入此？"生调诮未毕，引入中门。庭间有四樱桃树；西北悬一鹦鹉笼，见生入来，即语曰："有人入来，急下帘者！"生本性雅淡，心犹疑惧，忽见鸟语，愕然不敢进。逡巡，鲍引净持下阶相迎，延入对坐。年可四十余，绰约多姿，谈笑甚媚。因谓生曰："素闻十郎才调风流，今又见仪容雅秀，名下固无虚士。某有一女子，虽拙教训，颜色不至丑陋，得配君子，颇为相宜。频见鲍十一娘说意旨，今亦便令承奉箕帚。"生谢曰："鄙拙庸愚，不意故盼，倘垂采录，生死为荣。"

遂命酒馔，即令小玉自堂东阁子中而出。生即拜迎。但觉一室之中，若琼林玉树，互相照曜，转盼精彩射人。既而遂坐母侧。母谓曰："汝尝爱念'开帘风动竹，疑是故人来'。即此十郎诗也。尔终日吟想，何如一见。"玉乃低鬟微笑，细语曰："见面不如闻名。才子岂能无貌？"生遂连起拜曰："小娘子爱才，鄙夫重色。两好相映，才貌相兼。"母女相顾而笑，遂举酒数巡。生起，请玉唱歌，初不肯，母固强之。发声清亮，曲度精奇。

酒阑，及暝，鲍引生就西院憩息。闲庭邃宇，帘幕甚华。鲍令侍儿桂子、浣沙与生脱靴解带。须臾，玉至，言叙温和，辞气宛媚。解罗衣之际，态有余妍，低帏昵枕，极其欢爱。生自以为巫山洛浦不过也。

中宵之夜，玉忽流涕观生曰："妾本倡家，自知非匹。今以色爱，托其仁贤。但虑一旦色衰，恩移情替，使女萝无托，秋扇见捐。极欢之际，不觉悲至。"生闻之，不胜感叹。乃引臂替枕，徐谓玉曰："平生志愿，今日获从，粉骨碎身，誓不相舍。夫人何发此言！请以素缣，著之盟约。"玉因收泪，命侍儿樱桃褰幄执烛，授生笔研。玉管弦之暇，雅好诗书，筐箱笔研，皆王家之旧物。遂取绣囊，出越姬乌丝栏素缣三尺以授生，生素多才思，援笔成章，引谕山河，指诚日月，句句恳切，闻之动人。染毕，命藏于宝箧之内。自尔婉娈相得，若翡翠之在云路也。如此二岁，日夜相从。

其后年春，生以书判拔萃登科，授郑县主簿。至四月，将之官，便拜庆于东洛。长安亲戚，多就筵饯。时春物尚余，夏景初丽，酒阑宾散，离思萦怀。玉谓生曰："以君才地名声，人多景慕，愿结婚媾，固亦众矣。况堂有严亲，室无冢妇，君之此去，必就佳姻。盟约之言，徒虚语耳。然妾有短愿，欲辄指陈。永委君心，复能听否？"生惊怪曰："有何罪过，忽发此辞？试说所言，必当敬奉。"玉曰："妾年始十八，君才二十有二，迨君壮室之秋，犹有八岁。一生欢爱，愿毕此期。然后妙选高门，以谐秦晋，亦未为晚。妾便舍弃人事，剪发披缁，夙昔之愿，于此足矣。"生且愧且感，不觉涕流。因谓玉曰："皎日之誓，死生以之，与卿偕老，犹恐未惬素志，岂敢辄有二三。固请不疑。但端居相待。至八月，必当却到华州，寻使奉迎，相见非远。"更数日，生遂诀别东去。

到任旬日，求假往东都觐亲。未至家日，太夫人已与商量表妹卢氏，言约已定。太夫人素严毅，生逡巡不敢辞让，遂就礼谢，便有近期。卢亦甲族也，嫁女于他门，聘财必以百万为约，不满此数，义在不行。生家素贫，事须求贷，便托假故，远投亲知，涉历江淮，自秋及夏。生自以辜负盟约，大愆回期，寂不知闻，欲断其望。遥托亲故，不遣漏言。

玉自生逾期，数访音信。虚词诡说，日日不同。博求师巫，遍询卜筮，怀忧抱恨，周岁有余。羸卧空闺，遂成沈疾。虽生之书题竟绝，而玉之想望不移，赂遗亲知，使通消息。寻求既切，资用屡空，往往私令侍婢潜卖箧中服玩之物，多托于西市寄附铺侯景先家货卖。曾令侍婢浣沙将紫玉钗一只，诣景先家货之。路逢内作老玉工，见浣沙所执，前来认之曰："此钗，吾所作也。昔岁霍王小女将欲上鬟，令我作此，酬我万钱，我尝不忘。汝是何人，从何而得？"浣沙曰："我小娘子，即霍王女也。家事破散，失身于人。夫婿昨向东都，更无消息。悒怏成疾，今欲二年。令我卖此，赂遗于人，使求音信。"玉工凄然下泣曰："贵人男女，失机落节，一至于此。我残年向尽，见此盛衰，不胜伤感。"遂引至延先公主宅，具言前事。公主亦为之悲叹良久，给钱十二万焉。

时生所定卢氏女在长安，生既毕于聘财，还归郑县。其年腊月，又请假入城就亲。潜卜静居，不令人知。有明经崔允明者，生之中表弟也。性甚长厚，昔岁常与生同欢于郑氏之室，杯盘笑语，曾不相间。每得生信，必诚告于玉。玉常以薪刍衣服，资给于崔，崔颇感之。生既至，崔具以诚告玉。玉恨叹曰："天下岂有是事乎！"遍请亲朋，多方召致。生自以愆期负约，又知玉疾候沈绵，惭耻忍割，终不肯往。晨出暮归，欲以回避。玉日夜涕泣，都忘寝食，期一相见，竟无因由。冤愤益深，委顿床枕。自是长安中稍有知者。风流之士，共感玉之多情；豪侠之伦，皆怒生之薄行。

时已三月，人多春游。生与同辈五六人诣崇敬寺玩牡丹花，步于西廊，递吟诗句。有京兆韦夏卿者，生之密友，时亦同行。谓生曰："风光甚丽，草木荣华。伤哉郑卿，衔冤空室！足下终能弃置，实是忍人。丈夫之心，不宜如此。足下宜为思之！"叹让之际，忽有一豪士，衣轻黄纻衫，挟弓弹，丰神隽美，衣服轻华，唯有一剪头胡雏从后，潜行而听之。俄而前揖生曰："公非李十郎者乎？某族本山东，姻连外戚。虽乏文藻，心尝乐贤。仰公声华，常思觏止。今日幸会，得睹清扬。某之敝居，去此不远，亦有声乐，足以娱情。妖姬八九人，骏马十数匹，唯公所欲。但愿一过。"生之侪辈，共聆斯语，更相叹美，因与豪士策马同行，疾转数坊，遂至胜业。生以进郑之所止，意不欲过，便托事故，欲回马首。豪士曰："敝居咫尺，忍相弃乎？"乃挽挟其马，牵引而行。迁延之间，已及郑曲。生神情恍惚，鞭马欲回。豪士遽命奴仆数人，抱持而进。疾走推入车门，便令锁却，报云："李十郎至也！"一家惊喜，声闻于外。

先此一夕，玉梦黄衫丈夫抱生来，至席，使玉脱鞋。惊寤而告母。因自解曰："鞋者，谐也。夫妇再合。脱者，解也。既合而解，亦当永诀。由此征之，必遂相见，相见之后，当死矣。"

凌晨，请母梳妆。母以其久病，心意惑乱，不甚信之。僶勉之间，强为妆梳。妆梳才必，而生果至。玉沈绵日久，转侧须人。忽闻生来，欻然自起，更衣而出，恍若有神。遂与生相见，含怒凝视，不复有言。羸质娇姿，如不胜致，时负掩袂，返顾李生。感物伤人，坐皆欷歔。顷之，有酒肴数十盘，自外而来。一座惊视，遽问其故，悉是豪士之所致也。因遂陈设，相就而坐。玉乃侧身转面，斜视生良久，遂举杯酒，酬地曰："我为女子，薄命如斯！君是丈夫，负心若此！韶颜稚齿，饮恨而终。慈母在堂，不能供养。绮罗弦管，从此永休。征痛黄泉，皆君所致。李君李君，今当永诀！我死之后，必为厉鬼，使君妻妾，终日不安！"乃引左手握生臂，掷杯于地，长恸号哭数声而绝。母乃举尸，置于生怀。令唤之，遂不复苏矣。生为之缟素，旦夕哭泣甚哀。将葬之夕，生忽见玉繐帷之中，容貌妍丽，宛若平生。着石榴裙，紫榼裆，红绿帔子，斜身倚帷，手引绣带，顾谓生曰："愧君相送，尚有余情。幽冥之中，能不感叹。"言毕，遂不复见。明日，葬于长安御宿原。生至墓所，尽哀而返。

后月余，就礼于卢氏。伤情感物，郁郁不乐。

夏五月，与卢氏偕行，归于郑县。至县旬日，生方与卢氏寝，忽见帐外叱叱作声。生惊视之，则见一男子，年可二十余，姿状温美，藏身映幔，连招卢氏。生惶遽走起，绕幔数匝，倏然不见。生自此心怀疑恶，猜忌万端，夫妻之间，无聊生矣。

或有亲情，曲相劝喻。生意稍解。后旬日，生复自外归，卢氏方鼓琴于床，忽见自门抛一斑犀钿花合子，方圆一寸余，中有轻绢，作同心结，坠于卢氏怀中。生开而视之，见相思子二，叩头虫一，发杀觜一，驴驹媚少许。生当时愤怒叫吼，声如豺虎，引琴撞击其妻，诘令实告。卢氏亦终不自明。尔后往往暴加捶楚，备诸毒虐，竟讼于公庭而遣之。卢氏既出，生或侍婢媵妾之属，暂同枕席，便加妒忌。或有因而杀之者。

生尝游广陵，得名姬曰营十一娘者，容态润媚，生甚悦之。每相对坐，尝谓营曰："我尝于某处得某姬，犯某事，我以某法杀之。"日日陈说，欲令惧己，以肃清闺门。出则以浴斛覆营于床，周回封署，归必详视，然后乃开。又畜一短剑，甚利，顾谓侍婢曰："此信州葛溪铁，唯断作罪过头！"大凡生所见妇人，辄加猜忌，至于三娶，率皆如初焉。

——《霍小玉传》(据《唐人小说》，上海古籍出版社 1978 年版)

在描写妓女与才子爱情生活的唐传奇故事中，《霍小玉传》无疑是最为凄恻动人的一篇。小说讲述了一个凄苦感人的爱情悲剧。长安城中，才貌出众的妓女霍小玉，与新中进士的名门公子李益互相爱慕，海誓山盟。但脆弱的爱情终究敌不过高门望族的婚约，痴情的霍小玉最终被负心的李益遗弃。小玉忧思成疾，含恨而终，用自己年轻的生命谱写了又一曲"痴心女子负心郎"的爱情悲歌。

小玉堪称唐传奇中最为薄命的女子。先看看她的身世吧："故霍王小女，字小玉，王甚爱之。母曰净持，净持即王之宠婢也。王之初薨，诸弟兄以其出自贱庶，不甚收录。因分与资财，遣居于外，易姓为郑氏，人亦不知其王女。"这是一个出身的悲剧：幸而生于王族之门，却又不幸为婢女所生；幸而幼年得到了父亲的宠爱，却又不幸在父亲去世之后被同父异母的诸兄弟赶出家门。由王府千金，霍王的掌上明珠，到倚门卖笑，沦为娼女，这是多么巨大的落差，对小玉的身心又是多么沉痛的打击！

毕竟自幼生长于王侯之家，又得到过父亲的珍爱，故而小玉有着良好的文化艺术素养，"音乐诗书，无不通解"。她初见李益时，"言叙温和，辞气宛媚"，于少女的娇羞中自然流露出一种举止娴雅的大家闺秀风范。因此，她和"门族清华，少有才思，丽词佳句，时谓无双"的李益站到一起，无疑是般配的。如果不考虑小玉的职业及其生母的身份，大概每个人都会觉得二人是天作之合吧。

而且，小玉与李益虽属郎才女貌，但并非一见倾心，也不是那种豪富公子王孙一掷千金而赢得美人心。作者通过媒人鲍十一娘之口说明"有一仙人，谪在下界，不邀财货，但慕风流"。小玉不为财而为才，他们的相爱不是以金钱为基础的。小玉首先是喜爱李益的诗作，而后爱上了李益本人。这个不慕金钱的少女爱的是李益的才华，这种爱情是纯洁的心灵契合与感应。李益则在"博求名妓，久而未谐”之后遇到了小玉，并坠入情网，这也烘托出小玉的美丽绝伦。

小玉与其他少女的不同在于，她对自己的处境和最终命运有着极为清醒的认识。因而，她并未对这段感情抱有不合实际的幻想。在二人洞房花烛的欢爱之夜，她即悲从中来，梨花带雨，对李益说出了“妾本倡家，自知非匹。今以色爱，托其仁贤。但虑一旦色衰，恩移情替，使女萝无托，秋扇见捐。极欢之际，不觉悲至”。在爱情最为浓烈的时候，或者说在人生最为绚烂的时候，她就已经伤感于日后的“恩移情替”，这和她小小年纪就已历经荣悴变化有关，也和她母亲的婢女身份有关。

由侯门千金到身陷娼门的人生剧变，使年仅十六岁的小玉过早成熟。但对于一个风华正茂的少女来说，纵使遭遇过亲人的抛弃，就算命运已经展示出冷漠与残酷，她对生活也不会彻底失望，她对人生依然抱有美好的憧憬与热切的向往。因此，在李益“援笔成章，引谕山河，指诚日月，句句恳切，闻之动人”之后，两人“婉娈相得，若翡翠之在云路也。如此二岁，日夜相从”之后，她不再忧虑，不再悲啼，尽情“享受”着爱情的美好。这期间的小玉，不是一个终日悲啼的怨女，而是一个生活在爱情滋养中的幸福少妇。

然而，美好的愿望与炽烈的感情都无法抗拒冷酷的现实，两年的“婉娈相得”倏忽即逝，在李益授官赴任，将要到东都探亲之时，洞察世态的小玉已经预料到“君之此去，必就佳姻”的变故，也明白李益当初的海誓山盟不过“徒虚语耳”。纵使如此，那一点对真挚之爱的执着追求，那一线对美好生活的热切向往，仍然促使她在离别之际提出了自己的“短愿”——“迨君壮室之秋，犹有八岁。一生欢爱，愿毕此期。然后妙选高门，以谐秦晋，亦未为晚。妾便舍弃人事，剪发披缁，夙昔之愿，于此足矣”。小玉是痴情的，她明知最终将被遗弃仍然投入了全部的感情，她明知感情不能长久却希望能有八年的厮守。不求天长地久，不求名分婚姻，小玉对爱情的要求竟如此的卑微。这卑微说明了她的痴情，而这痴情又建立在对人情世态清醒认识的基础之上，带着一丝对于幸福的幻想与憧憬。她就是这样明明白白地痴迷着，一步步走向她最后的悲剧，这怎能不让人感叹！

故事中的男主人公李益，虽然最终成为一个“负心郎”，但他和那些浮浪子弟是有所区别的。作者在一开篇便介绍了他高门望族的出身与新中进士的才华：“门族清华，少有才思，丽词嘉句，时谓无双。先达丈人，翕然推伏。”这样的才子“自矜风调，思得佳偶，博求名妓，久而未谐”，并非随便之人。

李益对与小玉的初见是非常重视的，他颇费周章地进行了一番准备：“于从兄京兆参军尚公处假青骊驹，黄金勒。其夕，生浣衣沐浴，修饰容仪。”他认真、急切，还有一点点的忐忑：“喜跃交并，通夕不寐。迟明，巾帻，引镜自照，惟惧不谐也。徘徊之间，至于亭午。”到了小玉家的庭院，听闻鸟语即“愕然不敢进”，显出他并不是惯于眠花宿柳的轻薄公子，而是有着读书人的朴实与初见“情人”时的羞涩。对于这样一个温文的书生，又是心仪已久的诗人，小玉对他倾心动情，自在情理之中。作者这样写李益，就使我们在面对小玉最终的悲剧命运时，不会“怒其不争”，而只能是“哀其不幸”。

因为李益是这样一位有着至诚之意的才子，所以当他面对小玉的悲诉而“引谕山河，指诚日月”时，我们相信至少在彼时彼刻，他是真诚的。当然，这真诚的基础在于小玉的“美色”。经过两年幸福美满的生活，他对小玉的感情应该在一定程度上超越了“美色”，他临别时的信誓旦旦不会是完全的欺骗，里面应该有着几分真情。因此，李益的最终负心，是由客观与主观上的多种因素共同造成的。我们看到，李益归家之前，其母已经为他议定了婚约，这是李益与小玉依依惜别时未能料及的。而面对突如其来的婚约，面对“素严毅”的母亲，李益是懦弱的，他不敢推辞这桩婚姻，更不敢向母亲说明他和小玉的恋情，他就那样沉默着，任由事情一步步地发展，直到最终不可收拾。从这个方面来说，李益并不是一个简单的狠心的负情人。造成他最终的背叛的，是他虽然有真诚的感情却不能争取的懦弱，是感情让位于个人前途的自私，是个人追求让位于整个社会标准的妥协……作为一个读书知礼的才子，李益对自己的行为是愧疚的。他的“寂不知闻”，多少有一些无颜以对的原因在内。小玉死后，他为小玉“缟素，旦夕哭泣甚哀”，眼泪是真诚的，也是他付诸行动的忏悔。

小说的可贵之处还在于，作者并没有站在李益的角度，或者说根据封建正统的标准为李益开脱，而是通过李益的表弟崔允之、密友韦夏卿对李益的谴责，通过黄衫豪客、老玉工等人对小玉的同情，表达了作者鲜明的立场，表明社会舆论都站在小玉一方。

这篇小说不仅在故事、情节、人物上吸引人，其成熟的小说艺术也吸引着读者。这突出表现在叙述的委婉曲折和描写的精工细致。短短的篇幅中，有初见时的两情相悦，有欢爱时的山盟海誓，有分别时的忧惧无奈，有久别后的相思成疾……让我们看到了一对青年男女由相知相爱到相离相恨的辛酸历程。

如小玉在中宵之夜哭诉衷肠后，李益“乃引臂替枕，徐谓玉曰：‘平生志愿，今日获从，粉骨碎身，誓不相舍。夫人何发此言！请以素缣，著之盟约。’”举止温存、软语相慰，写出了李益对小玉的爱怜。

又如小玉最后的控诉与绝世，是作者描写的重点，也是故事的高潮。“玉沈绵日久，转侧须人。忽闻生来，欻然自起，更衣而出，恍若有神。遂与生相见，含怒凝视，不复有言。羸质娇姿，如不胜致，时负掩袂，返顾李生。”一对仍然有情的怨侣相见的场面，真实而感人。“玉乃侧身转面，斜视生良久，遂举杯酒，酬地曰：‘我为女子，薄命如斯！君是丈夫，负心若此！韶颜稚齿，饮恨而终。慈母在堂，不能供养。绮罗弦管，从此永休。征痛黄泉，皆君所致。李君李君，今当永诀！

我死之后，必为厉鬼，使君妻妾，终日不安！'乃引左手握生臂，掷杯于地，长恸号哭数声而绝。"短暂的沉默之后，小玉对李益的刻骨相思、对李益背叛的怨恨，都凝结成这最后的控诉。爱之深，恨之切，小玉为情而死，也是为恨为死。小玉令李益妻妾终日不安的惩罚，就是仍存之"恨"的具体表现，是对她耗尽心血之爱的别样悼念。

再如，小玉本为霍王小女的身份只在媒人的口中提到过，并不为他人所知，因而在某种程度上是可以存疑，故文中写小玉为打探李益的消息而变卖首饰时，有内作老玉工叙述紫玉钗制作因由、为小玉的遭遇凄然下泪、延先公主为之悲叹等情节，不仅说明小玉的遭遇得到了下至贫民工匠、上至公主贵族的广泛同情，也证实了小玉为霍王小女的身份，且通过以万钱做钗一事证明小玉幼年时父亲对她的宠爱。这是对鲍十一娘的叙述的强化与证实，也是对小玉悲剧命运的进一步渲染。

作者在小说中还运用了对比、烘托的艺术手法。小玉虽在娼门，"不邀财货，但慕风流"与"卢亦甲族也，嫁女于他门，聘财必以百万为约"形成鲜明对比；素贫的李生与小玉美满恩爱度过的两年快乐时光，与为娶卢氏而"事须求贷，便托假故，远投亲知，涉历江淮，自秋及夏"的奔波劳顿又再一次形成对比。两重对比中，突出了小玉对爱情的纯洁追求，也讽刺了所谓"甲族"和那些求婚于高门的士子。

另外，小说中，李益"辜负盟约，大愆回期，寂不知闻，欲断其望。遥托亲故，不遣漏言"与小玉"自生逾期，数访音信。……博求师巫，遍询卜筮"，李生的"毕于聘财，还归郑县"与小玉的"羸卧空闺，遂成沈疾"，李生"书题竟绝"与小玉"想望不移"，李生"与同辈五六人诣崇敬寺玩牡丹花，步于西廊，递吟诗句"与小玉"资用屡空，往往私令侍婢潜卖箧中服玩之物"均是对比，映衬男方的负约忘义和女方的痴情不改。用男子的燕尔新婚映衬女子的缠绵病榻，用男方的轻松春游烘托女子的生活窘迫，更突出了男之负义、女之痴情。同时，崔允明、韦夏卿、玉工、公主等人对小玉的同情，"长安中稍有知者。风流之士，共感玉之多情；豪侠之伦，皆怒生之薄行"，都在反复说明李生的绝情行为受到了广泛的愤怒，并为后文黄衫豪士的出场做好了铺垫。

总之，小说正是以细致婉曲的笔法，爱憎鲜明的立场，相得益彰的对比和烘托，写出了小玉的痴情之悲，使小玉成为古典文学画廊中最为薄命的女子之一。

第六节 李娃传

汧国夫人李娃，长安之倡女也。节行瑰奇，有足称者，故监察御史白行简为传述。

天宝中，有常州刺史荥阳公者，略其名氏，不书。时望甚崇，家徒甚殷。知命之年，有一子，始弱冠矣，隽朗有词藻，迥然不群，深为时辈推伏。其父爱而器之，曰："此吾家千里驹也。"应乡赋秀才举，将行，乃盛其服玩车马之饰，计其京师薪储之费，谓之曰："吾观尔之才，当一战而霸。今备二载之用，且丰尔之给，将为其志也。"生亦自负，视上第如指掌。自毗陵发，月余抵长安，居于布政里。

尝游东市还，自平康东门入，将访友于西南。至鸣珂曲，见一宅，门庭不甚广，而室宇严邃。阖一扉，有娃方凭一双鬟青衣立，妖姿要妙，绝代未有。生忽见之，不觉停骖久之，徘徊不能去。乃诈坠鞭于地，候其从者，敕取之。累眄于娃，娃回眸凝睇，情甚相慕。竟不敢措辞而去。

生自尔意若有失，乃密征其友游长安之熟者，以讯之。友曰："此狭邪女李氏宅也。"曰："娃可求乎？"对曰："李氏颇赡，前与通之者多贵戚豪族，所得甚广。非累百万，不能动其志也。"生曰："苟患其不谐，虽百万，何惜！"他日，乃洁其衣服，盛宾从而往。扣其门，俄有侍儿启扃。生曰："此谁之第耶？"侍儿不答，驰走大呼曰："前时遗策郎也。"娃大悦曰："尔姑止之，吾当整妆易服而出。"生闻之，私喜。乃引至萧墙间，见一姥垂白上偻，即娃母也。生跪拜前致词，曰："闻兹地有隙院，愿税以居，信乎？"姥曰："惧其浅陋湫隘，不足以辱长者所处，安敢言直耶？"延生于迟宾之馆，馆宇甚丽。与生偶坐，因曰："某有女娇小，技艺薄劣，欣见宾客，愿将见之。"乃命娃出。明眸皓腕，举步艳冶。生遽惊起，莫敢仰视。与之拜毕，叙寒燠，触类妍媚，目所未睹。复坐，烹茶斟酒，器用甚洁。久之，日暮，鼓声四动。姥访其居远近。生绐之曰："在延平门外数里。"冀其远而见留也。姥曰："鼓已发矣。当速归，无犯禁。"生曰："幸接欢笑，不知日之云夕。道里辽阔，城内又无亲戚，将若之何？"娃曰："不见责僻陋，方将居之，宿何害焉。"生数目姥，姥曰："唯唯。"生乃召其家童，持双缣，请以备一宵之馔。娃笑而止之曰："宾主之仪，且不然也。今夕之费，愿以贫窭之家，随其粗粝以进之。其余以俟他辰。"固辞，终不许。俄徙坐西堂，帷幙帘榻，焕然夺目；妆奁衾枕，亦皆侈丽。乃张烛进馔，品味甚盛。彻馔，姥起。生、娃谈话方切，诙谐调笑，无所不至。生曰："前偶过卿门，遇卿适在屏间。厥后心常勤念，虽寝与食，未尝或舍。"娃答曰："我心亦如之。"生曰："今之来，非直求居而已，愿偿平生之志，但未知命也若何？"言未终，姥至，询其故，具以告。姥笑曰："男女之际，大欲存焉。情苟相得，虽父母之命，不能制也。女子固陋，曷足以荐君子之枕席？"生遂下阶，拜而谢之曰："愿以己为厮养。"姥遂目之为郎，饮酣而散。及旦，尽徙其囊橐，因家于李之第。

自是生屏迹戢身，不复与亲知相闻。日会倡优侪类，狎戏游宴，囊中尽空，乃鬻骏乘及其家童。岁余，资财仆马荡然。迩来姥意渐怠，娃情弥笃。他日，娃谓生曰："与郎相知一年，尚无孕嗣。常闻竹林神者，报应如响，将致荐酹求之，可乎?”生不知其计,大喜。乃质衣于肆,以备牢醴,与娃同谒祠宇而祷祝焉,信宿而返。策驴而后,至里北门,娃谓生曰:“此东转小曲中,某之姨宅也,将憩而覲之,可乎?”生如其言,前行不逾百步,果见一车门,窥其际,甚弘敞。其青衣自车后止之曰:“至矣。”生下,适有一人出访,曰:“谁?”曰:“李娃也。”乃入告。俄有一妪至,年可四十余,与生相迎曰:“吾甥来否?”娃下车,妪迎访之曰:“何久疏绝?”相视而笑。娃引生拜之。既见,遂偕入西戟门偏院。中有山亭,竹树葱茜,池榭幽绝。生谓娃曰:“此姨之私第耶?”笑而不答,以他语对。俄献茶果,甚珍奇。食顷,有一人控大宛,汗流驰至曰:“姥遇暴疾颇甚,殆不识人。宜速归。”娃谓姨曰:“方寸乱矣。某骑而前去,当令返乘,便与郎偕来。”生拟随之。其姨与侍儿偶语,以手挥之,令生止于户外,曰:“姥且殁矣。当与某议丧事,以济其急,奈何遽相随而去?”乃止,共计其凶仪斋祭之用。日晚,乘不至。姨言曰:“无复命,何也?郎骤往觇之,某当继至。”生遂往,至旧宅,门扃钥甚密,以泥缄之。生大骇,诘其邻人。邻人曰:“李本税此而居,约已周矣。第主自收,姥徙居,而且再宿矣。”征徙何处,曰:“不详其所。”生将驰赴宣阳,以诘其姨,日已晚矣,计程不能达。乃弛其装服,质馔而食,赁榻而寝。生恚怒方甚,自昏达旦,目不交睫。质明,乃策蹇而去。既至,连扣其扉,食顷无人应。生大呼数四,有宦者徐出。生遽访之:“姨氏在乎?”曰:“无之。”生曰:“昨暮在此,何故匿之?”访其谁氏之第。曰:“此崔尚书宅。昨者有一人税此院,云迟中表之远至者,未暮去矣。”生惶惑发狂,罔至所措,因返访布政旧邸。

邸主哀而进膳。生怨懑,绝食三日,遘疾甚笃,旬余愈甚。邸主惧其不起,徙之于凶肆之中。绵缀移时,合肆之人共伤叹而互饲之。后稍愈,杖而能起。由是凶肆日假令之执穗帷,获其直以自给。累月,渐复壮。每听其哀歌,自叹不及逝者,辄呜咽流涕,不能自止。归则效之。生聪敏者也,无何,曲尽其妙,虽长安无有伦比。

初,二肆之佣凶器者,互争胜负。其东肆车舆皆奇丽,殆不敌,唯哀挽劣焉。其东肆长知生妙绝,乃醵钱二万索顾焉。其党耆旧,共较其所能者,阴教生新声,而相赞和。累旬,人莫知之。其二肆长相谓曰:“我欲各阅所佣之器于天门街,以较优劣。不胜者罚直五万,以备酒馔之用,可乎?”二肆许诺。乃邀立符契,署以保证,然后阅之。士女大和会,聚至数万。于是里胥告于贼曹,贼曹闻于京尹。四方之士,尽赴趋焉,巷无居人。

自旦阅之,及亭午,历举辇舆威仪之具,西肆皆不胜,师有惭色。乃置层榻于南隅,有长髯者拥铎而进,翊卫数人。于是奋髯扬眉,扼腕顿颡而登,乃歌《白马》之词。恃其夙胜,顾眄左右,旁若无人。齐声赞扬之,自以为独步一时,不可得而屈也。有顷,东肆长于北隅上设连榻,有乌巾少年,左右五六人,秉翣而至,即生也。整衣服，俯仰甚徐，申喉发调，容若不胜。乃歌《薤露》之章，举声清越，响振林木。曲度未终，闻者欷歔掩泣。西肆长为众所诮，益惭耻，密置所输之直于前，乃潜遁焉。四座愕眙，莫之测也。

先是，天子方下诏，俾外方之牧，岁一至阙下，谓之入计。时也，适遇生之父在京师，与同列者易服章，窃往观焉。有老竖，即生乳母婿也，见生之举措辞气，将认之而未敢，乃泫然流涕。生父惊而诘之，因告曰："歌者之貌，酷似郎之亡子。"父曰："吾子以多财为盗所害，奚至是耶？"言讫，亦泣。及归，竖间驰往，访于同党曰："向歌者谁，若斯之妙欤？"皆曰："某氏之子。"征其名，且易之矣。竖凛然大惊。徐往，迫而察之。生见竖，色动，回翔，将匿于众中。竖遂持其袂曰："岂非某乎？"相持而泣，遂载以归。至其室，父责曰："志行若此，污辱吾门。何施面目，复相见也？"乃徒行出，至曲江西杏园东，去其衣服，以马鞭鞭之数百。生不胜其苦而毙。父弃之而去。

其师命相狎昵者阴随之，归告同党，共加伤叹。令二人赍苇席瘗焉。至，则心下微温。举之，良久，气稍通。因共荷而归，以苇筒灌勺饮，经宿乃活。月余，手足不能自举，其楚挞之处皆溃烂，秽甚。同辈患之。一夕，弃于道周。行路咸伤之，往往投其余食，得以充肠。十旬，方杖策而起。被布裘，裘有百结，褴褛如悬鹑。持一破瓯，巡于闾里，以乞食为事。自秋徂冬，夜入于粪壤窟室，昼则周游廛肆。

一旦大雪，生为冻馁所驱，冒雪而出，乞食之声甚苦，闻见者莫不凄恻。时雪方甚，人家外户多不发。至安邑东门，循里垣，北转第七八，有一门独启左扉，即娃之第也。生不知之，遂连声疾呼："饥冻之甚。"音响凄切，所不忍听。娃自阁中闻之，谓侍儿曰："此必生也，我辨其音矣。"连步而出。见生枯瘠疥疠，殆非人状。娃意感焉，乃谓曰："岂非某郎也？"生愤懑绝倒，口不能言，颔颐而已。娃前抱其颈，以绣襦拥而归于西厢。失声长恸曰："令子一朝及此，我之罪也。"绝而复苏。姥大骇，奔至，曰："何也？"娃曰："某郎。"姥遽曰："当逐之。奈何令至此？"娃敛容却睇曰："不然。此良家子也。当昔驱高车，持金装，至某之室，不逾期而荡尽。且互设诡计，舍而逐之，殆非人。令其失志，不得齿于人伦。父子之道，天性也。使其情绝，杀而弃之。又困踬若此。天下之人尽知为某也。生亲戚满朝，一旦当权者熟察其本末，祸将及矣。况欺天负人，鬼神不祐，无自贻其殃也。某为姥子，迨今有二十岁矣。计其赀，不啻直千金。今姥年六十余，愿计二十年衣食之用以赎身，当与此子别卜所诣。所诣非遥，晨昏得以温凊，某愿足矣。"姥度其志不可夺，因许之。

给姥之余，有百金。北隅因五家税一隙院。乃与生沐浴，易其衣服；为汤粥通其肠，次以酥乳润其脏。旬余，方荐水陆之馔。头巾履袜，皆取珍异者衣之。

未数月，肌肤稍腴。卒岁，平愈如初。异时，娃谓生曰："体已康矣，志已壮矣。渊思寂虑，默想曩昔之艺业，可温习乎？"生思之，曰："十得二三耳。"娃命车出游，生骑而从。至旗亭南偏门鬻坟典之肆，令生拣而市之，计费百金，尽载以归。

因令生斥弃百虑以志学，俾夜作昼，孜孜矻矻。娃常偶坐，宵分乃寐。伺其疲倦，即谕之缀诗赋。二岁而业大就，海内文籍，莫不该览。生谓娃曰："可策名试艺矣。"娃曰："未也，且令精熟，以俟百战。"更一年，曰："可行矣。"于是遂一上登甲科，声振礼闱。虽前辈见其文，罔不敛衽敬羡，愿友之而不可得。娃曰："未也。今秀士，苟获擢一科第，则自谓可以取中朝之显职，擅天下之美名。子行秽迹鄙，不侔于他士。当砻淬利器，以求再捷，方可以连衡多士，争霸群英。"生由是益自勤苦，声价弥甚。其年遇大比，诏征四方之隽。生应直言极谏科，名第一，授成都府参军。三事以降，皆其友也。将之官，娃谓生曰："今之复子本躯，某不相负也。愿以残年，归养老姥。君当结媛鼎族，以奉蒸尝。中外婚媾，无自黩也。勉思自爱，某从此去矣。"生泣曰："子若弃我，当自刭以就死。"娃固辞不从，生勤请弥恳。娃曰："送子涉江，至于剑门，当令我回。"生许诺。

月余，至剑门。未及发而除书至，生父由常州诏入，拜成都尹，兼剑南采访使。浃辰，父到。生因投刺，谒于邮亭。父不敢认，见其祖父官讳，方大惊，命登阶，抚背恸哭移时，曰："吾与尔父子如初。"因诘其由，具陈其本末。大奇之，诘娃安在。曰："送某至此，当令复还。"父曰："不可。"翌日，命驾与生先之成都，留娃于剑门，筑别馆以处之。明日，命媒氏通二姓之好，备六礼以迎之，遂如秦晋之偶。娃既备礼，岁时伏腊，妇道甚修，治家严整，极为亲所眷。

向后数岁，生父母偕殁，持孝甚至。有灵芝产于倚庐，一穗三秀。本道上闻。又有白燕数十，巢其层甍。天子异之，宠锡加等。终制，累迁清显之任。十年间，至数郡。娃封汧国夫人。有四子，皆为大官，其卑者犹为太原尹。弟兄姻媾皆甲门，内外隆盛，莫之与京。

嗟乎，倡荡之姬，节行如是，虽古先烈女，不能逾也。焉得不为之叹息哉！予伯祖尝牧晋州，转户部，为水陆运使，三任皆与生为代，故谙详其事。贞元中，予与陇西公佐话妇人操烈之品格，因遂述汧国之事。公佐拊掌竦听，命予为传。乃握管濡翰，疏而存之。时乙亥岁秋八月，太原白行简云。

——《李娃传》(据《唐人小说》，上海古籍出版社 1978 年版)

从题材内容上来看，《李娃传》与《霍小玉传》写的都是贵族公子与青楼娼妓的爱情故事，但两个故事的发展与结局、人物形象与个性完全不同。一个是"多情女子负心郎"的故事模式——霍小玉清醒而痴情，终陷入为情所困为情所伤的悲剧；另一个则前半部分是"公子多情、妓女无义"，后半部分是出人意料的公子落难，妓女施援。看惯了轻薄男子流连于青楼楚馆的风流艳事，听惯了红粉佳人被无情遗弃的悲惨遭遇，李娃的夫贵妻荣、多子多福，无疑是新鲜的传奇。

较之一般的传奇作品，这篇小说在故事情节上要繁复得多。概括来说，李娃和荥阳生之间的情感历程，经过了初遇生情、同居定情、财尽绝情、落魄动情、再造还情、团圆完情等多个阶段，这中间曲折多变而又合情合理。下面就结合这些具体的情节进行分析。

首先是初遇，文中写道："有娃方凭一双鬟青衣立，妖姿要妙，绝代未有。生忽见之，不觉停骖久之，徘徊不能去。乃诈坠鞭于地，候其从者，敕取之。累眄于娃，娃回眸凝睇，情甚相慕。竟不敢措辞而去。"李娃"妖姿要妙，绝代未有"的美丽丰姿让荥阳生为之"停骖久之，徘徊不能去"，感情就在这徘徊间产生了。为了让自己的徘徊有一点理由，生"诈坠鞭于地"。这是一个幼稚的小动作，正是这样的小动作、小心思表明了荥阳生的多情。在李娃一方，则是"回眸凝睇，情甚相慕"，她的心中也有一种情愫滋生着，只是此时，还不宜表露出来。

凭借自己丰厚的财用，荥阳生为得到李娃而不惜百万之资。在探知了李娃的"底细"之后，他"洁其衣服，盛宾从而往"，显示出大家之子的派头。经由假托租房到最后"尽徙其囊橐，因家于李之第"的一番曲折，达到了同居的目的。这段文字可谓风生水起。作者先写荥阳生以租房为托词，以达到交接言语的目的，这与前文的假装鞭坠一样，都是狡黠少年的小手段。这些手段对于娼家来说，不过是司空见惯，除了证明他的幼稚之外，恐怕并不会有其他的效果。当然，作为观戏的一方，李娃或者李姥都不会笨到去戳穿他的小把戏，而是"将戏就戏"地陪着他演下去。于是，我们看到李姥爽快地答应了他的租房请求，并在对坐闲谈之时主动提出让李娃出来相见。而从前文可知，此时李娃已经知道所来是谁，并对当日的四目含情相对深有印象。接下来，诸人烹茶斟酒，直至日暮，荥阳生迁延欲宿，李姥则欲擒故纵，并不主动延请他留宿。待荥阳生自己说明不能"速归"，再由李娃提出留宿的建议，并出资为荥阳生准备了一桌丰盛的晚宴。就在晚宴之际，李姥适时地离开，给两个年轻人留下"私语"的空间。当二人互吐衷肠，荥阳生终于说出此行的目的之后，李姥又适时地出现，爽快地答应了荥阳生的要求。这是戏中之戏：荥阳生是看似主动的被动者，他所走的每一步似乎都在李姥的预料之中，入其彀中而不自觉；李娃则是看似被动的主动者，她早已对荥阳生"有情"，虽被动地等待他来访，却又是主动地"整妆易服而出"。在李姥和荥阳生"尔虞我诈"的表演中，她起着决定性的作用。李姥是惯于迎往送来的鸨母，当她看到荥阳生的着装与随从时就已经知道这是一条"大鱼"，但她并不急于"下钩"，而是等待着荥阳生自己一步步走入温柔的陷阱，自我沉迷。可以说，"定情"是这部小说中三个主要人物的一场重要的对手戏，表现出荥阳生看似聪明背后的年少疏狂、李娃大方自然的少女情愫，也表现出李姥见风使舵的世俗品性。

接下来，作者仅用了“囊中尽空，乃鬻骏乘及其家童。岁余，资财仆马荡然”这两句话，就概括了荥阳生一年之间荡尽资财仆马的过程，不但印证了长安友人的说法，说明这里是名副其实的销金窟，也反映了欢愉的日子总是太短。而在金钱至上、认钱不认情的娼家，等待荥阳生的又将是怎样的命运呢？

作者并没有采用全知视角对此予以解释或者说明，而是按照时间顺序细致地叙写了荥阳生被骗的整个经过。这是一个非常曲折的过程，荥阳生一步步走向更深的骗局而浑然不知，过程紧张且悬念迭出。“竹林求嗣”由李娃主动提出，说得有情有理，仿佛做的是天长地久、白头偕老的打算，荥阳生自然深信不疑。为准备祭品典当衣服则进一步说明了他在经济上的窘困。求神“信宿而返”，为李姥搬家准备了充足的时间。返途探亲，仍然是在拖延时间，同时也是为甩掉荥阳生而故设的周折。接下来，以姥遇暴疾的消息，先让李娃脱身而去。延至日晚，姨氏又遣生往觇，生归而“姨氏”亦去矣。当然，这一切，身在局中的荥阳生是一无所知、毫无觉察的。因此，当回到和李娃共同生活了一年的处所，看到“门扃钥甚密，以泥缄之”时，他颇感惊异。在询问之下，方才明白了被弃的现实。此后，他“自昏达旦，目不交睫”，“连扣其扉”，“大呼数四”，“遽访之”，这些都形象生动地表现出他被骗之后的急切、愤怒以及无计可施的尴尬。

不能不承认，这是李姥、李娃与“姨氏”精心策划的一场骗局，同时也是一个漏洞百出的骗局。如返回途中探望“姨氏”本是李娃的临时决定，而报信的人却直接到那里找到了他们，此为漏洞之一；又如得知李姥病中的消息，姨氏不是急于去看姐妹最后一面，反而与荥阳生不紧不慢地商讨丧事，这不合常理的举动，乃漏洞之二。然而，处于热恋中的荥阳生没有丝毫的怀疑，随着李娃一方圈套的越收越紧，读者已感到紧张，他却浑然不觉。可以说，李娃她们能够成功骗走荥阳生，一方面是因他对李娃的痴情，另一方面则是因他身为世家公子在某种程度上的单纯与对世事的无知。

从此，荥阳生的生活可谓急转直下，饱尝苦楚。他因怨懑而遘疾，因疾笃而被徙于凶肆，是为一抑。在凶肆中人的照顾下，得以康复，并曲尽哀歌之妙，至于“长安无有伦比”，是为一扬。继而二肆争强，生助东肆取得胜利，是为再扬。荥阳生巧遇其父，这是他被骗之后遇到的第一个亲人，我们希望看到荥阳生在坚强地走过人生低谷之后的命运转机，可没想到，等待他的是更为悲惨的遭遇——父亲因其“志行若此，污辱吾门”，将他痛打一顿。在认为他已经死去之后，竟扬长而去！这哪里是当初那个对他爱而器之，不惜重金助其考取功名的父亲？看不到亲情，看不到怜爱，我们只看到了一个父亲对“不肖之子”的冷漠与决绝。荥阳生的生命似乎已经走到了尽头时，那些与他没有血缘、没有爱情的普通人向他伸出了援助之手，他们把被亲生父亲用皮鞭抽打到奄奄一息的荥阳生扛回了凶肆，再次挽救了他的生命。“以苇筒灌勺饮，经宿乃活。月余，手足不能自举，其楚挞之处皆溃烂，秽甚”等句，既说明了荥阳生的父亲下手之狠，也说明了他伤势之重与境遇之惨，并且这也是他最终被“弃于道周”的原因。此后的荥阳生，在爱情与亲情的双重“抛弃”下，沦落到了人生的最低谷——“持一破瓯，巡于闾里，以乞食为事。自秋徂冬，夜入于粪壤窟室，昼则周游廛肆”。爱情的背叛，使他由轻裘肥马的贵族公子，一变而为凶肆的挽歌郎；亲情的弃绝，使他由挽歌郎，再次跌落为栖身于粪壤窟室的乞儿。读到此处，善良的读者都会为他感到悲哀吧？看惯了多情女子薄情郎的故事，难道，多情的公子就会是如此下场吗？难道，这就是不惜重金追求爱情的最终结果吗？最终，等待荥阳生的将会是怎样的命运？

荥阳生因大雪冻馁而出，无意之中，乞食到李娃的门口。李娃在阁中听出这凄切的乞怜声发自于那个她曾经的恋人，她“连步而出”，看到荥阳生“枯瘠疥疠，殆非人状”的惨状，“失声长恸”。这让我们看到了一个良心未泯的妓女对自己背义之举的深切自责。而一旦认识到自己的行为对荥阳生造成的伤害，李娃即下定了补救的决心。看她对李姥所说的话，既强调了荥阳生为她荡尽资财之情谊，也谴责了李姥设计逐生之不仁，说明了荥阳生不齿于天伦父子之道的凄惨，更警告了一旦被荥阳生的亲人“察其本末”之后的可能后果，还妥当安排了李姥晚年的生活。一番话，有理，有义，有法，有情，李姥除了答应她自赎其身，还能有别的选择吗？李娃处理事情的不同凡响，已经初现峥嵘。

此后的情节，是李娃竭尽心力再塑荥阳生的过程。首先，李娃精心照料荥阳生的饮食起居，用一年的时间令他康复如初。其次，是督促他重习艺业。百金市书，昼夜陪读，倏忽又是二年。再次，是约束他性格上的浮躁。当荥阳生觉得可以一试的时候，李娃令其再苦读一年，“于是遂一上登甲科，声振礼闱。虽前辈见其文，罔不敛衽敬羡，愿友之而不可得”。当荥阳生稍稍有一些自得的时候，李娃又提醒他戒骄戒躁，使得生“益自勤苦，声价弥甚”，取得直言极谏科的第一名，获授官职。李娃用四五年的时间，完成了荥阳生的再造。在整个过程中，体现出了李娃的坚忍、聪慧和耐心。

也许，我们会想，李娃用如此长久的艰辛换来了荥阳生的功名与官职，应该到了她“收获”的时候，但是我们意外地看到了李娃对荥阳生的辞别。这一次，不同于当初定情时的欲擒故纵，而是发自肺腑。在当时的社会环境下，因荥阳生为世族出身，他们是不可能“夫贵妻荣”且百年好合的。李娃清楚地知道这一点，因此，她含辛茹苦地对荥阳生的再造，仅仅是为了“不相负”——不负当初荥阳生对自己的一往情深，或者说救赎自己当初的背叛。因她不求回报，所以荥阳生以死固留，得到的也仅仅是李娃“送子涉江，至于剑门”的承诺。难道，这对历经磨难的恋人，真的就要在苦尽甘来之时劳燕分飞吗？

到达剑门之后的故事，是颇富戏剧性的。那个曾经狠心打死儿子的父亲，不但主动提出了“吾与尔父子如初”，还主动“命媒氏通二姓之好，备六礼以迎之，遂如秦晋之偶”，接受了李娃与荥阳生的婚姻。此后，荥阳生累迁清显之任，李娃则受封汧国夫人。四子皆为大官，内外隆盛。一对爱侣，终于修成了正果。

整个故事情节委婉曲折，作者不但生动叙述了初遇生情时的热烈张扬、同居定情时的两情缱绻、财尽绝情时的张皇失措、落魄动情时的伤心自责、再造还情时的辛苦艰难、团圆完情后的欢喜团圆，更为我们塑造了李娃、荥阳生、荥阳公、李姥等多个个性鲜明的人物形象。

首先是节行瑰奇的李娃。她本为长安名妓，初见荥阳生时，她大胆地“回眸凝睇，情甚相慕”，表达自己的爱慕；当荥阳生叩门而至，她“整妆易服而出”；在荥阳生一诉衷情的时候，她说“我心亦如之”……这些，不仅仅是倚楼卖笑者对恩客的惯常表现，更是年轻的李娃对爱情的勇敢表达。当荥阳生资财荡尽，“姥意渐怠，娃情弥笃”，暗示了李娃对荥阳生“有情”，且对“离别”有所预见，但她仍然按照预设的计划实施了对荥阳生的欺骗。这时的李娃，与其说她绝情绝义，不如说她职业的理性战胜了对荥阳生的爱情。或者，在她内心中，以为被骗逐之后的荥阳生完全可以安然回到家中，顶多被他的父亲训斥一顿，之后仍然可以重新开始他的生活吧。相信在实施欺骗的时候，她是无论如何也想不到荥阳生会因此而饱受苦难的。当荥阳生沦落为乞儿，冻馁无助的时候，感情战胜了所谓的“理性”，她向荥阳生伸出了援手。她用数年的时间“复子本躯”，不但使荥阳生的躯体得到康复，更助他考取功名。在荥阳生授官之后，她则欲“功成身退”。这四年多的努力，既是对荥阳生的救赎，也是对自己的救赎。经过这样的行动，她已使自己心无所负。李娃不像霍小玉，明知不可为而心存幻想。从她对李姥那一番有情有义、有理有据的话语，到她再造荥阳生那几年的有条不紊、循序渐进，让我们见识了她的坚忍而又执着、清醒而又决绝。因此，在成为荥阳生的正式妻子之后，她“妇道甚修，治家严整，极为亲所眷”，早在情理之中。

其次则是命运跌宕的荥阳生。他出生于“时望甚崇，家徒甚殷”的世家大族，又是其父知命之年方得之子，兼以“隽朗有词藻，迥然不群”，自然是年少得志。对他而言，生活是富足而顺遂的。当其父“盛其服玩车马之饰”，对他一举成名寄予厚望的时候，他“自负，视上第如指掌”，是骄傲而自信的。当他偶遇李娃，一见倾心，说出“苟患其不谐，虽百万，何惜”时，则是多情而任性的。他对李娃的追求，以税屋为借口而进行，小小的伎俩后面是年轻书生的狡黠。而当他不知不觉陷入娼家这个销金窟，一年时间荡尽资财，并被李娃轻松地骗走时，则让我们看到了他少不更事的单纯。

此外，荥阳由公爱儿、骄儿到鞭儿、弃儿，再到认儿的情感变化中，写出了一个性情暴躁的父亲;李姥由喜迎、大悦到薄情、设计的行为改变中,显出了一个贪财狠毒的鸨母。

故事还以出色的细节与伏笔见长。如在李娃对荥阳生的欺骗过程中,娃与姨“相视而笑”,对荥阳生的询问,李娃“笑而不答”。在我们读到后文荥阳生被骗之后,方才悟到这两次笑中的深意。又如,当荥阳生欲从李娃一起返回时,“其姨与侍儿偶语,以手挥之,令生止于户外”,这是巧设诡计的一方对荥阳生的防备与玩弄。寄身凶肆之后,他能够“无何,曲尽其妙,虽长安无有伦比”,从侧面描写出荥阳生的聪敏,也为后文他凭自己的真才实学考取功名埋下了伏笔。另外,荥阳生在明白受骗之后的惶急失措、东西两肆较技、李娃最后对生的精心照顾等情节,都生动细腻而传神。

对比手法在小说中也有应用。当李娃与李姥设计骗逐了荥阳生之后,是布政旧邸的邸主给予了他最初的安抚;当荥阳生重病被徙于凶肆之后,是凶肆中人“共伤叹而互饲之”,荥阳生才得以挨过命运对他的第一次致命打击;当荥阳生被他的父亲鞭打几死,是凶肆中“同党”们的救助,挽救了他行将逝去的生命;当他被弃于道周,则是素不相识的路人“投其余食”,延续了他那一刻极度卑微的生命……作者不厌其烦地记下了这些人对荥阳生的照顾与怜悯,其意旨,不仅在于向读者说明荥阳生能够存活下来的原因,也在于通过这些小人物、陌生人的有情,来反衬李娃、李姥、荥阳公们的无情无义。

总之,《李娃传》与那些常见的“女子多情、男子背信”的故事不同,在这个故事里,曾经负心的是妓女,一直痴情的是男子,在人物设定上表现出新鲜感。同时,《李娃传》最后夫贵妻荣、子孙昌茂是才子与妓女的爱情故事中难得一见的团圆结局的作品。而且,这团圆更多是李娃的个性与努力的结果,更令人钦佩。

第六章 多情神女恋人间

爱情是文学永恒的主题。在众多的作品中，在形形色色的爱情中，爱情的主角远远超越了“人”的范畴，上至九天仙境，下至洞府幽冥，仙女神妃，花妖狐魅，都可以和人类谱写出感人至深的爱情之歌。下面，我们就将目光集中到爱情与婚姻，看看那些奇幻而又美丽的人神之恋。

第一节 江妃二女

江妃二女者，不知何所人也。出游于江汉之湄，逢郑交甫，见而悦之，不知其神人也。谓其仆曰："我欲下请其佩。"仆曰："此间之人皆习于辞，不得，恐罹悔焉。"交甫不听，遂下与之言曰："二女劳矣！"二女曰："客子有劳，妾何劳之有？"交甫曰："橘是柚也，我盛之以笥，令附汉水，将流而下。我遵其傍，采其芝而茹之，以知吾为不逊也。愿请子之佩。"二女曰："橘是柚也，我盛之以莒，令附汉水，将流而下。我遵其旁，采其芝而茹之。"遂手解佩与交甫，交甫悦，受而怀之，中当心。趋去数十步，视佩，空怀无佩。顾二女，忽然不见。

《诗》曰："汉有游女，不可求思。"此之谓也。

——《列仙传校笺》(中华书局 2007 年版)

《江妃二女》是古典小说中较早的一个关于人神恋情的故事。虽然，文章一开头就说"江妃二女者，不知何所人也"，但根据历史传说，很容易就会联想到帝尧嫁给帝舜的那两个女儿，也就是帝舜的两个妃子娥皇和女英。相传，当年舜在南巡途中，崩于苍梧之野，二妃闻此噩耗，双双溺于湘江。她们死后的灵魂则化为湘水之神。文中的二女"出游于江汉之湄"，在似与非之间留下了朦胧的意象空间。

作为男子的郑交甫，在江汉之湄偶逢两个美貌的女子，顿生爱慕之情，并且付诸行动，有了大胆的"求佩"之举。此时，他并不知道二女为神，在他的眼里，也就是两个可以尝试着挑逗一下的美丽少女吧。

这样的举止，即使以今天的眼光来看，也多多少少有那么一点轻率。不过，他的"挑逗"是相当文雅的——我们看，他先是下车，主动问好。成功搭讪之后，再赋诗求佩。面对郑交甫如此莽撞的行为，两个女子的表现则值得玩味——她们同样赋诗作答，并解佩相赠。看来，两个女子也很多情呢！

如果读者认为郑交甫就这样轻易地实现了他的小小愿望，那么我们就和他一样被戏弄了。因为这两个女子是神而不是人，所以情节的发展是出人意料的。郑交甫满心喜悦，将玉佩小心翼翼地放入怀中，告辞而去，心里还有着那么一点小小的自得。就像小孩子得到了他们梦寐以求的东西，在珍藏的同时，又会不时地拿出来看一看、摸一摸。这不，郑交甫收好了玉佩，才走出十几步，就想要再拿出来把玩一下了。这一摸不要紧，奇怪的事情发生了——他刚刚“怀之，中当心”的玉佩已经不翼而飞了！再回头看看刚刚辞别的两个美女，竟然也踪影全无了！

故事就这样结束了，那么在读者心中定格的，是郑交甫错愕、恍惚的神情，还是二女“忽然不见”之后依然芳草依依的江汉之湄呢？无论哪种，都同样会给人一种惆怅而又迷离的感受吧。

作为描写人神恋的早期作品，这个故事有着一定的文学意味。已经初步运用了语言、行为、心理描写等表现手法对人物进行刻画。勇敢地下车搭讪，巧妙地赋诗求佩，活画出一个多情而文雅的书生形象。有礼有节地言辞交锋，有情无情间的赠佩、收佩，则表现了神女的聪慧与机智。从整个故事来看，郑交甫由爱悦到求佩、得佩、失佩的过程写得详略合宜，错落有致。故事最终没有用只言片语来交代神女消失之后郑交甫的行为举止，但其心中的惆怅与失落却宛然如见。《诗》曰：“汉有游女，不可求思。”也许说的就是这个故事吧。

如果说，郑交甫与江妃二女那若有若无的“爱情”中，主要还是凡人一厢情愿，神尚徘徊在有情与无情之间，那么，在以后的故事中，这样的情形却发生了逆转——更多的故事中，神是主动的施爱者，人则是被动的接受者。

第二节 弦超与知琼

魏济北郡从事掾弦超，字义起，以嘉平中夜独宿，梦有神女来从之。自称天上玉女，东郡人，姓成公，字知琼，早失父母，天帝哀其孤苦，遣令下嫁从夫。超当其梦也，精爽感悟，嘉其美异，非常人之容。觉寤钦想，若存若亡，如此三四夕。一旦，显然来游，驾辎軿车，从八婢，服绫罗绮绣之衣，姿颜容体，状若飞仙。自言年七十，视之如十五六女。车上有壶、榼、青白琉璃五具，食啖奇异。馔具醴酒，与超共饮食。谓超曰：“我，天上玉女，见遣下嫁，故来从君。不谓君德，宿时感运，宜为夫妇。不能有益，亦不能为损。然往来常可得驾轻车，乘肥马，饮食常可得远味异膳，缯素常可得充用不乏。然我神人，不为君生子，亦无妒忌之性，不害君婚姻之义。”遂为夫妇。赠诗一篇，其文曰：“飘颻浮勃逢，敖曹云石滋。芝英不须润，至德与时期。神仙岂虚感，应运来相之。纳我荣五族，逆我致祸菑。”此其诗之大较，其文二百余言，不能尽录。兼注《易》七卷，有卦，有象，以彖为属。故其文言既有义理，又可以占吉凶。超皆能通其旨意，用之占候。

作夫妇经七八年，父母为超娶妇之后，分日而燕，分夕而寝。夜来晨去，倏忽若飞，唯超见之，他人不见。虽居暗室，辄闻人声，常见踪迹，然不睹其形。后人怪问，漏泄其事。玉女遂求去，云："我，神人也。虽与君交，不愿人知，而君性疏漏，我今本末已露，不复与君通接。积年交结，恩义不轻，一旦分别，岂不怆恨？势不得不尔，各自努力！"又呼侍御下酒饮啖。发簏，取织成裙衫两副遗超。又赠诗一首，把臂告辞，涕泣流离，肃然升车，去若飞迅。超忧感积日，殆至委顿。

去后五年，超奉郡使至洛，到济北鱼山下陌上。西行，遥望曲道头有一马车，似知琼。驱驰至前，果是也。遂披帷相见，悲喜交切。控左援绥，同乘至洛。遂为室家，克复旧好。至太康中犹在。但不日日往来，每于三月三日、五月五日、七月七日、九月九日、旦，十五日辄下往来，经宿而去。张茂先为之作《神女赋》。

——《搜神记》(中华书局2009年版)

本文讲述的是天上的玉女成公知琼与人间的男子弦超的婚恋故事，全文按照故事发生、发展的顺序，主要记叙了独宿梦感、显身结合、泄密分别、最终复合等几个情节。

不同于人间男女的一见倾情、两相爱慕，知琼与弦超的故事开始于接连三四个晚上的梦中缠绵。在梦中，美丽非常的玉女自述身世，两情缱绻，醒来时则若存若亡，使故事开篇即笼罩着一重迷离恍惚的氛围。梦邪？真邪？读者不能确定，身历此事的弦超自己亦不能确定。

这种亦真亦幻的感觉美则美矣，却也相当的折磨人吧。还好，三四天后，玉女"显然来游"，弦超梦幻成真。作者详细描写了知琼的车驾侍从、服饰音容、器皿饮食，写出了天上玉女的超凡与美丽。二人饮食之间的谈话首先说明二人的婚姻之由，这是在梦中就已经交代过的，在这里再一次强调二人的姻缘经过了天帝的准许。其次说明二人婚姻的利害，解除弦超的顾虑。神与人就这样结合了。

神与人的夫妻关系维持了七八年，父母为弦超另娶了人间的女子，这并不妨碍知琼的存在。她"夜来晨去，倏忽若飞，唯超见之，他人不见。虽居暗室，辄闻人声，常见踪迹，然不睹其形"，再一次显现了知琼作为天上玉女的神异，也为因泄密而分别埋下了伏笔。知琼闻声而不见形的灵异，自然会引起周围人的怀疑，那么在他人不停的追问之下，弦超不能保守秘密也在情理之中。因此，知琼对弦超并没有过多的责备，而是在不得不离去时"把臂告辞，涕泣流离"，恋恋不舍，情意绵绵。分别之后的弦超"忧感积日，殆至委顿"，从神与人两个方面表现出感情的深厚。

五年之后，弦超使洛，偶遇知琼，二人"悲喜交切。控左援绥，同乘至洛。遂为室家，克复旧好"。一番曲折之后，故事以团圆结局，对二人深厚情意做了一个交代，也是人神恋情中一个"天长地久"的典型。

小说的情节算不上曲折，却较为丰满地刻画了玉女知琼的艺术形象。她"早失父母，天帝哀其孤苦"，虽然有神的身份，但身世可悯。她还能诗善文，知玄解易，弦超可以用她对《易经》的注释进行占卜，表现出她超凡的才华。她姿颜美异，有“非常人之容”，又兼温婉多情，“无妒忌之性”，正是世间男子梦寐以求的理想佳偶。小说在情节的发展中，既展示了知琼灵异奇幻的神性，也表现了她温柔多情的人性：看她高车盛饰，华服丰仪，一个飘逸尊贵的女仙呼之欲出；再看她临别时“把臂告辞，涕泣流离”，与人间的女子又一般无二。在她的身上，人性与神性得到了高度的统一。

与知琼的形象相比，弦超的形象就要薄弱得多。从梦感到婚姻的多年之间，几乎没有任何主动的行为，甚至连言语都没有。这可能与作者意欲突出神女在爱情中的主导地位有关，但同时也造成了弦超形象的苍白。好在，在离别之后，“殆至委顿”四字让我们看到了他对神女的感情；使洛途中，遥望马车而主动趋驰，表现出他对这段感情的追寻与执着。这两点，方使弦超的形象有了一些血肉，改变了完全受神仙或命运摆布的形象。

第三节 袁相根硕

会稽剡县民袁相、根硕二人猎，经深山重岭甚多，见一群山羊六七头，逐之。经一石桥，甚狭而峻。羊去，根等亦随渡，向绝崖。崖正赤，壁立，名曰赤城。上有水流下，广狭如匹布，剡人谓之瀑布。羊径有山穴如门，豁然而过。既入，内甚平敞，草木皆香。有一小屋，二女子住其中，年皆十五六，容色甚美，着青衣。一名莹珠，一名洁玉。见二人至，欣然云：“早望汝来。”遂为室家。忽二女出行，云复有得婿者，往庆之。曳履于绝岩上行，琅琅然。二人思归，潜去归路。二女追还已知，乃谓曰：“自可去。”乃以一腕囊与根等，语曰：“慎勿开也。”于是乃归。后出行，家人开视其囊，囊如莲花，一重去，一重复，至五盖，中有小青鸟，飞去。根还知此，怅然而已。后根于田中耕，家依常饷之，见在田中不动，就视，但有壳如蝉蜕也。

——《搜神后记》（据《汉魏六朝笔记小说大观》，上海古籍出版社 1999 年版）

当年，郑交甫与江妃二女偶遇，故事止于若有若无的爱情，仙界的女子对世间的男子保持着若即若离的间距。但在后来的故事中，凡间的男子们对“神女”不再止于朦胧的爱情，追求更多的是以婚姻为目的。

在袁相与根硕的故事中，二人由一群山羊引导，进入赤城瀑布的山穴之内，更与穴中的美丽少女结合。过了一段时间，二人久别思归，二女令其归家，并以腕囊相赠。后来，二人尸解仙去，故事在“有壳如蝉蜕也”的惊异中戛然而止，留给读者无限的遐想与回味。

这个故事按逐羊、入穴、成家、归别、仙去的自然发展脉络进行叙写，情节简单，语言精练。作者没有过多地对爱情婚姻生活进行描述，而是详细地描绘了二人逐羊到入穴的过程以及沿途景致，仿佛亲历，并用“草木皆香”四字写出了仙境的殊异。对二女的容貌的描写，除“年皆十五六，容色甚美”的简单叙述之外，“莹珠”“洁玉”的名字与“曳履于绝岩上行，琅琅然”的描摹，于观感之外，赋之以听觉上的美感，有一种光洁莹润之美。仙女所赠腕囊“如莲花，一重去，一重复，至五盖，中有小青鸟”堪称美妙的想象。青鸟虽去，二人仍能羽化而仙，寄托了作者美好的愿望。

第四节 刘晨阮肇

汉明帝永平五年，剡县刘晨、阮肇共入天台山取谷皮，迷不得返。经十三日，粮食乏尽，饥馁殆死。遥望山上有一桃树，大有子实，而绝岩邃涧，永无登路。攀援藤葛，乃得至上。各啖数枚，而饥止体充。复下山，持杯取水，欲盥漱，见芜菁叶从山腹流出，甚新鲜，复一杯流出，有胡麻饭糁。相谓曰：“此知去人径不远。”便共没水，逆流二三里，得度山，出一大溪。溪边有二女子，姿质妙绝。见二人持杯出，便笑曰：“刘、阮二郎，捉向所失流杯来。”晨、肇既不识之，缘二女便呼其姓，如似有旧，乃相见忻喜。问：“来何晚耶？”因邀还家。其家筒瓦屋，南壁及东壁下各有一大床，皆施绛罗帐，帐角悬铃，金银交错。床头各有十侍婢，敕云：“刘、阮二郎，经涉山岨，向虽得琼实，犹尚虚弊，可速作食。”食胡麻饭、山羊脯、牛肉甚甘美。食毕行酒，有一群女来，各持五三桃子，笑而言：“贺汝婿来。”酒酣作乐，刘、阮欣怖交并。至暮，令各就一帐宿，女往就之，言声清婉，令人忘忧。

十日后，欲求还去，女云：“君已来是，宿福所牵，何复欲还耶？”遂停半年。气候草木是春时，百鸟啼鸣，更怀悲思，求归甚苦。女曰：“罪牵君，当可如何？”遂呼前来女子有三四十人，集会奏乐，共送刘、阮，指示还路。

既出，亲旧零落，邑屋改异，无复相识。问讯得七世孙，传闻上世入山，迷不得归。至晋太元八年，忽复去，不知何所。

——《幽明录》（据《汉魏六朝笔记小说大观》，上海古籍出版社 1999 年版）

人们常说“山中一日，人间千年”，自古以来，高山深谷的幽绝总是笼罩着一层神秘的色彩。深山重岭之后，绝岩邃涧之间，往往隐藏着美丽幽绝的世外桃源，那里，有高人逸士们高蹈远举，也有神仙们居住往来。

故事说的是汉明帝永平五年，剡县有两个青年人，他们入天台山去取谷皮，因迷失路途回不了家。二人在山中整整转了十三天，眼看就要饿死时，先是攀摘仙桃得以充饥，继而借着芜菁叶、胡麻饭的“引导”，来到了一个世外仙境，并与两个美丽的仙女结合。半年之后，二人思乡心切，与二女依依惜别。可当二人回到家乡时，却发现村子的模样发生了翻天覆地的变化，亲人们都已经不在了。能打听到的，竟是他们第七世的孙子。原来此时已到了晋太元八年(383 年)，离汉明帝永平五年(63 年)已过去了 321 年！

这个故事可以看作上一故事的扩展版，情节颇为曲折生动，人物形象较为丰满，意境也更为优美。如对刘、阮从入山迷路到得遇仙女过程的描写，更为曲折细致，“迷不得返。经十三日，粮食乏尽，饥馁殆死”，似乎已经到了绝境，“遥望山上有一桃树，大有子实”，于绝望中仿佛见到了生机；“而绝岩邃涧，永无登路”，起而复跌，希望的前面是艰险和困难；“攀援藤葛，乃得至上。各啖数枚，而饥止体充”，求生的意志化作战胜困难的力量，努力地攀援之后实现了最为基本的求生的愿望；“见芜菁叶从山腹流出，甚新鲜，复一杯流出，有胡麻饭糁”，二人下山取水的途中陡然生变；“便共没水，逆流二三里，得度山，出一大溪。溪边有二女子，姿质妙绝”，一番求索之后得遇仙姝。这一段起伏跌宕，于迷离恍惚之中有仙境的朦胧缥缈，于山重水复之中暗寓着柳暗花明。

又如，对仙境中生活的描写，有二女初见时的欢欣喜悦，有相见之后的软语娇嗔，有命婢备饭的热情体贴，有群女相贺的笑语欢歌，有分别之际的合奏相送……丰富而生动的语言、事件描写中，洋溢着浓厚的生活气息，虽是仙境却贴近现实，给人以欢快、幸福之感，也使二女的形象得到进一步充实。

刘、阮最终“忽复去，不知何所”，较之于袁相、根硕的“有壳如蝉蜕”更加扑朔迷离。回归人间的两个人面对“无复相识”的周遭，面对变化了的世界，再想起曾经神仙洞府的华衣美食，一定会后悔执意回家的决定吧。他们是主动地再入天台山，寻找曾经的仙境桃源？或是二位仙女不忘旧情，悄悄地来到人间接走了刘、阮二人？我们不得而知，不确定中有着更多的想象空间。

结合故事产生的时代背景，可以认为这个故事反映了乱世中人对理想婚姻的梦想与追求。全文叙事条理清晰，言辞委婉，意境优美。最值得一提的是，本文所体现出来的“山中一日，人间千年”这种相对的时间概念，两个人在山中生活了半年，但在人间竟已经过去了三百多年，确实有点匪夷所思。这一概念以后被广为接受，成为仙界久远与人生短暂的最为常见的表述。

第五节 黄原与妙音

汉时太山黄原，平旦开门，忽有一青犬在门外伏守，备如家养。原绁犬，随邻里猎。日垂夕，见一鹿，便放犬。犬行甚迟，原绝力逐终不及。行数里，至一穴，入百余步，忽有平衢，槐柳列植，行墙回匝。原随犬入门，列房栊户可有数十间，皆女子，姿容妍媚，衣裳鲜丽，或抚琴瑟，或执博棋。至北阁，有三间屋，二人侍直，若有所伺。见原，相视而笑："此青犬所引致妙音婿也。"一人留，一人入阁。须臾，有四婢出，称太真夫人，白黄郎："有一女年已弱笄，冥数应为君妇。"既暮，引原入内。内有南向堂，堂前有池，池中有台，台四角有径尺穴，穴中有光映帷席。妙音容色婉妙，侍婢亦美。交礼既毕，宴寝如旧。经数日，原欲暂还报家，妙音曰："人神道异，本非久势。"至明日，解佩分袂，临阶涕泗，后会无期，深加爱敬："若能相思，至三月旦，可修斋洁。"四婢送出门，半日至家。情念恍惚。每至其期，常见空中有軿车仿佛若飞。

——《幽明录》(据《汉魏六朝笔记小说大观》，上海古籍出版社1999年版)

和刘、阮误入天台山一样，这个故事写的也是人神之间的结合。如果说刘、阮二人得入仙境是因为胡麻饭的指引，那么在这个故事中，黄原要感谢的，就是一只黑狗。

在汉朝的时候，太山有个名叫黄原的人，有一天天亮出门，忽然看到一只黑狗趴在门前，就像是自家的狗在看家护院一样。黄原将黑狗拴了起来，并带着它和邻里出去打猎。日头偏西的时候，发现了一头鹿。黄原放开黑狗，追鹿不得，却在黑狗的引导之下不知不觉地走进了一个山洞。进入山洞一百多步，便进入了一个神奇的所在，黄原就在那里与太真夫人的女儿妙音结为夫妇。数日之后，黄原欲暂时回家报信，遂仙凡永隔，每当思念之际，仿佛可见妙音乘坐着有帷帘的车子从空中飞一般地朝他驶来。

这篇不足三百字的小说构思新颖，情节婉曲，与前两篇都有相通之处。因猎入山的情节虽然相近，但多了青犬的引导，更显出仙在婚姻中的"预谋"。作品对神仙居处进行了较为细致的描写，对仙女们的日常生活也有了"或抚琴瑟，或执博棋"的想象。而黄原暂还报家的想法与袁相、根硕、刘晨、阮肇的简单思归人间相比，更添一层"复回仙境"的含义，符合仙境对凡人强大的吸引力，写出了黄原对人世的未了情与对仙缘的留恋。故事的最后，黄原"情念恍惚。每至其期，常见空中有軿车仿佛若飞"，是人对仙境的留恋，也是仙对凡人的多情，言尽而意未尽，回思无穷。

第六节 清溪庙神

会稽赵文韶，为东宫扶侍，坐清溪中桥，与尚书王叔卿家隔一巷，相去二百步许。秋夜嘉月，怅然思归，倚门唱《西夜乌飞》，其声甚哀怨。

忽有青衣婢，年十五六，前曰："王家娘子白扶侍，闻君歌声，有门人逐月游戏，遣相闻耳。"时未息，文韶不之疑，委曲答之，亟邀相过。须臾，女到，年十八九，行步容色可怜，犹将两婢自随。问："家在何处？"举手指王尚书宅，曰："是闻君歌声，故来相诣，岂能为一曲邪？"文韶即为歌《草生盘石》，音韵清畅，又深会女心。乃曰："但令有瓶，何患不得水？"顾谓婢子："还取箜篌，为扶侍鼓之。"须臾至，女为酌两三弹，泠泠更增楚绝。乃令婢子歌《繁霜》，自解裙带系箜篌腰，叩之以倚歌。歌曰："日暮风吹，叶落依枝。丹心寸意，愁君未知。歌《繁霜》，侵晓幕。何意空相守，坐待繁霜落。"歌阕，夜已久，遂相伫燕寝，竟四更别去。脱金簪以赠文韶，文韶亦答以银碗白琉璃匕各一枚。

既明，文韶出，偶至清溪庙歇，神坐上见碗，甚疑；而委悉之屏风后，则琉璃匕在焉，箜篌带缚如故。祠庙中惟女姑神像，青衣婢立在前，细视之，皆夜所见者，于是遂绝。当宋元嘉五年也。

——《续齐谐记》(据《汉魏六朝笔记小说大观》，上海古籍出版社 1999 年版)

人与神的结合，是文人对于理想婚姻与恋情的向往在作品中的曲折反映。继刘、阮的天台山奇遇之后，《续齐谐记》中的这个故事，将人神之恋的奇幻瑰美，推向了一个新的艺术境界。

故事写会稽赵文韶与清溪庙女姑神之间的美丽恋情，同为人神恋情题材的传说故事，却给读者以完全不同的艺术感受。

其一，人与神的巧遇，不再是出于神的预先"设谋"。小说中，赵文韶与女姑神的恋情源起，是因为文韶秋夜思归，倚门而歌《西夜乌飞》，哀怨的歌吟触动了神女的愁思，故现身与文韶相会。这就不同于前面几个故事中的男子因偶然"误入"洞天福地的仙缘奇遇，不着重于仙的神异，而重点表现人的杰出。

其二，人与神的爱情，有了可以解释的缘由，不再只是苍白的"宿因"。赵文韶与女姑神的爱情，产生于知音相感，两情相悦。这是因感动于歌声而产生的爱情，远较此前没有任何原因的"宿缘"更富于人情味。在这里，赵文韶用歌声赢得了与女姑神的一夜情缘，是以才艺获得了神的青睐。在神与人深情凝望的"情歌对唱”中，两颗孤单的心灵碰撞出爱情的火花。这种爱情的产生顺理成章，不似此前故事中的男子，仿佛一无所长，完全是因为机缘，误打误撞般闯入仙境。这样的爱情更符合人们对理想爱情的追求。

其三，人与神的欢聚，不再是尘俗的佳肴美酒，富贵辉煌，而是趋于清雅的超脱。我们还记得黄原与妙音洞房花烛时的广厦光穴，我们还记得剡县溪边女仙招待刘晨、阮肇的胡麻饭、山羊脯、牛肉，我们也记得知琼初次显游时的豪华排场。而在这个故事中，“神女”的到来，没有一丝神异的色彩，真的就像是邻家一位孤寂的少妇，没有铺排仪仗，没有美味珍馐，她只是带着两个婢女，来听一听赵文韶的歌声。这种清雅的弦歌相会，使神与人的爱情脱离了凡俗的红尘，更添了几分幽绝。

其四，人与神的分离，不再是由于男子的思归恋家，此后也不再有团圆或仙去的机会。女姑神与赵文韶知音相赏，倚歌相亲，遂至“相伫燕寝”。四更分别时候，各以信物互赠。依依惜别之意，虽未明写，却可想见。此后会如何发展呢？善良的读者一定希望有后续吧。但是，第二天，赵文韶偶至清溪庙，发现了他赠给女子的信物，也就发现了和他缠绵的女子的真正身份。毕竟仙凡殊隔，谜底揭开之时，也就是二人情缘结束之际。一夜欢聚即告永别，这样的爱情更觉哀婉缠绵。

其五，此处的神，不再是不食人间烟火、无忧无虑的少女。这里，那个借婢女之口吟唱着“丹心寸意，愁君未知”的清溪庙女姑神，不同于刘、阮等人所遇到的那些欢快的少年女仙，而是一个眼角眉梢都凝结着淡淡忧愁的少妇。她借尚书王叔卿家娘子的身份与文韶结交，行为举止都显示出楚楚之态。文章最后写到“祠庙中惟女姑神像，青衣婢立在前”，也许，这就是她忧愁、寂寞的根源吧。

赵文韶与清溪庙女姑神的恋情故事没有后续，他没有神秘地仙去，女神也再没有出现在他的生活中。但是我们相信，这一夜的奇遇会成为他终生难忘的记忆。也许，每当明月当空、扣弦而歌之时，思归的情怀之外，文韶的思绪会更多地含有对女姑神的怀念，眼前一定会浮现出女姑神“行步容色可怜”的倩影吧。

第七节 萧总

萧总，字彦先，南齐太祖族兄瑰之子。总少为太祖以文学见重。时太祖已为宋丞相，谓总曰：“汝聪明智敏，为官不必资。待我功成，必荐汝为太子詹事。”又曰：“我以嫌疑之故，未即遂心。”总曰：“若谶言之，何啻此官！”太祖曰：“此言狂悖，慎钤其口。吾专疚于心，未忘汝也。”总率性本异，不与下于己者交，自建业归江陵。

宋后废帝元徽后，四方多乱，因游明月峡，爱其风景，遂盘桓累岁。常于峡下枕石漱流，时春向晚，忽闻林下有人呼“萧卿”者数声，惊顾，去坐石四十余步，有一女，把花招总。总匆异之。又常知此有神女，从之。视其容貌，当可笄年，所衣之服，非世所有，所佩之香，非世所闻。谓总曰：“萧郎遇此，未曾见邀，今幸良晨，有同宿契。”总恍然行十余里，乃见溪上有宫阙台殿甚严。宫门左右，有侍女二十人，皆十四五，并神仙之质。其寝卧服玩之物，俱非世有。心亦喜幸。一夕绸缪，以至天晓。忽闻山鸟晨叫，岩泉韵清，出户临轩，将窥旧路，见烟云正重，残月在西。神女执总手谓曰：“人间之人，神中之女，此夕欢会，万年一时也。”总曰：“神中之女，岂人间常所望也。”女曰：“妾实此山之神。上帝三百年一易，不似人间之官。来岁方终。一易之后，遂生他处。今与郎契合，亦有因由，不可陈也。”言讫，乃别。神女手执一玉指环，谓曰：“此妾常服玩，未曾离手，今永别，宁不相遗？愿郎穿指，慎勿忘心。”总曰：“幸见顾录，感恨徒深，执此怀中，终身是宝。”天渐明，总乃拜辞，掩涕而别。携手出户，已见路分明。总下山数步，回顾宿处，宛是巫山神女之祠也。

他日，持玉环至建业，因话于张景山。景山惊曰：“吾常游巫峡，见神女指上有此玉环，世人相传云：是晋简文帝李后曾梦游巫峡，见神女，神女乞后玉环，觉后乃告帝，帝遣使赐神女。吾亲见在神女指上。今卿得之，是与世人异矣！”

总齐太祖建元末，方征召。未行，帝崩。世祖即位，累为中书舍人。初，总为治书御史，江陵舟中遇，而忽思神女事，悄然不乐，乃赋诗曰：“昔年岩下客，宛似成今古。徒思明月人。愿湿巫山雨。”

——《八朝穷怪录》(据《太平广记》，中华书局 1961 年版)

故事先介绍了萧总的出身、才能与处境；中间重点叙写了他与巫山神女的遇合与离别，接着借张景山之口说出神女所赠玉指环的来历；结尾介绍了萧总此后的人生经历，并补叙他为治书御史经过江陵时写下的思念神女的诗作。可见，作者是按史传的写法为萧总的一生作传，而巧遇神女一事只是他生活中的一个重要片段。与前面赵文韶的故事相类，重点写神与人的一夜情缘，但篇幅更长，枝蔓更多。萧总的形象完整充实，巫山神女对爱情的追求则更为热情、大胆。

先看一下萧总。不同于前面一些故事对男性身份的一笔带过，文中对萧总的身世、才华与境遇都做了介绍。丞相族子，说明他在门阀血统上的高贵；少“以文学见重”，南齐太祖赞其“聪明智敏”，说明他文章才华上的突出；不与下于己者交，说明他个性上的骄傲自重；因爱明月峡的风景而盘桓累岁，表现出他性情上的闲散淡泊。这样人物得到多情神女的青睐，于一般读者来说，在心理上更容易接受。文章首尾完整地介绍了萧总一生的大致经历，使这一形象较其他与神女遇合的男子充实得多。

再看一下神女。当萧总于明月峡下枕石漱流，“忽闻林下有人呼‘萧卿’者数声，惊顾，去坐石四十余步，有一女，把花招总”，她不是故设幻境引人入内，也不是先派侍女传话，而是自己直接露面，把花相招。仅此几句，即写出了神女的热情、主动与大胆，音声、动作如耳闻目见。

作者用语言描写刻画了神人分别时的恋恋不舍，用补叙的手法交代了此后多年萧总对神女的思念，神有情，人亦有情。没有羽化成仙的长生奢望，没有轻车肥马的富贵期求，有的只是那样一次终生难忘的情缘。因而，这情就表现得那样纯洁，那样真挚，可以看作六朝文人暂时脱离了声色犬马的庸俗后对纯真爱情的渴望。

小说的另一个特点是在叙事中穿插了景色描写，在萧总与神女一夕绸缪之后，“忽闻山鸟晨叫，岩泉韵清，出户临轩，将窥旧路，见烟云正重，残月在西”，在鸟叫泉鸣声中，由梦中醒来，到走出户外，所见清晨景致，寥寥数语，动静相间，烟云缥缈间的仙境仿佛如画。

第八节 韦安道

京兆韦安道，起居舍人真之子。举进士，久不第。唐大定年中，于洛阳早出，至慈惠里西门，晨鼓初发，见中衢有兵仗，如帝者之卫，前有甲骑数十队，次有官者，持大杖，衣画裤袖，夹道前驱，亦数十辈。又见黄屋左纛，有月旗而无日旗。又有近侍、才人、宫监之属，亦数百人。中有飞伞，伞下见衣珠翠之服，乘大马，如后之饰，美丽光艳，其容动人。又有后骑，皆妇人才官，持钺，负弓矢，乘马从，亦千余人。

时天后在洛，安道初谓天后之游幸。时天尚未明，问同行者，皆云不见。又怪衢中金吾街吏，不为静路。久之渐明，见其后骑一宫监，驰马而至。安道因留问之：“前所过者，非人主乎？”宫监曰：“非也。”安道请问其事，宫监但指慈惠里之西门曰：“公但自此去，由里门，循墙而南，行百余步，有朱扉西向者，扣之问其由，当自知矣。”安道如其言扣之。久之，有朱衣官者出应门曰：“公非韦安道乎？”曰：“然。”官者曰：“后土夫人相候已久矣。”遂延入。见一大门如戟门者，官者入通。顷之，又延入。有紫衣宫监，与安道叙语于庭，延一宫中，置汤沐。顷之，以大箱奉美服一袭，其间有青袍、牙笏、绶及巾、靴毕备，命安道服之。宫监曰："可去矣。"遂乘安道以大马，女骑道从者数人。宫监与安道联辔，出慈惠之西门，由正街西南，自通利街东行，出建春门。又东北行，约二十余里，渐见夹道戍守者，拜于马前而去。凡数处，乃至一大城。甲士守卫甚严，如王者之城。凡经数重，遂见飞楼连阁，下有大门，如天子之居，而多宫监。安道乘马，经翠楼朱殿而过。又十余处，遂入一门内。行百步许，复有大殿，上陈广筵重乐，罗列樽俎，九奏万舞，若钧天之乐。美妇人十数，如妃主之状，列于筵左右。前所与同行宫监，引安道自西阶而上。顷之，见殿内宫监如赞者，命安道西间东向而立。顷之，自殿后门，见卫从者，先罗立殿中，乃微闻环佩之声。有美妇人，备首饰祎衣，如谒庙之服，至殿间西向，与安道对立，乃是昔于慈惠西街飞伞下所见者也。宫监乃赞曰："后土夫人，乃冥数合为匹偶。"命安道拜，夫人受之；夫人拜，安道受之，如人间宾主之礼。遂去礼服，与安道对坐于筵上。前所见十数美妇人，亦列坐于左右，奏乐饮馔，及昏而罢。则以其夕偶之，尚处子也。如此者盖十余日，所服御饮馔，皆如帝王之家。

夫人因谓安道曰："某为子之妻，子有父母，不告而娶，不可谓礼。愿从子而归，庙见尊舅姑，得成妇之礼，幸也。"安道曰："诺。"因下令。命车驾即日告备，夫人乘黄犊之车，车有金翠瑶玉之饰，盖人间所谓库车也。上有飞伞覆之，车徒傧从，如慈惠之西街所见。安道乘马，从车而行。安道左右侍者十数人，皆材官宦者之流。行十余里，有朱幕城供帐，女吏列后，乃行宫供顿之所。夫人遂入供帐中，命安道与同处。所进饮馔华美。顷之，又去。下令命所从车骑，减去十七八，相次又行三数里，复下令去从者。乃至建春门，左右才有二十骑人马，如王者之游。

既入洛阳，欲至其家，安道先入，家人怪其车服之异。安道遂见其父母。二亲惊愕久之，谓曰："不见尔者，盖月余矣，尔安适耶？"安道拜而明言曰："偶为一家迫以婚姻。"言新妇即至，故先上告。父母惊问未竟，车骑已及门矣。遂有侍婢及阉奴数十辈，自外正门，传绣茵绮席，罗列于庭，及以翠屏画帷，饰于堂门，左右施细绳床一，请舅姑对坐。遂自门外，设二锦步幛，夫人衣礼服，垂佩而入。修妇礼毕，奉翠玉金瑶罗纨，盖十数箱，为人间贺遗之礼，置于舅姑之前。爰及叔伯诸姑家人，皆蒙其礼。因曰："新妇请居东院。"遂又有侍婢阉奴，持房帷供帐之饰，置于东院，修饰甚周，遂居之。

父母相与忧惧，莫知所来。是时天后朝，法令严峻，惧祸及之，乃具以事上奏请罪。天后曰："此必魅物也。卿不足忧，朕有善咒术者，释门之师，九思、怀素二僧，可为卿去此妖也。"因诏九思、怀素往。僧曰："此不过妖魅狐狸之属，以术去之易耳。当先命于新妇院中设馔，置坐位，请期翌日而至。"真归，具以二僧之语命之。新妇承命，具馔设位，辄无所惧。明日，二僧至，既毕馔端坐，请与新妇相见，将施其术。新妇遽至，亦致礼于二僧。二僧忽若物击之，俯伏称罪，目眦鼻口流血。又具以事上闻。天后问之。二僧对曰："某所以咒者，不过妖魅鬼物，此不知其所从来，想不能制。"天后曰："有正谏大夫明崇俨，以太一异术制录天地诸神祇，此必可使也。"遂召崇俨。崇俨谓真曰："君可以今夕，于所居堂中，洁诚坐，以候新妇所居室上，见异物至而观。其胜则已，或不胜，则当更以别法制之。"真如其言。至甲夜，见有物如飞云，赤光若惊电，自崇俨之居，飞跃而至。及新妇屋上，忽若为物所扑灭者，因而不见。使人候新妇，乃平安如故。乙夜，又见物如赤龙之状，拿攫喷毒，声如群鼓，乘黑云有光者，至新妇屋上，又若为物所扑，有呦然之声而灭。使人候新妇，又如故。又至子夜，见有物朱发锯牙，盘铁轮，乘飞雷，轮铓角呼奔而至，既及其屋，又如物所杀，称罪而灭。既而质明，真怪惧，不知其所为计，又具以事告。崇俨曰："前所为法，是太乙符箓法也，但可摄制狐魅耳。今既无效，请更赜之。"因致坛醮之箓，使征八纮厚地、山川河渎、丘墟水木、主职鬼魅之属，其数无阙。崇俨异之。翌日，又征人世上天界部八极之神，其数无阙。崇俨曰："神祇所为魅者，则某能制之，若然，则不可得而知也。请试自见而颐之。"因命于新妇院设馔，请崇俨。崇俨至坐，请见新妇。新妇方肃答，将拜崇俨，崇俨又忽若为物所击，奄然斥倒，称罪请命，目眦鼻口流血于地。

真又益惊惧，不知所为。其妻因为真曰："此九思、怀素、明正谏所不能制也，为之奈何？闻昔安道初与偶之时，云是后土夫人，此虽人间百术，亦不能制之。今观其与安道夫妇之道，亦甚相得，试使安道致词，请去之，或可也。"真即命安道谢之曰："某寒门，新妇灵贵之神，今幸与小子伉俪，不敢称敌；又天后法严，惧因是祸及，幸新妇且归，为舅姑之计。"语未终，新妇泣涕而言曰："某幸得配偶君子，奉事舅姑。夫为妇之道，所宜奉舅姑之命，今舅姑既有命，敢不敬从。"因以即日命驾而去，遂具礼告辞于堂下，因请曰："新妇女子也，不敢独归，愿得与韦郎同去。"真悦而听之，遂与安道俱行。至建春门外，其前时车徒悉至，其所都城仆使兵卫悉如前。

至城之明日，夫人被法服，居大殿中，如天子朝见之像。遂见奇容异人之来朝，或有长丈余者，皆戴华冠长剑，被朱紫之服，云是四海之内，岳渎河海之神。次有数千百人，云是诸山林树木之神而已。又乃天下诸国之王悉至。时安道于夫人坐侧，置一小床，令观之。因最后通一人，云："大罗天女。"安道视之，天后也。夫人乃笑谓安道曰："此是子之地主，少避之。"令安道入殿内小室中。既而天后拜于庭下，礼甚谨。夫人乃延天后上，天后数四辞，然后登殿，再拜而坐。夫人谓天后曰："某以有冥数，当与天后部内一人韦安道者为匹偶，今冥数已尽，自当离异，然不能与之无情。此人苦无寿，某当在某家，本愿与延寿三百岁，使官至三品，为其尊父母厌迫，不得久居人间，因不果与成其事。今天女幸至，为与之钱五百万，与官至五品，无使过此，恐不胜之，安道命薄耳。"因而命安道出，使拜天后。夫人谓天后曰："此天女之属部人也，当受其拜。"天后进退，色若不足而受之，于是诺而去。

夫人谓安道曰：以郎常善画，某为郎更益此艺，可成千世之名耳。"因居安道于一小殿，使垂帘设幕，召自古帝王及功臣之有名者于前，令安道图写。凡经月余，悉得其状，集成二十卷。于是安道请辞去。夫人命车驾，于所都城西，设离帐祖席，与安道诀别。涕泣执手，情若不自胜，并遗以金玉珠宝，盈载而去。

安道既至东都，入建春门，闻金吾传令，于洛阳城中访韦安道，已将月余。既至，谒天后。坐小殿见之，且述前梦，与安道所叙同，遂以安道为魏王府长史，赐钱五百万。取安道所画帝王功臣图视之，与秘府之旧者皆验，至今行于代焉。天策中，安道竟卒于官。

——《异闻录》(据《太平广记》，中华书局1961年版)

在描写人神恋爱的古典小说中，《韦安道》以篇幅漫长、场面宏大而著称。它写的是武则天时期起居舍人韦真之子韦安道与后土夫人之间的婚恋故事，以婉转流畅的叙事塑造了鲜明的人物形象，表现出丰富的思想内涵。

故事从韦安道于洛阳早出，道遇一队有如帝王出巡的侍卫仪仗写起。韦安道起初以为是武后出游，历经一番周折之后，方知所见乃后土夫人。接下来写韦安道晋见后土夫人，并与之结婚。十余日后，后土夫人主动提出要拜见公婆，夫妻双双回家省亲。而当时武后法令严峻，这突如其来的婚姻与后土夫人莫名的来历、讲究的排场都让韦安道的父母感到忧惧。韦真上书武后，说明情况，武后先后派释门高僧九思、怀素，道家法师明崇俨等人与后土夫人斗法，这些人均被后土夫人制服。后来，在公婆的干预之下，由韦安道向夫人说明缘由，请求她离开韦家。后土夫人屈从于人间的礼法，无奈同意。故事的最后，后土夫人召见各路神祇，令武后予韦安道钱五百万，官五品，并"召自古帝王及功臣之有名者于前，令安道图写"，以成其千世之名，对韦安道的生活做了妥善的安置。

整个故事按偶遇、结合、归省、离别的自然顺序记述，叙事雅洁，不以情节的婉曲取胜，而以恢宏的场面描写见长。文中用大量的笔墨篇幅描写了后土夫人非同一般的排场，如初见之时"中衢有兵仗，如帝者之卫，前有甲骑数十队，次有官者，持大杖，衣画裤袖，夹道前驱，亦数十辈。又见黄屋左纛，有月旗而无日旗。又有近侍、才人、宫监之属，亦数百人。中有飞伞，伞下见衣珠翠之服，乘大马，如后之饰，美丽光艳，其容动人。又有后骑，皆妇人才官，持钺，负弓矢，乘马从，亦千余人"，出场就是帝后之排场；韦安道求见时，深门千重，是第二次对排场的铺排；夫人与韦安道归省之时，一路减省仪仗，是第三次强调；夫人拜见韦安道父母时的礼仪安排，则是第四次排场特写。作者就这样反复渲染表现后土夫人的威仪，更在文章接近尾声时安排后土夫人召见各路神祇，并通过人间之帝武则天面见后土夫人时的谨慎谦卑，突出后土夫人至高无上的权威。同时，后土夫人既是一位位尊权重的神，同时也是一位通晓人情、恪守礼法的人，两个方面矛盾地结合于一体，完成了一幕人神恋爱的悲剧。

虽然，从人的方面来说，后土夫人谨守妇道，恪遵礼法，从神的方面来说，她位尊权重，神通广大，但她对爱情与婚姻的追求却仍然以失败而告终。她斗得过僧、道的法术，却挣不脱人世的礼法束缚。其实，韦家向她提出的两个理由，对后土夫人来说根本就不值一提。其一，寒门与神灵的“不敢称敌”，后土夫人与韦安道的结合，本是冥数所定，根本就与门第、身份无关；其二，“天后法严，惧因是祸及”，这是韦真夫妇所真正担心的，但是从后文所述的夫人的威权来看，她是完全可以保证韦氏一族的安全的。但是，后土夫人并没有向韦家全盘说出自己的身份、背景，她只是把自己当作一个普通的儿媳，既然不容于舅姑，无奈之下只能选择离开。她甚至都不曾在韦家表现出她神的身份。在这里，作者委曲婉转，写出了后土夫人为这段姻缘所付出的努力与牺牲，也写出了作为神的无奈与悲哀。同时，作者似乎意在说明武后的酷政严法无孔不入，对百姓官员的日常生活也造成了影响，又似乎意在说明“礼法”势力对爱情与婚姻的压抑，贵为神主也只能恪守，足以说明“礼法”的强大。因而，小说的内涵是相当丰富的。

第九节 太阴夫人

卢杞少时，穷居东都，于废宅内赁舍。邻有麻氏妪孤独。杞遇暴疾，卧月余，麻婆来作羹粥。疾愈后，晚从外归，见金犊车子在麻婆门外。卢公惊异，窥之，见一女年十四五，真神人。明日潜访麻婆，麻婆曰：“莫要作婚姻否？试与商量。”杞曰：“某贫贱，焉敢辄有此意？”麻曰：“亦何妨！”既夜，麻婆曰：“事谐矣。请斋三日，会于城东废观。”

既至，见古木荒草，久无人居。逡巡，雷电风雨暴起，化出楼台，金殿玉帐，景物华丽。有辎軿降空，即前时女子也。与杞相见曰：“某即天人，奉上帝命，遣人间自求匹偶耳。君有仙相，故遣麻婆传意。更七日清斋，当再奉见。”女子呼麻婆，付两丸药。须臾雷电黑云，女子已不见，古木荒草如旧。

麻婆与杞归，清斋七日，劚地种药，才种已蔓生；未顷刻，二葫芦生于蔓上，渐大如两斛瓮。麻婆以刀刳其中，麻婆与杞各处其一。仍令具油衣三领。风雷忽起，腾上碧霄，满耳只闻波涛之声。久之觉寒，令着油衫，如在冰雪中。复令着至三重，甚暖。麻婆曰："去洛已八万里。"

长久，葫芦止息。遂见宫阙楼台，皆以水晶为墙垣，被甲伏戈者数百人。麻婆引杞入见，紫殿从女百人。命杞坐，具酒馔。麻婆屏立于诸卫下。女子谓杞："君合得三事，任取一事：常留此宫，寿与天毕；次为地仙，常居人间，时得至此；下为中国宰相。"杞曰："在此处实为上愿。"女子喜曰："此水晶宫也。某为太阴夫人，仙格已高。足下便是白日升天。然须定，不得改移，以致相累也。"乃赍青纸为表，当庭拜奏，曰："须启上帝。"少顷，闻东北间声云："上帝使至！"太阴夫人与诸仙趋降。俄有幢节香幡，引朱衣少年立阶下。朱衣宣帝命曰："卢杞，得太阴夫人状，云欲住水晶宫。如何？"杞无言。夫人但令疾应，又无言。夫人及左右大惧，驰入，取鲛绡五匹，以赂使者，欲其稽缓。食顷间又问："卢杞，欲水晶宫住，作地仙及人间宰相，此度须决。"杞大呼曰："人间宰相！"朱衣趋去，太阴夫人失色曰："此麻婆之过，速领回！"推入葫芦。又闻风水之声，却至故居，尘榻宛然。时已夜半，葫芦与麻婆并不见矣。

——《逸史》(据《太平广记》，中华书局 1961 年版)

这是一篇奇幻的故事：穷居洛阳的卢杞，窥见邻居麻婆家的一位妙龄少女，遂托为媒，没想到少女本为天神太阴夫人。在卢杞清斋之后，太阴夫人将其召入天庭，给他三个选择，上者居天宫，中者为地仙，下者做人间宰相，问其意愿。卢杞起初打算常居天宫。而当喜悦的太阴夫人请来上帝的使者后，他又改变了主意，最终被送回人间。这神奇的记载表现出官位对读书人的强大诱惑力。

小说的突出特色在于想象丰富，浓墨重彩地表现出仙人们的神异本领。如卢杞斋三日后，候神女于城东废观，"见古木荒草，久无人居。逡巡，雷电风雨暴起，化出楼台，金殿玉帐，景物华丽"，楼台金殿、玉帐美人，竟是在雷电风雨暴起的瞬间化出，想象颇为奇特。这种出场方式，在后世的影视剧中被广泛应用。又如卢杞清斋七日之后，"劚地种药，才种已蔓生；未顷刻，二葫芦生于蔓上，渐大如两斛瓮。麻婆以刀刳其中，麻婆与杞各处其一。……风雷忽起，腾上碧霄，满耳只闻波涛之声"，更是异想天开，两粒神奇的种子，顷刻之间就长成两个可以载人登天的飞行器，这是多么大胆的幻想！而瞬息之间上穷碧落，去洛八万里，又是何其迅捷！

小说的情节并不繁复，无非相见、定情、悔婚的经过，但作者在简洁的记述中寄寓了深刻的讽刺之情。比如：卢杞穷居洛阳，见美女而思婚姻，本在情理之中，他潜访麻婆，已有托媒之意，可是口头上却说"某贫贱，焉敢辄有此意"，言不由衷，表现出一定程度的虚伪。当他得上天宫，面对神女，初必以娶得美妇，常居天宫为喜出望外之事，所以，当太阴夫人向他说出三个选择之时，他不假思索地回答说最愿意留在天宫。但是，经过一阵的冷静之后，美丽的仙女终究敌不过凡尘宰相的高位，清纯的爱情同样敌不过高官厚禄的诱惑，所以，面对上帝使者的问询，他最终选择了辜负与背叛。又如：太阴夫人本是天宫仙格已高的女仙，但是，当卢杞面对上帝使者的问询两度无言之时，她竟是那样的惊慌失措，“驰入，取鲛绡五匹，以赂使者”，为卢杞争取了大约一顿饭的思考时间。高高在上的神仙，云烟缭绕的天宫，竟然也有行贿、徇私的丑恶，真是可发一笑。

第十节 崔书生

开元、天宝中，有崔书生者，于东周逻谷口居，好植花竹。乃于户外别莳名花，春暮之时，英蕊芬郁，远闻百步。书生每晨必盥漱独看。忽见一女郎自西乘马东行，青衣老少数人随后。女郎有殊色，所乘马骏。崔生未及细视，而女郎已过矣。明日，又过，崔生于花下先致酒茗、樽杓，铺陈茵席，乃迎马首拜曰：“某以性好花木，此园无非手植。今香茂，似堪流盼。伏见女郎频自过此，计仆驭当疲，敢具箪醪，希垂憩息。”女郎不顾而过。其后青衣曰：“但具酒馔，何忧不至。”女郎顾叱曰：“何故轻与人言！”言讫遂去。

崔生明日又于山下别致醪酒，俟女郎至，崔生乃鞭马随之。到别墅之前，又下马拜请。良久，一老青衣谓女郎曰：“单马甚疲，暂歇无伤。”因自控女郎马，至堂寝下。老青衣谓崔生曰：“君既未婚，予为媒妁可乎？”崔生大悦，再拜跪，请不相忘。老青衣曰：“事既必定，后十五日大吉辰，君于此时，但具婚礼所要，并于此备酒馔。小娘子阿姊在逻谷中，有微疾，故小娘子自往看省。某去便当咨启，至期，则皆至此矣。”于是促行。崔生在后，即依言营备吉日所要。至期，女郎及姊皆到。其姊亦仪质极丽。遂以女郎归于崔生。

崔生母在故居，殊不知崔生纳室。崔生以不告而娶，但启婢媵。母见女郎，女郎悉归之礼甚具。经月余日，忽有一人送食于女郎，甘香特异。后崔生觉母慈颜衰瘁，因伏问几下，母曰：“吾有汝一子，冀得永寿。今汝所纳新妇，妖美无双。吾于土塑图书之中，未尝识此，必恐是狐媚之辈，伤害于汝，遂致吾忧。”崔生入室见女郎，女郎涕泪交下曰：“本侍箕帚，便望终天。不知尊夫人待以狐媚辈，明晨即便请行，相爱今宵耳。”崔生掩泪不能言。

明日，女郎车骑至。女郎乘马，崔生从送之。入逻谷三十余里，山间有一川，山中异花珍果，不可胜纪。馆宇屋室，侈于王者。青衣百许，迎拜女郎曰：“小娘子，无行崔生，何必将来！”于是捧入，留崔生于门外。未几，一青衣传女郎姊言曰："崔生遗行，使太夫人疑阻。事宜便绝，不合相见。然小妹曾奉周旋，亦当奉屈。"俄而召崔生入，责诮再三，辞辩清婉。崔生但拜伏受谴而已。后遂坐于中寝，对食。食讫，命酒，召女乐洽饮，铿锵万变。乐阕，其姊谓女郎曰："须令崔郎却回，汝有何物赠送？"女郎遂出白玉盒子遗崔生。崔生亦自留别。于是各呜咽而出。行至逻谷口，回望，千岩万壑，无径路，自恸哭归家。常见玉盒子，郁郁不乐。

忽有胡僧扣门求食，崔生出见。胡僧曰："君有至宝，乞相示也。"崔生曰："某贫士，何有见请？"僧曰："君岂不有异人奉赠？贫道望气知之。"崔生因出盒子示胡僧，僧起，拜请曰："请以百万市之。"遂将去。崔生问僧曰："女郎是谁？"曰："君所纳妻，西王母第三个女，玉卮娘子也。姊亦负美名于仙都，况复人间。所惜君娶之不得久远。倘住一年，君举家必仙矣。"崔生叹惌追卒。

——《玄怪录》(据《唐五代笔记小说大观》，上海古籍出版社 2000 年版)

本文写的是好植花竹的崔生与西王母第三女玉卮娘子的婚恋传奇。与同类作品的区别在于，文中的婚姻不是由神的一方主动提出，而是经由人对神的爱慕与追求方才实现的。婚姻终结的原因也不落俗套，不是仙凡缘尽，更不是男方思乡，而是男方母亲的疑惧造成了神女的离去。

小说以优美动人的笔触，为我们描绘了古代小说中鲜能及见的青年男女相恋的经过。第一日，女郎如惊鸿一瞥，从崔生面前经过。崔生见其殊色，虽不及细视，而情已动矣。第二日，崔生先于花下"致酒茗、樽杓，铺陈茵席"，在女郎经过时殷勤相招，邀其一赏。而女郎"不顾而过"，对崔生的好意根本不予理睬。崔生并不气馁。第三日，他不但"于山下别致醪酒"，更在女郎经过之时"鞭马随之"、"下马拜请"，这才在老青衣的帮助之下，与女郎议定了婚期。这个过程，已经像极了一般男女间的自由恋爱，男方热切，女方矜持。

崔生追求神女时是勇敢而热烈的，但在携手之后，面对自己母亲之时，则是懦弱的。他"以不告而娶，但启婢媵"，甚至不敢告诉母亲这是他所中意并娶来为妻的女子。在母亲表达了对神女的疑惧之后，他不敢有所争辩。最终与神女涕泣而别，留下了终生的遗憾。

小说中的神女是优美而多情的，面对崔生的追求，她有着少女应有的矜持。针对其姊的微疾，她有着手足相连的关切。与崔生结合之后，她遵守着女性应守的礼法，甚至在崔生向其母谎称她是聘娶的媵妾时，她也没有一句怨言。但是，她仍然因为"妖美无双"的容貌被崔母猜疑为"狐媚之辈"，伤心之下，她"明晨即便请行"，终与崔生洒泪而别。

故事中的崔书生，好植花竹，"于户外别莳名花，春暮之时，英蕊芬郁，远闻百步。书生每晨必盥漱独看"，田园恬淡之趣，足见其兴致的清雅。他对神女的火热追求，他对母亲的纯孝关心，让我们看到了他的多情与温顺。他送女回归时的愧伏受谴，他离别之后的恸哭相思，让我们看到了一个年轻男子在爱情与亲情间抉择的痛苦。应该说，母亲有所猜疑，崔生是有着一定的责任的，但对这个有一些懦弱并只知道种花的书生，我们又能指望他做出什么勇敢的举动呢？

在一般的人神恋爱故事中，神女往往明艳绝伦，却又没有任何原因的、没有任何征兆的与凡男遇合。多数有此艳福的凡间男子，几乎没有任何过人之处或与众不同。往往只是机缘、宿缘这类聊胜于无的解释，成为他们莫名际遇的理由。而在这篇小说中，我们欣喜地看到，仙凡恋爱中男子的形象终于变得丰满而有所发展，不再像以前故事中那样的单薄。从恋爱到婚姻过程的描写，则更为细腻，情节上更趋合理。

小说直到最后，才通过胡僧购买玉合子点明女子的神仙身份，并言明，如果神女能够在崔生家待上一年，则崔生“举家必仙”，哪里是什么“狐媚之辈”？这就从侧面批评了崔母猜忌的错误，更加重了崔生的懊悔之情，“叹怨追卒”，不知这时他的母亲又当如何？

第七章 花妖狐鬼也情深

如果说，神女在有意无意间和人类发生的爱情，多半是光明和温暖的，那么，一些异类——花妖狐魅，孤魂游鬼——她们的故事则多了些阴森和诡异。然而，幽冷的坟墓锁不住对爱情的渴望，那炽热的深情温暖了周遭的阴森。这些故事，有着不一样的精彩。

第一节 谈生

汉谈生者，年四十，无妇，常感激读《诗经》。夜半，有女子年可十五六，姿颜服饰，天下无双，来就生为夫妇。乃言曰："我与人不同，勿以火照我也。三年之后，方可照耳。"与为夫妇。生一儿。已二岁，不能忍，夜伺其寝后，盗照视之。其腰已上，生肉如人，腰已下，但有枯骨。妇觉，遂言曰："君负我！我垂生矣，何不能忍一岁而竟相照也？"生辞谢。涕泣不可复止，云："与君虽大义永离，然顾念我儿。若贫不能自偕活者，暂随我去，方遗君物。"生随之去，入华堂，室宇器物不凡。以一珠袍与之，曰："可以自给。"裂取生衣裾，留之而去。

后生持袍诣市，睢阳王家买之，得钱千万。王识之，曰："是我女袍，那得在市？此必发冢。"乃取拷之。生具以实对。王犹不信，乃视女冢，冢完如故。发视之，棺盖下果得衣裾。呼其儿视，正类王女。王乃信之，即召谈生，复赐遗之，以为女婿，表其儿为郎中。

——《搜神记》(中华书局2009年版)

《谈生》大概是最早的人鬼婚恋故事了，讲的是家世贫寒的谈生，到了四十岁还没婚娶，常以读书自励。有天半夜时分，来了一个十五六岁的美貌少女，主动和他结为夫妇。她自称和人有所区别，千万不要拿火照她。谈生当然非常乐意。很快就过去了两年，两个人生活得幸福美满，还生下了一个儿子。但人的好奇心总是太强，谈生已经困惑了两年之久，总想知道为什么他的妻子不让用火来照她。这一天，他再也忍不住了，就趁妻子睡着的时候，偷偷地拿火烛来照看。不看不要紧，一看吓坏了！原来，他的妻子，腰部以上和生人没有区别，腰部以下竟全是枯骨！妻子也醒来了，责备谈生辜负了她。原来，谈生这一照，使再过一年就可以复活的她没有了复活的希望！这样，也就断绝了两个人的这段姻缘。谈生这个后悔啊！想想自己白白捡来的美貌之妻，只是因为自己的好奇，就要永堕幽冥，复活无望；想想年仅两岁的孩子，就要失去母亲，每日娇啼索母；想想自己年过四十，好不容易有了这样的妻子，却马上就要回到以前的形单影只……一念及此，谈生追悔莫及，泪流不止。可是事情已经发生了，后悔又有什么用呢？女子没有更多地责怪谈生，在离去时，还想到要安排一下父子俩以后的生活。她让谈生随她到了墓地，送给谈生一件特殊的袍子。后来，谈生拿着这个袍子去卖，不但卖了一个好价钱，还因袍子的牵合，找到了女子的父亲，也就是当时的睢阳王。睢阳王在相信了这个诡异的故事之后，把谈生真正当作了自己的女婿，那个孩子也得到了“郎中”的官职。虽不圆满，也算是一个不错的结局。

在这个时候，小说艺术尚未成熟，所以这个有关人鬼之恋的故事仅有一个梗概，没有太多的描写，情节也不够曲折。其中，作者对女子有“我与人不同，勿以火照我也。三年之后，方可照耳”的描写，却不肯直接说明原因，一直到谈生火照之后才亮出真相，已经运用了设置悬念的艺术手法。另外，枯骨生肉、鬼女产子等情节匪夷所思，表现出了浪漫奇异的想象色彩。

第二节 越娘记

杨舜俞，字才叔，西洛人也。少苦学，颇有才。家贫，久客都下，多依倚显宦门。念乡人有客蔡其姓者，将往省焉。舜俞性尤嗜酒，中道于野店，乃行。居人曰：“前去乃凤楼坡也，其间六十里，今日已西矣，其中亦多怪，不若宿于此。”舜俞方乘醉曰：“何怪之有？”鞭驭而去。

行未二十里，则日已西沉，四顾昏黑，阴风或作，愈行愈昏暗，不辨道路。舜俞酒初醒，意甚悔恨，亦不知所在焉，但信马而已。忽远远有火光，舜俞与其仆望火而去。又若行十数里，皆荆棘间，狐兔呼鸣，阴风愈恶。方至一家，惟茅屋一间，四壁阒无邻里。

叩户久，方有一妇人出，曰：“某独此居，又屋室隘小，无待客之所。”舜俞曰：“暮夜昏暗，迷失道路，别无干浼，但憩马休仆，坐而待旦。”妇人曰：“居至贫，但恐君子见，亦不堪其忧也。”乃邀舜俞入。室了无他物，惟土榻而已，无烟爨迹。视妇人衣裾褴褛，灯青而不光，若无一意。妇人又面壁坐不语。

舜俞意徘徊不乐，乃遣仆在外求薪，拘火环而坐。乃召妇人共火，推托久，方就坐。熟视，乃出世色也。脸无铅华，首无珠翠，色泽淡薄，宛然天真。舜俞惊喜，问曰：“子何故居此？”妇人云：“妾之始末，皆可具道。长者留问，不敢自匿。妾本越州人，于氏。家初丰足，良人作使越地，妾见而私慕之，从伊归中国，妾乃流落此地。”舜俞曰：“子之夫何人也，而使子流落如此？”妇人容色凄怆，若不自胜，曰：“妾非今世人，乃后唐少主时人也。妾之夫奉命入越取弓矢，将妾回。良人为偏将，死于兵。时天下丧乱，妾为武人夺而有之。武人又兵死，妾乃髡发，以泥涂面，自坏其形，欲窜回故乡。昼伏夜行，至此，又为群盗胁入古林中，执爨补衣。数日，妾不忍群盗见欺，乃自缢于古木，群盗乃哀而埋之于此。不知今日何代也？烟水茫茫，信耗莫问，引领乡原，目断平野，幽沉久埋之骨，何日可回故原？”舜俞曰：“当时子试言之。”曰：“所言之事，皆妾耳目闻见；他不知者，亦可概见。当时自郎官以下，廪米皆自负，虽公卿亦有菜色。闻宫中悉衣补完之服，所赐士卒之袍裤，皆宫人为之。民间之有妻者，十之二三耳。兵火饥馑，不能自救，故不暇畜妻子也。谷米未熟则刈，且虑为兵掠焉。金革之声，日暮盈耳。当是时，父不保子，夫不保妻，兄不保弟，朝不保暮。市里索莫，郊垌寂然，目断平野，千里无烟。加之疾疫相仍，水旱继至，易子而屠有之矣，兄弟夫妇又可知也。当时人诗云：‘火内烧成罗绮灰，九衢踏尽公卿骨。’古语云：‘宁作治世犬，莫作乱离人。’”复流涕曰：“今不知是何代也？”舜俞曰：“今乃大宋也。数圣相承，治平日久，封疆万里，天下一家。四民各有业，百官各有职，声教所同，莫知纪极。南逾交趾，北过黑水，西越洮川，东止海外，烟火万里，太平百余年。外户不闭，道不拾遗，游商坐贾，草行露宿，悉无所虑。百姓但饥而食，渴而饮，倦而寝，饮酒食肉，歌咏圣时耳。”妇人曰：“今之穷民，胜当时之卿相也。子知幸乎？”

舜俞爱其敏慧，固有意焉。命仆囊中取笺管，作诗为赠，意挑之也。诗云：子是西施国里人，精神婉丽好腰身。拨开幽壤牡丹种，交见阳和一点春。妇人曰：“知雅意不可克当，其余款曲，即俟他日。今夕之言，愿不及乱。”复曰：“妾本儒家，稍知书艺，至今吟咏，亦尝究怀。君子此过，室若悬磬，既无酒醴，又无殽馔，主礼空疏，令人愧腆。君子有义，不责小礼，敢作诗摅幽怀忿恨，君子无诮焉。”口占诗曰：“欲说当时事，君应不喜闻。军兵交战地，骨血践成尘。兵革常盈耳，高低孰保身。变形归越国，中道值凶人。执役无辞苦，遭欺愿丧身。沉魂惊晓月，寒骨怯新春。狐兔为朋友，荆榛即四邻。君能挈我去，异日得相亲。”舜俞见诗，尤爱其才。复曰：“妾之骨，幽埋莫知岁月，君他日复回，如法安葬，羁魂永当依附。”相对终夕，不可以非语犯。将晓，乃送舜俞出门。微笑曰：“杨郎勿负恳托。”舜俞行数步，回顾，人与屋俱不见。舜俞神昏恍惚，乃复下马，结草聚土，记其地而去。

游蔡复回，乃掘其地，深三尺，乃得骨一具。舜俞以衣裹之，致于箧中，于都西买高地葬焉。其死甚草草，作棺、衣衾、器物、车舆之类，如法葬。

后三日，舜俞宿于邸中，一更后有人款扉而入，舜俞起而视，乃越娘也。再拜曰：“妾之朽骨，久埋尘土，无有告诉，积有岁时。不意君子迁之爽垲，孤魂有依，莫知为报。”视衣服鲜明，梳掠艳丽，愈于畴昔。舜俞尤喜动于颜色，乃自取酒，市果殽，对饮。是夕，宿舜俞处，相得欢意，终身未已。将晓，别舜俞曰：“后夜再约焉。”舜俞备酒果待之，如期而来。酒数行，越娘敛躬曰：“郎之大恩，踵顶何报！妾有至恳，□渎于郎。妾既有安宅，住身亦非晚也。苦再有罪戾，又延岁月。妾此来，欲别郎也。”舜俞惊云：“方与子意如胶漆，情若夫妻，何遽言别？”越娘曰：“妾之初遇郎，不敢以朽败尘土迹交君子下体之欢者，无他，诚恐君子之思而恶之也。以君之私我，我之爱君，何时而竭焉？妾乃幽阴之极，君子至盛之阳，在妾无损，于君有伤，此非厚报之德意也。愿止浓欢，请从此别。”舜俞作色曰：“吾方眷此，安可议别？人之赋情，不宜若此。”越娘见舜俞不诺，又宿邸中。舜俞申约，自是每夕至矣。

数月日，舜俞卧病，越娘昼隐去，夜则来侍汤剂。且曰：“君不相悉，至有此苦。”越娘多泣涕。后舜俞稍安。一夕，越娘曰：“我本阴物，固有管辖，事苟发露，永堕幽狱，君反欲累之也，向之德不为德矣。妾不再至，君复取其骨掷之，亦无所避。”乃去。自此杳不再来。

舜俞日夕望之，既久，一日至越娘墓下大恸曰：“吾不敢他望，但得一见，即亡恨矣。”又火冥财，酹酒拜祝。是夕，舜俞宿于墓侧，欲遇之，终不可得。舜俞留园中三夕，复作诗祷于墓前。其诗曰：香魂妖魄日相从，倚玉怜花意正浓。梦觉曲帏天又晓，雨消云歇陡无踪。舜俞神思都丧，寝食不举，惟日饮少酒。形体骨立，容颜憔悴。虽舜俞思念至深，而越娘不复再见。

舜俞恃有德于彼，忿恨至切，乃顾彼伐其墓。适会有道士过而见之，揖舜俞而询其故。舜俞不获已，且道焉。道士止其事，俾不伐，且谓舜俞曰：“子憾此鬼乎？吾为君辱之。”乃削木为符，丹书其上，长数尺，钉墓铮铿有声。道士复长啸，甚清远，闻者肃然。又命舜俞以碧纱覆面向墓。顷之，俄见越娘五木披身，数卒守而棰挞之，越娘号叫。少选，道士会卒吏少止。越娘诟舜俞曰：“古之义士葬骨迁神者多矣，不闻乱之使反受殃祸者焉。今子因其事反图淫欲，我惧罪藏匿不出，子则伐吾墓，今又困于道者，使我荷枷，痛被鞭挞，血流至足，子安忍乎？我如知子小人，我骨虽在污泥下，不愿至此地，自贻今日之困。”涕泣之下，舜俞乃再拜道士，求改其过，而方令去。乃不见。

道士曰：“幽冥异道，人鬼殊途，相遇两不利，尤损于子。凡人之生，初岁则阳多而阴少，壮年则阴阳相半，及老也，阳少而阴多。阳尽而阴存则死。子自壮，气血方刚，自甘逐阴纯异物，耗其气，子之死可立而待。儒者不适于理，徒读其书，将安用也？”舜俞再拜曰：“兹仆之过也。越娘乃仆迁骨于此地，今受重祸，敢祈赦之。”道士笑曰：“子尚有□情，亦须薄谴。”舜俞又拜哀求。道士曰：“与子悯之，罪非彼造。”随即乃引手出墓上符□去。舜俞欲邀留，不顾而行。

后舜俞反复至念，一夕梦中见越娘云：“子几陷我，蒙君曲换，重有故情，幽冥之间，宁不感恋？千万珍重！”舜俞亦昌言于人，故人多知之。迄今人呼为“越娘墓”。有情者多作诗嘲之曰：越娘墓下秋风起，脱叶纷纷逐流水。只如明月葬高原，不奈霜威损桃李。妖魂受赐欲报郎，夜夜飞入重城里。幽诉千端郎不听，倾心吐肝犹不止。仙都道士不知名，能用丹书镇幽鬼。杨郎至此方醒然，孤鸾独宿重泉底。

议曰：愚哉舜俞也！始以迁骨为德，不及于乱，岂不美乎？既乱之，又从而累彼，舜俞虽死，亦甘惑之甚也。夫惑死者犹且若是，生者从可知也。后此为戒焉。

——《宋代传奇集》(中华书局 2001 年版)

《越娘记》记载了一个人鬼遇合的故事，讲杨舜俞自都往蔡，夜行偶遇女鬼越娘后发生的爱恨情仇。

初遇之际，越娘独居茅屋，“衣裾襤褛”。虽“脸无铅华，首无珠翠”，但“宛然天真”之姿依然打动了杨舜俞。在杨舜俞的追问之下，越娘自言本是越州人，跟随丈夫来到北方。当时天下大乱，丈夫阵亡，越娘先是被一个武将霸占，在回奔故乡的途中又落入盗贼之手。她不甘受辱，自缢而死，盗贼就随便把她葬在这个地方。也就是说，越娘是一个游魂孤鬼。杨舜俞既喜她的容貌，又爱她的聪慧，不但丝毫不以为怪，反而作诗挑逗。越娘则希望杨舜俞能为她迁骨安葬，方肯俯就。

杨舜俞游蔡复回，即为越娘改葬。三天之后，越娘果然前来与杨舜俞两情欢好。数夕后，越娘担心以阴损阳，给杨舜俞造成伤害，欲辞别而去。可是为色所迷的杨舜俞根本不同意。越娘难拂其意，加上自己对杨舜俞也有感情，便每夜都来相聚。数月之后，果如越娘所料，杨舜俞卧病在床。越娘知其病因，尽心侍疾，待杨舜俞稍好之后，就一去不返。杨舜俞久思不至，由思生恨，竟欲毁其墓。刚好有道士经过，便作法刑罚越娘。被惩罚的越娘痛责杨舜俞，杨舜俞也感到后悔，转而请求道士释放越娘。此后，杨舜俞对越娘仍念念不忘，越娘则托梦杨舜俞，感恋故情，珍重辞别，自此阴阳永隔。

在这个故事里，女鬼越娘的遭遇是令人无比同情的。她有着出世绝尘的美貌，即使居于荆棘茅屋之间，衣裾襤褛而不掩其色，不施铅华、不饰珠翠而难抑其美。她又是苦命的，为人为鬼都未得安宁。她本来有着丰足的家资和恩爱的丈夫，却因为战乱而家毁夫亡。她先被武将强夺占有，又被群盗胁入古林。为免群盗侮辱，她自缢而死，被埋骨于深林草莽之中，成为远离故土的一缕游魂。偶遇杨生之后，虽有迁骨高原之惠，数月恩爱之欢，但终因阴阳之隔，情不得已而离去。偏偏杨舜俞又自恃迁葬之德，贪求不已，由爱生恨，竟要毁坏她的坟墓。更有多事的道士，无情作法，对她痛加鞭挞。命运加诸越娘的，是一次比一次惨酷的磨难，是一次比一次凄苦的折磨。美貌而生逢乱世，归乡而命丧途中，为免受辱坚贞自缢而游魂无依，为全杨生之躯忍情离去而反目成仇。她守阳世之约，奉阴世之法，忍自己之情，却要被道士作法惩罚，五木披身，血流至足，何其冤也！

自然，宋人惯于大煞风景。宋人对礼的恪守、对欲的压抑表现在小说上，就是人鬼、人妖相恋的故事不再美好缠绵，总是有太多礼法、道德的约束，总是有多事法师出现来制鬼伏妖，《越娘记》就是一个明显的例子。在这篇小说里，不但有法术高超的道士多事而无情地刑罚女鬼，还强调了“人鬼殊途，相遇两不利”的宗教准则，用它压倒了对世俗情欲的肯定和宣泄。杨舜俞被冠以“图淫欲”的恶名，受“不适于理”之讥讽；越娘虽能守礼以自持，也终因以阴物损人而受到刑责。其实，作品虽以阴阳之道遏真情，而背后的真正思想根源是儒家的伦理道德。

这篇小说的精彩之处还在于，通过女鬼越娘之口，生动传达出战乱给人民带来的深重苦难。小说首先将读者带入一个荒凉的墓地——“行十数里，皆荆棘间，狐兔呼鸣，阴风愈恶”；然后又进入一个破败的茅屋——“室了无他物，惟土榻而已，无烟爨迹。视妇人衣裾褴褛，灯青而不光，若无一意。妇人又面壁坐不语”。而这些，只不过是铺垫。作者描写的重点实在于女鬼的自述。越娘讲述自己的不幸遭遇，描述当时社会的混乱局面，她说“民间之有妻者，十之二三耳”，“父不保子，夫不保妻，兄不保弟，朝不保暮”，“疾疫相仍，水旱继至，易子而屠有之矣，兄弟夫妇又可知也”！虽然，这样的文字在史书中也可以看到，但在漆黑的深夜，在荒凉的坟地，由一个凄艳的女鬼悠悠讲述出来，就别有一番凄惨滋味了。越娘是兵荒马乱、生灵涂炭的乱世的亲历者，因而她的叙说听来就更惊心动魄，令人神伤。越娘总结说“宁作治世犬，莫作乱离人”，太平之穷民胜乱世之卿相，何等沉痛的体验！听闻此语，怎能不酸鼻刺心？

第三节 绿衣人传

天水赵源，早丧父母，未有妻室。延祐间，游学至于钱塘，侨居西湖葛岭之上，其侧即宋贾秋壑旧宅也。源独居无聊，尝日晚徙倚门外，见一女子从东来，绿衣双鬟，年可十五六，虽不盛妆浓饰，而姿色过人，源注目久之。明日出门，又见，如此凡数度，日晚辄来。源戏问之曰：“家居何处，暮暮来此？”女笑而拜曰：“儿家与君为邻，君自不识耳。”源试挑之，女欣然而应，因遂留宿，甚相亲昵。明旦，辞去，夜则复来。如此凡月余，情爱甚至。源问其姓氏居址，女曰：“君但得美妇而已，何用强知。”问之不已，则曰：“儿常衣绿，但呼我为绿衣人可矣。”终不告以居址所在。源意其为巨室妾媵，夜出私奔，或恐事迹彰闻，故不肯言耳，信之不疑，宠念转密。

一夕，源被酒，戏指其衣曰：“此真可谓‘绿兮衣兮，绿衣黄裳’者也。”女有惭色。数夕不至。及再来，源叩之，乃曰：“本欲相与偕老，奈何以婢妾待之，令人忸怩而不安，故数日不敢侍君之侧。然君已知矣，今不复隐，请得备言之。儿与君旧相识也，今非至情相感，莫能及此。”源问其故，女惨然曰：“得无相难乎？儿实非今世人，亦非有祸于君者，盖冥数当然，夙缘未尽耳。”源大惊曰：“愿闻其详。”女曰：“儿故宋秋壑平章之侍女也。本临安良家子，少善弈棋，年十五，以棋童入侍。每秋壑朝回，宴坐半闲堂，必召儿侍弈，备见宠爱。是时君为其家苍头，职主煎茶，每因供进茶瓯，得至后堂。君时年少，美姿容，儿见而慕之，尝以绣罗钱箧，乘暗投君。君亦以玳瑁脂盒为赠，彼此虽各有意，而内外严密，莫能得其便。后为同辈所觉，谗于秋壑，遂与君同赐死于西湖断桥之下。君今已再世为人，而儿犹在鬼篆，得非命欤？”言讫，呜咽泣下。源亦为之动容。久之，乃曰：“审若是，则吾与汝乃再世因缘也，当更加亲爱，以偿畴昔之愿。”自是遂留宿源舍，不复更去。

源素不善奕，教之弈，尽传其妙。凡平日以棋称者，皆不能敌也。每说秋壑旧事，其所目击者，历历甚详。尝言：秋壑一日倚楼闲望，诸姬皆侍，适二人乌巾素服，乘小舟由湖登岸。一姬曰：“美哉二少年！”秋壑曰：“汝愿事之耶？当令纳聘。”姬笑而无言。逾时，令人捧一盒，呼诸姬至前曰：“适为某姬纳聘。”启视之，则姬之首也，诸姬皆战栗而退。又尝贩盐数百艘至都市货之，太学有诗曰：昨夜江头涌碧波，满船都载相公鹾。虽然要作调羹用，未必调羹用许多！秋壑闻之，遂以士人付狱，论以诽谤罪。又尝于浙西行公田法，民受其苦，或题诗于路左云：襄阳累岁困孤城，豢养湖山不出征。不识咽喉形势地，公田枉自害苍生。秋壑见之，捕得，遭远窜。又尝斋云水千人，其数已足，末有一道士，衣裾蓝缕，至门求斋，主者以数足，不肯引入，道士坚求不去，不得已于门侧斋焉。斋罢，复其钵于案而去。众悉力举之，不动。启于秋壑，自往举之，乃有诗二句云：“得好休时便好休，收花结子在漳州。”始知真仙降临而不识也。然终不喻“漳州”之意。嗟乎！孰知有漳州木绵庵之厄也！又尝有梢人泊舟苏堤，时方盛暑，卧于舟尾，终夜不寐，见三人长不盈尺，集于沙际，一曰：“张公至矣，如之奈何？”一曰：“贾平章非仁者，决不相恕！”一曰：“我则已矣，公等及见其败也！”相与哭入水中。次日，渔者张公获一鳖，径二尺余，纳之府第。不三年而祸作。盖物亦先知，数而不可逃也。源曰：“吾今日与汝相遇，抑岂非数乎？”女曰：“是诚不妄矣！”源曰：“汝之精气，能久存于世耶？”女曰：“数至则散矣。”源曰：“然则何时？”女曰：“三年耳。”源固未之信。

及期，卧病不起。源为之迎医，女不欲，曰："曩固已与君言矣，因缘之契，夫妇之情，尽于此矣。"即以手握源臂，而与之诀曰："儿以幽阴之质，得事君子，荷蒙不弃，周旋许时。往者一念之私，俱陷不测之祸，然而海枯石烂，此恨难消，地老天荒，此情不泯！今幸得续前生之好，践往世之盟，三载于兹，志愿已足，请从此辞，毋更以为念也！"言讫，面壁而卧，呼之不应矣。源大伤恸，为治棺榇而敛之。将葬，怪其柩甚轻，启而视之，惟衣衾钗珥在耳。乃虚葬于北山之麓。源感其情，不复再娶，投灵隐寺出家为僧，终其身云。

——《剪灯新话》(上海古籍出版社 1981 年版)

这篇描写人鬼相恋的小说，是明代传奇小说中较有新意的作品，描写了绿衣女子和赵源阴阳两世的爱情悲剧，歌颂了绿衣女子对爱情的真诚、执着与大胆追求。

小说中最动人的是绿衣女子，她虽身为侍女，却不惧奸相贾似道的淫威，对爱情有着勇敢而热情的追求。在阳世，爱慕赵源前世"年少，美姿容"，就大胆地"以绣罗钱箧，乘暗投君"，迈出了两人爱情的关键一步。纵使因此而惨遭杀害，心亦无悔。化为鬼魂后，就算虚无缥缈，也要再续前生之缘。她找到了已经再世为人的前世情郎赵源，在他的侨居之所数度往来，终与其践往世之盟。三年的人鬼欢爱，虽然太过短暂，但对她来说，却是志愿已足。在她的身上，体现出了深刻的反封建意义。

小说中的赵源，和绿衣女子是一对理想中的情侣。在前世，因常为贾似道煎茶供瓯，赵源得以与其棋童绿衣女子相识、相爱。然而，这份恋情遭到了残酷的扼杀，两个人被杀害于西湖断桥之下。当他再世而为赵源，本对前生茫然无知，初爱绿衣之姿色，情挑留宿，已经"宠念转密"，当绿衣女子说明前世情缘之后，他为之动容，更加亲爱。更可贵者，在绿衣女子的鬼魂散去之时，他"感其情，不复再娶"，用遁入空门来表达对亡妻的真情，这在封建社会中是极为难得的。

小说的另一个成就在于，借绿衣女子之口刻画了奸相贾似道的凶残狠毒。当贾似道得知二人的恋情，竟残忍地将他们杀害，造成一对青年的双双惨死。更过分的是，因其姬妾对两位少年的一句赞美之词，他就冷酷地砍下她的头颅，并以此震慑其他的姬妾。如此行径，何其残暴！作者还记下了士人、县民对贾似道当权贪残的不满和贾似道对他们的迫害，更见出其作恶多端。这样的人当权主政，朝政如何，不言可知。这样，作者就在两世爱情的传奇故事中，展现出了南宋末年的黑暗政局，扩展了小说的时空范围，增加了小说的社会内容。

第四节 聂小倩

宁采臣，浙人。性慷爽，廉隅自重。每对人言："生平无二色。"适赴金华，至北郭，解装兰若。寺中殿塔壮丽，然蓬蒿没人，似绝行踪。东西僧舍，双扉虚掩，惟南一小舍，扃键如新。又顾殿东隅，修竹拱把，阶下有巨池，野藕已花。意甚乐其幽杳。会学使案临，城舍价昂，思便留止，遂散步以待僧归。日暮，有士人来，启南扉。宁趋为礼，且告以意。士人曰："此间无房主，仆亦侨居。能甘荒落，旦晚惠教，幸甚！"宁喜，藉藁代床，支板作几，为久客计。是夜，月明高洁，清光似水，二人促膝殿廊，各展姓字。士人自言燕姓，字赤霞。宁疑为赴试者，而听其音声，殊不类浙。诘之，自言秦人，语甚朴诚。既而相对词竭，遂拱别归寝。

宁以新居，久不成寐。闻舍北喁喁，如有家口。起伏北壁石窗下，微窥之，见短墙外一小院落，有妇可四十余；又一媪衣黦绯，插蓬沓，鲐背龙钟，偶语月下。妇曰："小倩何久不来？"媪云："殆好至矣。"妇曰："将无向姥姥有怨言否？"曰："不闻，但意似蹙蹙。"妇曰："婢子不宜好相识。"言未已，有一十七八女子来，仿佛艳绝。媪笑曰："背地不言人，我两个正谈道，小妖婢悄来无迹响，幸不訾着短处。"又曰："小娘子端好是画中人，遮莫老身是男子，也被摄魂去。"女曰："姥姥不相誉，更阿谁道好？"妇人女子又不知何言。宁意其邻人眷口，寝不复听。又许时，始寂无声。

方将睡去，觉有人至寝所。急起审顾，则北院女子也。惊问之，女笑曰："月夜不寐，愿修燕好。"宁正容曰："卿防物议，我畏人言。略一失足，廉耻道丧。"女云："夜无知者。"宁又咄之。女逡巡若复有词。宁叱："速去！不然，当呼南舍生知。"女惧，乃退。至户外复返，以黄金一铤置褥上。宁掇掷庭墀，曰："非义之物，污我囊橐！"女惭，出，拾金自言曰："此汉当是铁石。"

诘旦，有兰溪生携一仆来候试，寓于东厢，至夜暴亡。足心有小孔，如锥刺者，细细有血出。俱莫知故。经宿，仆一死，症亦如之。向晚，燕生归，宁质之，燕以为魅。宁素抗直，颇不在意。宵分，女子复至，谓宁曰："妾阅人多矣，未有刚肠如君者。君诚圣贤，妾不敢欺。小倩，姓聂氏，十八夭殂，葬寺侧，辄被妖物威胁，历役贱务，觍颜向人，实非所乐。今寺中无可杀者，恐当以夜叉来。"宁骇求计。女曰："与燕生同室可免。"问："何不惑燕生？"曰："彼奇人也，不敢近。"问："迷人若何？"曰："狎昵我者，隐以锥刺其足，彼即茫若迷，因摄血以供妖饮；又或以金，非金也，乃罗刹鬼骨，留之能截取人心肝。二者，凡以投时好耳。”宁感谢。问戒备之期，答以明宵。临别泣曰：“妾堕玄海，求岸不得。郎君义气干云，必能拔生救苦。倘肯囊妾朽骨，归葬安宅，不啻再造。”宁毅然诺之。因问葬处，曰：“但记取白杨之上，有乌巢者是也。”言已出门，纷然而灭。

明日，恐燕他出，早诣邀致。辰后具酒馔，留意察燕。既约同宿，辞以性癖耽寂。宁不听，强携卧具来，燕不得已，移榻从之。嘱曰：“仆知足下丈夫，倾风良切。要有微衷，难以遽白。幸勿翻窥箧襆，违之，两俱不利。”宁谨受教。既而各寝。燕以箱箧置窗上，就枕移时，齁如雷吼。宁不能寐。近一更许，窗外隐隐有人影。俄而近窗来窥，目光睒闪。宁惧，方欲呼燕，忽有物裂箧而出，耀若匹练，触折窗上石棂，飙然一射，即遽敛入，宛如电灭。燕觉而起，宁伪睡以觇之。燕捧箧检征，取一物，对月嗅视，白光晶莹，长可二寸，径韭叶许。已而数重包固，仍置破箧中。自语曰：“何物老魅，直尔大胆，致坏箧子。”遂复卧。宁大奇之，因起问之，且以所见告。燕曰：“既相知爱，何敢深隐。我，剑客也。若非石棂，妖当立毙；虽然，亦伤。”问：“所缄何物？”曰：“剑也。适嗅之，有妖气。”宁欲观之。慨出相示，荧荧然一小剑也。于是益厚重燕。

明日，视窗外，有血迹。遂出寺北，见荒坟累累，果有白杨，乌巢其颠。迨营谋既就，趣装欲归。燕生设祖帐，情义殷渥。以破革囊赠宁，曰：“此剑袋也。宝藏可远魑魅。”宁欲从受其术。曰：“如君信义刚直，可以为此；然君犹富贵中人，非此道中人也。”宁乃托有妹葬此，发掘女骨，敛以衣衾，赁舟而归。

宁斋临野，因营坟葬诸斋外，祭而祝曰：“怜卿孤魂，葬近蜗居，歌哭相闻，庶不见凌于雄鬼。一瓯浆水饮，殊不清旨，幸不为嫌。”祝毕而返。后有人呼曰：“缓待同行！”回顾，则小倩也。欢喜谢曰：“君信义，十死不足以报。请从归，拜识姑嫜，媵御无悔。”审谛之，肌映流霞，足翘细笋，白昼端相，娇艳尤绝。遂与俱至斋中。嘱坐少待，先入白母。母愕然。时宁妻久病，母戒勿言，恐所骇惊。言次，女已翩然入，拜伏地下。宁曰：“此小倩也。”母惊顾不遑。女谓母曰：“儿飘然一身，远父母兄弟。蒙公子露覆，泽被发肤，愿执箕帚，以报高义。”母见其绰约可爱，始敢与言，曰：“小娘子惠顾吾儿，老身喜不可已。但生平止此儿，用承祧绪，不敢令有鬼偶。”女曰：“儿实无二心。泉下人，既不见信于老母，请以兄事，依高堂，奉晨昏，如何？”母怜其诚，允之。即欲拜嫂，母辞以疾，乃止。女即入厨下，代母尸饔。入房穿榻，似熟居者。

日暮，母畏惧之，辞使归寝，不为设床褥。女窥知母意，即竟去。过斋欲入，却退，徘徊户外，似有所惧。生呼之。女曰：“室有剑气畏人。向道途之不奉见者，良以此故。”宁悟为革囊，取悬他室。女乃入，就烛下坐。移时，殊不一语。久之，问："夜读否？妾少诵《楞严经》，今强半遗忘。浼求一卷，夜暇，就兄正之。"宁诺。又坐，默然，二更向尽，不言去。宁促之。愀然曰："异域孤魂，殊怯荒墓。"宁曰："斋中别无床寝，且兄妹亦宜远嫌。"女起，容颦蹙而欲啼，足偃儴而懒步，从容出门，涉阶而没。宁窃怜之。欲留宿别榻，又惧母嗔。女朝旦朝母，捧匜沃盥，下堂操作，无不曲承母志。黄昏告退，辄过斋头，就烛诵经。觉宁将寝，始惨然去。

先是，宁妻病废，母劬不可堪；自得女，逸甚。心德之。日渐稔，亲爱如己出，竟忘其为鬼，不忍晚令去，留与同卧起。女初来未尝食饮，半年渐啜稀饱。母子皆溺爱之，讳言其鬼，人亦不之辨也。无何，宁妻亡。母阴有纳女意，然恐于子不利。女微窥之，乘间告母曰："居年余，当知儿肝鬲。为不欲祸行人，故从郎君来。区区无他意，止以公子光明磊落，为天人所钦瞩，实欲依赞三数年，借博封诰，以光泉壤。"母亦知无恶，但惧不能延宗嗣。女曰："子女惟天所授。郎君注福籍，有亢宗子三，不以鬼妻而遂夺也。"母信之，与子议。宁喜，因列筵告戚党。或请觌新妇，女慨然华妆出，一堂尽眙，反不疑其鬼，疑为仙。由是五党诸内眷，咸执贽以贺，争拜识之。女善画兰梅，辄以尺幅酬答，得者藏什袭以为荣。

一日，俯颈窗前，怊怅若失。忽问："革囊何在？"曰："以卿畏之，故缄置他所。"曰："妾受生气已久，当不复畏，宜取挂床头。"宁诘其意，曰："三日来，心怔忡无停息，意金华妖物，恨妾远遁，恐旦晚寻及也。"宁果携革囊来。女反复审视，曰："此剑仙将盛人头者也。敝败至此，不知杀人几何许！妾今日视之，肌犹粟慄。"乃悬之。次日，又命移悬户上。夜对烛坐，约宁勿寝。欻有一物，如飞鸟堕。女惊匿夹幕间。宁视之，物如夜叉状，电目血舌，睒闪攫拿而前，至门却步，逡巡久之，渐近革囊，以爪摘取，似将抓裂。囊忽格然一响，大可合篑，恍惚有鬼物，突出半身，揪夜叉入，声遂寂然，囊亦顿缩如故。宁骇诧。女亦出，大喜曰："无恙矣！"共视囊中，清水数斗而已。

后数年，宁果登进士。女举一男。纳妾后，又各生一男，皆仕进有声。

——《聊斋志异》(上海古籍出版社 2011 年版)

在《聊斋志异》的诸多篇章中，《聂小倩》的篇幅并不算长，但作者将剑客与鬼怪惊心动魄的斗法过程和聂小倩与宁采臣缠绵细腻的感情纠葛结合起来，糅合了两种完全不同的审美境界，取得了非凡的艺术成就。

先看剑客燕赤霞与鬼怪的斗法。这是一条暗线，虽穿插于小倩与宁生的爱情传奇之中，却仍然精彩。燕赤霞出场时很普通，他早在宁采臣到来之前就已经侨居荒寺，"自言秦人，语甚朴诚"，几乎没有一丝特别之处；与之斗法者出场时则"偶语月下"，一片欢声笑语。如果不是后来发生的事情，在宁生看来，他们不过一个是赴试的书生，一方是邻人眷口，哪里有半点神奇？当小倩行魅未果并向宁生说出实情时，读者方知燕为奇人、所谓女眷实为妖鬼夜叉的骇人真相。为躲避夜叉的伤害，宁生与燕赤霞同宿，此时，双方的斗法已经呼之欲出了。当晚，宁生辗转难眠，夜不能寐，燕赤霞则齁声如雷，安枕高卧。紧接着，“近一更许，窗外隐隐有人影。俄尔近窗来窥，目光睒闪……忽有物裂箧而出，耀若匹练，触折窗上石棂，飙然一射，即遽敛入，宛如电灭”。这是双方的第一次较量，燕赤霞没有直接上场，鬼魅则受伤而去。在宁采臣与小倩婚后，小倩忧心怔忡，预感到金华妖鬼将来报复，这时，她想起了当初燕赤霞赠送给宁生的革囊，将其悬于户上。当夜“欻有一物，如飞鸟堕”，“如夜叉状，电目血舌，睒闪攫拿而前”，鬼怪真的找上门来。那么这一次，胜负又将如何呢？我们看，鬼是“逡巡久之，渐近革囊，以爪摘取，似将抓裂”，对革囊是心有所惧又想侥幸一试，囊则“忽格然一响，大可合篑，恍惚有鬼物，突出半身，揪夜叉入，声遂寂然，囊亦顿缩如故”，一击命中。这是双方的第二次较量，燕赤霞依然没有直接上场，出场的只是他的一个破旧革囊，而夜叉则化作了“清水数斗”，写出了燕赤霞法术的高超。这是一种胜负立见的斗争，成败只在瞬间，寥寥数语，惊心动魄。

再看小倩与宁生缠绵的爱情与婚姻。这是文章的明线，也是主线，是作者着力要加以表现的。小倩第一次出场，是宁生“伏北壁石窗下，微窥”得见，她是一个十七八岁的女子，“仿佛艳绝”。对黯绯衣老妪的赞美，她回言“姥姥不相誉，更阿谁道好”，似乎是一个谦逊的美少女。接下来，就是小倩对宁生的魅惑：她来到宁生的住处，笑言“月夜不寐，愿修燕好”，这是色诱；被宁生叱退之后，又“以黄金一铤置褥上”，这是财诱。此时的宁生并不知道她的鬼魅身份，他拒绝财色之诱是为了道义廉耻，正表现了他“性慷爽，廉隅自重”的品性。第二日，小倩再次出现，向宁生吐露实情，说明自己的真实身份，告诉宁生躲避夜叉的方法，并且表达了希望宁生“囊妾朽骨，归葬安宅”的愿望。这时的小倩，已经由一个意欲害人者转变为救人者，我们知道了她被迫害人的无奈，也知道了她要摆脱这种生活的愿望。如她所言，“妾阅人多矣，未有刚肠如君者”，宁生不为财色所动的刚正令她刮目相看。这个时候，爱情已经在她的心中悄然萌生了。宁生果然不负所托，将小倩的骸骨安葬在自己书斋附近，他在祝辞中说“怜卿孤魂，葬近蜗居，歌哭相闻，庶不见凌于雄鬼”，表现出他对这个苦命女子的怜爱与关切。这怜爱与关切之中，也有那么几分朦胧的爱的情愫吧？宁生的信义感动了聂小倩，她毅然向宁生托附终生，一缕芳魂追随宁生到家，开始了对理想爱情的大胆追求。此时，在她面前的障碍，是宁生的病妻和老母，一不能惊骇病妻，二不能违逆慈母。那么，要怎样才能让宁母接受她这个鬼女？小倩“朝旦朝母，捧匜沃盥，下堂操作，无不曲承母志”，一个如此温婉的女子，如此委曲求全，怎能不令人生怜？她每晚离去时的颦蹙欲啼、惨然而去，又怎能不令人心伤？就算是铁石心肠，也会为之感动吧？终于，她打动了宁生的母亲，“母子皆溺爱之”，后来与宁生喜结连理，靠着自己的努力，实现了她的愿望。

文中的聂小倩是一个十八而亡的薄命少女，本质善良却被强鬼逼迫，违心地做着害人之事。她并不甘心于这种生活，时时刻刻都想着要摆脱这种处境。当她认准宁生的刚正信义，便勇敢地请求宁生的帮助，以摆脱恶鬼的控制，并托附终身，努力追求并实现自己的爱情理想。在宁生与小倩从恋爱到结合的过程中，我们看到了小倩的温婉楚楚、含情脉脉，以及对理想的执着。她理解宁母心中的猜疑，将自己的愿望由“执箕帚，以报高义”调整为“请以兄事，依高堂，奉晨昏”，取得朝夕相处、表现自己的机会。她不以宁母的冷淡排斥为意，曲承母志，勤奉晨昏，减轻宁母的负担，照顾宁生的生活，尽心尽力，毫无怨言，终于获得了宁母的承认。她洞察宁母的疑虑，申明自己“为不欲祸行人，故从郎君来”的初衷，说明自己内心的善良，并明言宁生“有亢宗子三，不以鬼妻而遂夺”，从而解除宁母的顾虑，实现了婚姻的理想。这体现了小倩的柔媚温婉、含情脉脉、体贴入微、楚楚可怜，再现了爱情中的缠绵纠葛，刻画了一个善良而又坚强的女子形象。同时，作者也不忘其“鬼”的一面，“言已出门，纷然而灭”，“从容出门，涉阶而没”，“初来未尝食饮”都是她作为鬼的虚幻，“半年渐啜稀饱”是受生气已久后渐长的人性。“肌映流霞，足翘细笋”，又写出她作为人的美丽……那么，这个宁母忘其为鬼，亲党疑其为仙，与宁生恩爱无间并生儿育女的小倩，究竟人耶？鬼耶？谁又能说得清呢？

文章对剑客燕赤霞没有过多的描述，而是对他的剑和革囊进行了较为细致地描写，剑是“白光晶莹，长可二寸，径韭叶许”，“荧荧然一小剑也”，革囊则“剑仙将盛人头者也。敝败至此，不知杀人几何许”。从这些法宝的神奇灵异之中，表现出剑客不同寻常的剑仙身份。在鬼物第一次来袭之时，他安然高卧，不以为意。剑伤夜叉之后，他捧箧检征，对月嗅剑，而后数重包固，又表现出他的镇定自若与对法宝的爱惜之情。对宁生欲观其剑的要求，他慨然相示，更在分别之时，将破革囊赠予宁生，解救日后小倩之厄。这些，又表现出他的慷慨重义。这样，作者以不写之写，刻画出了一个豪爽、正直的剑客形象。而缠绵的爱情中穿插以惊心动魄的仙鬼斗法，更取得了铁血柔情的艺术效果。

小说以双线并行的故事情节和委婉细致的人物形象塑造取胜，在现实与虚幻的有机结合中给读者以丰富的艺术感受，使这个故事成为《聊斋志异》中流传最广的一个传奇。

第五节 公孙九娘

于七一案，连坐被诛者，栖霞、莱阳两县最多。一日俘数百人，尽戮于演武场中。碧血满地，白骨撑天。上官慈悲，捐给棺木，济城工肆，材木一空。以故伏刑东鬼，多葬南郊。甲寅间，有莱阳生至稷下，有亲友二三人，亦在诛数，因市楮帛，酹奠榛墟。就税舍于下院之僧。明日，入城营干，日暮未归。忽一少年，造室来访。见生不在，脱帽登床，着履仰卧。仆人问其谁何，合眸不对。既而生归，则暮色朦胧，不甚可辨。自诣床下问之。瞠目曰："我候汝主人，絮絮逼问，我岂暴客耶！"生笑曰："主人在此。"少年急起着冠，揖而坐，极道寒暄。听其音，似曾相识。急呼灯至，则同邑朱生，亦死于于七之难者。大骇却走。朱曳之云："仆与君文字交，何寡于情？我虽鬼，故人之念，耿耿不去心。今有所渎，愿无以异物遂猜薄之。"生乃坐，请所命。曰："令女甥寡居无偶，仆欲得主中馈。屡通媒妁，辄以无尊长之命为辞。幸无惜齿牙余惠。"先是，生有甥女，早失恃，遗生鞠养，十五始归其家。俘至济南，闻父被刑，惊恸而绝。生曰："渠自有父，何我之求？"朱曰："其父为犹子启榇去，今不在此。"问："女甥向依阿谁？"曰："与邻媪同居。"生虑生人不能作鬼媒。朱曰："如蒙金诺，还屈玉趾。"遂起握生手。生固辞，问："何之？"曰："第行。"勉从与去。

北行里许，有大村落，约数十百家。至一第宅，朱叩扉，即有媪出，豁开二扉，问朱："何为？"曰："烦达娘子，阿舅至。"媪旋反，须臾复出，邀生入，顾朱曰："两椽茅舍子大隘，劳公子门外少坐候。"生从之入。见半亩荒庭，列小室二。甥女迎门啜泣，生亦泣。室中灯火荧然。女貌秀洁如生时，凝目含涕，遍问妗姑。生曰："具各无恙，但荆人物故矣。"女又呜咽曰："儿少受舅妗抚育，尚无寸报，不图先葬沟渎，殊为恨恨。旧年伯伯家大哥迁父去，置儿不一念，数百里外，伶仃如秋燕。舅不以沉魂可弃，又蒙赐金帛，儿已得之矣。"生乃以朱言告，女俯首无语。媪曰："公子曩托杨姥三五返。老身谓是大好，小娘子不肯自草草，得舅为政，方此意慊得。"言次，一十七八女郎，从一青衣，遽掩入，瞥见生，转身欲遁。女牵其裾曰："勿须尔！是阿舅，非他人。"生揖之。女郎亦敛衽。甥曰："九娘，栖霞公孙氏。阿爹故家子，今亦'穷波斯'，落落不称意。旦晚与儿还往。"生睨之，笑弯秋月，羞晕朝霞，实天人也。曰："可知是大家，蜗庐人那得如此娟好！"甥笑曰："且是女学士，诗词俱大高。昨儿稍得指教。"九娘微哂曰："小婢无端败坏人，教阿舅齿冷也。”甥又笑曰：“舅断弦未续，若个小娘子，颇能快意否？”九娘笑奔出，曰：“婢子颠疯作也！”遂去。言虽近戏，而生殊爱好之。甥似微察，乃曰：“九娘才貌无双，舅倘不以粪壤致猜，儿当请诸其母。”生大悦。然虑人鬼难匹。女曰：“无伤，彼与舅有夙分。”生乃出。女送之，曰：“五日后，月明人静，当遣人往相迓。”生至户外，不见朱。翘首西望。月衔半规，昏黄中犹认旧径。见南向一第，朱坐门石上，起逆曰：“相待已久，寒舍即劳垂顾。”遂携手入，殷殷展谢。出金爵一、晋珠百枚，曰：“他无长物，聊代禽仪。”既而曰：“家有浊醪，但幽室之物，不足款嘉宾，奈何！”生㧑谢而退。朱送至中途，始别。

生归，僧仆集问。生隐之曰：“言鬼者妄也，适赴友人饮耳。”后五日，果见朱来，整履摇箑，意甚忻适。至户庭，望尘即拜。少间，笑曰：“君嘉礼既成，庆在今夕，便烦枉步。”生曰：“以无回音，尚未致聘，何遽成礼？”朱曰：“仆已代致之矣。”生深感荷，从与俱去。直达卧所，则甥女华妆迎笑。生问：“何时于归？”朱云：“三日矣。”生乃出所赠珠，为甥助妆。女三辞乃受。谓生曰：“儿以舅意白公孙老夫人，夫人作大欢喜。但言：老耄无他骨肉，不欲九娘远嫁，期今夜舅往赘诸其家。伊家无男子，便可同郎往也。”朱乃导去。村将尽，一第门开，二人登其堂。俄白：“老夫人至。”有二青衣扶妪升阶。生欲展拜，夫人云：“老朽龙钟，不能为礼，当即脱边幅。”乃指画青衣，置酒高会。朱乃唤家人，另出肴俎，列置生前；亦别设一壶，为客行觞。筵中进馔，无异人世。然主人自举，殊不劝进。既而席罢，朱归。青衣导生去。入室，则九娘华烛凝待。邂逅含情，极尽欢昵。初，九娘母子，原解赴都。至郡，母不堪困苦死，九娘亦自刭。枕上追述往事，哽咽不成眠。乃口占两绝云：“昔日罗裳化作尘，空将业果恨前身。十年露冷枫林月，此夜初逢画阁春。”“白杨风雨绕孤坟，谁想阳台更作云？忽启镂金箱里看，血腥犹染旧罗裙。”天将明，即促曰：“君宜且去，勿惊厮仆。”自此昼来宵往，嬖惑殊甚。

一夕，问九娘：“此村何名？”曰：“莱霞里。里中多两处新鬼，因以为名。”生闻之欷歔。女悲曰：“千里柔魂，蓬游无底，母子零孤，言之怆恻。幸念一夕恩义，收儿骨归葬墓侧，使百世得所依栖，死且不朽。”生诺之。女曰：“人鬼路殊，君亦不宜久滞。”乃以罗袜赠生，挥泪促别。生凄然而出，忉怛若丧。心怊怅不忍归，因过叩朱氏之门。朱白足出逆；甥亦起，云鬓蓬松，惊来省问。生怊怅移时，始述九娘语。女曰：“妗氏不言，儿亦夙夜图之。此非人世，久居诚非所宜”。于是相对汍澜。生亦含涕而别。叩寓归寝，展转申旦。欲觅九娘之墓，则忘问志表。及夜复往，则千坟累累，竟迷村路，叹恨而返。展视罗袜，着风寸断，腐如灰烬，遂治装东旋。

半载不能自释，复如稷门，冀有所遇。及抵南郊，日势已晚，息驾庭树，趋诣从葬所。但见坟兆万接,迷目榛荒,鬼火狐鸣,骇人心目。惊悼归舍。失意遨游,返辔遂东。行里许,遥见女郎,独行丘墓间,神情意致,怪似九娘。挥鞭就视,果九娘。下骑欲语,女竟走,若不相识。再逼近之,色作怒,举袖自障。顿呼"九娘",则湮然灭矣。

异史氏曰:"香草沉罗,血满胸臆;东山佩玦,泪渍泥沙。古有孝子忠臣,至死不谅于君父者。公孙九娘岂以负骸骨之托,而怨怼不释于中耶?脾鬲间物,不能掬以相示,冤乎哉!"

——《聊斋志异》(上海古籍出版社 2011 年版)

以女鬼写战乱,在《越娘记》中已肇其端,《公孙九娘》则在人鬼婚恋的离奇故事中,融入了"于七之乱"的残酷背景。

小说开篇并没有介绍公孙九娘或者莱阳生的姓氏、籍贯、性格,而是劈头即言"于七一案,连坐被诛者,栖霞、莱阳两县最多。一日俘数百人,尽戮于演武场中。碧血满地,白骨撑天",描写出一幅阴森、恐怖的凄惨画面。接着又说"上官慈悲,捐给棺木,济城工肆,材木一空",貌似称颂,实则讥刺——杀戮如此,何言慈悲?作者用这样八十多字,写出了顺治十八年发生的山东栖霞于七抗清起义所遭到的残酷镇压,清政府杀人无数,起义者暴骨荒原。那么,在这样一个背景下产生的人鬼恋情,承载着作者怎样的心曲呢?

九娘与莱阳生的婚恋,是由其甥女和朱生的冥婚引出的,朱生与莱阳生本文字之交,"亦死于于七难者",其甥女则"俘至济南,闻父被刑,惊恸而绝",可见亦是屈死的冤鬼。莱阳生来到其甥女的容身之所,"见半亩荒庭,列小室二",这是冤死他乡的孤魂之所居,再加上甥女"数百里外,伶仃如秋燕"的呜咽,又是何等凄凉?公孙九娘在这凄凉之中出场,是否已经预示着最终的结局?在这种氛围下,九娘与甥女的调笑,看似欢乐,实则悲怆。

对莱阳生与九娘的新婚之夜,作者惜墨如金,仅用"邂逅含情,极尽欢昵"八个字写他们的洞房之乐,却用大量的笔墨介绍"九娘母子,原解赴都。至郡,母不堪困苦死,九娘亦自到"的悲惨遭遇,更用九娘口占的两首七绝抒写了沉冤地下"十年露冷枫林月"、"白杨风雨绕孤坟"的凄凉。没有《聂小倩》的伉俪情深,没有《小翠》的闺房嬉乐,九娘的新婚之夜笼罩着悲凄与怆恻,那么,作者会给九娘最后的"幸福"吗?

九娘对她与莱阳生的婚姻,并没有过多的期求,因"人鬼路殊",她劝莱阳生赶紧离开这冤魂所聚之地,"以罗袜赠生,挥泪促别",她唯一的希望就是莱阳生能"念一夕恩义,收儿骨归葬墓侧,使百世得所依栖"。可惜,莱阳生竟"忘问志表",纵其有心,可千坟累累之中,又如何找到九娘的坟墓?九娘这样小小的一个愿望，竟因这样一个小小的疏忽而无法实现！朱生呢？甥女呢？九娘呢？既魂而有灵，为何不能再次相见，以明示路径，完其夙心？聂小倩可以获得幸福，伍秋月可以重返人间，鲁公女可以托生再嫁，连琐可以还魂再生……九娘却连迁葬的愿望都不能实现。我们不禁要问，蒲留仙为何对待九娘如此残忍？或者，这被株连而死的游魂，就只能永远漂泊在千坟累累的荒原，带着一腔幽怨，无尽哀愁。

小说的最后，写莱阳生再到稷门，“冀有所遇”，“但见坟兆万接，迷目榛荒，鬼火狐鸣，骇人心目”，如此凄凉恐怖的景色与开篇“碧血满地，白骨撑天”惨绝人寰两相烘托，构成一幅骇绝、惨绝、凄绝的荒冢夜景。在这夜景之下，九娘“色作怒，举袖自障”，湮然而灭，就显得更加哀怨悲婉、迷离恍惚。作者以“香草沉罗，血满胸臆；东山佩玦，泪渍泥沙”而叹莱阳生“脾鬲间物，不能掬以相示”之冤，那么，谁来为九娘，为甥女，为朱生，为那些无辜被株连的游魂，一诉冤情呢？

第六节 任氏传

任氏，女妖也。有韦使君者，名崟，第九，信安王祎之外孙。少落拓，好饮酒。其从父妹婿曰郑六，不记其名。早习武艺，亦好酒色。贫无家，托身于妻族。与崟相得，游处不间。

天宝九年夏六月，崟与郑子偕行于长安陌中，将会饮于新昌里。至宣平之南，郑子辞有故，请间去，继至饮所。崟乘白马而东。郑子乘驴而南，入升平之北门。偶值三妇人行于道中，中有白衣者，容色姝丽。郑子见之惊悦。策其驴，忽先之，忽后之，将挑而未敢。白衣时时盼睐，意有所受。郑子戏之曰：“美艳若此，而徒行，何也？”白衣笑曰：“有乘不解相假，不徒行何为？”郑子曰：“劣乘不足以代佳人之步。今辄以相奉，某得步从，足矣。”相视大笑。同行者更相眩诱，稍已狎昵。郑子随之东，至乐游园，已昏黑矣。见一宅，土垣车门，室宇甚严。白衣将入，顾曰：“愿少踟蹰。”而入。女奴从者一人，留于门屏间，问其姓第，郑子既告，亦问之。对曰：“姓任氏，第二十。”少顷延入。郑絷驴于门，置帽于鞍。始见妇人年三十余，与之承迎，即任氏姊也。列烛置膳，举酒数觞。任氏更妆而出，酣饮极欢。夜久而寝，其妍姿美质，歌笑态度，举措皆艳，殆非人世所有。将晓，任氏曰：“可去矣。某兄弟名系教坊，职属南衙，晨兴将出，不可淹留。”乃约后期而去。

既行，及里门，门扃未发。门旁有胡人鬻饼之舍，方张灯炽炉。郑子憩其帘下，坐以候鼓，因与主人言。郑子指宿所以问之，曰："自此东转，有门者，谁氏之宅？"主人曰："此隤墉弃地，无第宅也。"郑子曰："适过之，曷以云无？"与之固争。主人适悟，乃曰："吁！我知之矣。此中有一狐，多诱男子偶宿，尝三见矣。今子亦遇乎？"郑子赧而隐曰："无。"质明，复视其所，见土垣车门如故。窥其中，皆蓁荒及废圃耳。既归，见鉴。鉴责以失期。郑子不泄，以他事对。然想其艳冶，愿复一见之心，尝存之不忘。

经十许日，郑子游，入西市衣肆，瞥然见之，曩女奴从。郑子遽呼之。任氏侧身周旋于稠人中以避焉。郑子连呼前迫，方背立，以扇障其后，曰："公知之，何相近焉？"郑子曰："虽知之，何患？"对曰："事可愧耻，难施面目。"郑子曰："勤想如是，忍相弃乎？"对曰："安敢弃也，惧公之见恶耳。"郑子发誓，词旨益切。任氏乃回眸去扇，光彩艳丽如初。谓郑子曰："人间如某之比者非一，公自不识耳，无独怪也。"郑子请之与叙欢。对曰："凡某之流，为人恶忌者，非他，为其伤人耳。某则不然。若公未见恶，愿终己以奉巾栉。"郑子许与谋栖止。任氏曰："从此而东，大树出于栋间者，门巷幽静，可税以居。前时自宣平之南，乘白马而东者，非君妻之昆弟乎？其家多什器，可以假用。"

是时，鉴伯叔从役于四方，三院什器，皆贮藏之。郑子如言访其舍，而诣鉴假什器。问其所用。郑子曰："新获一丽人，已税得其舍，假具以备用。"鉴笑曰："观子之貌，必获诡陋，何丽之绝也。"鉴乃悉假帷帐榻席之具，使家僮之惠黠者，随以觇之。俄而奔走返命，气吁汗洽。鉴迎问之："有乎？"曰："有。"又问："容若何？"曰："奇怪也！天下未尝见之矣。"鉴姻族广茂，且夙从逸游，多识美丽。乃问曰："孰若某美？"僮曰："非其伦也。"鉴遍比其佳者四五人，皆曰："非其伦。"是时，吴王之女有第六者，则鉴之内妹，秾艳如神仙，中表素推第一。鉴问曰："孰与吴王家第六女美？"又曰："非其伦也。"鉴抚手大骇曰："天下岂有斯人乎？"遽命汲水澡颈，巾首膏唇而往。

既至，郑子适出。鉴入门，见小僮拥彗方扫，有一女奴在其门，他无所见。征于小僮。小僮笑曰："无之。"鉴周视室内，见红裳出于户下。迫而察焉，见任氏戢身匿于扇间。鉴别出，就明而观之，殆过于所传矣。鉴爱之发狂，乃拥而凌之，不服。鉴以力制之，方急，则曰："服矣。请少回旋。"既从，则捍御如初，如是者数四。鉴乃悉力急持之。任氏力竭，汗若濡雨。自度不免，乃纵体不复拒抗，而神色惨变。鉴问曰："何色之不悦？"任氏长叹息曰："郑六之可哀也！"鉴曰："何谓？"对曰："郑生有六尺之躯，而不能庇一妇人，岂丈夫哉！且公少豪侈，多获佳丽，遇某之比者众矣。而郑生穷贱耳。所称惬者，唯某而已。忍以有余之心，而夺人之不足乎？哀其穷馁不能自立，衣公之衣，食公之食，故为公所系耳。若糠糗可给，不当至是。"鉴豪俊有义烈，闻其言，遽置之，敛衽而谢曰："不敢。"俄而郑子至，与鉴相视哈乐。

自是，凡任氏之薪粒牲饩，皆鉴给焉。任氏时有经过，出入或车马舆步，不常所止。鉴日与之游，甚欢。每相狎昵，无所不至，唯不及乱而已。是以鉴爱之重之，无所吝惜。一食一饮，未尝忘焉。任氏知其爱己，因言以谢曰："愧公之见爱甚矣。顾以陋质，不足以答厚意。且不能负郑生，故不得遂公欢。某，秦人也，生长秦城；家本伶伦，中表姻族，多为人宠媵，以是长安狭斜，悉与之通。或有姝丽，悦而不得者，为公致之可矣。愿持此以报德。"鉴曰："幸甚！"鄽中有鬻衣之妇曰张十五娘者，肌体凝结，鉴常悦之。因问任氏识之乎。对曰："是某表娣妹，致之易耳。"旬余，果致之，数月厌罢。

任氏曰："市人易致，不足以展效。或有幽绝之难谋者，试言之，愿得尽智力焉。"鉴曰："昨者寒食，与二三子游于千福寺，见刁将军缅张乐于殿堂。有善吹笙者，年二八，双鬟垂耳，娇姿艳绝。当识之乎？"任氏曰："此宠奴也，其母即妾之内姊也。求之可也。"鉴拜于席下。任氏许之。乃出入刁家。月余，鉴促问其计。任氏愿得双缣以为赂。鉴依给焉。后二日，任氏与鉴方食，而缅使苍头控青骊以迓任氏。任氏闻召，笑谓鉴曰："谐矣。"初，任氏加宠奴以病，针饵莫减。其母与缅忧之方甚，将征诸巫。任氏密赂巫者，指其所居，使言从就为吉。及视疾，巫曰："不利在家，宜出居东南某所，以取生气。"缅与其母详其地，则任氏之第在焉。缅遂请居。任氏谬辞以逼狭，勤请而后许。乃辇服玩，并其母偕送于任氏。至则疾愈，未数日，任氏密引鉴以通之，经月乃孕。其母惧，遽归以就缅，由是遂绝。

他日，任氏谓郑子曰："公能致钱五六千乎？将为谋利。"郑子曰："可。"遂假求于人，获钱六千。任氏曰："鬻马于市者，马之股有疵，可买入居之。"郑子如市，果见一人牵马求售者，眚在左股。郑子买以归。其妻昆弟皆嗤之，曰："是弃物也。买将何为？"无何，任氏曰："马可鬻矣，当获三万。"郑子乃卖之。有酬二万，郑子不与。一市尽曰："彼何苦而贵买，此何爱而不鬻？"郑子乘之以归；买者随至其门，累增其估，至二万五千也。不与，曰："非三万不鬻。"其妻昆弟，聚而诟之。郑子不获已，遂卖登三万。既而密伺买者，征其由，乃昭应县之御马疵股者，死三岁矣。斯吏不时除籍。官征其估，计钱六万。设其以半买之，所获尚多矣。若有马以备数，则三年刍粟之估，皆吏得之。且所偿盖寡，是以买耳。

任氏又以衣服故弊，乞衣于鉴。鉴将买全彩与之，任氏不欲，曰："愿得成制者。"鉴召市人张大为买之，使见任氏，问所欲。张大见之，惊谓鉴曰："此必天人贵戚，为郎所穷。且非人间所宜有者，愿速归之，无及于祸。”其容色之动人也如此。竟买衣之成者，而不自纫缝也，不晓其意。

后岁余，郑子武调，授槐里府果毅尉，在金城县。时郑子方有妻室，虽昼游于外，而夜寝于内，多恨不得专其夕。将之官，邀与任氏俱去。任氏不欲往，曰：“旬月同行，不足以为欢。请计给粮饩，端居以迟归。”郑子恳请，任氏愈不可。郑子乃求崟资助。崟与更劝勉，且诘其故。任氏良久曰：“有巫者言，某是岁不利西行，故不欲耳。”郑子甚惑也，不思其他，与崟大笑曰：“明智若此，而为妖惑，何哉？”固请之。任氏曰：“倘巫者言可征，徒为公死，何益？”二子曰：“岂有斯理乎？”恳请如初。任氏不得已，遂行。崟以马借之。出祖于临皋，挥袂别去。信宿，至马嵬。任氏乘马居其前，郑子乘驴居其后。女奴别乘，又在其后。是时，西门圉人教猎狗于洛川，已旬日矣。适值于道，苍犬腾出于草间。郑子见任氏欻然堕于地，复本形而南驰，苍犬逐之。郑子随走叫呼，不能止。里余，为犬所获。郑子衔涕，出囊中钱，赎以瘗之，削木为记。回睹其马，啮草于路隅，衣服悉委于鞍上，履袜犹悬于镫间，若蝉蜕然。唯首饰坠地，余无所见。女奴亦逝矣。

旬余，郑子还城。崟见之喜，迎问曰：“任子无恙乎？”郑子泫然对曰：“殁矣。”崟闻之亦恸。相持于室，尽哀。徐问疾故。答曰：“为犬所害。”崟曰：“犬虽猛，安能害人？”答曰：“非人。”崟骇曰：“非人，何者？”郑子方述本末。崟惊讶叹息不能已。明日，命驾与郑子俱适马嵬。发瘗视之，长恸而归。追思前事，唯衣不自制，与人颇异焉。

其后，郑子为总监使。家甚富，有枥马十余匹。年六十五卒。大历中，沈既济居钟陵，尝与崟游，屡言其事，故最详悉。后崟为殿中侍御史，兼陇州刺史，遂殁而不返。

嗟乎，异物之情也。有人焉。遇暴不失节，徇人以至死，虽今妇人，有不如者矣。惜郑生非精人，徒悦其色而不征其情性。向使渊识之士，必能揉变化之理，察神人之际，著文章之美，传要妙之情，不止于赏玩风态而已。惜哉！

建中二年，既济自左拾遗于金吾将军裴冀、京兆少尹孙成、户部郎中崔需、右拾遗陆淳，皆适居东南，自秦徂吴，水陆同道。时前拾遗朱放，因旅游而随焉。浮颍涉淮，方舟沿流，昼宴夜话，各征其异说。众君子闻任氏之事，共深叹骇，因请既济传之，以志异云。沈既济撰。

——《任氏传》(据《唐人小说》，上海古籍出版社 1978 年版)

提起狐化美女，人们首先想到的一定是《聊斋志异》中那些美丽动人的狐仙，其实，早在唐代的小说中，就已经有了神奇多情的狐女形象，《任氏传》所记，就是狐女任氏与郑六之间的爱情故事。

任氏是狐，所以她有着一些不同于人的神异之处。她可以将一片榛莽废圃变成与郑六欢会的华屋丽宇；她可以察知幽隐助郑六货殖生利；她还可以预知未来之事，知道自己随行有险。任氏更是女人，有着女子对爱人的真心实意。她与郑六情定今生，便倾情以待；她不畏强暴，坚拒韦崟的非礼之举；她出谋划策，帮助郑六改变困境；她重情重义，明知有难而慷慨同行。这些，才是任氏打动后世万千读者的动人之处。

小说对任氏的刻画是多层次的。首先，看她的美丽：初识之时，郑六途中偶遇，一见惊悦；察明之后，明知是狐而"存之不忘"，这是从郑六钟情的角度写她的艳冶娇姿；定情之后，韦氏家僮以为"天下未尝见之"，韦崟遍比佳丽而言皆非其伦，这是从"多识美丽"的僮仆的赞叹来写她的超凡之美。贵公子韦崟一见便"爱之发狂"，市人张大则认为她"必天人贵戚"，"非人间所宜有"，这是通过不同阶层的人的反应来写任氏的绝世之姿。小说用这层层的烘托，将一个美艳绝伦的狐女形象生动地展现在读者面前。再看她的坦率与豪爽：当初遇的郑六惊悦于她的美丽，在她的身畔"忽先之，忽后之，将挑而未敢"之时，她"时时盼睐，意有所受"，大胆表露了自己的感情。面对郑六的言语挑逗，她则毫不忸怩地作出回答，从而和郑六有了一夜之欢。西市再遇，虽先有躲避之举，而当郑六"词旨益切"的发誓之后，她则"回眸去扇"，坦率地向郑六说明自己的情况，达成了"终己以奉巾栉"的盟约。接下来，看任氏的聪慧与机智：从初遇郑六时的言语对答中，我们已经见识了她的大方与机智，而对韦崟的欲行不轨，她始则"戢身匿于扇间"以避之，继则"请少回旋"而拒之，终则"神色惨变"而责之，一番话，既责韦崟夺人不足之不仁，更责他乘人之危之不义，令"豪俊有义烈"的韦崟为之动容，"敛衽而谢"，从此对她"爱之重之，无所吝惜。一食一饮，未尝忘焉"，成为"唯不及乱"的腻友。最后，再看看她的痴情：这首先表现在她忠于郑六的感情，坚拒韦崟的强暴，更表现在她早知西行有险，却又不忍拂逆郑六的恳请，最终在陪同郑六的路上为猎狗所伤，以身殉情。

在我国小说史上，由狐狸变化而成的女子得到如此生动的刻画，《任氏传》是第一次。作者用热情颂扬的笔调，塑造了可亲可爱的狐女任氏血肉丰满的艺术形象。同时，作者跳出才子佳人一见钟情的俗套，成功地写出了狐女任氏和贫困武生郑六的感人爱情，使得《任氏传》成为唐代传奇小说中最为动人的作品之一。

第七节 袁氏传

广德中，有孙恪秀才者，因下第，游于洛中。至魏王池畔，忽有一大第，土木皆新。路人指云："斯袁氏之第也。"恪径往叩扉，无有应声。户侧有小房，帘帷颇洁，谓伺客之所，恪遂褰帘而入。

良久，忽闻启关者，一女子光容鉴物，艳丽惊人，珠初涤其月华，柳乍含其烟媚，兰芬灵濯，玉莹尘清。恪疑主人之处子，但潜窥而已。女摘庭中之萱草，凝思久立，遂吟诗曰：

彼见是忘忧，此看同腐草。青山与白云，方展我怀抱。

吟讽惨容。后因来褰帘，忽睹恪，遂惊惭入户，使青衣诘之曰："子何人，而夕向于此？"恪乃语以税居之事，曰："不幸冲突，颇益惭骇，幸望陈达于小娘子。"青衣具以告。女曰："某之丑拙，况不修容。郎君久盼帘帷，当尽所睹，岂敢更回避耶？愿郎君少伫内厅，当暂饰装而出。"恪慕其容美，喜不自胜，诘青衣曰："谁氏之子？"曰："故袁长官之女，少孤，更无姻戚，唯与妾辈三五人，据此第耳。小娘子见求适人，但未售也。"良久，乃出见恪，美艳愈于向者所睹。命侍婢进茶果曰："郎君既无第舍，便可迁囊橐于此厅院中。"指青衣谓恪曰："少有所须，但告此辈。"恪愧荷而已。

恪未室，又睹女子之妍丽如是，乃进媒而请之。女亦忻然相受，遂纳为室。袁氏赡足，巨有金缯。而恪久贫，忽车马焕若，服玩华丽，颇为亲友之疑讶，多来诘恪，恪竟不实对。恪因骄倨，不求名第，日洽豪贵，纵酒狂歌。如此三四岁，不离洛中。

忽遇表兄张闲云处士，恪谓曰："既久暌间，颇思从容。愿携衾绸，一来宵话。"张生如其所约。及夜半将寝，张生握恪手，密谓之曰："愚兄于道门曾有所授，适观弟词色，妖气颇浓，未审别有何所遇？事之巨细，必愿见陈。不然者，当受祸耳。"恪曰："未尝有所遇也。"张生又曰："夫人禀阳精，妖受阴气，魂掩魄尽，人则长生；魄掩魂销，人则立死。故鬼怪无形而全阴也，仙人无影而全阳也。阴阳之盛衰，魂魄之交战，在体而微有失位，莫不表白于气色。向观弟神采，阴夺阳位，邪干正腑，真精已耗，识用渐隳，津液倾输，根蒂荡动，骨将化土，颜非渥丹，必为怪异所铄。何坚隐而不剖其由也？"恪方惊悟，遂陈娶纳之因。张生大骇曰："只此是也，其奈之何！"恪曰："弟忖度之，有何异焉？"张曰："岂有袁氏海内无瓜葛之亲哉？又辨慧多能，足为可异矣。”遂告张曰：“某一生邅迍，久处冻馁，因兹婚娶，颇似苏息。不能负义，何以为计？”张生怒曰：“大丈夫未能事人，焉能事鬼？传云‘妖由人兴’，人无衅焉，妖不自作。且义与身孰亲？身受其灾，而顾其鬼怪之恩义，三尺童子，尚以为不可，何况大丈夫乎？”张又曰：“吾有宝剑，亦干将之俦亚也。凡有魍魉，见者灭没。前后神验，不可备数。诘朝奉借，倘携密室，必睹其狼狈，不下昔日王君携宝镜而照鹦鹉也。不然者，则不断恩爱耳。”

明日，恪遂受剑。张生告去，执手曰：“善伺其便。”恪遂携剑，隐于室内，而终有难色。袁氏俄觉，大怒而责恪曰：“子之穷愁，我使畅泰。不顾恩义，遂兴非为。如此用心，则犬彘不食其余，岂能立节行于人世也？”恪既被责，惭颜惕虑，叩头曰：“受教于表兄，非宿心也。愿以饮血为盟，更不敢有他意。”汗落伏地。袁氏遂搜得其剑，寸折之，若断轻藕耳。恪愈惧，似欲奔迸。袁氏乃笑曰：“张生一小子，不能以道义诲其表弟，使行其凶险，来当辱之。然观子之心，的应不如是。然吾匹君已数岁也，子何虑哉？”恪方稍安。后数日，因出遇张生，曰：“无何使我撩虎须，几不脱虎口耳。”张生问剑之所在，具以实对。张生大骇曰：“非吾所知也。”深惧而不敢来谒。

后十余年，袁氏已鞠育二子。治家甚严，不喜参杂。后恪之长安，谒旧友人王相国缙，遂荐于南康张万顷大夫，为经略判官，挈家而往。袁氏每遇青松高山，凝睇久之，若有不快意。到端州，袁氏曰：“去此半程，江壖有峡山寺。我家旧有门徒僧惠幽居于此寺，别来数十年。僧行夏腊极高，能别形骸，善出尘垢。倘经彼设食，颇益南行之福。”恪曰：“然。”遂具斋蔬之类。及抵寺，袁氏欣然，易服理妆，携二子，诣老僧院，若熟其径者。恪颇异之。遂将碧玉环子以献僧曰：“此是院中旧物。”僧亦不晓。

及斋罢，有野猿数十，连臂下于高松，而食于生台上。后悲啸扪萝而跃。袁氏恻然，俄命笔题僧壁曰：刚被恩情役此心，无端变化几湮沉。不如逐伴归山去，长啸一声烟雾深。乃掷笔于地，抚二子咽泣数声，语恪曰：“好住好住，吾当永诀矣！”遂裂衣化为老猿，追啸者跃树而去。将抵深山而复返视。恪乃惊惧，若魂飞神丧。良久，抚二子一恸。乃询于老僧。僧方悟：“此猿是贫道为沙弥时所养。开元中，有天使高力士经过此，怜其慧黠，以束帛而易之。闻抵洛京，献于天子。时有天使来往，多说其慧黠过人。长驯扰于上阳宫内。及安史之乱，即不知所之。于戏！不期今日更睹其怪异耳。碧玉环者，本诃陵胡人所施，当时亦随猿颈而往。今方悟矣。”恪遂惆怅，舣舟六七日，携二子而回棹，不复能之任也。

——《传奇》(据《太平广记》，中华书局 1961 年版)

本文写的是一个奇幻中有一些惆怅的人猿爱情故事，叙述了落第秀才孙恪与灵猿所化女子袁氏的悲欢离合，情节曲折离奇，内涵丰富。

小说中的孙恪，本是一个“久贫”“下第”的穷书生，偶入袁氏宅第，慕其容色，喜其妍丽，两情相恋而结为百年之好。因袁氏家资丰厚，孙恪从此“车马焕若，服玩华丽”，“日洽豪贵，纵酒狂歌”，过上了不求名第、潇洒自适的幸福生活。不想三四年后，路遇表兄张闲云，谓其词色“妖气颇浓”。一番危言耸听的话语，说得孙恪将信将疑，竟听从表兄的建议，携剑隐于室内，欲对袁氏有所不利。袁氏发觉之后，怒责孙恪忘恩负义，又使他“惭颜惕虑”，深刻忏悔了自己的错误。袁氏最终复返深山，离他而去之时，他“抚二子一恸”，弃官不做，惆怅而返，可以看出十多年夫妻恩爱中其对袁氏的深情。也就是说，在这段人与异类的爱情中，孙恪虽曾有猜疑之过，但对袁氏的爱情是真挚而浓烈的。

小说中的袁氏，是以一个才貌双全的女子形象出现的，虽然有着一些令人生疑的神秘，却不带一丝妖气。看其初次登场，作者说“一女子光容鉴物，艳丽惊人，珠初涤其月华，柳乍含其烟媚，兰芬灵濯，玉莹尘清”，用一系列的比喻来形容她的美貌。而这样一个如珠如柳、如兰如玉的女子，竟独对萱草而吟出“青山与白云，方展我怀抱”的诗句，表达着青山白云之志，又因此有“惨容”之变，能不令人生疑吗？不过，此时孙恪关注的，只是她的美丽，并不会想到其他。在她见到孙恪之后，先是“惊惭入户”，再则“饰装而出”，在孙恪“进媒而请之”之后，方与孙恪结为夫妻。这时，她是一个美丽、端庄的富家女子，为落拓的孙恪带来了丰足的生活。然而，孙恪表兄张闲云的出现，给二人原本平静的夫妻生活带来了波折。孙恪受张生的挑动，对袁氏的身份产生了怀疑。这时，她在怒责孙恪的同时，折断了张闲云所授之剑，痛骂张处士凶险之行，平息了一场风波。她对孙恪重恩义、立节行的训诫，对张闲云无道义、行凶险的指责，都表现出她的刚烈与敢于斗争。而她将所谓“干将之俦亚”的宝剑“寸折之，若断轻藕耳”，则初步表现出她不同于人类的灵怪性。又是十余年后，孙恪辗转授官，挈家赴任途中，袁氏“每遇青松高山，凝睇久之，若有不快意”，是对前文所吟诗意的补充，也是疑点的再一次扩大，情节的进一步深入。直到端州峡山寺，袁氏见“野猿数十，连臂下于高松”，又“悲啸扪萝而跃”，终于恻然题诗，裂衣而去，她的异类身份此时方才揭开。这时，孙恪才知道相伴十多年的妻子乃老猿所化，读者也终于明白她的青山白云之志由何生发。她裂去人间衣饰，是弃绝人间的束缚；她随啸者跃树而去，是返归她所生所长的烟雾深林。她对人间仍有留恋，那是她尚在稚弱的亲生骨肉与恩爱情深的丈夫。所以她抚二子而咽泣，语孙恪以珍重，抵深山而返视，这些都表现出她对亲情、爱情的难以割舍。但她最终仍啸然而去，上演了一场悲壮的离别！

文中有一个反面人物，就是孙恪的表兄张闲云。孙恪客游洛中，得遇故亲，联榻长谈，本是人生乐事。可是张闲云察言观色，认定孙恪面有妖色，一番危言耸听的阴阳盛衰之理，一番声色俱厉的丈夫立世之道，又一番灵验夸张的自神其术，竟令忠厚老实的书生孙恪携剑而回，足见其巧言令色和能言善辩。当孙恪告诉他所谓的宝剑已被袁氏寸折而断时，他用一句“非吾所知也”作为借口，之后“深惧而不敢来谒”，又表现出他的色厉内荏和外强中干。这样一个类于小丑的反面人物的出现，不但给孙、袁的爱情婚姻平添了曲折波澜，也在这波澜曲折中表现出孙恪的忠厚与袁氏的神异，很好地推动了情节发展，加强了人物形象的刻画。

故事的最后，经由老僧之口，对袁氏的出身做了简要的介绍，概括了她曾为沙弥所养，又为天子玩物，以及经安史之乱而失踪的经历，强调她的“慧黠过人”，这也许是她能够化成人形的原因所在吧。

文中，还引用了袁氏的两首小诗，一在开篇，点出青山白云之志；一在结尾，写出逐伴归山的践行。一首一尾，用文中人物自己的诗句，对人物自己的行为做出了解释，表达了人物内心的情感，起到了人物内心独白的作用，也使得情节首尾圆转，语言隽秀典雅。

第八节 青凤

太原耿氏，故大家，第宅弘阔。后凌夷，楼舍连亘，半旷废之。因生怪异，堂门辄自开掩，家人恒中夜骇哗。耿患之，移居别墅，留老翁门焉。由此荒落益甚。或闻笑语歌吹声。耿有从子去病，狂放不羁，嘱翁有所闻见，奔告之。至夜，见楼上灯光明灭，走报生。生欲入觇其异。止之，不听。门户素所习识，竟拨蒿蓬，曲折而入。登楼，殊无少异。穿楼而过，闻人语切切。潜窥之，见巨烛双烧，其明如昼。一叟儒冠南面坐，一媪相对，俱年四十余。东向一少年，可二十许；右一女郎，裁及笄耳。酒胾满案，团坐笑语。生突入，笑呼曰：“有不速之客一人来！”群惊奔匿。独叟出，叱问：“谁何入人闺闼？”生曰：“此我家闺闼，君占之。旨酒自饮，不一邀主人，毋乃太吝？”叟审睇，曰：“非主人也。”生曰：“我狂生耿去病，主人之从子耳。”叟致敬曰：“久仰山斗！”乃揖生入，便呼家人易馔。生止之。叟乃酌客。生曰：“吾辈通家，座客无庸见避，还祈招饮。”叟呼：“孝儿！”俄少年自外入。叟曰：“此豚儿也。”揖而坐，略审门阀。叟自言：“义君姓胡。”生素豪，谈议风生，孝儿亦倜傥；倾吐间，雅相爱悦。生二十一，长孝儿二岁，因弟之。叟曰：“闻君祖纂《涂山外传》，知之乎？”答：“知之。”叟曰：“我涂山氏之苗裔也。唐以后，谱系犹能忆之；五代而上无传焉。幸公子一垂教也。”生略述涂山女佐禹之功，粉饰多词，妙绪泉涌。叟大喜，谓子曰：“今幸得闻所未闻。公子亦非他人，可请阿母及青凤来，共听之，亦令知我祖德也。”孝儿入帏中。少时，媪偕女郎出。审顾之，弱态生娇，秋波流慧，人间无其丽也。叟指妇云：“此为老荆。”又指女郎：“此青凤，鄙人之犹女也。颇惠，所闻见，辄记不忘，故唤令听之。”生谈竟而饮，瞻顾女郎，停睇不转。女觉之，辄俯其首。生隐蹑莲钩，女急敛足，亦无愠怒。生神志飞扬，不能自主，拍案曰：“得妇如此，南面王不易也！”媪见生渐醉，益狂，与女俱起，遽搴帏去。生失望，乃辞叟出。而心萦萦，不能忘情于青凤也。

至夜，复往，则兰麝犹芳，而凝待终宵，寂无声咳。归与妻谋，欲携家而居之，冀得一遇。妻不从，生乃自往，读于楼下。夜方凭几，一鬼披发入，面黑如漆，张目视生。生笑，染指研墨自涂，灼灼然相与对视。鬼惭而去。次夜，更既深，灭烛欲寝，闻楼后发扃，辟之閛然。急起窥觇，则扉半启。俄闻履声细碎，有烛光自房中出。视之，则青凤也。骤见生，骇而却退，遽阖双扉。生长跽而致词曰：“小生不避险恶，实以卿故。幸无他人，得一握手为笑，死不憾耳。”女遥语曰：“惓惓深情，妾岂不知？但叔闺训严，不敢奉命。”生固哀之，云：“亦不敢望肌肤之亲，但一见颜色足矣。”女似肯可，启关出，捉之臂而曳之。生狂喜，相将入楼下，拥而加诸膝。女曰：“幸有夙分；过此一夕，即相思无用矣。”问：“何故？”曰：“阿叔畏君狂，故化厉鬼以相吓，而君不动也。今已卜居他所，一家皆移什物赴新居，而妾留守，明日即发。”言已，欲去，云：“恐叔归。”生强止之，欲与为欢。方持论间，叟掩入。女羞惧无以自容，俯首倚床，拈带不语。叟怒曰：“贱婢辱吾门户！不速去，鞭挞且从其后！”女低头急去，叟亦出。尾而听之，诃诟万端。闻青凤嘤嘤啜泣，生心意如割，大声曰：“罪在小生，于青凤何与？倘宥凤也，刀锯鈇钺，小生愿身受之！”良久寂然，生乃归寝。自此第内绝不复声息矣。生叔闻而奇之，愿售以居，不较直。生喜，携家口而迁焉。居逾年，甚适，而未尝须臾忘凤也。

会清明上墓归，见小狐二，为犬逼逐。其一投荒窜去，一则皇急道上，望见生，依依哀啼，葛耳辑首，似乞其援。生怜之，启裳衿，提抱以归。闭门，置床上，则青凤也。大喜，慰问。女曰：“适与婢子戏，遘此大厄。脱非郎君，必葬犬腹。望无以非类见憎。”生曰：“日切怀思，系于魂梦。见卿如获异宝，何憎之云！”女曰：“此天数也，不因颠覆，何得相从？然幸矣，婢子必以妾为已死，可与君坚永约耳。”生喜，另舍舍之。积二年余，生方夜读，孝儿忽入。生辍读，讶诘所来。孝儿伏地，怆然曰：“家君有横难，非君莫拯。将自诣恳，恐不见纳，故以某来。”问：“何事?”曰:“公子识莫三郎否?”曰:“此吾年家子也。”孝儿曰:“明日将过,倘携有猎狐,望君之留之也。”生曰:“楼下之羞,耿耿在念,他事不敢预闻。必欲仆效绵薄,非青凤来不可!”孝儿零涕曰:“凤妹已野死三年矣!”生拂衣曰:“既尔,则恨滋深耳!”执卷高吟,殊不顾瞻。孝儿起,哭失声,掩面而去。生如青凤所,告以故。女失色曰:“果救之否?”曰:“救则救之;适不之诺者,亦聊以报前横耳。”女乃喜曰:“妾少孤,依叔成立。昔虽获罪,乃家范应尔。”生曰:“诚然,但使人不能无介介耳。卿果死,定不相援。”女笑曰:“忍哉!”次日,莫三郎果至,镂膺虎韔,仆从甚赫。生门逆之。见获禽甚多,中一黑狐,血殷毛革;抚之,皮肉犹温。便托裘敝,乞得缀补。莫慨然解赠。生即付青凤,乃与客饮。客既去,女抱狐于怀,三日而苏,展转复化为叟。举目见凤,疑非人间。女历言其情。叟乃下拜,渐谢前愆。喜顾女曰:“我固谓汝不死,今果然矣。”女谓生曰:“君如念妾,还乞以楼宅相假,使妾得以申返哺之私。”生诺之。叟赧然谢别而去。入夜,果举家来。由此如家人父子,无复猜忌矣。生斋居,孝儿时共谈宴。生嫡出子渐长,遂使傅之;盖循循善教,有师范焉。

——《聊斋志异》(上海古籍出版社 2011 年版)

青凤是蒲松龄笔下那些令人神往的狐女形象之一,也是作者非常重视和偏爱的一个人物。她不像其他狐女那样有着超现实的力量,或者高超的法术,除了能化成人形之外,几乎没有什么神通。她也不像一些狐女那样可以不受任何约束并有着鲜明个性,而是有严厉的叔父和严格的“家教”。因此,青凤更像是封建社会里的一个普通少女,这一段人狐恋情也就有了不一样的情味。

作者并不讳言青凤的狐妖身份,开篇即述耿氏家宅荒落,怪异屡生,狂放不羁的耿去病夜闯废宅,所见自是妖鬼。耿生非但不惧,反与胡叟从容谈笑,巧妙周旋。他因胡叟自称涂山氏之苗裔,“述涂山女佐禹之功,粉饰多词,妙绪泉涌”,取得了胡叟的好感,叫出聪慧强记的青凤参与谈笑。青凤“弱态生娇,秋波流慧”,令耿生一见忘情,“瞻顾女郎,停睇不转”,更大胆地“隐蹑莲钩”,加以挑逗。甚至在广众之前说出“得妇如此,南面王不易也”这样的狂话,直率地表达了自己对青凤的爱意。

和那些主动向人类示爱的狐女不同,当耿生向青凤表达爱意时,却遭到了她的婉拒。不过,从她的回答中可以看出,她只是畏于胡叟的管教,才不敢接受耿生的爱意,她对耿生也是有情的。所以在耿生的深情恳求之下,她迈出了勇敢的第一步,接受了耿生“拥而加诸膝”的亲密行为。但这温情的气氛很快就被突然闯入的胡叟打破,他对青凤“诃诟万端”,使“青凤嘤嘤啜泣”。这哭声激起了耿生男性的勇敢与担当,他对胡叟大声说出“罪在小生,于青凤何与?倘宥凤也,刀锯铁钺，小生愿身受之”，表现出敢作敢当、无所畏惧的精神。即便如此，胡叟一家还是搬离了耿宅，并带走了情窦初开的青凤。一段人狐爱情，刚刚开始，就似乎走到了尽头。

转眼一年多过去了，耿生“未尝须臾忘凤也”，那么青凤在哪呢？这一年的清明，耿生道遇猎犬逐狐，“一则皇急道上，望见生，依依哀啼，蔼耳辑首，似乞其援”，小狐狸的样子打动了耿生，他“怜之，启裳衿，提抱以归”，救回了这只可怜又可爱的小狐狸。谁想到，耿生将小狐狸带回家之后，“置床上，则青凤也”。喜出望外的耿生如获至宝，死里逃生的青凤则正好摆脱了胡叟的管制。于是，耿生将青凤“另舍舍之”。这段爱情，竟是以这样一种书生救狐的方式得到了实现，也算是天意冥冥注定吧！

文中的青凤是一个狐女，但除了被犬所逐这一情节之外，我们在她身上几乎看不出一点狐的色彩。作者在她的身上赋予了美丽、娇羞的外表与多情、重义的人的品格，使青凤成为《聊斋志异》众多狐女中最令人欣羡的一个。她是美丽的，“弱态生娇，秋波流慧，人间无其丽也”，令耿生一见忘情，“瞻顾女郎，停睇不转”。她是多情的，当耿生“隐蹑莲钩”，她“急敛足，亦无愠怒”，羞怯而含情。当耿生殷殷央求，软语相告，她“似肯可，启关出，捉之臂而曳之”，拘谨而多情。当机缘巧合被耿生救回，她说“不因颠覆，何得相从？然幸矣，婢子必以妾为已死，可与君坚永约耳”，表现出对耿生的一往情深。她是羞怯的，当胡叟突然闯入，她“羞惧无以自容，俯首倚床，拈带不语”，对胡叟的怒斥诃诟，她“低头急去”，“嘤嘤啜泣”，表现出少女的羞怯。她是重义的，得知胡叟有难，她怀念养育之恩，深恐耿生不救。见到受伤的老狐，她“抱狐于怀，三日而苏”，又向耿生“乞以楼宅相假，使妾得以申返哺之私”，表现出知恩图报的重义品格。正因为青凤被赋予了人间女性的这些美好品格，从而淡化了她的异类身份，在读者心中，她就是一个多情而又美丽的少女。

文中的耿生也以其狂放给读者留下了深刻的印象。他明知耿宅有怪异存在，非但不是惧而远之，反而主动“入觇其异”。看到众狐“团坐笑语”，他明知是妖而“突入”，“笑呼”，竟吓得众狐“群惊奔匿”，这是胆气之狂；他与胡叟“谈议风生”，他对孝儿“雅相爱悦”，他对青凤大胆示爱，“神志飞扬，不能自主”，这是性情之狂；他为青凤不惧刀锯铁钺，他对青凤意厚情深，这是狂中之真；面对孝儿的请求，他先假青凤为辞，再佯装不救于后，这是狂中之谑。这些描写，生动刻画出耿生狂放不羁的豪士形象，使他成为此类小说众多乏味的男性中极具性格的一位。

小说在艺术描写上颇多传神之笔。耿生与青凤的举止、神态描绘已如前述，尤其是当胡叟化为厉鬼，“披发入，面黑如漆，张目视生”时，他“笑，染指研墨自涂，灼灼然相与对视"，这一行为更见其狂放之情态，在惊心动魄的斗鬼过程中融入了轻松幽默的效果。

第九节 葛巾

常大用，洛人。癖好牡丹。闻曹州牡丹甲齐、鲁，心向往之。适以他事如曹，因假缙绅之园居焉。时方二月，牡丹未华，惟徘徊园中，目注句萌，以望其拆。作《怀牡丹》诗百绝。未几，花渐含苞，而资斧将匮；寻典春衣，流连忘返。

一日，凌晨趋花所，则一女郎及老妪在焉。疑是贵家宅眷，亦遂遄返。暮而往，又见之，从容避去。微窥之，宫妆艳绝。眩迷之中，忽转一想：此必仙人，世上岂有此女子乎！急反身而搜之，骤过假山，适与媪遇。女郎方坐石上，相顾失惊。妪以身幛女，叱曰："狂生何为！"生长跪曰："娘子必是神仙！"妪咄之曰："如此妄言，自当絷送令尹！"生大惧，女郎微笑曰："去之！"过山而去。生返，不能徙步，意女郎归告父兄，必有诟辱之来。偃卧空斋，自悔孟浪。窃幸女郎无怒容，或当不复置念。悔惧交集，终夜而病。日已向辰，喜无问罪之师，心渐宁帖。而回忆声容，转惧为想。如是三日，憔悴欲死。秉烛夜分，仆已熟眠。妪入，持瓯而进曰："吾家葛巾娘子，手合鸩汤，其速饮！"生闻而骇，既而曰："仆与娘子夙无怨嫌，何至赐死？既为娘子手调，与其相思而病，不如仰药而死！"遂引而尽之。妪笑，接瓯而去。生觉药气香冷，似非毒者。俄觉肺鬲宽舒，头颅清爽，酣然睡去。既醒，红日满窗。试起，病若失，心益信其为仙。无可夤缘，但于无人时，仿佛其立处、坐处，虔拜而默祷之。

一日，行去，忽于深树内，觌面遇女郎，幸无他人，大喜，投地。女郎近曳之，忽闻异香竟体，即以手握玉腕而起。指肤软腻，使人骨节欲酥。正欲有言，老妪忽至。女令隐身石后，南指曰："夜以花梯度墙，四面红窗者，即妾居也。"匆匆遂去。生怅然，魂魄飞散，莫能知其所往。至夜，移梯登南垣，则垣下已有梯在，喜而下，果见红窗。室中闻敲棋声，伫立不敢复前，姑逾垣归。少间，再过之，子声犹繁；渐近窥之，则女郎与一素衣美人相对着，老妪亦在坐，一婢侍焉。又返。凡三往复，三漏已催。生伏梯上，闻妪出云："梯也，谁置此？"呼婢共移去之。生登垣，欲下无阶，恨悒而返。

次夕，复往，梯先设矣。幸寂无人，入，则女郎兀坐，若有思者。见生惊起，斜立含羞。生揖曰："自谓福薄，恐于天人无分，亦有今夕也！"遂狎抱之。纤腰盈掬，吹气如兰，撑拒曰："何遽尔！"生曰："好事多磨，迟为鬼妒。"言未及已，遥闻人语。女急曰："玉版妹子来矣！君可姑伏床下。"生从之。无何，一女子入，笑曰："败军之将，尚可复言战否？业已烹茗，敢邀为长夜之欢。"女郎辞以困惰。玉版固请之，女郎坚坐不行。玉版曰："如此恋恋，岂藏有男子在室耶？"强拉之出门而去。生膝行而出，恨绝，遂搜枕簟，冀一得其遗物，而室内并无香奁，只床头有水精如意，上结紫巾，芳洁可爱。怀之，越垣归。自理衿袖，体香犹凝，倾慕益切。然因伏床之恐，遂有怀刑之惧，筹思不敢复往，但珍藏如意，以冀其寻。

隔夕，女郎果至，笑曰："妾向以君为君子，而不知寇盗也，"生曰："良有之。所以偶不君子者，第望其如意耳。"乃揽体入怀，代解裙结。玉肌乍露，热香四流，偎抱之间，觉鼻息汗熏，无气不馥。因曰："仆固意卿为仙人，今益知不妄。幸蒙垂盼，缘在三生。但恐杜兰香之下嫁，终成离恨耳。"女笑曰："君虑亦过。妾不过离魂之倩女，偶为情动耳。此事宜要慎秘，恐是非之口，捏造黑白，君不能生翼，妾不能乘风，则祸离更惨于好别矣。"生然之，而终疑为仙，固诘姓氏。女曰："既以妾为仙，仙人何必以姓名传。"问："妪何人？"曰："此桑姥。妾少时受其露覆，故不与婢辈等。"遂起，欲去，曰："妾处耳目多，不可久羁，蹈隙当复来。"临别，索如意，曰："此非妾物，乃玉版所遗。"问："玉版为谁？"曰："妾叔妹也。"付钩乃去。

去后，衾枕皆染异香。从此三两夜辄一至。生惑之，不复思归。而囊橐既空，欲货马。女知之，曰："君以妾故，泻囊质衣，情所不忍。又去代步，千余里将何以归？妾有私蓄，聊可助装。"生辞曰："感卿情好，抚臆誓肌，不足论报；而又贪鄙，以耗卿财，何以为人矣！"女固强之，曰："姑假君。"遂捉生臂，至一桑树下，指一石，曰："转之！"生从之。又拔头上簪，刺土数十下，又曰："爬之。"生又从之。则瓮口已见。女探入，出白镪近五十两许；生把臂止之，不听，又出数十铤，生强反其半而后掩之。一夕，谓生曰："近日微有浮言，势不可长，此不可不预谋也。"生惊曰："且为奈何！小生素迂谨，今为卿故，如寡妇之失守，不复能自主矣。一惟卿命，刀锯斧钺，亦所不遑顾耳！"女谋偕亡，命生先归，约会于洛。生治任旋里，拟先归而后逆之；比至，则女郎车适已至门。登堂朝家人，四邻惊贺，而并不知其窃而逃也。生窃自危，女殊坦然，谓生曰："无论千里外非逻察所及，即或知之，妾世家女，卓王孙当无如长卿何也。"

生弟大器，年十七，女顾之曰："是有惠根，前程尤胜于君。"完婚有期，妻忽夭殒。女曰："妾妹玉版，君固尝窥见之，貌颇不恶，年亦相若，作夫妇可称嘉偶。"生闻之而笑，戏请作伐。女曰："必欲致之，即亦非难。"喜问："何术？"曰："妹与妾最相善。两马驾轻车，费一妪之往返耳。"生恐前情俱发，不敢从其谋。女固言："不害。"即命车，遣桑媪去。数日，至曹。将近里门，媪下车，使御者止而候于途，乘夜入里。良久,偕女子来,登车遂发。昏暮即宿车中,五更复行。女郎计其时日,使大器盛服而逆之,五十里许,乃相遇。御轮而归,鼓吹花烛,起拜成礼。由此兄弟皆得美妇,而家又日以富。

一日,有大寇数十骑,突入第。生知有变,举家登楼。寇入,围楼。生俯问:"有仇否?"答云:"无仇。但有两事相求:一则闻两夫人世间所无,请赐一见;一则五十八人,各乞金五百。"聚薪楼下,为纵火计以胁之。生允其索金之请;寇不满志,欲焚楼,家人大恐。女欲与玉版下楼,止之不听。炫妆而下,阶未尽者三级,谓寇曰:"我姊妹皆仙媛,暂时一履尘世,何畏寇盗!欲赐汝万金,恐汝不敢受也。"寇众一齐仰拜,喏声"不敢"。姊妹欲退,一寇曰:"此诈也!"女闻之,反身伫立,曰:"意欲何作,便早图之,尚未晚也。"诸寇相顾,默无一言。姊妹从容上楼而去。寇仰望无迹,哄然始散。

后二年,姊妹各举一子,始渐自言:"魏姓,母封曹国夫人。"生疑曹无魏姓世家,又且大姓失女,何得一置不问?未敢穷诘,而心窃怪之。遂托故复诣曹,入境谘访,世族并无魏姓。于是仍假馆旧主人,忽见壁上有赠曹国夫人诗,颇涉骇异,因诘主人。主人笑,即请往观曹夫人,至则牡丹一本,高与檐等。问所由名,则以其花为曹第一,故同人戏封之。问其"何种"?曰:"葛巾紫也。"心益骇,遂疑女为花妖。既归,不敢质言,但述赠夫人诗以觇之。女蹙然变色,遽出,呼玉版抱儿至,谓生曰:"三年前,感君见思,遂呈身相报;今见猜疑,何可复聚!"因与玉版皆举儿遥掷之,儿堕地并没。生方惊顾,则二女俱渺矣。悔恨不已。后数日,堕儿处生牡丹二株,一夜径尺,当年而花,一紫一白,朵大如盘,较寻常之葛巾、玉版,瓣尤繁碎。数年,茂荫成丛;移分他所,更变异种,莫能识其名。自此牡丹之盛,洛下无双焉。

异史氏曰:"怀之专一,鬼神可通,偏反者亦不可谓无情也。少府寂寞,以花当夫人,况真能解语,何必力穷其原哉?惜常生之未达也!"

——《聊斋志异》(上海古籍出版社2011年版)

这个故事写的是牡丹之精魅葛巾与洛阳常大用的爱情传奇。在《聊斋志异》中,"花妖鬼魅,多具人情,和易可亲,忘为异类"(鲁迅语),如果说青凤是以其娇羞多情且重义而感动读者的狐魅,葛巾则是以其多情勇敢且又决绝而打动读者的花妖。

作品以洛人常大用对牡丹的癖好开篇,他"闻曹州牡丹甲齐、鲁,心向往之。适以他事如曹,因假缙绅之园居焉"。可惜的是,"时方二月,牡丹未华",常生只能"徘徊园中,目注句萌,以望其拆",可谓望眼欲穿。又"作《怀牡丹》诗百绝",表达他对牡丹的怀念与渴盼。好不容易盼到了"花渐含苞",他却已经用尽了盘缠。

为了一睹牡丹盛开的仙姿，他将春衣典当而流连忘返。这些都体现出他对牡丹的深深癖好。

也许，正是他对牡丹的一片“痴情”感动了葛巾，她幻化人形，与常生“偶遇”，这时，常生对牡丹的花痴，一变而为对葛巾的情痴，看看作者对这段感情的生动描绘吧！

凌晨初见，常生“疑是贵家宅眷，亦遂遄返”，日暮再见，“微窥之，宫妆艳绝”。这时的常生尚知书守礼，带有一点点书生的怯懦。然“眩迷之中，忽转一想：此必仙人”，于是就“急反身而搜之”，找到之后“长跪曰：‘娘子必是神仙’”见出惊艳之后的痴狂。遭到老妇斥责之后，他“不能徙步，意女郎归告父兄，必有诟辱之来。偃卧空斋，自悔孟浪”，对自己莽撞行为感到后怕。“窃幸女郎无怒容，或当不复置念。悔惧交集，终夜而病”，写出了他一时莽撞之后内心的忐忑不安。“日已向辰，喜无问罪之师，心渐宁帖。而回忆声容，转惧为想。如是三日，憔悴欲死”，当老妪送来葛巾所合的“鸩汤”，他竟至“既为娘子手调，与其相思而病，不如仰药而死”。这一段文字，委曲细致地描绘了常生与葛巾从相遇到堕入情网的整个思想过程，描绘出他由疑而迷，至于惧、悔、喜、思诸般情感的纠缠，将青年书生初陷情网的痴与迷表现得淋漓尽致。其中也体现出常生性格中怯懦的一面，这为后文他得知葛巾身份后的惊惧埋下了伏笔。

也许，是常生的一往情深打动了葛巾，也许，是常生的虔拜默祷感动了葛巾，接下来的情节就由常生的单相思变成了二人的相恋史。先是二人再次“偶遇”，葛巾邀常生“夜以花梯度墙”，似乎幽会有期。第一晚，葛巾“与一素衣美人相对着，老妪亦在座，一婢侍焉”，哪有幽会的机会？坐立难安的常生“凡三往复，三漏已催”，最终被老妪叫人移去了梯子，常生“欲下无阶，恨悒而返”，可谓狼狈至极。第二晚，好不容易见到了葛巾，她又被玉版“邀为长夜之欢”，只得“姑伏床下”，又是郁闷至极。这些情节可以看作葛巾的有意考验，也可以看作无心的巧合。无论是哪一种，其效果都是将常生与葛巾的爱情过程表现得一波三折，摇曳生姿。而白白折腾了两晚的常生“因伏床之恐，遂有怀刑之惧，筹思不敢复往”，再一次写出了他的怯懦。不过，他已经“盗”取了水精如意，引出了葛巾的来访，使情节不致重复，曲折多变。

葛巾来访，促成了二人的亲密行为，他们的恋情也升华到了一个新的阶段。葛巾先是赠金助其行装，继而与之私奔洛阳，还将妹妹玉版嫁给了常生的弟弟。这些，都是葛巾对常生之爱的体现。此时，“兄弟皆得美妇，而家又日以富……后二年，姊妹各举一子”，作者向我们展示了常生美满、幸福、丰足的生活，但这幸福完满并不是结局。

从表面来看，常生是因葛巾自言“魏姓，母封曹国夫人”而生疑，托故重到曹州咨访。他访查到“曹国夫人”的来历，明白了葛巾的身份，由爱转骇，“述赠夫人诗以觇之”，导致了婚姻的悲剧。实际上，小说前文已经有数次铺垫。早在相识之初，常生对葛巾的身份就有贵眷、仙人之疑；在两情缱绻之际，常生“终疑为仙，固诘姓氏”；对玉版的身份也多有打探之词。可见，常生虽近情痴，但对葛巾的身份一直都是耿耿于怀的。当然，也可以从他性格上的怯懦解释他的猜疑，自始至终，他都不是勇敢的。无论如何，正如蒲松龄文末所论：“以花当夫人，况真能解语，何必力穷其原哉？惜常生之未达也！”正是他的猜疑造成了原本美满的爱情婚姻的悲剧。这悲剧不是由于外部，或者客观的其他因素造成的，而是由曾经痴情的男子一手造成的，这就将题旨深入到了坦诚与信任在爱情婚姻中的重要性这一层次，具有了更为深刻的意义。

文中的葛巾是多情美丽的牡丹仙子，她“宫妆艳绝”，“指肤软腻，使人骨节欲酥”，“纤腰盈掬，吹气如兰”，“鼻息汗熏，无气不馥”，“去后，衾枕皆染异香”，作者多层次、由远及近地写出葛巾的花妖之美。知道常生的痴情，她亲手调和汤药，治好常生的相思之病，令其“肺鬲宽舒，头颅清爽”；面对常生的恳求，她邀其幽会，见到常生时又“斜立含羞”；终与常生结秦晋之好，私奔洛阳；将自己的妹妹玉版嫁给了常生之弟等一系列情节，写出了她的多情。但是，当常生对她有所猜疑，用诗句刺探她时，她则“蹙然变色，遽出，呼玉版抱儿至”，“与玉版皆举儿遥掷之”，这里的“蹙然”“遽出”“遥掷”表现出她面对猜疑时的凛然与离去之决绝。再加上二人面对盗寇胁迫时从容不迫的威严，生动体现了葛巾的雍容与高贵、冷艳与热情，称其为“国夫人”，亦有因也。

第八章 扑朔迷离话公案

世路艰险，人心难测。古往今来，阳光下面不知隐藏着多少罪恶的阴谋。或惑于情，或昧于义，或贪于财，或迷于物，不知上演了多少作奸犯科的丑剧。为逃避法律的制裁，作案者会百般遮掩；为弄清案件的真相，查案者则巧计万端。因之，便产生了一幕幕断案的传奇。

第一节 严遵

严遵为扬州刺史，行部，闻道旁女子哭声不哀。问所哭者谁，对云："夫遭烧死。"遵敕吏舁尸到，与语讫，语吏云："死人自道不烧死。"乃摄女，令人守尸，云："当有枉。"吏白："有蝇聚头所。"遵令披视，得铁锥贯顶。考问，以淫杀夫。

——《搜神记》（中华书局 2009 年版）

这是《搜神记》中一个非常简短的小故事，却是我国公案小说以人智破奇案的范型之开端。

严遵是一个精查的官吏，他仅从女子不哀的哭声中就听出了其中存在着隐情。经过初步询问，就已经有了大致的判断。所以，他故弄玄虚——"死人自道不烧死"，这既是对女子采用的心理战术，也是他拘捕女子的理由。令人守尸，是破案的关键。最终，在铁证面前，女子承认了杀夫的罪行。

在这个故事中，最为奇妙的情节就是严遵与死尸对话，但是我们应该明白，并不是鬼魂真正诉说了什么，而是严遵利用作奸犯科者做贼心虚的心理特点，假鬼魂之名行破案之实。在这个意义上，严遵已经有了对罪犯心理活动的初步探索。

第二节 蒋恒

贞观中，卫州板桥店主张迪妻归宁。有卫州三卫杨贞等三人投店宿，五更早发。夜有人取三卫刀杀张迪，其刀却内鞘中，贞等不知之。至明，店人趋贞等，拔刀血狼藉，囚禁拷讯。贞等苦毒，遂自诬。

上疑之，差御史蒋恒覆推。至，总追店人十五已上集。为人不足，且散。唯留一老婆年八十已上。晚放出，令狱典密觇之，曰："婆出，当有一人与婆语者，即记取姓名，勿令漏泄。"果有一人共语者，即记之。明日复尔。其人又问婆："使人作何推勘?"如是者二日，并是此人。恒总追集男女三百余人，就中唤与老婆语者一人出，余并放散。问之具伏，云与迪妻奸杀有实。奏之，敕赐帛二百段，除侍御史。

——《朝野佥载》（据《唐五代笔记小说大观》，上海古籍出版社 2000 年版）

这是一篇简短的案情小说，讲的是御史蒋恒机智巧妙地侦破一起凶杀案的过程。故事情节并不复杂:唐太宗贞观年间的一天,卫州板桥店主张迪的妻子回了娘家,当晚卫州三卫杨贞等三人投宿板桥店。就在三人熟睡的夜间,有人用他们的刀杀了张迪,然后又放回鞘内。天亮的时候,店里人发现了凶案,也发现了刀上的血痕,就将他们当作了杀人凶手。杨贞等人不堪刑讯,被屈打成招,"供认"了杀人之罪。幸运的是,他们遇到了一个封建社会难得的明君,他在位时,对每一位死刑犯人的案件都要进行反复核查。明智的君主发现了案件的疑点,于是他派御史蒋恒重新审理此案。

那么,蒋恒会怎样复查这个案件,他能否查出那个暗夜之中杀人而去并嫁祸他人的真凶呢?作者先介绍了蒋恒颇有些神秘的举动:他先将店里的十五个人召集到一起,再相继遣散,只留下一个八十多岁的老太婆,直到晚上才放出去。他让狱典悄悄地跟踪在她身后,并叮嘱说:"当这个老太太出去的时候,应该会有一个人和她说话,你记住这个人的姓名,不要漏泄。"狱典跟在老太太的后面,果然看到一个人与她说话。第二天,蒋恒依然将老妇留到最后放出,那个人依然关切地来打探案情。这样过了三天,每天都是同一个人和老妇共语。读到这里,大概聪明的您已经猜到了谁是真凶,蒋恒也不再"演戏"。他召集了三百多人,从中将那个三次与老妇说话的人拉了出来,那个人承认了和张迪妻子有奸情并合谋杀死张迪的事实。案情至此真相大白,蒋恒得到了财物上的奖励和职位上的提升。

整个案件看似简单,实则有些扑朔迷离,表面的凶杀背后隐藏着奸情与嫁祸两层事实。作案者于夜深人静之时,借用他人武器,杀人后悄然而退,没留下一丝痕迹。那么要怎样才能发现他的踪迹?被嫁祸者本是武官,夜宿店中,被抓时携带有血迹的凶器,要怎样才能洗脱自己的干系?身受皇命的御史蒋恒,又怎样才能解开悬疑,查明真相,找到真凶?这是读者急于知道的,而作者却不紧不慢地娓娓道来,讲述蒋恒利用凶手"做贼心虚"的心理,故布疑阵,让凶手不打自招的经过。罪犯在黑暗中对老妇人的三次探询,其实就是他最明白的招供。没有声色俱厉的严刑逼供,没有耗费时日的排查,小小的一场戏,短短的三天时间,扑朔迷离的凶杀案就大白于天下,真凶落网,无辜者获释,足见破案者蒋恒的机智。

小说篇幅简短,不枝不蔓,在结构安排上也别具匠心。如故事开篇写道"卫州板桥店主张迪妻归宁",看似与案件无关的闲笔,却让读者隐约觉得张迪之死可能与其妻有关。结尾则凶手供认"与迪妻奸杀有实",交代了张妻也是谋杀丈夫的凶手之一。于是读者明白了张妻的"归宁"正是二人实施杀害张迪、嫁祸他人的诡计的开端。本文能够如此圆熟地做到首尾呼应,一定程度上说明了小说艺术在唐初已趋于成熟。

《蒋恒》是我国古代较早的公案小说之一,作者用简练的文字清楚地交代了案件从发生、发展到最后侦破的过程,表现出案情的复杂、罪犯的狡猾、破案过程的机智巧妙，对后世的公案小说创作有着深远的影响。

第三节 苏无名

天后时，尝赐太平公主细器宝物两食合，所直黄金千镒，公主纳之藏中。岁余取之，尽为盗所将矣。

公主言之，天后大怒，召洛州长史谓曰："三日不得盗，罪！"长史惧，谓两县主盗官曰："两日不得贼，死！"尉谓吏卒游徼曰："一日必擒之，擒不得，先死！"吏卒游徼惧，计无所出。

衢中遇湖州别驾苏无名，相与请之至县。游徼白尉："得盗物者来矣。"无名遽进至阶，尉迎问故，无名曰："吾湖州别驾也，入计在兹。"尉呼吏卒："何诬辱别驾？"无名笑曰："君无怒吏卒，抑有由也。无名历官所在，擒奸擿伏有名。每偷至无名前，无得过者。此辈应先闻，故将来，庶解围耳。"尉喜，请其方。无名曰："与君至府，君可先入白之。"尉白其故，长史大悦，降阶执其手曰："今日遇公，却赐吾命，请遂其由。"无名曰："请与君求见对玉阶，乃言之。"于是天后召之，谓曰："卿得贼乎？"无名曰："若委臣取贼，无拘日月，且宽府县，令不追求，仍以两县擒盗吏卒，尽以付臣。臣为陛下取之，亦不出数十日耳。"天后许之。

无名戒吏卒，缓则相闻。月余，值寒食，无名尽召吏卒，约曰："十人五人为侣，于东门北门伺之，见有胡人与党十余，皆衣缞绖，相随出赴北邙者，可踵之而报。"吏卒伺之，果得，驰白无名。往视之，问伺者："诸胡何若？"伺者曰："胡至一新冢，设奠，哭而不哀。亦撤奠，即巡行冢旁，相视而笑。"无名喜曰："得之矣。"因使吏卒尽执诸胡，而发其冢。冢开，割棺视之，棺中尽宝物也。

奏之，天后问无名："卿何才智过人，而得此盗？"对曰："臣非有他计，但识盗耳。当臣到都之日，即此胡出葬之时。臣亦见，即知是偷，但不知其葬物处。今寒节拜扫，计必出城，寻其所之，足知其墓。贼既设奠而哭不哀，明所葬非人也。奠而哭毕，巡冢相视而笑，喜墓无损伤也。向若陛下迫促府县，此贼计急，必取之而逃。今者更不追求，自然意缓，故未将出。"天后曰："善。"赐金帛，加秩二等。

——《纪闻》(据《太平广记》，中华书局 1961 年版)

这是一篇从容别致的侦破小说，写湖州别驾苏无名巧妙地侦破太平公主珍宝被盗一案，缉捕了盗贼，解救了洛州长史、两县主盗官、吏卒游徼的故事。

从故事情节来讲，小说并不曲折复杂，但作者行文张弛有致，利用精巧的叙事手法，使情节摇曳生姿。

作者开篇即介绍了“所直黄金千镒”的珍宝被盗的案情：武后赐给太平公主两食盒珍宝，公主将其妥善收藏。一年多之后，公主想要取用宝物的时候，发现珍宝已经全数被盗。可见这是一个不能确定具体作案时间的盗窃案。

太平公主向天后说明此事，天后大怒，急召洛州长史，责令捕盗，限期三日。长史急召下属两县的主盗官，限期两日捕盗。主盗官则限令手下的吏卒，要他们一日之内擒得盗贼。这样一个自上而下、层层施压、限期捕盗的过程，在作者惜墨如金的文字中营造出一种紧张不安的气氛，“一日必擒之，擒不得，先死”十个字，将气氛推到了紧张的极致。

就在吏卒游徼们惊惧无奈、计无所出之时，情节发生了戏剧性的转折——故事的主角苏无名登场了。惶惶无计的吏卒们遇到苏无名，便将他请至县中，并向县尉禀告说“得盗物者来矣”，仿佛他就是偷盗宝物的贼人。在说明情况之后，在苏无名的要求下，县尉带他去见长史，又由长史带他去见天后。这是一个自下而上、层层“引见”、悬念迭生的过程；在详尽细致的对话描写中，故事节奏在紧张中渐渐趋于舒缓，由上文的杀气腾腾、剑拔弩张，一变而为从容不迫、戏语笑言。在天后答应了苏无名“无拘日月，且宽府县，令不追求”的请求之后，情节则舒缓到了极致。

在这舒缓的同时，读者自然会有疑问：数十日后，苏无名能否破案？如果能，他又如何破案？如果不能，盛怒的天后会不会直接加罪于这一干人等？作者就这样让读者在悬念中期待，将读者的神经系于苏无名的侦案过程。

还好，我们都不用等太久，月余之后，苏无名开始行动了——他尽召吏卒，让他们“十人五人为侣，于东门北门伺之”，打探一伙缞绖胡人的行踪，并观察他们的举动。在侦查者汇报这伙胡人“哭而不哀”且“巡行冢旁，相视而笑”的反常行为之后，他果断地派吏卒将他们尽数逮捕，发冢开棺，追回了太平公主所丢失的珍宝。

案子虽然破了，但不止读者，故事中上至天后下至吏卒的所有人都会感到困惑：苏无名是根据什么锁定了这伙胡人，并料知他们的行动计划呢？作者通过天后的问话，让苏无名自己回答了这个问题。原来，苏无名到东都的时候，正好碰上了这群胡人“出葬”。通过观察，他已经断定了他们的盗贼身份，只是不知道他们到底将赃物埋在了哪里。他之所以让天后“无拘日月”，又肯定数十日即可破案，就是因为他已经推断出胡人接下来要采取的行动。如果说苏无名与这群胡人的初遇有那么一二分的“碰巧”，那么他对这伙人身份的判断和行为的推测，则基于其对盗贼心理的准确掌握。所以他能从最初的胸有成竹从容走来，直到最后神奇破案，得到天后的嘉奖。

在艺术上，这篇小说以个性鲜明的人物语言见长。不同性格、地位的人物，有着不同风格的语言。即使同一人物，在不同心境、不同场合下的语言亦有区别。如天后对洛州长史说“三日不得盗，罪”六个字，威严而不可商量，表现出一代女王盛怒之下不可侵犯的霸气。在苏无名破案之后，天后问“卿何才智过人，而得此盗”，则娓娓如叙家常，丝毫不见前面的骄横，表现出盗案得破，珍宝复归后的开心与放松。又如，长史对两县主盗官说：“两日不得贼，死！”同样是六个字，表现出长史将期限减少一天的同时，将罪责加重到“死”，这是强压属下完成任务的“手段”，也表现出长史惧上压下的官僚作风。等到县尉再逐级落实，交代命令的语言变成了“一日必擒之，擒不得，先死”，这十个字，既写出官僚体制的逐级施压，也写出对如期破案的悲观。吏卒先死，自己也只不过能多活一天而已。在表面的强硬下，透露出内心的无奈。当然，整篇文章中说话最多的是主角苏无名，他的语言大多从容不迫、有理有据、不卑不亢，表现出稳重、谦逊、机智、缜密。

小说用精练简洁的叙事语言，生动鲜明的人物语言，精巧的叙事手法，叙述了一个摇曳生姿的案情故事，在艺术上取得了突出的成就。

第四节 赵和

咸通初，有天水赵和者，任江阴令，以片言折狱著声。犹是累宰剧邑，皆以雪冤获优考。至于疑似晦伪之事，悉能以情理之。

时有楚州淮阴农，比庄俱以丰岁而货殖焉。其东邻则拓腴田数百亩，资镪未满，因以庄券质于西邻，贷缗百万。契书显验，且言来岁赍本利以赎。至期，果以腴田获利甚博。备财赎契，先纳八百缗。第检置契书，期明日以残资换券。所隔信宿，且恃通家，因不征纳缗之籍。明日，赍余镪至，遂为西邻不认。且以无保证，又乏簿籍，终为所拒。东邻冤诉于县，县为追勘，无以证明。宰邑谓曰：“诚疑尔冤，其如官中所赖者券。乏此以证，何术理之？”复诉于州，州不能理。

东邻不胜其愤，远聆江阴之善听讼者，乃越江而南诉于赵宰。赵宰谓曰：“县政地卑，且复逾境，何计奉雪？”东邻则冤泣曰：“此地不得理，无由自涤也！”赵曰：“第止吾舍，试为思之。”经宿召前曰：“计就矣，尔果不妄否？”则又曰：“安敢诬。”赵曰：“诚如是言，当为置法。”乃召捕贼之干者数辈，赍牒至淮堧，曰：有啸聚而寇江者，案劾已具。言有同恶相济者，在某处居。名姓形状，具以西邻指之，请梏送至此。先是邻州条法，唯持刀截江，无得藏匿。追牒至彼，果擒以还。然自恃无迹，未甚知惧。至则旅于庭下。赵厉声谓曰：“幸耕织自活，何为寇江？”囚则朗叫泪随曰：“稼穑之夫，未尝舟楫。”赵又曰：“证词甚具，姓氏无差。或言伪而坚，则血肤取实。”囚则大恐，叩头见血，如不胜其冤者。赵又曰：“所盗幸多金宝锦彩，非农家所实蓄者，汝宜籍舍之产以辩之。”囚意稍解，遂详开所贮者，且不虞东邻之越讼者，乃言：稻若干斛，庄客某甲等纳到者；䌷绢若干匹，家机所出者；钱若干贯，东邻赎契者；银器若干件，匠某锻成者。赵宰大喜，即再审其事。谓曰：“如果非寇江者，何谓讳东邻所赎八百千？”遂引诉邻，令其偶证。于是惭惧失色，祈死厅前。赵令梏往本土，检付契书，然后置之于法。

——《唐阙史》(据《太平广记》，中华书局 1961 年版)

俗话常说，知人知面不知心，有很多时候，往往越是你以为熟识的人，越会做出一些令你意想不到的事。所以俗话又常说，“防人之心不可无”，就是在提醒善良单纯的人们，在与人交往时应多留一个心眼。本文中的东邻，就一时大意，为西邻所欺。如果不是找到了善于断案的赵和，恐怕就只能自认倒霉了。

话说唐末咸通年间，因天公作美，楚州淮阴的农村收成都很好，村民也都努力扩大生产，货殖生利。文中的东邻一下就开拓了良田数百亩。为了筹措资金，他把自家的庄券作为抵押，向西邻“贷缗百万”，讲好了明年连本带利结清时赎回庄券。很快，一年过去了，东邻果然如愿取得了好收成。这一天，他先偿还了本金的八成，约好明日补足差额后再取回契书。淳朴的东邻以为这中间只隔一个晚上，两人又素有通家之好，就没有多想。可万没想到，当他第二天去还钱取契书时，西邻竟矢口否认昨日还钱之举。一无保人作证，二无簿籍为凭，因他一念疏忽，使贪婪的西邻有了可乘之机。

东邻当然不肯眼看着自己的家业就这样被西邻无赖占有，他一诉于县，再诉于州，但因为无凭无据，县、州两级都不肯立案。怎么办？东邻恨不能平，打听到江阴有一位明察秋毫的县令，就渡江而南，逾境而诉。案件就这样到了“以片言折狱著声”的赵和手上。

赵和查知东邻的冤情，但这事还真有些棘手。且不说无凭无据，单单“逾境”——不在自己的辖区之内这一条，就够难办的了。他小小一个县令，怎能去插手他县的事务呢？不过，越是难办的事情越能显现出办事者的水平，这不，只用了一个晚上，赵和就想到了解决问题的好办法。他以涉嫌“啸聚而寇江”为名发出公文，要求淮阴县将西邻押送江阴。在公堂之上，诱使西邻说明自己家产来源。西邻自己供出“钱若干贯，东邻赎契者”，从而取得了断案的关键证据。

在这个案子中，赵和取得证据的手段是巧妙的。他利用法律上“持刀截江，无得藏匿”的条款，先无中生有地编造了这样一个罪名，将西邻转至己境，再责令惊惧之下的西邻如实说明家财的来源，颇有一些钓鱼执法的味道。不过，面对如此棘手的案件，用此计策也是无奈之举。

故事中，东邻被欺的过程为我们提供了借鉴意义：对某些我们自以为熟悉的人保持一丝戒备之心，是非常必要的；也告诫那些贪婪成性的小人，害人之心不可有，无论多么万全的害人之计，总会有大白于天下的时候。

第五节 杀妻者

闻诸耆旧云：昔有人因他适回，见其妻为奸盗所杀，但不见其首支体具在。既悲且惧，遂告于妻族。妻族闻之，遂执婿而入官丞，行加诬云："尔杀吾爱女。"狱吏严其鞭捶，莫得自明。洎不任其苦，乃自诬杀人，甘其一死。款案既成，皆以为不缪，郡主委诸从事。从事疑而不断，谓使君曰："某滥尘幕席，诚宜竭节。奉理人命，一死不可再生，苟或误举典刑，岂能追悔也，必请缓而穷之。且为夫之道，孰忍杀妻，况义在齐眉，曷能断颈。纵有隙而害之，盍作脱祸之计也，或推病殒，或托暴亡，必存尸而弃首，其理甚明。"使君许其谳义。从事乃别开其第，权作狴牢，慎择司存，移此系者，细而劾之，仍给以酒食汤沐，以平人待之，键户棘垣，不使系于外。然后遍勘在城仵作行人，令各供通，近来应与人家安厝坟墓多少去处文状。既而一面诘之曰："汝等与人家举事，还有可疑者乎？"有一人曰："某于一豪家举事，共言杀却一奶子，于墙上舁过，凶器中甚似无物，见在某坊。"发之，果得一女首级。遂将首对尸，令诉者验认，云："非也。"遂收豪家鞠之，豪家伏辜而具款，乃是杀一奶子，函首而葬之，以尸易此良家之妇，私室蓄之。豪士乃全家弃市。吁，伍辞察狱，得无慎乎！

——《玉堂闲话》（据《太平广记》，中华书局 1961 年版）

故事发生在五代时期：丈夫外出返回，发现妻子被人所杀，头已经不见了，只有尸身。又是悲痛又是恐惧的丈夫将噩耗告知了妻子的娘家，妻子的娘家反而认定他是凶手并把他送交官府。在官府的严刑拷打之下，丈夫承认杀妻。幸亏府从事认为案件有疑点，通过明察暗访，查明了案情真相，惩治了真正的凶手。

全篇紧紧围绕一具无头女尸展开：妻族怀疑丈夫杀害妻子的原因是无头，丈夫被刑讯逼供的原因是无头，而案件最大的疑点也正是无头。府从事破案的关键则在于将无头变为有头——找到人头，确认死者的身份，并从人头的出处找出了真凶。

在故事的开头，无辜的丈夫刚刚经历其妻子暴亡的惊吓，又被妻族横加诬告，被当作凶手捉送官府。原指望官府能够明察秋毫，还他一个清白，却不料官府无视诸多疑点，一味刑讯逼供。丈夫在严刑之下"乃自诬杀人，甘其一死"，造成"款案既成，皆以为不缪"的"定案"。作者用精练的语言介绍了冤案发生的过程，暴露了官府审案的武断草率，并为情节的展开做好了铺垫。

在昏聩的官僚中，幸好还有一位据理推断案情、因“一死不可再生”而谨慎判案的府从事。当使君将“定案”交他办理的时候，他对使君说出了自己的想法，话虽不多，却有着多层含意。首先，说明自己职责所在，当为使君竭尽其能。其次，说人命关天，一旦误杀无辜，则追悔莫及，因而必须慎重。再次，才是据理分析案情的疑点——其一，按照正常的夫妻关系来说，丈夫不会忍心杀害妻子；其二，纵使杀妻，也不至于残忍地砍断头颈；其三，就算真是有了嫌隙而杀人，丈夫也会提早想好开脱罪责的说辞和办法，不会把一具无头的尸体摆放在家里。这一番说辞终于说服使君同意复审，给了蒙受冤情的丈夫一线生机。

接下来，着重叙述府从事昭雪冤狱的过程。从中，可以看到这位从事与前面审案的那些官丞、狱吏的区别。他先是对嫌犯采取了一种宽仁的态度，“以平人待之”，并不把他当作罪犯，这就不同于先时的“严其鞭捶”。接着，他对案件“细而劾之”，详细地了解案情背后的隐情，这也不同于先时的粗暴武断。然后，他又“遍勘在城仵作行人”，多方查找可能与案件有关的线索，这就不同于先时的草率定案。

经过广泛细致的调查，府从事从那些检验死伤的差役口里发现了一件可疑的事情：一个豪家说死了一个奶妈，但办丧事时抬出的棺材非常轻，就像没装东西一样。府从事非常重视这个线索，马上派人挖开了那座坟墓，在里面发现了一个女人的头颅，可是这个人头并不是那个“被杀”的妻子的！这到底是怎么回事？府从事拘捕了豪家，进行审问。豪家供认是他杀了一个奶妈，之后将奶妈的尸身搬到“杀妻者”的家里，而把其妻带回自家，藏之私室。至此，案情真相大白，真正的凶手全家被斩，受到了严厉的惩罚。

这篇小说先用一个明显的冤案吸引读者，铺垫情节，再用前后审案过程的对比映衬和准确生动的语言，塑造了府从事恪尽职守、重视实证、执法严明的人物形象。结尾处“伍辞察狱，得无慎乎”一句议论，起到了卒章显志的作用。全篇结构周密，情节曲折，富有悬念，是唐代公案小说中独具特色的一篇。

第六节 钱若水

钱若水为同州推官，知州性褊急，数以胸臆决事，不当，若水固争不能得，辄曰：“当奉陪赎铜耳。”已而，果为朝廷及上司所驳，州官皆以赎论。知州愧谢，已而复然，前后如此数矣。

有富民家小女奴逃亡，不知所之，奴父母讼于州，命录事参军鞫之。录事尝贷钱于富民，不获，乃劾富民父子数人共杀女奴，弃尸水中，遂失其尸。或为元谋，或从而加功，罪皆应死。富民不胜榜楚，自诬服。具上，州官审覆，无反异，皆以为得实。若水独疑之，留其狱，数日不决。录事诣若水厅事，诟之曰："若受富民钱，欲出其死罪耶？"若水笑谢曰："今数人当死，岂可不少留熟观其狱词耶？"留之且旬日，知州屡趣之，不得，上下皆怪之。

若水一旦诣州，屏人言曰："若水所以留其狱者，密使人访求女奴，今得之矣。"知州惊曰："安在？"若水因使人密送女奴于知州所。知州乃垂帘引女奴父母问曰："汝今见汝女，识之乎？"对曰："安有不识也？"因从帘中推出示之，父母泣曰："是也。"乃引富民父子，悉破械纵之。其人号泣不肯去，曰："微使君之赐，则某灭族矣。"知州曰："推官之赐也，非我也。"其人趣诣若水厅事，若水闭门拒之，曰："知州自求得之，我何与焉？"其人不得入，绕垣而哭，倾家赀以饭僧，为若水祈福。

知州以若水雪冤死者数人，欲为之奏论其功，若水固辞，曰："若水但求狱事正，人不冤死耳。论功非其本心也。且朝廷若以此为若水功，当置录事于何地耶？"知州叹服曰："如此尤不及矣。"录事诣若水叩头愧谢。若水曰："狱情难知，偶有过误，何谢也？"于是远近翕然称之。未几，太宗闻之，骤加进擢，自幕职半岁中为知制诰，二年中为枢密副使。

——《涑水纪闻》(中华书局 1989 年版)

本文记载了钱若水一生中的几个片段，表现了他正直、宽容、清廉的高尚品质。其中，尤以平反富室冤屈的过程最为典型。

故事的起因并不复杂，一户富裕的人家走失了一个小女奴，在多方寻找没有音信的情况下，女奴的父母将富户告到了官府。这原本是一个平常的案件，却因主审此案的录事参军与富民之间有旧怨而横生枝节。原来，录事参军曾向富民借钱没有如愿，这一回冤家路窄，富民正好落到了他的手里。于是录事大逞其私，蓄意报复，诬陷富民父子杀害了女奴，严刑逼供。富民父子数人不胜其苦，承认了杀人，被定为死罪，"州官审覆，无反异"。数条生命，就因为一点私怨，眼看就要含冤而死。这一段对冤案产生过程的叙述，没有任何议论，语言简略，却充分暴露出封建官吏贪赃枉法、草菅人命、残害无辜的丑恶嘴脸。

就在富民父子命悬一线之际，我们看到了一个与众不同的推官钱若水。他宠辱不惊地微笑着面对录事的诟骂诬蔑，他不紧不慢地拖延判决而不理会知州的催促。他到底想怎么样？文中说"上下皆怪之"，他的葫芦里到底卖的是什么药？

原来，钱若水认为富民一定是被冤枉的，若只是力争，非但不能说服众人，反倒会落下一个"受富民钱"的罪名。他需要证据，也需要时间。所以他一方面"留其狱，数日不决"，一方面自己出钱，四处查访女奴的下落。功夫不负有心人，钱若水终于找到了活着的女奴。这时，他才将实情悄悄告诉了知州。在知州的主持下，女奴与父母相认，从而洗脱了富民父子的罪名。

从公案小说的角度来说，故事至此就已经完结了，但作者意不止此，又详细叙述了事件的后续发展。死里逃生的富民要当面向钱若水致谢，钱若水闭门不纳。知州欲将此事上报朝廷——这对钱若水以后的仕途无疑是有利的——他却谢绝了知州的好意，因为这对录事会有影响。钱若水对这两件事情的处理，说明他自出家财访求走失的女奴，只为理清冤案，并没有一点私心，充分体现了钱若水的清廉自守与宽容大度。在其他记载中我们可以知道，后来钱若水的事迹传到了宋太宗那里，因而得到了升迁。加官晋爵之后的钱若水不改其行事本色，在皇帝"色甚厉，无一敢言"的情况下，仍然从容直言，再次阻止了一次可能的错杀。

本文篇幅虽然短小，情节上却做到了曲折腾挪，粗线条地勾勒出三个人物的不同形象。假公权泄私忿的录事参军，平庸而又能够不掠人功、不掩人美的知州，尤其是正直、宽容、沉稳的钱若水，都给读者以深刻的印象。

如果说《杀妻者》中的冤案出于判案者的武断与草率，《钱若水》中的冤案则更多了当权者的假公济私。一个小小的"录事参军"，就可以为一点私怨而借机置人于死地，足见当时社会的昏暗。在这样一个反面人物的对比映衬下，钱若水大度、公正、沉稳的形象则更加鲜明而伟大。

第七节 工狱

京师小木局，木工数百人。官什伍其人，置长分领之。一工与其长争，长曲不下，工遂绝不往来。半岁，众工谓口语非大嫌，醵酒肉，强工造长居，和解之，乃欢如初。暮醉，散去。

工妇淫，素与所私者谋戕良人，不得间。是日，以其醉于仇而返也，杀之。仓卒藏尸无所。室有土榻，榻中空，盖寒则以厝火者，乃启榻砖置尸空中。空狭，割为四五，始容焉，复砖故所。

明日，妇往长家哭曰："吾夫昨不归，必而杀之！"讼诸警巡院。院以长仇也，逮至，榜掠不胜毒，自诬服。妇发丧成服，召比丘修佛事，哭尽哀。

院诘长尸处，曰："弃壕中。"责伍作二人索之壕，弗得。伍作本治丧者，民不得良死而讼者主之，是故常也。刑部御史、京尹交促具狱甚急。二人者期十日得尸，不得，笞。既乃竟不得，笞。期七日，又不得。期五日，期三日，四被笞，终不得，而期益近。二人叹惋，循壕相语，笞无已时，因谋别杀人应命。暮坐水傍，一翁骑驴渡桥，犄角挤堕水中，纵驴去。惧状不类，不敢辄出。又数受笞，涉旬余，度翁烂不可识，举以闻院。召妇审视，妇抚而大号曰："是矣，吾夫死乃尔若耶！"

取夫衣招魂壕上，脱笄珥具棺葬之。狱遂成。院当长死。案上，未报可。

骑驴翁之族，物色翁不得。一人负驴皮道中过，宛然其所畜，夺而披视，血皮未燥。执诉于邑。亦以鞫讯惨酷，自诬劫翁驴，翁拒而杀之，尸葬某地。求之不见，辄更曰"某地"。辞数更，卒不见。负皮者瘐死狱中。

岁余，前长奏下，缚出狴犴。众工随而噪若雷，虽皆愤其冤，而不能为之明，环视无可奈何，长竟斩。众工愈哀叹不置，遍访其事无所得，不知为计。乃聚议裒交钞百定，处处置衢路，有得某工死状者酬以是。亦寂然无应者。

初，妇每修佛事，则丐者坌至求供饭，一故偷常从丐往乞。一日，偷将盗他人家，尚蚤，不可。既熟妇门户，乃暗中依其垣屋以须。迫钟时，忽醉者踉跄而入，酗而怒妇，詈之拳之，且蹴之，妇不敢出声。醉者睡，妇微谇烛下曰："缘而杀吾夫，体骸异处土榻下，二岁余矣！榻既不可火，又不敢填治，吾夫尚不知腐尽以否？今乃虐我！"叹息饮泣。偷立牖外，悉得之，默自贺曰："奚偷为！"明发，入局中号于众："吾已得某工死状，速付我钱！"众以其故偷，不肯，曰："必暴著乃可。"遂书合分支与偷，且俾众遥随我往。偷阳被酒，入妇舍挑之。妇大骂："丐敢尔！"邻居皆不平偷，将殴之。偷遽去土榻席板砖，作欲击斗状，则尸见矣。众工突入，偿偷购，反接妇送官。妇吐实，醉者则所私也。

官复穷壕中死人何从来，伍作款："挤何物骑驴翁堕水。"伍作诛。妇洎所私者磔于市。先主长死吏，皆废终身。官知水中翁即向瘐死者事，然以发之，则吏又有得罪者数人，遂寝，负皮者冤竟不白。

此延祐初事也，校官文谦甫以语宋子。宋子曰："工之死，当坐者妇与所私者止耳。乃牵联杀四五人，此事变之殷也。解仇而伏殴刀，逃笞而得刃，伍作杀而工妇窆，负皮道中而死桎梏，赴盗而获购，此又缪辒而不可知者也。悲夫！"

——《至治集》（据《旧小说》戊集）

如果说，前面几个故事中的冤情、疑案都有清官明吏及时出现，发现疑点，避免冤案的发生，那么《工狱》中的人物就远没有那么幸运了。

案件本身并不复杂，不过是木工的妻子因为与别人有奸情，便设谋杀害了丈夫，再嫁祸给曾经和丈夫有过矛盾的工长。如果警巡院能够认真勘查，弄清真相本非难事，受到惩罚的只应是妻子和奸夫两个人。但警巡院先认定工长仇杀，因之造成了一连串的冤杀枉死。在明显漏洞百出的案件审理过程中，那些荒唐的、无理的做法都得到了认可，原本可以避免的悲剧则越酿越大。如果不是工友们的坚持，不知何日才能真相大白。

最让人痛心的，是那些无辜者的惨被牵连。

第一个，是因为口角之争、意气用事而和木工"绝不往来"半年的工长。讽刺的是，案件恰恰发生在经其他工人调节，二人和好如初的当夜。木工"醉于仇而返”，正好给了早就蓄意谋杀丈夫的妻子及其情夫以可乘之机，为他们栽赃嫁祸提供了人选。工长就这样莫名其妙地成了凶手嫌犯，又在警巡院“榜掠不胜毒”的严刑之下，承认了杀人的罪名，最终惨被斩首。

第二个，是一个偶然骑驴渡桥的老人。这个案子本来与他没有丝毫关系，只是因为两个仵作需要一具尸体来交差，他就成为二人选定的目标，成为壕渠之中的枉死之鬼。对这个老人来说，真是祸从天降。

第三个，是一个“负驴皮道中过”的更加与这些事件不相干的人。仅仅因为这张驴皮看起来和骑驴老人的驴有些像，他就被怀疑成杀人越货的凶徒，遭到惨酷的刑讯，自诬劫翁杀驴，成为“瘐死狱中”的又一个冤魂。

还有两个被牵连的人，就是原本无辜而“被迫行凶”的两个仵作。他们的职责本是按照嫌犯所指而查找尸体，却在荒唐的办案逻辑下，因找不到尸体而几次受到笞罚。为了逃避责罚，他们选择了杀人谋尸，犯下罪行。最终，在真相败露后被诛杀。

在这接二连三的冤杀枉死的过程中，深刻暴露出“警巡院”中的黑白颠倒、草菅人命。因为，这些都是稍加明察就可以避免的事情，只要略作思考就可以发现其中的漏洞。

首先，工长的被冤。木工之死，是在与工长握手言和的当晚，参与调和的众多木工，都可以证明二人已经和好如初，并可以证明木工已从工长家返回。也就是说，工长明显是被人诬陷。但是，警巡院武断地认定了本案为仇杀，工长自己没有陈冤的机会，众多工友也没有为他说明情况的机会，“虽皆愤其冤，而不能为之明”。在官吏想当然的判案思路和淫威之下，小民百姓的意见算得了什么？

其次，骑驴老人的被杀。凶手承认了杀人，所指出的藏尸之所却找不到尸体，这本就说明案件存在着疑点。但糊涂的官员不在案件本身、不在审理案件的过程中找原因，反倒限期仵作找到尸体，这是多么荒唐的事情！而如此荒唐的行事反而得到了认可，终于导致两个仵作要靠杀人来“完成任务”，造成了骑驴老人的枉死沟渠。在官员们职任混乱无序、权责不明之下，所谓的情理又算得了什么？

再次，是负驴皮者的瘐死。所谓“拿奸要双，捉贼要赃”，仅凭一张看似相类的驴皮，就将人惨酷拷问，致其自诬劫驴杀人的重罪，在数次指认都找不到尸体的情况下，悲惨地“瘐死”狱中。在官员们“刁民不打不招”的惯性思维下，所谓的“证据确凿”又算得了什么？

一般说来，公案小说中都会有一个高明的“侦探”，他们会运用智慧巧妙地侦破那些复杂的案情，为蒙冤者昭雪，让犯罪者伏刑。但在这个故事里，自始至终，并没有这样一个人出现。案件最终得以水落石出，是因为一个小偷无意中撞见了木工妻子的奸情，听到了她的自白。一个牵连如此众多的案件，靠着一个如此卑微的人物，因戏剧性的巧合而大白于天下，不能不说是一个强烈的讽刺。

整个案件的始作俑者是木工的妻子，她不守妇道在先，因与他人有了私情而谋杀自己的丈夫，可见其心肠之狠毒。杀害丈夫而嫁祸他人，又表现了她的狡诈。在丈夫发丧时“修佛事，哭尽哀”，面对骑驴老人的尸体，明知不是自己的丈夫，却能“抚而大号”，足见她的虚伪。当被情夫殴打时，她虽然想到了丈夫，却不过是感叹自己的处境，对木工没有一丝一毫的同情与愧悔，这又表现出她的冷酷。她的不忠不贞是杀人的起因，她的残忍嫁祸是一系列冤案的起因，因此她和情夫终被“磔于市”，实是罪有应得，只是可惜了那五个原本无干的生命，成了她自作孽下的陪葬品。

整个故事中，我们看不到希望，看不到光明，看到的只是一塌糊涂的泥潭里的肮脏与腐败。如果一定要在这里找出一点人性，找出一点温情，也就只剩下木工的那些工友们了。他们是热情善良的，为了二人的和好而奔走。他们是卑弱无助的，眼睁睁地看着工长冤死被斩而无力营救。他们是正直执着的，虽然工长已经被冤杀，也不放弃对真凶的找寻。他们遍访其事，又重金悬赏，最终在小偷偶然听到实情之后，终于揭开了疑案，令真凶伏法，令被杀者安息，为被冤者昭雪。

作者正是通过这样一个典型的故事，深刻地揭露了官场的黑暗，抨击了官僚机构的腐败，让读者看到了封建官吏“明镜高悬”的匾额下触目惊心的罪恶。

第八节 错斩崔宁

聪明伶俐自天生，懵懂痴呆未必真。嫉妒每因眉睫浅，戈矛时起笑谈深。

九曲黄河心较险，十重铁甲面堪憎。时因酒色亡家国，几见诗书误好人？

这首诗单表为人难处。只因世路窄狭，人心叵测，大道既远，人情万端。熙熙攘攘，都为利来；蚩蚩蠢蠢，皆纳祸去。持身保家，万千反覆。所以古人云：“颦有为颦，笑有为笑。颦笑之间，最宜谨慎。”这回书单说一个官人，只因酒后一时戏笑之言，遂至杀身破家，陷了几条性命。且先引下一个故事来，权做个得胜头回。

我朝元丰年间，有一个少年举子，姓魏名鹏举，字冲霄，年方一十八岁。娶得一个如花似玉的浑家。未及一月，只因春榜动，选场开，魏生别了妻子，收拾行囊，上京取应。临别时，浑家分付丈夫：“得官不得官，早早回来，休抛闪了恩爱夫妻。”魏生答道：“功名二字，是俺本领前程，不索贤卿忧虑。”别后登程到京，果然一举成名，榜上一甲第九名，除授京职，到差甚是华艳动人，少不得修了一封家书，差人接取家眷入京。书上先叙了寒温及得官的事，后却写下一行，道是：“我在京中早晚无人照管，已讨了一个小老婆，专候夫人到京，同享荣华。”家人收拾书程，一径到家，见了夫人，称说贺喜。因取家书呈上。夫人拆开看了，见是如此如此，这般这般，便对家人道：“官人直恁负恩！甫能得官，便娶了二夫人。”家人便道：“小人在京，并没见有此事。想是官人戏谑之言。夫人到京，便知端的，休得忧虑。”夫人道：“恁地说，我也罢了。”却因人舟未便，一面收拾起身，一面寻觅便人，先寄封平安家信到京中去。那寄书人到了京中，寻问新科魏进士寓所，下了家书，管待酒饭，自回不题。

却说魏生接书，拆开来看了，并无一句闲言闲语，只说道：“你在京中娶了一个小老婆，我在家中也嫁了一个小老公，早晚同赴京师也。”魏生见了，也只道是夫人取笑的说话，全不在意。未及收好，外面报说有个同年相访。京邸寓中，不比在家宽转，那人又是相厚的同年，又晓得魏生并无家眷在内，直至里面坐下，叙了些寒温。魏生起身去解手，那同年偶翻桌上书帖，看见了这封家书，写得好笑，故意朗诵起来。魏生措手不及，通红了脸，说道：“这是没理的事。因是小弟戏谑了他，他便取笑写来的。”那同年呵呵大笑道：“这节事却是取笑不得的。”别了就去。那人也是一个少年，喜谈乐道，把这封家书一节，顷刻间遍传京邸。也有一班妒忌魏生少年登高科的，将这桩事只当作风闻言事的一个小小新闻，奏上一本，说这魏生年少不检，不宜居清要之职，降处外任。魏生懊恨无及。后来毕竟做官蹭蹬不起，把锦片也似一段美前程，等闲放过去了。

这便是一句戏言，撒漫了一个美官。今日再说一个官人，也只为酒后一时戏言，断送了堂堂七尺之躯，连累两三个人，枉屈害了性命。却是为着甚的？有诗为证：

世路崎岖实可哀，傍人笑口等闲开。白云本是无心物，又被狂风引出来。

却说高宗时，建都临安，繁华富贵，不减那汴京故国。去那城中箭桥左侧，有个官人姓刘名贵，字君荐。祖上原是有根基的人家，到得君荐手中，却是时乖运蹇。先前读书，后来看看不济，却去改业做生意。便是半路上出家的一般，买卖行中一发不是本等伎俩，又把本钱消折去了。渐渐大房改换小房，赁得两三间房子，与同浑家王氏，年少齐眉。后因没有子嗣，娶下一个小娘子，姓陈——是陈卖糕的女儿——家中都呼为二姐。这也是先前不十分穷薄的时做下的勾当。至亲三口，并无闲杂人在家。那刘君荐极是为人和气，乡里见爱，都称他：“刘官人，你是一时运限不好，如此落莫，再过几时，定时有个亨通的日子。”说便是这般说，那得有些些好处？只是在家纳闷，无可奈何。

却说一日闲坐家中，只见丈人家里的老王，年近七旬，走来对刘官人说道：“家间老员外生日，特令老汉接取官人娘子去走一遭。”刘官人便道：“便是我日逐愁闷过日子，连那泰山的寿诞也都忘了。”便同浑家王氏，收拾随身衣服，打叠个包儿，交与老王背了，分付二姐："看守家中，今日晚了，不能转回，明晚须索来家。"说了就去。离城二十余里，到了丈人王员外家，叙了寒温。当日坐间客众，丈人女婿，不好十分叙述许多穷相。到得客散，留在客房里宿歇。

直到天明，丈人却来与女婿攀话，说道："姐夫，你须不是这等算计。'坐吃山空，立吃地陷。''咽喉深似海，日月快如梭。'你须计较一个常便。我女儿嫁了你，一生也指望丰衣足食，不成只是这等就罢了。"刘官人叹了一口气道："是。泰山在上，道不得个'上山擒虎易，开口告人难'。如今的时势，再有谁似泰山这般怜念我的？只索守困。若去求人，便是劳而无功。"丈人便道："这也难怪你说。老汉却是看你们不过，今日赍助你些少本钱，胡乱去开个柴米店，赚得些利息来过日子，却不好么？"刘官人道："感蒙泰山恩顾，可知是好。"

当下吃了午饭，丈人取出十五贯钱来，付与刘官人道："姐夫，且将这些钱去收拾起店面。开张有日，我便再应付你十贯。你妻子且留在此过几日，待有了开店日子，老汉亲送女儿到你家，就来与你作贺，意下如何？"

刘官人谢了又谢，驮了钱一径出门，到得城中，天色却早晚了，却撞着一个相识，顺路在他家门首经过。那人也要做经纪的人，就与他商量一会，可知是好。便去敲那人门时，里面有人应喏，出来相揖，便问："老兄下顾，有何见教？"刘官人一一说知就里。那人便道："小弟闲在家中，老兄用得着时，便来相帮。"刘官人道："如此甚好。"当下说了些生意的勾当。那人便留刘官人在家，现成杯盘，吃了三杯两盏。刘官人酒量不济，便觉有些朦胧起来，抽身作别，便道："今日相扰，明早就烦老兄过寒家计议生理。"那人又送刘官人至路口，作别回家，不在话下。若是说话的同年生，并肩长，拦腰抱住，把臂拖回，也不见得受这般灾晦，却教刘官人死得不如《五代史》李存孝，《汉书》中彭越。

却说刘官人驮了钱，一步一步捱到家中敲门，已是点灯时分。小娘子二姐独自在家，没一些事做，守得天黑，闭了门，在灯下打瞌睡。刘官人打门，他那里便听见？敲了半晌，方才知觉，答应一声"来了"，起身开了门。刘官人进去，到了房中，二姐替刘官人接了钱，放在桌上，便问："官人何处挪移这项钱来？却是甚用？"那刘官人一来有了几分酒，二来怪他开得门迟了，且戏言吓他一吓，便道："说出来，又恐你见怪；不说时，又须通你得知。只是我一时无奈，没计可施，只得把你典与一个客人。又因舍不得你，只典得十五贯钱。若是我有些好处，加利赎你回来。若是照前这般不顺溜，只索罢了。"那小娘子听了，欲待不信，又见十五贯钱堆在面前；欲待信来，他平白与我没半句言语，大娘子又过得好，怎么便下得这等狠心辣手？疑狐不决，只得再问道："虽然如此，也须通知我爹娘一声。"刘官人道："若是通知你爹娘，此事断然不成。你明日且到了人家，我慢慢央人与你爹娘说通，他也须怪我不得。"小娘子又问："官人今日在何处吃酒来？"刘官人道：

"便是把你典与人,写了文书,吃他的酒才来的。"小娘子又问:"大姐姐如何不来?"刘官人道:"他因不忍见你分离,待得你明日出了门才来。这也是我没计奈何,一言为定。"说罢,暗地忍不住笑,不脱衣裳,睡在床上,不觉睡去了。

那小娘子好生摆脱不下:"不知他卖我与甚色样人家?我须先去爹娘家里说知。就是他明日有人来要我,寻到我家,也须有个下落。"沉吟了一会,却把这十五贯钱,一垛儿堆在刘官人脚后边。趁他酒醉,轻轻的收拾了随身衣服,款款的开了门出去,拽上了门。却去左边一个相熟的邻舍叫做朱三老儿家里,与朱三妈借宿了一夜。说道:"丈夫今日无端卖我,我须先去与爹娘说知。烦你明日对他说一声,既有了主顾,可同我丈夫到爹娘家中来讨个分晓,也须有个下落。"那邻舍道:"小娘子说得有理,你只顾自去,我便与刘官人说知就理。"过了一宵,小娘子作别去了,不题。正是:鳌鱼脱却金钩去,摆尾摇头再不回。

放下一头。却说这里刘官人一觉直至三更方醒,见桌上灯犹未灭,小娘子不在身边。只道他还在厨下收拾家火,便唤二姐讨茶吃。叫了一回,没人答应,却待挣扎起来,酒尚未醒,不觉又睡了去。不想却有一个做不是的,日间赌输了钱,没处出豁,夜间出来掏摸些东西,却好到刘官人门首。因是小娘子出去了,门儿拽上不关。那贼略推一推,豁地开了。捏手捏脚,直到房中,并无一人知觉。到得床前,灯火尚明。周围看时,并无一物可取。摸到床上,见一人朝着里床睡去,脚后却有一堆青钱,便去取了几贯。不想惊觉了刘官人,起来喝道:"你须不近道理!我从丈人家借办得几贯钱来养身活命,不争你偷了我的去,却是怎的计结?"那人也不回话,照面一拳,刘官人侧身躲过,便起身与这人相持。那人见刘官人手脚活动,便拔步出房。刘官人不舍,抢出门来,一径赶到厨房里,恰待声张邻舍,起来捉贼。那人急了,正好没出豁,却见明晃晃一把劈柴斧头,正在手边。也是人急计生,被他掉起一斧,正中刘官人面门,扑地倒了。又复一斧,斫倒一边。眼见得刘官人不活了,呜呼哀哉,伏惟尚飨。那人便道:"一不做,二不休,却是你来赶我,不是我来寻你索命。"翻身入房,取了十五贯钱。扯条单被包裹得停当,拽扎得爽俐,出门拽上了门就走,不题。

次早邻舍起来,见刘官人家门也不开,并无人声息,叫道:"刘官人!失晓了!"里面没人答应。捱将进去,只见门也不关。直到里面,见刘官人劈死在地。他家大娘子两日前已自往娘家去了,小娘子如何不见?免不得声张起来。

却有昨夜小娘子借宿的邻家朱三老儿说道:"小娘子昨夜黄昏时到我家宿歇,说道刘官人无端卖了他,他一径先到爹娘家里去了。教我对刘官人说,既有了主顾,可同到他爹娘家中,也讨得个分晓。今一面着人去追他转来,便有下落;一面着人去报他大娘子到来,再作区处。"众人都道:"说得是。"先着人去到王老员外家报了凶信。

老员外与女儿大哭起来，对那人道："昨日好端端出门，老汉赠他十五贯钱，教他将来作本，如何便恁的被人杀了？"那去的人道："好教老员外大娘子得知，昨日刘官人归时，已自昏黑，吃得半酣，我们都不晓得他有钱没钱，归迟归早。只是今早刘官人家门儿半开，众人推将进去，只见刘官人杀死在地，十五贯钱一文也不见，小娘子也不见踪迹。声张起来，却有左邻朱三老儿出来，说道他家小娘子昨夜黄昏时分借宿他家。小娘子说道刘官人无端把他典与人了。小娘子要对爹娘说一声，住了一宵，今日径自去了。如今众人计议，一面来报大娘子与老员外，一面着人去追小娘子。若是半路里追不着的时节，直到他爹娘家中，好歹追他转来，问个明白。老员外与大娘子须索去走一遭，与刘官人执命。"老员外与大娘子急急收拾起身，管待来人酒饭，三步做一步，赶入城中，不题。

却说那小娘子清早出了邻舍人家，挨上路去，行不上一二里，早是脚疼走不动，坐在路旁。却见一个后生，头带万字头巾，身穿直缝宽衫，背上驮了一个搭膊，里面却是铜钱，脚下丝鞋净袜，一直走上前来。到了小娘子面前，看了一看，虽然没有十二分颜色，却也明眉皓齿，莲脸生春，秋波送媚，好生动人。正是：野花偏艳目，村酒醉人多。

那后生放下搭膊，向前深深作揖："小娘子独行无伴，却是往那里去的？"小娘子还了万福道："是奴家要往爹娘家去，因走不上，权歇在此。"因问："哥哥是何处来？今要往何方去？"那后生叉手不离方寸："小人是村里人，因往城中卖了丝帐，讨得些钱，要往褚家堂那边去的。"小娘子道："告哥哥则个，奴家爹娘也在褚家堂左侧，若得哥哥带挈奴家同走一程，可知是好。"那后生道："有何不可。既如此说，小人情愿伏侍小娘子前去。"

两个厮赶着，一路正行，行不到二三里田地，只见后面两个人，脚不点地，赶上前来。赶得汗流气喘，衣服拽开，连叫："前面小娘子慢走，我却有话说知。"小娘子与那后生看见赶得蹊跷，都立住了脚。后边两个赶到根前，见了小娘子与那后生，不容分说，一家扯了一个，说道："你们干得好事！却走往那里去？"小娘子吃了一惊，举眼看时，却是两家邻舍。一个就是小娘子昨夜借宿的主人。小娘子便道："昨夜也须告过公公得知，丈夫无端卖我，我自去对爹娘说知。今日赶来，却有何说？"朱三老道："我不管闲帐。只是你家里有杀人公事，你须回去对理。"小娘子道："丈夫卖我，昨日钱已驮在家中，有甚杀人公事？我只是不去。"朱三老道："好自在性儿。你若真个不去，叫起地方：有杀人贼在此，烦为一捉。不然，须要连累我们；你这里地方也不得清净。"那个后生见不是话头，便对小娘子道："既如此说，小娘子只索回去，小人自家去休。"那两个赶来的邻舍，齐叫起来，说道："若是没有你在此便罢，既然你与小娘子同行同止，你须也去不得。"那后生道："却又古怪！我自半路遇见小娘子，偶然伴他行一程，路途上有甚皂丝麻线，要勒揹我同去?”朱三老道:“他家有了杀人公事,不争放你去了,却打没对头官司。”当下怎容小娘子和那后生做主?看的人渐渐立满,都道:“后生!你去不得。你日间不作亏心事,半夜敲门不吃惊,便去何妨?”那赶来的邻舍道:“你若不去,便是心虚,我们却和你罢休不得。”四个人只得厮挽着一路转来。

到得刘官人门首,好一场热闹。小娘子入去看时,只见刘官人斧劈倒在地死了,床上十五贯钱,分文也不见。开了口合不得,伸了舌缩不上去。那后生也慌了,便道:“我恁的晦气。没来由和那小娘子同走一程,却做了干连人。”众人都和闹着。正在那里分豁不开,只见王老员外和女儿一步一攧走回家来,见了女婿尸身,哭了一场,便对小娘子道:“你却如何杀了丈夫?劫了十五贯钱逃走出去?今日天理昭然,有何理说?”小娘子道:“十五贯钱委是有的。只是丈夫昨晚回来,说是无计奈何,将奴家典与他人,典得十五贯身价在此,说过今日便要奴家到他家去。奴家因不知他典与甚色样人家,先去与爹娘说知。故此趁夜深了,将这十五贯钱,一垛儿堆在他脚后边,拽上门,到朱三老家住了一宵,今早自去爹娘家里说知。我去之时,也曾央朱三老对我丈夫说,既然有了主儿,便同到我爹娘家里来交割。却不知因甚杀死在此?”那大娘子道:“可又来。我的父亲昨日明明把十五贯钱与他驮来,作本养赡妻小,他岂有哄你说是典来身价之理?这是你两日因独自在家,勾搭上了人;又见家中好生不济,无心守耐;又见了十五贯钱,一时见财起意,杀死丈夫,劫了钱,又使见识往邻舍家借宿一夜,却与汉子通同计较,一处逃走。现今你跟着一个男子同走,却有何理说,抵赖得过?”

众人齐声道:“大娘子之言,甚是有理。”又对那后生道:“后生,你却如何与小娘子谋杀亲夫,却暗暗约定在僻静处等候,一同去逃奔他方,却是如何计结。”那人道:“小人自姓崔名宁,与那小娘子无半面之识。小人昨晚入城,卖得几贯丝钱在这里,因路上遇见小娘子,小人偶然问起往那里去的,却独自一个行走。小娘子说起是与小人同路,以此作伴同行,却不知前后因依。”众人那里肯听他分说,搜索他搭膊中,恰好是十五贯钱,一文也不多,一文也不少。众人齐发起喊来,道是:“天网恢恢,疏而不漏。你却与小娘子杀了人,拐了钱财,盗了妇女,同往他乡。却连累我地方邻里打没头官司。”

当下大娘子结扭了小娘子,王老员外结扭了崔宁,四邻舍都是证见,一哄都入临安府中来。那府尹听得有杀人公事,即便升堂,便叫一干人犯逐一从头说来。先是王老员外上去告说:“相公在上,小人是本府村庄人氏,年近六旬,只生一女。先年嫁与本府城中刘贵为妻,后因无子,取了陈氏为妾,呼为二姐。一向三口在家过活,并无片言。只因前日是老汉生日,差人接取女儿女婿到家住了一夜。次日,因见女婿家中全无活计,养赡不起,把十五贯钱与女婿作本,开店养身。却有二姐在家看守。到得昨夜,女婿到家时分,不知因甚缘故,将女婿斧劈死了，二姐却与一个后生，名唤崔宁，一同逃走，被人追捉到来。望相公可怜见老汉的女婿身死不明，奸夫淫妇，赃证现在，伏乞相公明断。”

府尹听得如此如此，便叫陈氏上来：“你却如何通同奸夫杀死了亲夫，劫了钱与人一同逃走？是何理说？”二姐告道：“小妇人嫁与刘贵，虽是个小老婆，却也得他看承得好，大娘子又贤慧，却如何肯起这片歹心？只是昨晚丈夫回来，吃得半酣，驮了十五贯钱进门。小妇人问他来历，丈夫说道，为因养赡不周，将小妇人典与他人，典得十五贯身价在此，又不通我爹娘得知，明日就要小妇人到他家去。小妇人慌了，连夜出门，走到邻舍家里借宿一宵，今早一径先往爹娘家去。教他对丈夫说：既然卖我有了主顾，可到我爹娘家里来交割。才走得到半路，却见昨夜借宿的邻家赶来，捉住小妇人回来，却不知丈夫杀死的根由。”那府尹喝道：“胡说。这十五贯钱，分明是他丈人与女婿的，你却说是典你的身价，眼见得没巴臂的说话了。况且妇人家如何黑夜行走？定是脱身之计。这桩事须不是你一个妇人家做的，一定有奸夫帮你谋财害命，你却从实说来！”

那小娘子正待分说，只见几家邻舍，一齐跪上去告道：“相公的言语，委是青天。他家小娘子昨夜果然借宿在左邻第二家的，今早他自去了。小的们见他丈夫杀死，一面着人去赶，赶到半路，却见小娘子和那一个后生同走，苦死不肯回来。小的们勉强捉他转来；却又一面着人去接他大娘子与他丈人，到时，说昨日有十五贯钱付与女婿做生理的。今者女婿已死，这钱不知从何而去。再三问那小娘子时，说道他出门时，将这钱一垛儿堆在床上。却去搜那后生身边，十五贯钱分文不少。却不是小娘子与那后生通同谋杀？赃证分明，却如何赖得过？”

府尹听他们言言有理，就唤那后生上来道：“帝辇之下，怎容你这等胡行？你却如何谋了他小老婆，劫了十五贯钱，杀死他亲夫，今日同往何处？从实招来！”那后生道：“小人姓崔名宁，是乡村人氏。昨日往城中卖了丝，卖得这十五贯钱。今早偶然路上撞着这小娘子，并不知他姓甚名谁，那里晓得他家杀人公事？”府尹大怒，喝道：“胡说！世间不信有这等巧事。他家失去了十五贯钱，你却卖的丝恰好也是十五贯钱，这分明是支吾的说话了。况且他妻莫爱，他马莫骑，你既与那妇人没甚首尾，却如何与他同行共宿？你这等顽皮赖骨，不打如何肯招？”

当下众人将那崔宁与小娘子死去活来，拷打一顿。那边王老员外与女儿并一干邻佑人等，口口声声咬他二人；府尹也巴不得了结这段公案。拷讯一回，可怜崔宁和小娘子受刑不过，只得屈招了，说是一时见财起意，杀死亲夫，劫了十五贯钱同奸夫逃走是实。左邻右舍都指画了“十”字，将两人大枷枷了，送入死囚牢里。将这十五贯钱给还原主，也只好奉与衙门中人做使用也还不够哩。府尹叠成文案，奏过朝廷，部覆申详，到下圣旨，说崔宁不合奸骗人妻，谋财害命，依律处斩；陈氏不合通同奸夫杀死亲夫，大逆不道，凌迟示众。”当下读了招状，大牢内取出二人来，当厅判一个"斩"字，一个"剐"字，押赴市曹行刑示众。两人浑身是口，也难分说。正是：哑子谩尝黄蘗味，难将苦口对人言。

看官听说：这段公事，果然是小娘子与那崔宁谋财害命的时节，他两人须连夜逃走他方，怎的又去邻舍人家借宿一宵？明早又走到爹娘家去，却被人捉住了？这段冤枉，仔细可以推详出来。谁想问官糊涂，只图了事，不想捶楚之下，何求不得？冥冥之中，积了阴骘，远在儿孙近在身。他两个冤魂也须放你不过。所以做官的切不可率意断狱，任情用刑，也要求个公平明允。道不得个死者不可复生，断者不可复续，可胜叹哉。

闲话休题。却说那刘大娘子到得家中，设个灵位，守孝过日。父亲王老员外劝他转身，大娘子说道："不要说起三年之久，也须到小祥之后。"父亲应允自去。光阴迅速，大娘子在家巴巴结结，将近一年。父亲见他守不过，便叫家里老王去接他来，说："叫大娘子收拾回家，与刘官人做了周年，转了身去罢。"大娘子没计奈何，细思父言，亦是有理，收拾了包裹，与老王背了，与邻舍家作别，暂去再来。一路出城，正值秋天，一阵乌风猛雨，只得落路往一所林子去躲。不想走错了路，正是：猪羊入屠宰之家，一脚脚来寻死路。

走入林子里来，只听他林子背后大喝一声："我乃静山大王在此。行人住脚，须把买路钱与我。"大娘子和那老王吃那一惊不小，只见跳出一个人来：头带干红凹面巾，身穿一领旧战袍，腰间红绢搭膊裹肚，脚下蹬一双乌皮皂靴，手执一把朴刀。舞刀前来。那老王该死，便道："你这剪径的毛团。我须是认得你，做这老性命着与你兑了罢。"一头撞去，被他闪过空。老人家用力猛了，扑地便倒。那人大怒道："这牛子好生无礼。"连搠一两刀，血流在地，眼见得老王养不大了。

那刘大娘子见他凶猛，料道脱身不得，心生一计，叫做脱空计。拍手叫道："杀得好。"那人便住了手，睁员怪眼，喝道："这是你甚么人？"那大娘子虚心假气的答道："奴家不幸，丧了丈夫，却被媒人哄诱，嫁了这个老儿，只会吃饭。今日却得大王杀了，也替奴家除了一害。"那人见大娘子如此小心，又生得有几分颜色，便问道："你肯跟我做个压寨夫人么？"大娘子寻思，无计可施，便道："情愿伏侍大王。"那人回嗔作喜，收拾了刀杖，将老王尸首撺入涧中，领了刘大娘子到一所庄院前来，甚是委曲。只见大王向那地上拾些土块，抛向屋上去，里面便有人出来开门。到得草堂之上，分付杀羊备酒，与刘大娘子成亲。两口儿且是说得着。正是：明知不是伴，事急且相随。

不想那大王自得了刘大娘子之后，不上半年，连起了几主大财，家间也丰富了。大娘子甚是有识见，早晚用好言语劝他："自古道：'瓦罐不离井上破，将军难免阵中亡。'你我两人，下半世也够吃用了，只管做这没天理的勾当，终须不是个好结果。却不道是梁园虽好，不是久恋之家，不若改行从善，做个小小经纪，也得过养身活命。"那大王早晚被他劝转，果然回心转意，把这门道路撇了，却去城市间赁下一处房屋，开了一个杂货店。遇闲暇的日子，也时常去寺院中念佛赴斋。

忽一日在家闲坐，对那大娘子道："我虽是个剪径的出身，却也晓得冤各有头，债各有主。每日间只是吓骗人东西，将来过日子，后来得有了你，一向买卖顺溜，今已改行从善。闲来追思既往，止曾枉杀了两个人，又冤陷了两个人，时常挂念。思欲做些功德超度他们，一向不曾对你说知。"大娘子便道："如何是枉杀了两个人？"那大王道："一个是你的丈夫，前日在林子里的时节，他来撞我，我却杀了他。他须是个老人家，与我往日无仇，如今又谋了他老婆，他死也是不肯甘心的。"大娘子道："不恁的时，我却那得与你厮守？这也是往事，休题了。"又问："杀那一个又是甚人？"那大王道："说起来这个人，一发天理上放不过去，且又带累了两个人无辜偿命。是一年前，也是赌输了，身边并无一文，夜间便去掏摸些东西。不想到一家门首，见他门也不闩，推进去时，里面并无一人。摸到门里，只见一人醉倒在床，脚后却有一堆铜钱，便去摸他几贯。正待要走，却惊醒了那人，起来说道：'这是我丈人家与我做本钱的，不争你偷去了，一家人口都是饿死。'起身抢出房门。正待声张起来，是我一时见他不是话头，却好一把劈柴斧头在我脚边，这叫做人急计生，绰起斧来，喝一声道，'不是我，便是你。'两斧劈倒。却去房中将十五贯钱尽数取了。后来打听得他，却连累了他家小老婆，与那一个后生，唤做崔宁，冤枉了他谋财害命，双双受了国家刑法。我虽是做了一世强人，只有这两桩人命，是天理人心打不过去的。早晚还要超度他，也是该的。"

那大娘子听说，暗暗地叫苦："原来我的丈夫也吃这厮杀了！又连累我家二姐与那个后生无辜受戮。思量起来，是我不合当初作弄他两人偿命，料他两人阴司中也须放我不过。"当下权且欢天喜地，并无他说。明日捉个空，便一径到临安府前叫起屈来。

那时换了一个新任府尹，才得半月，正直升厅，左右捉将那叫屈的妇人进来。刘大娘子到于阶下，放声大哭。哭罢，将那大王前后所为："怎的杀了我丈夫刘贵。问官不肯推详，含糊了事，却将二姐与那崔宁朦胧偿命。后来又怎的杀了老王，奸骗了奴家。今日天理昭然，一一是他亲口招承。伏乞相公高抬明镜，昭雪前冤。"说罢又哭。府尹见他情词可悯，即着人去捉那静山大王到来，用刑拷讯，与大娘子口词一些不差。即时问成死罪，奏过官里。待六十日限满，倒下圣旨来："勘得静山大王谋财害命，连累无辜，准律：杀一家非死罪三人者，斩加等，决不待时。原问官断狱失情，削职为民。崔宁与陈氏枉死可怜，有司访其家，量行优恤。王氏既系强徒威逼成亲，又能伸雪夫冤，着将贼人家产，一半没入官，一半给与王氏，养赡终身。"

刘大娘子当日往法场上看决了静山大王，又取其头去祭献亡夫，并小娘子及崔宁，大哭一场，将这一半家私舍入尼姑庵中，自己朝夕看经念佛，追荐亡魂，尽老百年而终。有诗为证：善恶无分总丧躯，只因戏语酿灾危。劝君出话须诚实，口舌从来是祸基。

——《京本通俗小说》(商务印书馆 1937 年版)

这篇话本小说讲的是发生在宋高宗时的一个冤案，没落的读书人刘贵从丈人处借得十五贯本钱，又在朋友处喝醉而归。因其妾陈二姐开门稍迟，便戏言已将她典给别人，并以十五贯钱为证。在几句看似合情合理的戏言之下，陈二姐信以为真。为了能够告知父母，二姐趁刘贵熟睡时“逃走”，在邻家借宿一夜，第二天清晨赶往娘家。不想当晚贼人潜入刘家，盗走了十五贯钱并将刘贵杀死。邻居发现之后，追赶陈二姐，正巧陈二姐与偶遇的青年崔宁结伴同行，更巧的是崔宁身上恰好有十五贯钱。在刘贵丈人、大娘子的主告之下，临安府尹认为二人有奸情，故谋杀刘贵，卷钱潜逃。二人被屈打成招，被判处死刑。后来，大娘子被山贼掳去做了压寨夫 人，言谈之中王氏发现山贼竟是杀死刘贵的真凶，陈二姐与崔宁的冤案最终得以昭雪。

小说情节曲折，细节真实，不仅批判了封建社会执法官吏草菅人命、率意断案的黑暗，同时塑造了个性鲜明的人物形象。

首先，情节巧妙曲折是小说的一大特色。刘贵驮钱而归的当夜，贼人潜入其家，这是第一个巧合；陈二姐清晨赶路，偶遇同路的崔宁，这是第二个巧合；刘贵从丈人家里借得十五贯钱，崔宁讨账恰得十五贯钱，这是第三个巧合；老王去接大娘子回娘家，因风雨迷路而遭遇山贼是第四个巧合；山贼恰巧就是杀害刘贵的贼人，是第五个巧合。这一连串的巧合，推动着故事情节不断发展。前三个巧合造成了邻居、丈人、大娘子、府尹诸人对崔宁和陈二姐关系的怀疑、臆断，最终造成二人百口莫辩的冤案。后两个巧合则让无意间参与了冤案制造过程的大娘子发现真相，最终为陈、崔二人昭雪。这些巧合也使故事情节曲折生动、新颖奇巧而引人入胜。

其次，细节描写真实是小说的又一特色。这主要体现在陈二姐身上。当刘贵和大娘子去丈人家拜寿，第二天当归未归时，二姐“独自在家，没一些事做，守得天黑，闭了门，在灯下打瞌睡”。刘贵进门来，她是“替刘官人接了钱，放在桌上”，刘贵睡下后，她决定要先回娘家，“却把这十五贯钱，一垛儿堆在刘官人脚后边。趁他酒醉，轻轻的收拾了随身衣服，款款的开了门出去，拽上了门”。这些细节都符合陈二姐的妾室身份，也表现出她谨慎、小心、善良、温顺的性格特征。

故事中尚有一个细节，就是陈二姐从自己家里出来，“却去左边一个相熟的邻舍叫做朱三老儿家里，与朱三妈借宿了一夜”。陈二姐孤身一人，自然不敢暗夜走路，但又不想天亮后就被卖与别人，连自己的父母也不知道下落。所以她从自己家中出来，借宿于邻家，是不得已之选择。这一情理之中的细节真实地反映了陈二姐当时的处境。而且，这个细节也是证明二姐不可能杀夫的力证之一。因之，作者在文中反复提及，如邻舍发现刘贵被杀之后："却有昨夜小娘子借宿的邻家朱三老儿说道：'小娘子昨夜黄昏时到我家宿歇。'"派去给大娘子报信的人也说"却有左邻朱三老儿出来，说道他家小娘子昨夜黄昏时分借宿他家"，当陈二姐被追回，回答刘贵丈人问话时说"到朱三老家住了一宵，今早自去爹娘家里说知"。在回答府尹的讯问时，再一次提到"连夜出门，走到邻舍家里借宿一宵，今早一径先往爹娘家去"。如此三番五次，不厌其烦，就是为了让大家注意到这个细节，但是所有人只关注她和崔宁同行且崔宁又恰好有十五贯钱的巧合。终在府尹的严刑之下，"证实"了臆断的奸情，造成两个无辜生命的含冤而死。在反复强调这一细节的同时，刘贵对二姐的戏言也被多次提及，不但强化了"十五贯戏言成巧祸"的主旨，更揭示了"错斩崔宁"的根本原因在于官府对案情不但不加详查，反而率意臆断，严刑逼供，揭示出众多冤狱发生的原因。

小说的另一个突出特色是心理描写。如刘贵戏陈二姐的心理，是"一来有了几分酒，二来怪他开得门迟了，且戏言吓他一吓"。陈二姐听到戏言之后的心理，是："欲待不信，又见十五贯钱堆在面前；欲待信来，他平日与我没半句言语，大娘子又过得好，怎么便下得这等狠心辣手？疑狐不决"。刘贵睡下后，她自己心中盘算："不知他卖我与甚色样人家？我须先去爹娘家里说知。就是他明日有人来要我，寻到我家，也须有个下落。"这些内心的活动，不但表现了陈二姐性格柔顺、温和，也表现了她作为妾的卑微。她不能主宰自己的命运，只能任由"命运"的摆布。丈夫要卖她，她连反抗的权利都没有。她先去父母家里，只是要告诉父母这个消息，甚至连她的父母都没有抗议的权利。她狐疑的，不是丈夫有没有权利卖她，而是丈夫是否真的卖她。如果说，小说里刘贵的一句戏言偶然酿成了悲剧，但是这偶然之中却也有着必然的因素。封建社会的女性，尤其是妾的地位卑微，丈夫对她们拥有完全的支配权、买卖权，这是陈二姐相信刘贵戏言的社会原因与时代原因。二姐信戏言为真话，又是下文更为巧合的故事发生的前提。

《错斩崔宁》不是纯粹的公案小说，而是因一连串的巧合而发生的冤案，又因巧合而得以昭雪。虽然作者将主题归结为"只因戏语酿灾危"，实质则真实反映了当时社会的官僚机构蠡测臆断，严刑逼供，只求结案而不缘情理的黑暗现实。崔宁和陈二姐只不过是无数冤魂中较为"幸运"的少数几个——毕竟他们还是得到了昭雪。

第九节 简帖和尚

下来说底便是"错下书"。有个官人，夫妻两口儿正在家坐地，一个人送封简帖儿来与他浑家；只因这封简帖儿，变出一本跷蹊作怪底小说来。正是：尘随马足何年尽，事系从心早晚休。淡画眉儿斜插梳，不忺拈弄绣功夫。云窗雾阁深深处，静拂云笺学草书。多艳丽，更清姝，神仙标格世间无。当时只说梅花似，细看梅花却不如。

东京汴州开封府枣槊巷里，有个官人，复姓皇甫，单名松，本身是左班殿直，年二十六岁；有个妻子杨氏，年二十四岁；一个十三岁的丫环，名唤迎儿，只这三口，别无亲戚。当时，皇甫殿直官差去押衣袄上边，回来是年节第二节。

去枣槊巷口，一个小小底茶坊，开茶坊人唤做王二。当日茶市方罢，相是日中，只见一个官人入来。那官人生得：浓眉毛，大眼睛，蹶鼻子，略绰口。头上裹一顶高样大桶子头巾，着一领大宽袖斜襟褶子，下面衬贴衣裳，甜鞋净袜。入来茶坊里坐下。开茶坊的王二拿着茶盏，进前唱喏奉茶。那官人接茶吃罢，看着王二道："少借这里等个人。"王二道："不妨。"

等多时，只见一个男女，托个盘儿，口中叫："卖鹌鹑馉饳儿！"官人把手打招，叫："买馉饳儿。"僧儿见叫，托盘儿入茶坊内，放在桌上，将条篾篁穿那馉饳儿，捏些盐，放在官人面前，道："官人吃馉饳儿。"官人道："我吃。先烦你一件事。"僧儿道："不知要做甚么？"那官人指着枣槊巷里第四家，问僧儿："认得这人家么？"僧儿道："认得，那里是皇甫殿直家里。殿直押衣袄上边，方才回家。"官人问道："他家有几口？"僧儿道："只是殿直，一个小娘子，一个小养娘。"官人道："你认得那小娘子也不？"僧儿道："小娘子寻常不出帘儿外面，有时叫僧儿买馉饳儿，常去，认得。问他做甚么？"官人去腰里取下版金线箧儿，抖下五十来钱，安在僧儿盘子里。僧儿见了，可煞喜欢，叉手不离方寸："告官人，有何使令？"官人道："我相烦你则个。"袖中取出一张白纸，包着一对落索环儿，两只短金钗子，一个简帖儿，付与僧儿，道："这三件物事，烦你送去适间问的小娘子。你见殿直，不要送与他。见小娘子时，你只道官人再三传语，将这三件物来与小娘子，万望笑留。你便去，我只在这里等你回报。"

那僧儿接了三件物事，把盘子寄在王二茶坊柜上。僧儿托着三件物事，入枣槊巷来。到皇甫殿直门前，把青竹帘掀起，探一探。当时皇甫殿直正在前面校椅上坐地，只见卖馉饳的小厮儿掀起帘子，猖猖狂狂，探一探了便走，皇甫殿直看着那厮，震威一喝，便是：

当阳桥上张飞勇，一喝曹公百万兵。

喝那厮一声，问道："做甚么？"那厮不顾便走。皇甫殿直拽开脚，两来赶上，捽那厮回来，问道："甚意思？看我一看了便走？"那厮道："一个官人教我把三件物事与小娘子，不教把来与你。"殿直问道："甚么物事？"那厮道："你莫问，不教把与你！"

皇甫殿直捏得拳头没缝，去顶门上屑那厮一搡，道："好好的把出来教我看！"

那厮吃了一攧，只得怀里取出一个纸裹儿，口里兀自道："教我把与小娘子，又不教把与你！"皇甫殿直劈手夺了纸包儿，打开看，里面一时落索环儿，一双短金钗，一个简帖儿。皇甫殿直接得三件物事，拆开简子看时：

某皇恐再拜，上启小娘子妆前：即日孟春时，谨恭惟懿候起居万福。某外日荷蒙持杯之款，深切仰思，未尝少替。某偶以薄干，不及亲诣，聊有小词，名《诉衷情》，以代面禀，伏乞懿览。词道是：知伊夫婿上边回，懊恼碎情怀。落索环儿一对，简子与金钗。伊收取，莫疑猜，且开怀。自从别后，孤帏冷落，独守书斋。

皇甫殿直看了简帖儿，劈开眉下眼，咬碎口中牙，问僧儿道："谁教你把来？"僧儿用手指着巷口王二哥茶坊里道："有个粗眉毛，大眼睛，蹶鼻子，略绰口的官人，教我把来与小娘子，不教我把与你！"皇甫殿直一只手捽着僧儿狗毛，出这枣槊巷，径奔王二哥茶坊前来。僧儿指着茶坊道："恰才在拶里面打底床铺上坐地底官人，教我把来与小娘子，又不交把与你，你却打我。"皇甫殿直再捽僧儿回来，不由开茶坊的王二分说。当时到家里，殿直焦躁，把门来关上，搲来搲了，唬得僧儿战做一团。

殿直从里面叫出二十四岁花枝也似浑家出来，道："你且看这件物事！"那小娘子又不知上件因依，去交椅上坐地。殿直把那简帖儿和两件物事度与浑家看。那妇人看着简帖儿上言语，也没理会处。殿直道："你见我三个月日押衣袄上边，不知和甚人在家中吃酒？"小娘子道："我和你从小夫妻。你去后，何曾有人和我吃酒！"殿直道："既没人，这三件物从那里来？"小娘子道："我怎知！"殿直左手指，右手举，一个漏风掌打将去。小娘子则叫得一声，掩着面，哭将入去。皇甫殿直叫将十三岁迎儿出来，去壁上取下一把箭篾子竹来，放在地上，叫过迎儿来。看着迎儿生得：短胳膊，琵琶腿。劈得柴，打得水。会吃饭，能屙屎。

皇甫松去衣架上取下一条绦来，把妮子缚了两只手，掉过屋梁去，直下打一抽，吊将妮子起去，拿起箭篾子竹来，问那妮子道："我出去三个月，小娘子在家中和甚人吃酒？"妮子道："不曾有人。"皇甫殿直拿起箭篾子竹，去妮子腿上便摔，摔得妮子杀猪也似叫，又问又打。那妮子吃不得打，口中道出一句来："三个月殿直出去，小娘子夜夜和个人睡。"皇甫殿直道："好也！"放下妮子来，解了绦，道："你且来，我问你，是和兀谁睡？"那妮子揩着眼泪道："告殿直，实不敢相瞒，自从殿直出去后，小娘子夜夜和个人睡，不是别人，却是和迎儿睡。"

皇甫殿直道："这妮子却不弄我！"喝将过去，带一管锁，走出门去，拽上那门，把锁锁了。走去转弯巷口，叫将四个人来，是本地方所由，如今叫做"连手"，又叫做"巡军"：张千、李万、董霸、薛超四人。来到门前，用钥匙开了锁，推开门，从里面扯出卖馉饳的僧儿来，道："烦上名收领这厮。"四人道："父母官使令，领台旨。"殿直道："未要去，还有人哩！"从里面叫出十三岁的迎儿，和二十四岁花枝的浑家，道："和他都领去。"薛超唱喏道："父母官，不敢收领孺人。"殿直道："你漶不敢领他，这件事干人命！"唬得四个所由，则得领小娘子和迎儿，并卖馉饳儿的僧儿三个同去，解到开封钱大尹厅下。

皇甫殿直就厅下唱了大尹喏，把那简帖儿呈复了。钱大尹看见，即时教押下一个所属去处，叫将山前行山定来。当时山定承了这件文字，叫僧儿问时，应道："则是茶坊里见个粗眉毛、大眼睛、蹶鼻子、略绰口的官人，交把这封简子来与小娘子。打杀后也只是恁地供。"问这迎儿，迎儿道："既不曾有人来同小娘子吃酒，亦不知付简帖儿来的是何人，打死也只是恁么供招。"却待问小娘子，小娘子道："自从小年夫妻，都无一个亲戚来去，只有夫妻二人，亦不知把简帖儿来的是何等人。"

山前行山定看着小娘子生得怎地瘦弱，怎禁得打勘，怎地讯问他？从里面交拐将过来，两个狱子押出一个罪人来。看这罪人时：面长皴轮骨，胲生渗癞腮；有如行病鬼，到处降人灾。

小娘子见这罪人后，两只手掩着面，那面敢开眼。山前行看着静山大王，道声与狱子："把枷梢一纽！"枷梢在上，罪人头向下，拿起把荆子来，打得杀猪也似叫。山前行问道："你曾杀人也不曾？"静山大王应道："曾杀人。"又问："曾放火不曾？"应道："曾放火。"教两个狱子把静山大王押入牢里去。山前行回转头来，看着小娘子道："你见静山大王，吃不得几杖子，杀人放火都认了。小娘子，你有事只好供招了，你却如何吃得这般杖子？"小娘子簌地两行泪下，道："告前行，到这里隐讳不得。"觅幅纸和笔，只得与他供招。小娘子供道："自从小年夫妻，都无一个亲戚来往，即不知把简帖儿来的是甚色样人。如今看要教侍儿吃甚罪名，皆出赐大尹笔下。"见恁么说，五回三次问他，供说得一同。

似此三日，山前行正在州衙门前立，倒断不下。猛抬头看时，却见皇甫殿直在面前相揖，问及这件事："如何三日理会这件事不下？莫是接了寄简帖的人钱物，故意不予决这件公事？"山前行听得道："殿直，如今台意要如何？"皇甫松道："只是要休离了！"当日山前行入州衙里，到晚衙把这件文字呈了钱大尹。大尹叫将皇甫殿直来，当厅问道："'捉贼见赃，捉奸见双'，又无证佐，如何断得他罪？"皇甫松告钱大尹："松如今不愿同妻子归去，情愿当官休了。"大尹台判："听从夫便。"

殿直自归。僧儿、迎儿喝出，各自归去。只有小娘子见丈夫不要他，把他休了，哭出州衙门来，口中自道："丈夫又不要我，又没一个亲戚投奔，教我那里安身？不若我自寻死后休！"上天汉州桥，看着金水银堤汴河，恰待要跳将下去，则见后面一个人，把小娘子衣裳一捽捽住，回转头来看时，恰是一个婆婆，生得：

眉分两道雪，髻挽一窝丝。眼昏一似秋水微浑，发白不若楚山云淡。

婆婆道："孩儿，你却没事寻死做甚么？你认得我也不？"小娘子道："不识婆婆。"婆婆道："我是你姑姑。自从你嫁了老公，我家寒，攀陪你不着，到今不来往。

我前日听得你与丈夫官司，我日逐在这里伺候。今日听得道休离了，你要投水做甚么？”小娘子道：“我上无片瓦，下无卓锥，老公又不要我，又无亲戚投奔，不死更待何时！”婆婆道：“如今且同你去姑姑家里后如何？”妇女自思量道：“这婆婆知他是我姑姑也不是。我如今没投奔处，且只得随他去了，却理会。”当时随这姑姑家去看时，家里没甚么活计，却好一个房舍，也有粉青帐儿，有交椅桌凳之类。在这姑姑家里，过了三两日。

当日，方才吃罢饭，则听得外面一个官人高声大气叫道：“婆子，你把我物事去卖了，如何不把钱来还？”那婆子听得叫，失张失志，出去迎接来叫的官人：“请入来坐地。”小娘子着眼看时，见入来的人：粗眉毛，大眼睛，蹶鼻子，略绰口，抹眉裹顶高装大带头巾，阔上领皂褶儿，下面甜鞋净袜。

小娘子见了，口喻心，心喻口，道：“好似那僧儿说的寄简帖儿官人。”只见官人入来，便坐在凳子上，大惊小怪道：“婆子，你把我三百贯钱物事去卖了，经一个月日，不把钱来还。”婆子道：“物事自卖在人头，未得钱。支得时，即便付还官人。”官人道：“寻常交关钱物东西，何尝推许多日？讨得时，千万送来！”官人说了自去。

婆子入来，看着小娘子，簌地两行泪下，道：“却是怎好！”小娘子问道：“有甚么事？”婆子道：“这官人原是蔡州通判，姓洪，如今不做官，却卖些珠翠头面。前日，一件物事教我把去卖，吃人交加了，到如今没这钱还他，怪他焦躁不得。他前日央我一件事，我又不曾与他干得。”小娘子问道：“却是甚么事？”婆子道：“教我讨个细人，要生得好的。若得一个似小娘子模样去嫁与他，那官人必喜欢。小娘子，你如今在这里，老公又不要你，终不为了，不若姑姑说合，你去嫁官人，不知你意如何？”小娘子沉吟半晌，不得已，只得依姑姑口，去这官人家里来。

逡巡过了一年，当年是正月初一日，皇甫殿直自从休了浑家，在家中无好况，正是：时间风火性，烧了岁寒心。

自思量道：“每年正月初一日，夫妻两人，双双地上本州大相国寺里烧香。我今年却独自一个，不知我浑家那里去？”簌地两行泪下，闷闷不已，只得勉强着一领紫罗衫，手里把着银香盒，来大相国寺里烧香。到寺中烧香了，恰待出寺门，只见一个官人领着一个妇女。看那官人时，粗眉毛，大眼睛，蹶鼻子，略绰口，领着的妇女，却便是他浑家，当时丈夫看着浑家，浑家又觑着丈夫，两个四目相视，只是不敢言语。

那官人同妇女两个入大相国寺里去。皇甫松在这山门头正恁沉吟，见一个打香油钱的行者，正在那里打香油钱，看见这两人入去，口里道：“你害得我苦！你这汉如今却在这里！”大踏步赶入寺来。皇甫殿直见行者赶这两人，当时叫住行者道：“五戒，你莫待要赶这两个人上去？”那行者道：“便是。说不得，我受这汉苦，到今日抬头不起，只是为他。”皇甫殿直道：“你认得这个妇女？”行者道：“不识。”殿直道：“便是我的浑家。”行者问：“如何却随着他？”皇甫殿直把送简帖儿和休离的上件事，对行者说了一遍。行者道：“却是怎地？”

行者却问皇甫殿直：“官人认得这个人？”殿直道：“不认得。”行者道：“这汉原是州东播台寺里一个和尚。苦行便是播台寺里行者。我这本师却是播台寺监院，手头有百十钱，剃度这厮做小师。一年已前时，这厮偷了本师二百两银器，不见了，吃了这些个情拷。如今赶出寺来，讨饭吃处，罪过！这大相国寺里知寺厮认，留苦行在此间打化香油钱。今日撞见这厮，却怎地休得？”方才说罢，只见这和尚将着他浑家，从寺廊下出来。行者牵衣带步，却待去捽这厮，皇甫殿直扯住行者，闪那身已在山门一壁，道：“且不得捽他。我和你尾这厮去，看那里着落，却与他官司。”两个后地尾将来。

话分两头。且说那妇人见丈夫，眼泪汪汪，入去大相国寺里烧香了出来。这汉一路上却问这妇女道：“小娘子，你如何见了你丈夫便眼泪出？我不容易得你来！我当初从你门前过，见你在帘子下立地，见你生得好，有心在你处。今日得你做夫妻，也不通容易。”两个说来说去，恰到家中门前，入门去。那妇人问道：“当初这个简帖儿，却是兀谁把来？”这汉道：“好交你得知，便是我交卖馉饳儿的僧儿把来。你的丈夫中我计，真个便把你休了。”妇人听得说，捽住那汉，叫声“屈！”不知高低。那汉见那妇人叫将起来，却慌就把只手去克着他脖项，指望坏他性命。

外面皇甫殿直和行者尾着他两人来到门首，见他濂入去，听得里面大惊小怪，跄将入去看时，见克着他浑家，阑圂性命。皇甫殿直和这行者两个即时把这汉来捉了，解到开封府钱大尹厅下：出则壮士携鞭，入则佳人捧臂。世世靴踪不断，子孙出入金门。

他是：两浙钱王子，吴越国王孙。

大尹升厅，把这件事解到厅下。皇甫殿直和这浑家把前面说过的话对钱大尹历历从头说了一遍。钱大尹大怒，交左右索长枷把和尚枷了，当厅讯一百腿花，押下左司理院，交尽情根勘这件公事。勘正了，皇甫松责领浑家归去，再成夫妻；行者当厅给赏。和尚大情小节，一一都认了，不合设谋奸骗，后来又不合谋害这妇人性命，准杂犯断，合重杖处死。这婆子不合假装姑姑，同谋不首，亦合编管邻州。当日推出这和尚来，一个书会先生看见，就法场上做了一只曲儿，唤做《南乡子》：怎见一僧人，犯滥铺楼受典刑。案款已成招状了，遭刑，棒杀髡囚示万民。沿路众人听，犹念高王现世音。护法喜种齐合掌，低声，果谓金刚不坏身。

话本说彻，且作散场。

——《清平山堂话本》（上海古籍出版社 1957 年版）

《简帖和尚》写一个和尚见皇甫松的妻子杨氏貌美，欲占为己有，便设下了圈套。他让一个小贩把三件"暧昧"的东西交给杨氏，皇甫松因此认定妻子与别人有了私情，愤而将妻子送交官府。官府终按皇甫松的意愿判休杨氏。走投无路的杨氏欲跳河自杀，被一个自称是其姑姑的老婆子救下，其实仍是和尚在暗中操纵。后来，杨氏无奈嫁给了和尚，和尚的诡计得逞。一年后，和尚阴谋败露，得到了应有的惩罚，皇甫松与杨氏重为夫妇。

这个故事情节曲折完整，语言通俗明白，人物形象生动，具有浓厚的生活气息。

在艺术表现上，小说成功运用了故设悬念的手法。小说开篇就说"夫妻两口儿正在家坐地，一个人送封简帖儿来与他浑家；只因这封简帖儿，变出一本蹊跷作怪底小说来"。不是平铺直叙地先写送信，也不像唐传奇那样先介绍主要人物的来龙去脉，而是先告诉读者有这样一个"蹊跷作怪底小说"，吸引着读者的注意力。

对皇甫松家里的情况，作者特别强调了"只这三口，别无亲戚"，又点明皇甫松久出方归，这是后文故事发生的背景。接下来，作者并没有继续介绍夫妻二人的感情或者生活，而是直接将叙述重点转到了一个出现在茶坊中的官人。对这位官人，没有直接交代他的底细，介绍他的身份，只是对他的外貌进行了特写。然后用细致生动的语言，写他抓住小贩贪财的心理，让他送"三件物事"给杨氏的经过。作者详细说明了是怎样的"三件物事"，却没有只字片语交代送东西的原因，故设悬疑，吸引着读者继续读下去。

小贩带着三件物事来到皇甫松家里，一番周折后，三件物事落到了皇甫松的手里。通过皇甫松读信，读者知道了简帖的内容，但"官人"的身份依然未知。他送帖的缘由，真如简帖上所写，是和杨氏有私情吗？盛怒之下的皇甫松相信了，于是他告官休妻，恩爱夫妻劳燕分飞。在皇甫松这边，事情似乎已经结束了。但读者知道杨氏并没有什么私情，那么这个官人到底为什么要布下这样一个局来拆散人家好端端的夫妻呢？作者依然没有明说，读者则迫不及待地想要知道原因。

无辜被休的杨氏走投无路，选择了投河自杀，又被一个突然出现的"姑姑"救起。两三日后，依从这位姑姑的说合，嫁给了一个"好似那僧儿说的寄简帖儿官人"。这时候，读者已经略见端倪，似乎到了揭开谜底的时候。但作者偏偏不说明，甚至留下了更多的悬念：这位官人到底是不是那位官人？如果是，杨氏又将如何面对？

作者并不急于解释事情的原委，反倒好整以暇地介绍起一年之后，皇甫松对妻子的思念和他独自一人到大相国寺烧香的情景。此处看似闲笔，却非闲笔。正因为这一番烧香，才解开了一系列的疑问，正因为有这思念，后文的重为夫妇才有了着落。

巧遇前妻的皇甫松并不知道她所跟随的官人的底细，两个人除了"四目相视"，连言语都不敢。那要到什么时候，要怎样才能真相大白？读者一定都很替他们着急。这时候，一个打香油的行者出场了，由他揭开了所谓官人的本来面目，并由"官人"不打自招地说出自己是如何见色生情，如何设计行骗的经过。此时，所有的悬念都有了着落。在读者恍然大悟的同时，故事也接近了尾声：和尚被重杖处死，皇甫夫妻重新团聚。读者紧张了一路的心此时也得到了放松。

在情节发展中，诡计施行者出场的次数并不多，一次是在茶坊找小贩投帖，一次是去"姑姑"家里讨钱，再一次就是去大相国寺烧香到真相败露后意欲杀人。而我们在读故事时，却感觉他几乎无时、无处不在。这是因为，作者不厌其烦地，几乎在和尚每一次出场时，都要对他"浓眉毛，大眼睛，蹶鼻子，略绰口"的形象进行一次重复勾画，既加深了读者的印象，也使他的形象贯穿于故事始终，照应着他虽在暗处，却如鬼似魅的骗术。他工于心计，见杨氏貌美，想要占为己有，就为此设下诡计，暗中实施。他自己并不出场，只是躲在暗处操纵谋划，只用三件物事就拆散了一对恩爱夫妻，突出了他的老谋深算、诡计多端。当杨氏跳河自尽，适时出现的老婆子也是他的安排，可见他在暗处时刻关注着事情的进展，设计着一个又一个的骗局。作者就这样用不多的笔墨成功塑造了一个狡诈凶狠的奸僧形象。此外，作品还成功地刻画出皇甫松的暴躁与深情，杨氏的柔弱与刚强。

由于采用了设置悬念这一艺术手段，作品的构思、情节都牢牢地扣住了读者的心弦，增强了故事的吸引力。

第十节 范元质决牛讼

范元质令平舆，函头村彭李家兄弟皆豪于财。彭李三水牯生一犊，数日死，弃水中。邻张氏水牯亦生一犊。李三为牧儿所诱，窃张犊去，令其家水牯乳之。张家挞之，遂告张曰："李家犊死投水中，今所乳君家犊也。君告官，我往证。"张愬之官。元质曰："此不难。"命汲新水两盆，刺两牛耳尖血沥水中，二血殊不相入。又捉犊子，亦刺之，犊血沥水上，随与张牛血相入而凝。即以犊归张氏，县称神明。元质名天保，磁州人。进士赵公祥亲见。

——《续夷坚志》（商务印书馆丛书集成初编本）

公案类小说并不总是冤魂泣血，有时候也会表现出一点幽默。如《范元质决牛讼》，就是一个没有太多曲折却很有意思的断案故事。

故事说的是函头村的豪富李三欲巧取邻居的水牛，县令范元质利用"亲子鉴定"的方法，巧妙地解决了这个虽然不大却很棘手的民间争讼。

小说的正文很短，简洁的文字中包含着丰富的社会内容。比如，乡村富户的巧取豪夺。文中的彭李家兄弟皆富于财，死一个小牛犊本来无足轻重，他们却偏要偷窃邻居家的牛犊冒充自己家的来养，以将自己的“损失”转嫁到别人身上，表现了一部分乡中富民的为富不仁。又比如，一些小人的趋炎附势。在这个故事中，有一个小丑一样的人物，也就是牧儿。起初，李三之所以会窃取张家的牛犊，就是受了牧儿的诱惑，而张家对李家的诉讼，也是因为牧儿的告密。从他的这两次“出卖”行为，可以看到一个反复无常的小人形象。他没有善恶是非的观念，行为的准则只是一己之好恶。

小说对范元质断案的过程进行了详细的描写，表明他对案情的判断是基于古朴的动物学知识。他用科学的方法解决了疑案，表现出认真负责的工作态度以及明辨是非的品质，这才是小说所要称扬的。

第十一节 聂以道

聂以道宰江右一邑，日有村人早出卖菜，拾得至元钞十五锭，归以奉母。母怒，曰：“得非盗来而欺我乎？纵有遗失，亦不过三两张耳，宁有一束之理？况我家未尝有此，立当祸至，可急速送还，毋累我为也。”言之再，子弗从。母曰：“必如是，我须诉之官。”子曰：“拾得之物，送还何人？”母曰：“但于元拾处俟候，定有失主来矣。”子遂依命携往。顷间，果见寻钞者。村人本朴质，竟不诘其数，便以付还。傍观之人，皆令分取为赏。失主靳曰：“我元三十定，今才一半，安可赏之？”争闹不已，相持至厅事下。聂推问村人，其辞实。又暗唤其母审之，合。乃俾二人各具失者实三十定、得者实十五定文状在官后，却谓失主曰：“此非汝钞，必天赐贤母以养老者。若三十定，则汝钞也，可自别寻去。”遂给付母子，闻者称快。

——《南村辍耕录》(辽宁教育出版社 1998 年版)

公案小说并非总是以查明真相、昭雪冤案为宗旨，有时也会有明知实情而故意“错判”，同样达到了惩恶扬善的目的。这篇《聂以道》就是这一类故事的代表。

小说写聂以道在任某县县尹时，有一个村民清晨卖菜，捡到至元钞十五锭。村民在回家之后交给母亲，其母则让他在拾钱处等候失主。在失主到来之后，村民如数归还。谁知失主却谎称原数是三十锭，双方争执不下，于是闹到了聂以道那里。经过调查，聂以道看清了村民拾金不昧、失主讹诈钱财的真相。于是，他首先让两个人都出具了文书，以证二人所言“失主丢失的是三十锭，村民拾到的是十五锭”均为事实。然后，他就对那个失主说：“既然钱数对不上，那么这个钱就不是你丢的。一定是上天赐给这位贤德的母亲用来养老的。如果是三十锭，就是你的了。所以，你还是到别处去找你丢的钱吧。”

在整个案情中，失主之言明明为谎却无法证明，村民拾金不昧却反遭讹诈。如果，他坚持查明真相，查出失主丢失的只有十五锭，那么村民必当归还。这样，作恶者不会受到惩戒，行善者反倒麻烦缠身。那么，应该如何惩罚奸邪的失主呢？聂以道采用的是“欲擒故纵”“请君入瓮”的方法，使失主真正“丢失”了钱财，表现了聂以道判案的精明和公正。

在事件发展过程中，作者对人物内心并没有进行正面描写，但村民清晨拾金时的惊喜，原处等候的无奈，悉数奉还时的忠厚，反被讹诈时的愤怒；失主寻金时的急切，得金时的喜悦，讹诈时的奸狡，判定后的沮丧懊悔，都是可以想见的。故事语言简洁而叙事完整，有波澜，有曲折，更有出乎意料而又大快人心的结尾，是元代一篇较为精彩的笔记小说。

第十二节 胭脂

东昌卞氏，业牛医者，有女小字胭脂，才姿惠丽。父宝爱之，欲占凤于清门，而世族鄙其寒贱，不屑缔盟，以故及笄未字。对户龚姓之妻王氏，佻脱善谑，女闺中谈友也。一日，送至门，见一少年过，白服裙帽，丰采甚都。女意似动，秋波萦转之。少年俯其首，趋而去。去既远，女犹凝眺。王窥其意，戏之曰：“以娘子才貌，得配若人，庶可无恨。”女晕红上颊，脉脉不作一语。王问：“识得此郎否？”女曰：“不识。”王曰：“此南巷鄂秀才秋隼，故孝廉之子。妾向与同里，故识之。世间男子，无其温婉，今衣素，以妻服未阕也。娘子如有意，当寄语使委冰焉。”女无言，王笑而去。

数日无耗，心疑王氏未暇即往，又疑宦裔不肯俯拾。邑邑徘徊，萦念颇苦，渐废饮食，寝疾惙顿。王氏适来省视，研诘病因。答言：“自亦不知。但尔日别后，即觉忽忽不快，延命假息，朝暮人也。”王小语曰：“我家男子，负贩未归，尚无人致声鄂郎。芳体违和，非为此否？”女赪颜良久。王戏之曰：“果为此者，病已至是，尚何顾忌？先令夜来一聚，彼岂不肯可？”女叹息曰：“事至此，已不能羞。但渠不嫌寒贱，即遣媒来，疾当愈；若私约，则断断不可。”王颔之，遂去。王幼时与邻生宿介通，既嫁，宿侦夫他出，辄寻旧好。是夜宿适来，因述女言为笑，戏嘱致意鄂生。宿久知女美，闻之窃喜，幸其机之可乘也。将与妇谋，又恐其妒，乃假无心之词，问女家闺闼甚悉。次夜，逾垣入，直达女所，以指叩窗。内问：“谁何？”答以“鄂生”。女曰：“妾所以念君者，为百年，不为一夕。郎果爱妾，但宜速倩冰人；若言私合，不敢从命。”宿姑诺之，苦求一握纤腕为信。女不忍过拒，力疾启扉。宿遽入，即抱求欢。女无力撑拒，仆地上，气息不续。宿急曳之。女曰："何来恶少，必非鄂郎；果是鄂郎，其人温驯，知妾病由，当相怜恤，何遂狂暴如此！若复尔尔，便当鸣呼，品行亏损，两无所益！"宿恐假迹败露，不敢复强，但请后会。女以亲迎为期。宿以为远，又请之。女厌纠缠，约待病愈。宿求信物，女不许。宿捉足解绣履而去。女呼之返，曰："身已许君，复何吝惜？但恐'画虎成狗'，致贻污谤。今亵物已入君手，料不可反。君如负心，但有一死！"宿既出，又投宿王所。既卧，心不忘履，阴揣衣袂，竟已乌有。急起篝灯，振衣冥索。诘之，不应。疑妇藏匿，妇故笑以疑之。宿不能隐，实以情告。言已，遍烛门外，竟不可得，懊恨归寝，窃意深夜无人，遗落当犹在途也。早起寻之，亦复杳然。

先是，巷中有毛大者，游手无籍。尝挑王氏不得，知宿与洽，思掩执以胁之。是夜，过其门，推之未扃，潜入。方至窗外，踏一物，耎若絮帛，拾视，则巾裹女舄。伏听之，闻宿自述甚悉，喜极，抽身而出。逾数夕，越墙入女家，门户不悉，误诣翁舍。翁窥窗，见男子，察其音迹，知为女来者。心忿怒，操刀直出。毛大骇，反走。方欲攀垣，而卞追已近，急无所逃，反身夺刃；媪起大呼，毛不得脱，因而杀之。女稍痊，闻喧始起。共烛之，翁脑裂不复能言，俄顷已绝。于墙下得绣履，媪视之，胭脂物也。逼女，女哭而实告之；但不忍贻累王氏，言鄂生之自至而已。天明，讼于邑。邑宰拘鄂。鄂为人谨讷，年十九岁，见客羞涩如童子。被执，骇绝。上堂不知置词，惟有战慄。宰益信其情真，横加梏械。生不堪痛楚，以是诬服。既解郡，敲扑如邑。生冤气填塞，每欲与女面相质。及相遭，女辄诟詈，遂结舌不能自伸，由是论死。往来复讯，经数官无异词。

后委济南府复案。时吴公南岱守济南，一见鄂生，疑不类杀人者，阴使人从容私问之，俾得尽其词。公以是益知鄂生冤。筹思数日，始鞫之。先问胭脂："订约后，有知者否？"答："无之。""遇鄂生时，别有人否？"亦答："无之。"乃唤生上，温语慰之。生自言："曾过其门，但见旧邻妇王氏与一少女出，某即趋避，过此并无一言。"吴公叱女曰："适言侧无他人，何以有邻妇也？"欲刑之。女惧曰："虽有王氏，与彼实无关涉。"公罢质，命拘王氏。数日已至，又禁不与女通，立刻出审，便问王："杀人者谁？"王对："不知。"公诈之曰："胭脂供言，杀卞某汝悉知之，胡得隐匿？"妇呼曰："冤哉！淫婢自思男子，我虽有媒合之言，特戏之耳。彼自引奸夫入院，我何知焉！"公细诘之，始述其前后相戏之词。公呼女上，怒曰："汝言彼不知情，今何以自供撮合哉？"女流涕曰："自己不肖，致父惨死，讼结不知何年，又累他人，诚不忍耳。"公问王氏："既戏后，曾语何人？"王供："无之。"公怒曰："夫妻在床，应无不言者，何得云无？"王供："丈夫久客未归。"公曰："虽然，凡戏人者，皆笑人之愚，以炫己之慧，更不向一人言，将谁欺？"命梏十指。妇不得已，实供："曾与宿言。"公于是释鄂拘宿。宿至，自供："不知。"公曰："宿妓者必无良士！"严械之。

宿自供:“赚女是真。自失履后,未敢复往,杀人实不知情。”公怒曰:“逾墙者何所不至!”又械之。宿不任凌籍,遂以自承。招成报上,无不称吴公之神。铁案如山,宿遂延颈以待秋决矣。

然宿虽放纵无行,故东国名士。闻学使施公愚山贤能称最,又有怜才恤士之德,因以一词控其冤枉,语言怆恻。公讨其招供,反复凝思之,拍案曰;“此生冤也!”遂请于院、司,移案再鞫。问宿生;“鞋遗何所?”供言:“忘之。但叩妇门时,犹在袖中。”转诘王氏:“宿介之外,奸夫有几?”供言:“无有。”公曰:“淫乱之人,岂得专私一个?”供言:“身与宿介,稚齿交合,故未能谢绝。后非无见挑者,身实未敢相从。”因使指其人以实之,供云:“同里毛大,屡挑而屡拒之矣。”公曰:“何忽贞白如此?”命搒之。妇顿首出血,力辨无有,乃释之。又诘:“汝夫远出,宁无有托故而来者?”曰:“有之,某甲、某乙,皆以借贷馈赠,曾一二次入小人家。”盖甲、乙皆巷中游荡子,有心于妇而未发者也。公悉籍其名,并拘之。既集,公赴城隍庙,使尽伏案前。便谓:“曩梦神人相告,杀人者不出汝等四五人中。今对神明,不得有妄言。如肯自首,尚可原宥;虚者,廉得无赦!”同声言无杀人之事。公以三木置地,将并加之;括发裸身,齐鸣冤苦。公命释之,谓曰:“既不自招,当使鬼神指之。”使人以毡褥悉幛殿窗,令无少隙;袒诸囚背,驱入暗中,始授盆水,一一命自盥讫;系诸壁下,戒令:“面壁勿动,杀人者,当有神书其背。”少间,唤出验视,指毛曰:“此真杀人贼也!”盖公先使人以灰涂壁,又以烟煤濯其手:杀人者恐神来书,故匿背于壁而有灰色;临出,以手护背,而有烟色也。公固疑是毛,至此益信。施以毒刑,尽吐其实。

判曰:“宿介:蹈盆成括杀身之道,成登徒子好色之名。只缘两小无猜,遂野鹜如家鸡之恋;为因一言有漏,致得陇兴望蜀之心。将仲子而逾园墙,便如鸟堕;冒刘郎而至洞口,竟赚门开。感帨惊尨,鼠有皮胡若此?攀花折树,士无行其谓何!幸而听病燕之娇啼,犹为玉惜;怜弱柳之憔悴,未似莺狂。而释幺凤于罗中,尚有文人之意;乃劫香盟于袜底,宁非无赖之尤!蝴蝶过墙,隔窗有耳;莲花瓣卸,堕地无踪。假中之假以生,冤外之冤谁信?天降祸起,酷械至于垂亡;自作孽盈,断头几于不续。彼逾墙钻隙,固有玷夫儒冠;而僵李代桃,诚难消其冤气。是宜稍宽笞扑,折其已受之惨;姑降青衣,开其自新之路。若毛大者:刁猾无籍,市井凶徒。被邻女之投梭,淫心不死;伺狂童之入巷,贼智忽生。开户迎风,喜得履张生之迹;求浆值酒,妄思偷韩掾之香。何意魄夺自天,魂摄于鬼。浪乘槎木,直入广寒之宫;径泛渔舟,错认桃源之路。遂使情火息焰,欲海生波。刀横直前,投鼠无他顾之意;寇穷安往,急兔起反噬之心。越壁入人家,止期张有冠而李借;夺兵遗绣履,遂教鱼脱网而鸿离。风流道乃生此恶魔,温柔乡何有此鬼蜮哉!即断首领,以快人心。胭脂:身犹未字,岁已及笄。以月殿之仙人,自应有郎似玉;原霓裳之旧队，何愁贮屋无金？而乃感关雎而念好逑，竟绕春婆之梦；怨摽梅而思吉士，遂离倩女之魂。为因一线缠萦，致使群魔交至。争妇女之颜色，恐失‘胭脂’；惹鸷鸟之纷飞，并托‘秋隼’。莲钩摘去，难保一瓣之香；铁限敲来，几破连城之玉。嵌红豆于骰子，相思骨竟作厉阶；丧乔木于斧斤，可憎才真成祸水！葳蕤自守，幸白壁之无瑕；缧绁苦争，喜锦衾之可覆。嘉其入门之拒，犹洁白之情人；遂其掷果之心，亦风流之雅事。仰彼邑令，作尔冰人。”

案既结，遐迩传诵焉。自吴公鞫后，女始知鄂生冤。堂下相遇，觍然含涕，似有痛惜之词，而未可言也。生感其眷恋之情，爱慕殊切；而又念其出身微，且日登公堂，为千人所窥指，恐娶之为人姗笑，日夜萦回，无以自主。判牒既下，意始安帖。邑宰为之委禽，送鼓吹焉。

异史氏曰：“甚哉！听讼之不可以不慎也！纵能知李代为冤，谁复思桃僵亦屈？然事虽暗昧，必有其间，要非审思研察，不能得也。呜呼！人皆服哲人之折狱明，而不知良工之用心苦矣。世之居民上者，棋局消日，紬被放衙，下情民艰，更不肯一劳方寸。至鼓动衙开，巍然高坐，彼哓哓者直以桎梏静之，何怪覆盆之下多沉冤哉！”

——《聊斋志异》(上海古籍出版社 2011 年版)

在《聊斋志异》中，《胭脂》是一篇完全不涉妖鬼而由一连串的曲折意外引起的凶杀公案故事。案件情节扑朔离奇，判案过程屡起波澜，引人入胜。

兽医之女卞胭脂，才姿惠丽，其父宠若珍珠，有心将她嫁入清贵之家，但一般的世家大族又嫌弃她出身寒贱，以致到了待嫁之年未有婚约。一次，胭脂偶遇青年书生鄂秋隼，为之心动。邻妇王氏觇知胭脂的心事，假意做媒。数日之后，王氏没有回音，胭脂为情所苦，抑郁徘徊，萦念成疾。后来，在王氏的探问之下，胭脂将自己的心事和盘托出，希望王氏能够帮她传达消息，但求鄂生遣媒来聘。

谁承想，王氏生性轻佻，成事不足。她并未向鄂秋隼传达胭脂的情义，反而将胭脂的心事当作笑话讲给了自己的情夫宿介。更没想到，宿介原本就对胭脂垂涎三尺，听到王氏的戏言，见有机可乘，就欲冒秋隼之名以行不轨之事。第二天晚上，宿介翻墙入内，径直来到胭脂住处，冒称鄂秋隼，意图求欢。在胭脂义正词严的婉拒之下，没有实现苟合的目的，只是强取了胭脂的绣鞋作为信物，悻悻离开。

失望的宿介到王氏处投宿，发现绣鞋不见了，苦寻不到，只好向王氏说明原委。没想到，游手好闲的毛大不但拾了绣鞋，也偷听了二人的谈话。毛大亦起冒名顶替之心，再次上演了翻墙入内的丑剧。与宿介不同的是，毛大不熟悉地形，误入胭脂之父的卧房，又为脱身而杀害了卞翁。一场连环官司就这样拉开了大幕。

杀人者遗留下一只绣鞋，那么曾经有此绣鞋的人就是嫌犯。有此物证，案件看起来不难侦破。在胭脂看来，她的绣鞋是送给了鄂秋隼的，所以鄂秋隼就成了最大的嫌疑人。加上这位秀才太年轻、腼腆,“见客羞涩如童子。被执,骇绝。上堂不知置词,惟有战栗”,更令人生疑。“横加梏械。生不堪痛楚,以是诬服”,被判了死刑。此后几次复审,经过数位官员之手,都无法自明,这案子眼看就快成铁案了。

幸好,在济南府复审时,知府吴南岱从鄂秋隼的举止言行中看出他不应是凶手,就暗中叫人像闲聊一样问明了情况。数日之后,升堂问案,查出了第一次翻墙入内的实为宿介。既然强取绣鞋的是他,那么杀人的嫌疑自然就转到了宿介的身上。又是一番严刑之下,宿介承认杀人。这时人人称“吴公之神。铁案如山”。谁都没想到,宿介虽有强取绣鞋之举,却无杀人害命之实,看似神明的吴南岱其实只揭开了案件的第一重谜雾。

宿介虽然放纵无行,却也是山东名士,自然不甘心如此枉死。他听说学使施愚山最为贤能,怜才恤士,就写了一张状子给他,言语凄婉地倾诉自己如何冤枉。施学使对卷宗仔细分析之后,发现了其中的疑点,认定宿介有冤,“铁案”又生新疑。其实,这个疑点是很明显的。试想,如果两次潜入卞家的是同一个人,何以第一次可以准确找到胭脂的住处,第二次反而误入卞父的房间?也就是说,两次潜入卞家的,明显是两个人,这个人又是谁呢?

施学使找出毛大的过程是基于对人性的分析和对情理的推断:假如第二次潜入卞家的另有其人,那么必定是一个知道宿介去过胭脂住处的男人。这件事,宿介不可能对别人讲,胭脂更不可能对别人讲,那么就剩下两种可能:一是王氏主动讲给别人;二是有人偷听到了二人当晚的谈话。王氏既无其他奸夫,那就只剩下第二种可能。但是两个人之间的夜半私语,又会被谁听去呢?这个人,必然是对王氏有所垂涎者之一。正是这番推断,使他圈定了几个可疑的人选。但是如何确定凶徒,依然是个难题。施学使故弄玄虚,巧妙布局,让毛大自己露出了马脚,终使案情水落石出。

在这个案子里,鄂秋隼最为无辜。温婉之性,安分之人,不明就里即被指为凶手,真是“闭门家中坐,祸从天上来”,好在最终洗刷了嫌疑,又如意携得美人归,成就了一桩好姻缘,总算因祸得福。胭脂出身寒贱,然才姿惠丽,品性端淑,不幸为浮浪子弟所欺,致父亲惨死,讼事缠身。幸好学使施公愚山见二人实为天生佳偶,“仰彼邑令,作尔冰人”,与鄂秋隼喜结连理,得遂所愿,也算好事多磨。至于宿介,私通王氏在先,贪恋胭脂在后,放纵无行,惹祸上身,可谓咎由自取。

作者在小说中成功地塑造了胭脂、秋隼、王氏等人物形象。先说胭脂,由于出身牛医之家,与婚于清门的期待之间横亘着一条门第的鸿沟,导致了及笄未嫁。情窦初开的少女心扉,为偶然一遇的温婉少年所动,竟至悒悒成疾,用情何其深也!即使如此,坚拒王氏“令夜来一聚”之提议,怒斥“情郎”无赖求欢之举,品性何其坚贞!为免连累之苦而匿王氏之预,为诬鄂生之非而痛其冤屈之悲,为人又何其善良！如此多情、美丽之少女，又有哪个男人能不为之情动于衷？再说鄂生，“白服裙帽，丰采甚都”，一见而动佳人之情思，可见其风姿俊秀。而又谨讷温婉，被污时不能明言以自辩，洗雪后又感胭脂眷恋之情深。欲娶之恐遭他人之耻笑，欲舍之难安自己之腹心。所有这些，都可见其忠厚、老实、善良。这样一个翩翩少年书生，又有哪个少女能不为之心泛涟漪？还好，在案件真相大白的时候，一双美女俊男，在饱经磨难后，终于走到了一起。婚姻得来是如此不易，想必二人都会加倍珍惜吧。

再说王氏，佻脱善谑，为人轻浮而不庄重。窥知胭脂之情，许以为媒而不肯施行；探明胭脂之病，不加劝解而欲导之以私约。她不知为闺中少女保守秘密，反而炫己之得，轻泄私密于情夫。宿介所以有李代桃僵之计，毛大所以有张冠李借之举，皆因她而起。明知翻墙入内是情夫所为，反说胭脂“彼自引奸夫入院，我何知焉”，行为何其可恶！胭脂误交此等谈友，生出多少事端？所以，交友不可不慎啊！

胭脂一案，发生时曲折离奇，审理中一波三折。都以为已经查明了真相，岂不知尚处于暗昧的迷途。邑宰以鄂秋隼为元凶，自是冤枉；吴南岱能明察秋隼之冤，而又造成宿介之枉，只得实情之一半便止于臆断，纠正一起错案的同时又造就另一起错案。一时失察，难免错枉之失。因此，作者蒲松龄在小说结尾感叹：“甚哉！听讼之不可以不慎也！纵能知李代为冤，谁复思桃僵亦屈？然事虽暗昧，必有其间，要非审思研察，不能得也。”无论多么暗昧曲折的案件，总会有漏洞存在，关键是要缜密思考，仔细调查，这样才能在层层迷雾之下发现真相。

公案小说是我国古代小说的一个重要流派，是整个小说百花园中一朵独具异彩的奇葩。虽然，从现有史料来看，完全意义上的公案小说最早出现在宋朝，但早在《尚书》《左传》《荀子》《韩非子》等著作中，就有不少涉及案狱的内容。后汉应劭的《风俗通》中就已记载了一些官吏断案故事，如太守黄霸智断贪财夺子案，就是后来元代剧作家李潜夫的名剧《包待制智勘灰阑记》的故事原型。

随着小说艺术的发展和成熟，公案小说也由涓涓细流发展成为一股清泉。之所以称其为“清泉”，是因为在公案小说中寄托了人们对清明、清平、清廉的吏治的向往。例如，以包拯断案故事为主要内容的《龙图公案》，即揭发了皇帝国戚、权豪势要欺压百姓的罪恶，歌颂了包公不畏权贵、秉公办案的高尚精神。人们按照心中的理想，将许多神奇的断案故事，都投射到了他的身上，将他塑造成了一个“白天断阳、夜晚断阴”的传奇人物。而尤为着力塑造的，永远是他的铁面无私、刚正不阿。另外，如《海刚峰先生居官公案传》写海瑞，《狄公案》写狄仁杰，《于公案》写于成龙，案件虽五花八门，手法虽千奇百怪，但无不颂扬了秉公执法、惩恶扬善、清廉刚正的清官，表达了对公正清明的执法者的期待与渴望。

第九章 长篇名著咀英华

我国古代，有很多优秀的长篇小说。其中，以《三国演义》《水浒传》《西游记》和《红楼梦》最为杰出。这四部作品，有着高超的艺术成就，深厚的思想内涵，丰富的社会内容，代表着我国古代长篇小说创作的最高成就。从内容上来说，分别可以归为讲史、侠义、神魔和世情。篇幅所限，不能全面展开，本章仅选取每部中的精彩片段，管中窥豹，希望能够见其艺术成就之一斑。

第一节

《三国演义》第五回

发矫诏诸镇应曹公　破关兵三英战吕布

（节选：温酒斩华雄）

程普、黄盖、韩当都来寻见孙坚，再收拾军马屯扎。坚为折了祖茂，伤感不已，星夜遣人报知袁绍。绍大惊曰："不想孙文台败于华雄之手！"便聚众诸侯商议。众人都到，只有公孙瓒后至，绍请入帐列坐。绍曰："前日鲍将军之弟不遵调遣，擅自进兵，杀身丧命，折了许多军士；今者孙文台又败于华雄：挫动锐气，为之奈何？"诸侯并皆不语。绍举目遍视，见公孙瓒背后立着三人，容貌异常，都在那里冷笑。绍问曰："公孙太守背后何人？"瓒呼玄德出曰："此吾自幼同舍兄弟，平原令刘备是也。"曹操曰："莫非破黄巾刘玄德乎？"瓒曰："然。"即令刘玄德拜见。瓒将玄德功劳，并其出身，细说一遍。绍曰："既是汉室宗派，取坐来。"命坐。备逊谢。绍曰："吾非敬汝名爵，吾敬汝是帝室之胄耳。"玄德乃坐于末位，关、张叉手侍立于后。

忽探子来报："华雄引铁骑下关，用长竿挑着孙太守赤帻，来寨前大骂搦战。"绍曰："谁敢去战？"袁术背后转出骁将俞涉曰："小将愿往。"绍喜，便著俞涉出马。即时报来："俞涉与华雄战不三合，被华雄斩了。"众大惊。太守韩馥曰："吾有上将潘凤，可斩华雄。"绍急令出战。潘凤手提大斧上马。去不多时，飞马来报："潘凤又被华雄斩了。"众皆失色。绍曰："可惜吾上将颜良、文丑未至！得一人在此，何惧华雄！"言未毕，阶下一人大呼出曰："小将愿往斩华雄头，献于帐下！"众视之，见其人身长九尺，髯长二尺，丹凤眼，卧蚕眉，面如重枣，声如巨钟，立于帐前。绍问何人。公孙瓒曰："此刘玄德之弟关羽也。"绍问现居何职。瓒曰："跟随刘玄德充马弓手。"帐上袁术大喝曰："汝欺吾众诸侯无大将耶？量一弓手，安敢乱言！与我打出！"曹操急止之曰："公路息怒。此人既出大言，必有勇略；试教出马，如其不胜，责之未迟。"袁绍曰："使一弓手出战，必被华雄所笑。"操曰："此人仪表不俗，华雄安知他是弓手？"关公曰："如不胜，请斩某头。"操教酾热酒一杯，与关公饮了上马。关公曰："酒且斟下，某去便来。"出帐提刀，飞身上马。众诸侯听得关外鼓声大振，喊声大举，如天摧地塌，岳撼山崩，众皆失惊。正欲探听，鸾铃响处，马到中军，云长提华雄之头，掷于地上。——其酒尚温。后人有诗赞之曰：

威镇乾坤第一功，辕门画鼓响冬冬。云长停盏施英勇，酒尚温时斩华雄。

曹操大喜。只见玄德背后转出张飞，高声大叫："俺哥哥斩了华雄，不就这里杀入关去，活拿董卓，更待何时！”袁术大怒，喝曰：“俺大臣尚自谦让，量一县令手下小卒，安敢在此耀武扬威！都与赶出帐去！”曹操曰：“得功者赏，何计贵贱乎？”袁术曰：“既然公等只重一县令，我当告退。”操曰：“岂可因一言而误大事耶？”命公孙瓒且带玄德、关、张回寨。众官皆散。曹操暗使人赍牛酒抚慰三人。

——《三国演义》(人民文学出版社 1985 年版)

东汉末年，皇纲失统。西凉刺史董卓专权，欺君虐民，滥杀无辜，致使天下大乱，群雄并起。曹操发出檄文，起兵伐董。十七路诸侯响应号召，公推袁绍为盟主，以长沙太守孙坚为先锋，联合讨伐董卓。兵到汜水关，初次与董卓的军队交锋，就遇上了劲敌——董卓的部将华雄。华雄勇猛善战，首次交锋就一刀劈了济北相鲍信之弟鲍忠，第二战又砍杀了孙坚的部将祖茂。被称为“江东猛虎”的先锋孙坚，连头上的头巾都成了敌人的战利品。此处所选的一段，就是华雄乘胜追击，阵前叫战之后发生的故事。

兵临城下，形势危急，先锋孙坚因祖茂之死“伤感不已”，盟主袁绍大惊失色，召集众诸侯商议退敌之策。各路诸侯一个个都不说话，束手无策的袁绍“举目遍视”，引出了刘、关、张三兄弟的出场：“见公孙瓒背后立着三人，容貌异常，都在那里冷笑。”这一段忙中偷闲，在紧张的战阵间隙，已略见三人的与众不同。

紧接着，探子来报，华雄引铁骑来寨前大骂搦战，还用长竿挑着孙坚的红色头巾，这无疑是对联军的羞辱！袁术手下骁将俞涉、韩馥军中上将潘凤出去迎战——一个“即时报来”，一个“去不多时”——都成了华雄的刀下之鬼。华雄的骁勇善战令众人大惊失色，袁绍情急之下想起了他的上将颜良、文丑……就在这时，关羽震撼出场：“阶下一人大呼出曰：‘小将愿往斩华雄头，献于帐下！’众视之，见其人身长九尺，髯长二尺，丹凤眼，卧蚕眉，面如重枣，声如巨钟，立于帐前。”此时的关羽，不过是平原令刘备手下的一名马弓手，一无英名，二非上将，竟敢毛遂自荐，此处的肖像描写突出了他的英武形象。

“关羽斩华雄”这场战斗，无论是对关羽本人还是对这次会讨董卓来说，都具有十分重要的意义。就关羽而言，这一战令他声名大振，是他一生英勇的战斗历史的开端。在一杯热酒还没有凉下来的刹那之间，他便提了猛将华雄之头掷于中军地上——关羽勇冠三军的威武形象就在这一精彩亮相中得到了完美的表现。此前，他不过是一个甚至连对阵资格都没有的无名马弓手；此后，他斩将立功，英名远播。就这次战争而言，这是讨董联军在受到重挫之后赢得的第一个胜利，鼓舞了联军的士气，打击了董卓的气焰，为联军进入汜水关、大破虎牢关打开了胜利之门。

本来，“关公温酒斩华雄”描写的应该是两个高手间的对决，一般总是要集中笔墨大写特写战斗场面的紧张激烈、惊心动魄，但是在这里，作者却没有直接写战场，而是着重来写中军会场。在这一精彩片段的描写与处理中，我们可以充分领略到作者的叙述技巧与艺术表现力。

第一，在高度集中的矛盾冲突中集中塑造人物形象。我们知道，“会讨董卓”是在曹操主张之下十八路诸侯共同的事业，虽然参与盟军的各路诸侯各怀心事，却也提供了一个少有的“天下英雄”齐聚一堂的机会。于是，在这一片段中，我们可以看到众多人物的本色表演。

袁绍：出身于世家大族汝南袁氏，自其高祖袁安官至司空、司徒，四世之中居三公之位者多达五人，故号称“四世三公”，门生故吏遍布天下，这给他带来了人才和声望上的优势。加上袁绍自少就喜好结交当时上层社会的豪爽之士，文武双全，英气勃发。所以，关东州郡牧守联合起兵讨伐董卓时，他被推为关东军盟主。

孙坚败北，祖茂被杀，消息传来之际，袁绍先是“大惊”，接着“聚众诸侯商议”，问大家：“挫动锐气，为之奈何？”结果，各路诸侯都沉默无言，他只能“举目遍视”，这一系列行为，已经初现出他不能决断的个性特征。当他看到公孙瓒背后站立的刘、关、张三人时，注意到他们“容貌异常，都在那里冷笑”，因而有所询问。见其能查人之异，体现出他爱好结交英雄。公孙瓒向他说明刘备的功劳与出身，他即命人为刘备取座。在刘备逊谢之时，声称：“吾非敬汝名爵，吾敬汝是帝室之胄耳。”敬重帝室之胄，正是其“四世三公”的出身使然。华雄搦战，先有俞涉愿往，袁绍“喜，使著俞涉出马”，后有韩馥举荐潘凤，袁绍“急令出战”，二人相继战死之后，他说：“可惜吾上将颜良、文丑未至！得一人在此，何惧华雄！”作为盟军之主，喜怒形之于色，对敌有急躁之失，败而不思眼前可用之人，已经多少显出了一点不称职。关羽主动请缨，愿出一战。袁绍先是“问何人”，接着“问现居何职”，又担心“使一弓手出战，必被华雄所笑”，这一系列语言表现出他对出身与名位的看重，以及对敌之时的保守。

袁术：袁绍同父异母的兄弟，“少以侠气闻”，仗着家族的背景和当时在朝中担任司空的父亲袁逢，年轻时便举孝廉为郎，“历职内外”。董卓为拉拢他，曾特意任命他为后将军。他看出了董卓的狼子野心，借机逃出洛阳并迅速组织各大割据势力联合讨董。袁术在盟军中负责“总督粮草，应付诸营，无使有缺”，担当着相当重要的职责。当初，孙坚自长沙起兵之后，一路北上，先后杀了荆州刺史王睿和南阳太守张咨，帮助袁术占据了荆州最靠北的南阳郡。而此时，在孙坚作为先锋与敌军对垒之际，袁术听信谗言，对“江东猛虎”孙坚心怀猜忌，竟不发粮草，导致孙坚军中缺食生乱。这表现出袁术妒贤嫉能与自私自利、不顾大局的本性。关羽请战，当公孙瓒介绍其马弓手的身份之时，袁术“大喝曰：‘汝欺吾众诸侯无大将耶？量一弓手，安敢乱言！与我打出’”！关羽胜归，张飞高兴得大叫要“杀入关去，活拿董卓”时，袁术“大怒，喝曰：‘俺大臣尚自谦让，量一县令手下小卒，安敢在此耀武扬威！都与赶出帐去'"！面对曹操的劝解，他又说出"既然公等只重一县令，我当告退"，这轻易地大喝、大怒表现出他性格的急躁，而动辄"与我打出""赶出"又表现出他为人的骄纵蛮横。对"弓手""小卒"的不屑，表现出他的见识浅薄，而不听劝解又说明他不识大体。嫉贤妒能、刚愎自用、暴躁骄横，袁术性格上的缺陷与弱点在这里被充分暴露出来。

曹操：年轻的曹操在汉末的黄巾起义中显露头角，后因其家世被任命为典军校尉。董卓专擅朝政，曹操不愿与其合作，改易姓名逃出京师。到陈留后，"散家财，合义兵"，号召天下英雄讨伐董卓。但因资历尚浅，声望有限，没有成为盟主，只是作为一路诸侯参与盟军。在文中，当公孙瓒指出平原令刘备，曹操率先问道："莫非破黄巾刘玄德乎？"足见其对天下大事的关心与对天下英雄的留意。当袁术要将主动请战的关羽打出时，曹操"急止之"，并说"此人既出大言，必有勇略；试教出马，如其不胜，责之未迟"。曹操力主关公出战，见出其敢于不拘一格任用人才。袁绍因关羽职卑位低有所犹豫，曹操则说"此人仪表不俗，华雄安知他是弓手"，正是"多机变"的突出表现。关羽出战，曹操"教酾热酒一杯，与关公饮了上马"，而正是这杯酒，成就了"关公温酒斩华雄"的一段传奇！关羽斩华雄之头掷于地上之际，作者独写曹操"大喜"，写出他对英雄的敬重与热情以及对关羽功劳的肯定。之后，面对袁术的大怒，曹操先说："得功者赏，何计贵贱乎？"再说："岂可因一言而误大事耶？"两相对照之下，更突出了曹操的顾大局、识大体，以及不计出身，任人唯贤，赏罚分明。在众官皆散之后，又"暗使人赍牛酒抚慰三人"，更见出他对"英雄"的笼络之意。

关羽：斩华雄是关羽声名鹊起的一次较量，但作者的笔墨并没有重点放在打斗场面的描写上，也没有着意突出关羽的骁勇，而是通过多方面的描写来塑造关羽的性格和形象。当刘备逊谢之后坐于末位，"关、张叉手侍立于后"，这是对长兄的谦恭；当骁将俞涉、上将潘凤相继被斩之后，他"大呼出曰：'小将愿往斩华雄头，献于帐下'"，这是对强敌的无惧；面对袁氏兄弟的猜疑、嘲弄，他说："如不胜，请斩某头。"这是不屈的傲气；面对曹操教人酾下的热酒，他说："酒且斟下，某去便来。"这是英雄的自信。作者通过寥寥几笔，就将关羽性格中的主要特点都表现出来。尤其是"出帐提刀，飞身上马。众诸侯听得关外鼓声大振，喊声大举，如天摧地塌，岳撼山崩，众皆失惊。正欲探听，鸾铃响处，马到中军，云长提华雄之头，掷于地上。——其酒尚温"一段，干净利落，尤见其英雄气概。

此外，一出场时刘备的谦让逊谢，关羽得胜后张飞的高声大叫也很好地表现了刘备和张飞二人的性格特征。

第二，作者在这一段精彩记述中，运用了虚实结合的手法。例如华雄搦战之后，会场内的商议、争执、请命、派兵，是众诸侯的眼见，是对各人表现的实写。关羽出战之时，关外“如天摧地塌，岳撼山崩”的“鼓声大振，喊声大举”，是众诸侯的耳闻，是对激烈战争的虚写。“鸾铃响处，马到中军”的刹那之间，声至影随，既是耳闻又是眼见，虚实之间，写出关羽动作的迅捷。“提华雄之头，掷于地上”的惊心动魄，全是眼见，又是对关羽英雄气概的实写。作者就这样把场景置于中军帐内，而战场上的锣鼓喊杀之声一直震荡着中军帐内人们的心弦。实写帐内众人“大惊”、“失色”、“失惊”、“大喜”、“大怒”、“大叫”这些”激荡不安的各种情态，同时也是在虚写战场上的紧张激烈、生死一线的气氛。作者就这样将战场和中军帐紧紧连在一起，虚中有实，实中有虚，虚实结合，对英雄人物的塑造起到了一种传神壮威的作用。这种虚实结合的写法体现出不同于其他战争描写的独特的艺术风格，也有利于在有限的篇幅内取得更大的容量。作者通过一个事件，巧妙地写出了战争的场面，又揭示了诸侯联军内部的复杂性，凸现了人物的形象，收到了良好的艺术效果，使作品更加精练。

第三，借助复杂的情势和氛围，以及人物间的衬托，突出关羽的英雄形象。作者并不直接描写关羽的武艺如何高强，只是着意渲染华雄如何勇不可当——“江东猛虎”伤感败归，四员大将刀下丧生，一众诸侯惊恐失色……这些都是在为关羽的出场造势。之后，关羽在众人的怀疑之下，在一杯热酒尚有余温的顷刻之间，已提了华雄的人头，掷于中军帐前。富有特征的情势和氛围，烘托出关羽凛冽的精神气魄和逼人的英风豪气，关羽的威武形象被衬托得更加鲜明生动。

据史书记载，初平元年正月，关东州郡起兵讨伐董卓，推渤海太守袁绍为盟主。当时公孙瓒还在幽州，并没有前来会合。刘备这时大约还在下密为县丞，或在高唐为县尉、县令，尚未依附公孙瓒。《三国志·孙破虏讨逆传》则记载有“(孙)坚复相收兵，合战于阳人，大破卓军，枭其都督华雄等”，也就是说，斩杀华雄的并不是关羽。但是，《三国演义》中这一段精彩的故事却广为流传，成就了关羽的一段传奇。

第二节

《水浒传》第二十三回

横海郡柴进留宾　景阳冈武松打虎

（节选：武松打虎）

武松在路上行了几日，来到阳谷县地面。此去离县治还远。当日晌午时分，走得肚中饥渴，望见前面有一个酒店，挑着一面招旗在门前，上头写着五个字道：“三碗不过冈”。武松入到里面坐下，把梢棒倚了，叫道：“主人家，快把酒来吃。”只见店主人把三只碗、一双箸、一碟热菜，放在武松面前，满满筛一碗酒来。武松拿起碗，一饮而尽，叫道：“这酒好生有气力！主人家，有饱肚的买些吃酒。”酒家道："只有熟牛肉。"武松道："好的切二三斤来吃酒。"店家去里面切出二斤熟牛肉，做一大盘子将来，放在武松面前，随即再筛一碗酒。武松吃了道："好酒！"又筛下一碗，恰好吃了三碗酒，再也不来筛。武松敲着桌子叫道："主人家，怎的不来筛酒？"酒家道："客官要肉便添来。"武松道："我也要酒，也再切些肉来。"酒家道："肉便切来，添与客官吃，酒却不添了。"武松道："却又作怪。"便问主人家道："你如何不肯卖酒与我吃？"酒家道："客官，你须见我门前招旗，上面明明写道'三碗不过冈'。"武松道："怎地唤做三碗不过冈？"酒家道："俺家的酒，虽是村酒，却比老酒的滋味。但凡客人来我店中吃了三碗的，便醉了，过不得前面的山冈去。因此唤做'三碗不过冈'。若是过往客人到此，只吃三碗，更不再问。"武松笑道："原来恁地。我却吃了三碗，如何不醉？"酒家道："我这酒叫做'透瓶香'，又唤做'出门倒'。初入口时，醇酞好吃，少刻时便倒。"武松道："休要胡说。没地不还你钱，再筛三碗来我吃。"酒家见武松全然不动，又筛三碗。武松吃道："端的好酒！主人家，我吃一碗，还你一碗钱，只顾筛来。"酒家道："客官休只管要饮，这酒端的要醉倒人，没药医。"武松道："休得胡鸟说！便是你使蒙汗药在里面，我也有鼻子。"店家被他发话不过，一连又筛了三碗。武松道："肉便再把二斤来吃。"酒家又切了二斤熟牛肉，再筛了三碗酒。武松吃得口滑，只顾要吃，去身边取出些碎银子，叫道："主人家，你且来看我银子，还你酒肉钱勾么？"酒家看了道："有余，还有些贴钱与你。"武松道："不要你贴钱，只将酒来筛。"酒家道："客官，你要吃酒时，还有五六碗酒哩，只怕你吃不的了。"武松道："就有五六碗多时，你尽数筛将来。"酒家道："你这条长汉，倘或醉倒了时，怎扶的你住？"武松答道："要你扶的不算好汉。"酒家那里肯将酒来筛。武松焦躁道："我又不白吃你的，休要引老爹性发，通教你屋里粉碎，把你这鸟店子倒翻转来！"酒家道："这厮醉了，休惹他。"再筛了六碗酒与武松吃了，前后共吃了十五碗。绰了梢棒，立起身来道："我却又不曾醉。"走出门前来，笑道："却不说'三碗不过冈'！"手提梢棒便走。

酒家赶出来叫道："客官那里去？"武松立住了，问道："叫我做甚么？我又不少你酒钱，唤我怎地？"酒家叫道："我是好意。你且回来我家看官司榜文。"武松道："甚么榜文？"酒家道："如今前面景阳冈上，有只吊睛白额大虫，晚了出来伤人，坏了三二十条大汉性命。官司如今杖限打猎捕户，擒捉发落。冈子路口两边人民，都有榜文。可教往来客人，结伙成队，于巳、午、未三个时辰过冈。其余寅、卯、申、酉、戌、亥六个时辰，不许过冈。更兼单身客人，不许白日过冈，务要等伴结伙而过。这早晚正是未末申初时分，我见你走都不问人，枉送了自家性命。不如就我此间歇了，等明日慢慢凑的三二十人，一齐好过冈子。"武松听了，笑道："我是清河县人氏，这条景阳冈上少也走过了一二十遭。几时见说有大虫！你休说这般鸟话来吓我！便有大虫，我也不怕。"酒家道："我是好意救你。你不信时，进来看官司榜文。"武松道:"你鸟子声!便真个有虎,老爷也不怕。你留我在家里歇,莫不半夜三更要谋我财,害我性命,却把鸟大虫諕吓我?"酒家道:"你看么!我是一片好心,反做恶意,倒落得你恁地说。你不信我时,请尊便自行。"正是:

前车倒了千千辆,后车过了亦如然。分明指与平川路,却把忠言当恶言。

那酒店里主人摇着头,自进店里去了。这武松提了梢棒,大着步自过景阳冈来。约行了四五里路,来到冈子下,见一大树,刮去了皮,一片白,上写两行字。武松也颇识几字,抬头看时,上面写道:"近因景阳冈大虫伤人,但有过往客商,可于巳、午、未三个时辰,结伙成队过冈。请勿自误。"武松看了,笑道:"这是酒家诡诈,惊吓那等客人,便去那厮家里宿歇。我却怕甚么鸟!"横拖着梢棒,便上冈子来。那时已有申牌时分。这轮红日,厌厌地相傍下山。武松乘着酒兴,只管走上冈子来。走不到半里多路,见一个败落的山神庙。行到庙前,见这庙门上贴着一张印信榜文。武松住了脚读时,上面写道:

"阳谷县示:为这景阳冈上新有一只大虫,近来伤害人命。见今杖限各乡里正并猎户人等,打捕未获。如有过往客商人等,可于巳、午、未三个时辰,结伴过冈。其余时分及单身客人,白日不许过冈。恐被伤害性命不便。各宜知悉。"

武松读了印信榜文,方知端的有虎。欲待发步再回酒店里来,寻思道:"我回去时,须吃他耻笑,不是好汉,难以转去。"存想了一回,说道:"怕甚么鸟!且只顾上去,看怎地!"武松正走,看看酒涌上来,便把毡笠儿背在脊梁上,将梢棒绾在肋下,一步步上那冈子来。回头看这日色时,渐渐地坠下去了。此时正是十月间天气,日短夜长,容易得晚。武松自言自说道:"那得甚么大虫!人自怕了,不敢上山。"武松走了一直,酒力发作,焦热起来,一只手提着梢棒,一只手把胸膛前袒开,踉踉跄跄,直奔过乱树林来。见一块光挞挞大青石,把那梢棒倚在一边,放翻身体,却待要睡,只见发起一阵狂风来。看那风时,但见:

无形无影透人怀,四季能吹万物开。就树撮将黄叶去,入山推出白云来。

原来但凡世上云生从龙,风生从虎。那一阵风过处,只听得乱树背后扑地一声响,跳出一只吊睛白额大虫来。武松见了,叫声:"呵呀!"从青石上翻将下来,便拿那条梢棒在手里,闪在青石边。那个大虫又饥又渴,把两只爪在地下略按一按,和身望上一扑,从半空里撺将下来。武松被那一惊,酒都做冷汗出了。说时迟,那时快。武松见大虫扑来,只一闪,闪在大虫背后。那大虫背后看人最难,便把前爪搭在地下,把腰胯一掀,掀将起来。武松只一躲,躲在一边。大虫见掀他不着,吼一声,却似半天里起个霹雳,振得那山冈也动。把这铁棒也似虎尾倒竖起来,只一剪。武松却又闪在一边。原来那大虫拿人,只是一扑,一掀,一剪,三般提不着时,气性先自没了一半。那大虫又剪不着,再吼了一声,一兜兜将回来。

武松见那大虫复翻身回来，双手轮起梢棒，尽平生气力，只一棒，从半空劈将下来。只听得一声响，簌簌地将那树连枝带叶劈脸打将下来。定睛看时，一棒劈不着大虫。原来慌了，正打在枯树上，把那条梢棒折做两截，只拿得一半在手里。那大虫咆哮，性发起来，翻身又只一扑，扑将来。武松又只一跳，却退了十步远。那大虫却好把两只前爪搭在武松面前。武松将半截棒丢在一边，两只手就势把大虫顶花皮肐膊地揪住，一按按将下来。那只大虫急要挣扎，早没了气力。被武松尽气力纳定，那里肯放半点儿松宽。武松把只脚望大虫面门上、眼睛里只顾乱踢。那大虫咆哮起来，把身底下扒起两堆黄泥，做了一个土坑。武松把那大虫嘴直按下黄泥坑里去。那大虫吃武松奈何得没了些气力。武松把左手紧紧地揪住顶花皮，偷出右手来，提起铁锤般大小拳头，尽平生之力，只顾打。打得五七十拳，那大虫眼里、口里、鼻子里、耳朵里都迸出鲜血来。那武松尽平昔神威，仗胸中武艺，半歇儿把大虫打做一堆，却似躺着一个锦布袋。有一篇古风，单道景阳冈武松打虎。但见：

景阳冈头风正狂，万里阴云霾日光。焰焰满川枫叶赤，纷纷遍地草芽黄。
触目晚霞挂林薮，侵人冷雾满穹苍。忽闻一声霹雳响，山腰飞出兽中王。
昂头踊跃逞牙爪，谷口麋鹿皆奔忙。山中狐兔潜踪迹，涧内獐猿惊且慌。
卞庄见后魂魄丧，存孝遇时心胆强。清河壮士酒未醒，忽在冈头偶相迎。
上下寻人虎饥渴，撞着狰狞来扑人。虎来扑人似山倒，人去迎虎如岩倾。
臂腕落时坠飞炮，爪牙爬处成泥坑。拳头脚尖如雨点，淋漓两手鲜血染。
秽污腥风满松林，散乱毛须坠山奄。近看千钧势未休，远观八面威风敛。
身横野草锦斑销，紧闭双睛光不闪。

当下景阳冈上那只猛虎，被武松没顿饭之间，一顿拳脚打得那大虫动掸不得，使得口里兀自气喘。武松放了手，来松树边寻那打折的棒橛，拿在手里，只怕大虫不死，把棒橛又打了一回。那大虫气都没了。武松再寻思道："我就地拖得这死大虫下冈子去。"就血泊里双手来提时，那里提得动？原来使尽了气力，手脚都疏软了，动掸不得。

武松再来青石坐了半歇，寻思道："天色看看黑了，倘或又跳出一只大虫来时，我却怎地斗得他过？且挣扎下冈子去，明早却来理会。"就石头边寻了毡笠儿，转过乱树林边，一步步捱下冈子来。

——《水浒传》(人民文学出版社 1985 年版)

"武松打虎"是《水浒传》中最为精彩的片段之一，作者集中笔力，刻画出武松的机智勇敢，表现了他超凡的武艺和无所畏惧的英雄气概。其实，整个故事中，真正打虎的场面着墨并不多。从"那大虫咆哮，性发起来，翻身又只一扑……"到"半歇儿把大虫打做一堆，却似躺着一个锦布袋"，不过区区三百多字，却写得惟妙惟肖，神采飞扬。如果说，“武松打虎”是一个富于浪漫主义色彩的神奇故事，那么作者所采用的笔法则可称为奇中之奇。

相信每一位读者读完这一段，都会对两件东西印象深刻。其一，自然是号称“三碗不过冈”的烈酒；另一个，则是武松似乎行动不离其手的梢棒。那么我们就看看这两样东西是如何随着情节的发展，将故事推向高潮的。

其实，自从武松与宋江辞别时起，作者就已经给予梢棒以特别的关注。到达酒店之前，已经五次提及：武松“缚了包裹，拴了梢棒要行”，“背上包裹，提了梢棒，相辞了便行”，“倚了梢棒，下席坐了”，“拿了梢棒，三个出酒店前来作别”，“拴束包裹，提了梢棒，便走上路”。可见武松行走、坐起之间，棒不离手。在表明这是他唯一的武器的同时，似乎也在暗示着梢棒将在不久的将来发挥重要的作用。

武松进入酒店之后，“把梢棒倚了”，叫店主快把酒来吃，这一“倚”，就将重点转到了酒上：武松是因为肚中饥渴才走入酒店的，进得店来，不要食物，先要“快把酒来吃”，这个细节突出了武松的好酒。

第一碗酒，武松一饮而尽，叫道“这酒好生有气力！”既写人的豪爽，也写酒的浓烈。

第二碗吃完，武松再次称赞“好酒”，这是对好酒的再次渲染。

畅快的武松想要开怀畅饮，但酒至三碗，酒家却不由他尽兴，“再也不来筛”酒。这让武松很纳闷，便引出一番询问与对答，于是，我们知道了这酒又名“透瓶香”、“出门倒”，颇有后劲。这是对酒之醇厚的反复渲染，同时，也让读者在武松独自过冈之时更加为之担心。

禁不住武松的难缠，再加上他“全然不动”的表现，酒家又为他筛了三碗酒。武松喝了这第四、第五、第六碗酒之后，酒兴正浓，叫店家“只顾筛来”，态度强硬，又为自己争取来第七、第八、第九碗酒。之后，“肉便再把二斤来吃”，更见其酒量与胃口，而这正是英雄壮士的一个突出特征。

也许，酒家也想看看这条大汉到底有多少酒量，所以，接下来的第十、第十一、第十二碗酒很是顺畅，武松更是兴致不减，“取出些碎银子”，叫酒家“只将酒来筛”。这时，酒家不再劝阻，反倒似在激将了，先说：“还有五六碗酒哩，只怕你吃不的了。”又说：“你这条长汉，倘或醉倒了时，怎扶的你住？”——这是在侧面描写武松身材的魁梧。惹得武松焦躁，于是，又有了最后的六碗酒——一共十八碗酒。武松吃饱喝足，“绰了梢棒，立起身来道：‘我却又不曾醉’”——一场豪饮刚刚落幕，稍事休息的梢棒紧跟着再度出场。这一段，以倚棒起，由绰棒终，开怀畅饮之间，写出英雄与酒的惺惺相惜。

武松狂饮之后，不忘说一句“却不说‘三碗不过冈’”，醉态可掬。之后，手提梢棒便走。顺次数下来，这已经是第八次提及梢棒。接下来，梢棒仍然频繁地出现:店主人苦劝不住,武松“提了梢棒,大着步自过景阳冈来”,见其豪气干云。看过树上的文字,武松“横拖着梢棒,便上冈子来”。读了山神庙前的印信榜文,确信有虎之后,武松“把毡笠儿背在脊梁上,将梢棒绾在肋下,一步步上那冈子来”,见其警惕小心。酒力发作,武松“一只手提着梢棒,一只手把胸膛前袒开,踉踉跄跄,直奔过乱树林来”。见到一块大青石,武松“把那梢棒倚在一边,放翻身体,却待要睡”,酒的威力终于显露出来!可是,这也太危险了吧?

老虎猛然出现,武松“从青石上翻将下来,便拿那条梢棒在手里,闪在青石边”。对老虎的凶猛攻击,四次闪躲之后,武松“双手轮起梢棒,尽平生气力,只一棒,从半空劈将下来”。直到这时,一路上和武松形影不离的梢棒才终于有了用武之地,我们和武松都期待着它能一击命中!可是,“只听得一声响,簌簌地将那树连枝带叶劈脸打将下来。定睛看时,一棒劈不着大虫。原来慌了,正打在枯树上,把那条梢棒折做两截,只拿得一半在手里”。在这性命攸关的紧迫时刻,唯一用来护身的武器就这样折断了,想必读者心中也都充满了惊惧吧!

老虎咆哮性发,再度扑来,情势已经不容武松多想,这时,他“将半截棒丢在一边”,只剩下赤手空拳,真是“令人瞠目噤口,不敢复读下去”(金圣叹语)。人虎之间的斗争已经到了千钧一发之际,扣人心弦。英雄就是英雄,绝境中的武松“两只手就势把大虫顶花皮肐膊地揪住,一按按将下来……把只脚望大虫面门上、眼睛里只顾乱踢……把那大虫嘴直按下黄泥坑里去……左手紧紧地揪住顶花皮,偷出右手来,提起铁锤般大小拳头,尽平生之力,只顾打。打得五七十拳,那大虫眼里、口里、鼻子里、耳朵里都迸出鲜血来”,可谓绝地反击,更显出英雄本色。

之后,作者写武松怕老虎不死,“来松树边寻那打折的棒橛……把棒橛又打了一回”,直到最后眼见气都没了,方才丢了棒。整个打虎的过程,由拿棒在手起,至虎死丢棒终,这是一根梢棒的善始善终。可见,作者笔法的妙处在于用大量的语言写梢棒,有意突出梢棒的重要性,却又在最关键的时候,让武松只一下就失掉了梢棒,只剩下赤手空拳。这时,我们才知道,前面十余处写梢棒只是虚晃一招,棒折之后的赤手搏虎才是重点实况。虚实之间,张弛有度,充分体现了武松过人的勇气和惊人的绝技,又使文章波澜起伏,真令人拍案叫绝。

另外,文章尤其精于造势。作者三次提到只有巳、午、未三个时辰才能过冈,而武松过冈时,已是“这轮红日,厌厌地相傍下山”,正是老虎出没的时间。作者又三次提到过冈客人须结伙成队而行,武松却是单身过冈。作者强调“正是十月间天气,日短夜长,容易得晚”,高冈深林,夜幕之下,自然有一种阴森之感。偏偏这时,酒力发作,武松已然踉踉跄跄,见到一块大青石,竟是放翻身体,就要入睡——可谓步步收紧,步步惊心,蓄势已足。因此,“只见发起一阵狂风来”,“只听得乱树背后扑地一声响,跳出一只吊睛白额大虫来”,径直把情节推向了最为紧张的高潮。那只又饥又渴的老虎“把两只爪在地下略按一按，和身望上一扑，从半空里撺将下来。武松被那一惊，酒都做冷汗出了”。这时，作者还不忘给那十八碗酒作个交代，可见文思细密。

第三节 《西游记》第七十六回

心神居舍魔归性　木母同降怪体真

话表孙大圣在老魔肚里支吾一会，那魔头倒在尘埃，无声无气，若不言语，想是死了，却又把手放放。魔头回过气来，叫一声：“大慈大悲齐天大圣菩萨！”行者听见道：“儿子，莫废工夫，省几个字儿，只叫孙外公罢。”那妖魔惜命，真个叫：“外公！外公！是我的不是了！一差二误吞了你，你如今却反害我。万望大圣慈悲，可怜蝼蚁贪生之意，饶了我命，愿送你师父过山也。”大圣虽英雄，甚为唐僧进步。他见妖魔哀告，好奉承的人，也就回了善念，叫道：“妖怪，我饶你，你怎么送我师父？”老魔道：“我这里也没甚么金银、珠翠、玛瑙、珊瑚、琉璃、琥珀、玳瑁珍奇之宝相送；我兄弟三个，抬一乘香藤轿儿，把你师父送过此山。”行者笑道：“既是抬轿相送，强如要宝。你张开口，我出来。”那魔头真个就张开口。那三魔走近前，悄悄的对老魔道：“大哥，等他出来时，把口往下一咬，将猴儿嚼碎，咽下肚，却不得磨害你了。”

原来行者在里面听得，便不先出去。却把金箍棒伸出，试他一试。那怪果往下一口，扢喳的一声，把个门牙都迸碎了。行者抽回棒道：“好妖怪！我倒饶你性命出来，你反咬我，要害我命！我不出来，活活的只弄杀你！不出来，不出来！”老魔报怨三魔道：“兄弟，你是自家人弄自家人了。且是请他出来好了，你却教我咬他。他倒不曾咬着，却迸得我牙龈疼痛。这是怎么起的！”

三魔见老魔怪他，他又作个激将法，厉声高叫道：“孙行者，闻你名如轰雷贯耳，说你在南天门外施威，灵霄殿下逞势；如今在西天路上降妖缚怪，原来是个小辈的猴头！”行者道：“我何为小辈？”三怪道：“‘好汉千里客，万里去传名。’你出来，我与你赌斗，才是好汉；怎么在人肚里做勾当！非小辈而何？”行者闻言，心中暗想道：“是，是，是！我若如今扯断他肠，揌破他肝，弄杀这怪，有何难哉？但真是坏了我的名头。……也罢！也罢！——你张口，我出来与你比并。但只是你这洞口窄逼，不好使家火，须往宽处去。”三魔闻说，即点大小怪，前前后后，有三万多精，都执着精锐器械，出洞摆开一个三才阵势，专等行者出口，一齐上阵。那二怪搀着老魔，径至门外，叫道：“孙行者！好汉出来！此间有战场，好斗！”

大圣在他肚里，闻得外面鸦鸣鹊噪，鹤唳风声，知道是宽阔之处。却想着：

"我不出去，是失信与他；若出去，这妖精人面兽心：先时说送我师父，哄我出来咬我，今又调兵在此。——也罢！也罢！与他个两全其美：出去便出去，还与他肚里生下一个根儿。"即转手，将尾上毫毛拔了一根，吹口仙气，叫"变！"即变一条绳儿，只有头发粗细，倒有四十丈长短。那绳儿理出去，见风就长粗了。把一头拴着妖怪的心肝系上，打做个活扣儿。那扣儿不扯不紧，扯紧就痛。却拿着一头，笑道："这一出去，他送我师父便罢；如若不送，乱动刀兵，我也没工夫与他打，只消扯此绳儿，就如我在肚里一般！"又将身子变得小小的，往外爬；爬到咽喉之下，见妖精大张着方口，上下钢牙，排如利刃，忽思量道："不好！不好！若从口里出去扯这绳儿，他怕疼，往下一嚼，却不咬断了？我打他没牙齿的所在出去。"好大圣，理着绳儿，从他那上腭子往前爬，爬到他鼻孔里。那老魔鼻子发痒，"阿嚏"的一声，打了个喷嚏，却迸出行者。

行者见了风，把腰躬一躬，就长了有三丈长短，一只手扯着绳儿，一只手拿着铁棒。那魔头不知好歹，见他出来了，就举钢刀，劈脸来砍。这大圣一只手使铁棒相迎。又见那二怪使枪，三怪使戟，没头没脸的乱上。大圣放松了绳，收了铁棒，急纵身驾云走了。原来怕那伙小妖围绕，不好干事。他却跳出营外，去那空阔山头上，落下云，双手把绳尽力一扯，老魔心里才疼。他害疼，往上一挣，大圣复往下一扯。众小妖远远看见，齐声高叫道："大王，莫惹他！让他去罢！这猴儿不按时景：清明还未到，他却那里放风筝也！"大圣闻言，着力气蹬了一蹬，那老魔从空中，拍剌剌，似纺车儿一般，跌落尘埃。就把那山坡下死硬的黄土跌做个二尺浅深之坑。

慌得那二怪、三怪，一齐按下云头，上前拿住绳儿，跪在坡下，哀告道："大圣啊，只说你是个宽洪海量之仙，谁知是个鼠腹蜗肠之辈。实实的哄你出来，与你见阵，不期你在我家兄心上拴了一根绳子！"行者笑道："你这伙泼魔，十分无礼！前番哄我出去便就咬我，这番哄我出来，却又摆阵敌我。似这几万妖兵，战我一个，理上也不通。扯了去！扯了去见我师父！"那怪一齐叩头道："大圣慈悲，饶我性命，愿送老师父过山！"行者笑道："你要性命，只消拿刀把绳子割断罢了。"老魔道："爷爷呀，割断外边的，这里边的拴在心上，喉咙里又𢘿𢘿的恶心，怎生是好？"行者道："既如此，张开口，等我再进去解出绳来。"老魔慌了道："这一进去，又不肯出来，却难也！却难也！"行者道："我有本事外边就可以解得里面绳头也。解了可实实的送我师父么？"老魔道："但解就送，决不敢打诳语。"大圣审得是实，即便将身一抖，收了毫毛，那怪的心就不疼了。这是孙大圣掩样的法儿，使毫毛拴着他的心；收了毫毛，所以就不害疼也。三个妖纵身而起，谢道："大圣请回，上复唐僧，收拾下行李，我们就抬轿来送。"众怪偃干戈，尽皆归洞。

大圣收绳子，径转山东，远远的看见唐僧睡在地下打滚痛哭；猪八戒与沙僧解了包袱，将行李搭分儿，在那里分哩。行者暗暗嗟叹道："不消讲了。这定是八戒对师父说我被妖精吃了，师父舍不得我，痛哭，那呆子却分东西散火哩。——咦！不知可是此意，且等我叫他一声看。”落下云头，叫道：“师父！”沙僧听见，报怨八戒道：“你是个‘棺材座子，专一害人’！师兄不曾死，你却说他死了，在这里干这个勾当！那里不叫将来了？”八戒道：“我分明看见他被妖精一口吞了。想是日辰不好，那猴子来显魂哩。”行者到跟前，一把挝住八戒脸，一个巴掌打了个踉跄，道：“夯货！我显甚么魂？”呆子侮着脸道：“哥哥，你实是那怪吃了，你——你怎么又活了？”行者道：“像你这个不济事的脓包！他吃了我，我就抓他肠，捏他肺，又把这条绳儿穿住他的心，扯他疼痛难禁，一个个叩头哀告，我才饶了他性命。如今抬轿来送我师父过山也。”那三藏闻言，一骨鲁爬起来，对行者躬身道：“徒弟啊，累杀你了！若信悟能之言，我已绝矣！”行者轮拳打着八戒骂道：“这个馕糠的呆子，十分懈怠，甚不成人！师父，你切莫恼。那怪就来送你也。”沙僧也甚生惭愧。连忙遮掩，收拾行李，扣背马匹，都在途中等候不题。

却说三个魔头，帅群精回洞。二怪道：“哥哥，我只道是个九头八尾的孙行者，原来是恁的个小小猴儿！你不该吞他：只与他斗时，他那里斗得过你我！洞里这几万妖精，吐唾沫也可渰杀他。你却将他吞在肚里，他便弄起法来，教你受苦，怎么敢与他比较！才自说送唐僧，都是假意，实为兄长性命要紧，所以哄他出来。决不送他！”老魔道：“贤弟不送之故，何也？”二怪道：“你与我三千小妖，摆开阵势，我有本事拿住这个猴头！”老魔道：“莫说三千，凭你起老营去；只是拿住他，便大家有功。”

那二魔即点三千小妖，径到大路旁摆开，着一个蓝旗手往来传报，教：“孙行者！赶早出来，与我二大王爷爷交战！”八戒听见，笑道：“哥啊，常言道：‘说谎不瞒当乡人。’就来弄虚头，捣鬼！怎么说降了妖精，就抬轿来送师父，却又来叫战，何也？”行者道：“老怪已被我降了，不敢出头，闻着个‘孙’字儿，也害头疼。这定是二妖魔不伏气送我们，故此叫战。我道兄弟，这妖精有弟兄三个，这般义气；我弟兄也是三个，就没些义气。我已降了大魔，二魔出来，你就与他战战，未为不可。”八戒道：“怕他怎的！等我去打他一仗来！”行者道：“要去便去罢。”八戒笑道：“哥啊，去便去，你把那绳儿借与我使使。”行者道：“你要怎的？你又没本事钻在肚里，你又没本事拴在他心上，要他何用？”八戒道：“我要扣在这腰间，做个救命索。你与沙僧扯住后手，放我出去，与他交战。估着赢了他，你便放松，我把他拿住；若是输与他，你把我扯回来，莫教他拉了去。”真个行者暗笑道：“也是捉弄呆子一番！”就把绳儿扣在他腰里，撮弄他出战。

那呆子举钉钯跑上山崖，叫道：“妖精！出来！与你猪祖宗打来！”那蓝旗手急报道：“大王，有一个长嘴大耳朵的和尚来了。”二怪即出营，见了八戒，更不打话，挺枪劈面刺来。这呆子举钯上前迎住。他两个在山坡前搭上手，斗不上七八回合，呆子手软，架不得妖魔，急回头叫："师兄，不好了！扯扯救命索，扯扯救命索！"这壁厢大圣闻言，转把绳子放松了，抛将去。那呆子败了阵，往后就跑。原来那绳子拖着走，还不觉；转回来，因松了，倒有些绊脚，自家绊倒了一跌，爬起来又一跌。始初还跌个踉踵，后面就跌了个嘴抢地。被妖精赶上，捽开鼻子，就如蛟龙一般，把八戒一鼻子卷住，得胜回洞。众妖凯歌齐唱，一拥而归。

这坡下三藏看见，又恼行者道："悟空，怪不得悟能咒你死哩！原来你兄弟全无相亲相爱之意，专怀相嫉相妒之心！他那般说，教你扯扯救命索，你怎么不扯，还将索子丢去？如今教他被害，却如之何？"行者笑道："师父也忒护短，忒偏心！罢了，像老孙拿去时，你略不挂念，左右是舍命之材；这呆子才自遭擒，你就怪我。也教他受些苦恼，方见取经之难。"三藏道："徒弟啊，你去，我岂不挂念？想着你会变化，断然不至伤身。那呆子生得狼犺，又不会腾那，这一去，少吉多凶。你还去救他一救。"行者道："师父不得报怨，等我去救他一救。"

急纵身，赶上山，暗中恨道："这呆子咒我死，且莫与他个快活！且跟去看那妖精怎么摆布他，等他受些罪，再去救他。"即捻诀念起真言，摇身一变，即变做个蟭蟟虫，飞将去，钉在八戒耳朵根上，同那妖精到了洞里。二魔帅三千小怪，大吹大打的，至洞口屯下。自将八戒拿入里边道："哥哥，我拿了一个来也。"老怪道："拿来我看。"他把鼻子放松，捽下八戒道："这不是？"老怪道："这厮没用。"八戒闻言道："大王，没用的放出去，寻那有用的捉来罢。"三怪道："虽是没用，也是唐僧的徒弟猪八戒。且捆了，送在后边池塘里浸着。待浸退了毛，破开肚子，使盐腌了晒干，等天阴下酒。"八戒大惊道："罢了！罢了！撞见那贩腌的妖怪也！"众怪一齐下手，把呆子四马攒蹄捆住，扛扛抬抬，送至池塘边，往中间一推，尽皆转去。

大圣却飞起来看处，那呆子四肢朝上，掘着嘴，半浮半沉，嘴里呼呼的，着然好笑，倒像八九月经霜落了子儿的一个大黑莲蓬。大圣见他那嘴脸，又恨他，又怜他，说道："怎的好么？他也是龙华会上的一个人。但只恨他动不动分行李散火，又要撺掇师父念紧箍咒咒我。我前日曾闻得沙僧说，他攒了些私房，不知可有否。等我且吓他一吓看。"

好大圣，飞近他耳边，假捏声音，叫声："猪悟能，猪悟能！"八戒慌了道："晦气呀！我这悟能是观世音菩萨起的，自跟了唐僧，又呼做八戒，此间怎么有人知道我叫做悟能？"呆子忍不住问道："是那个叫我的法名？"行者道："是我。"呆子道："你是那个？"行者道："我是勾司人。"那呆子慌了道："长官，你是那里来的？"行者道："我是五阎王差来勾你的。"呆子道："长官，你且回去，上复五阎王，他与我师兄孙悟空交得甚好，教他让我一日儿，明日来勾罢。"行者道："胡说！'阎王注定三更死，谁敢留人到四更！'趁早跟我去，免得套上绳子扯拉！"呆子道："长官，那里不是方便，看我这般嘴脸，还想活哩。死是一定死，只等一日，这妖精连我师父们都拿来，会一会，就都了帐也。”行者暗笑道：“也罢，我这批上有三十个人，都在这中前后，等我拘将来就你，便有一日耽阁。你可有盘缠，把些儿我去。”八戒道：“可怜啊！出家人那里有甚么盘缠？”行者道：“若无盘缠，索了去！跟着我走！”呆子慌了道：“长官不要索。我晓得你这绳儿叫做‘追命绳’，索上就要断气。有！有！有！——有便有些儿，只是不多。”行者道：“在那里？快拿出来！”八戒道：“可怜，可怜！我自做了和尚，到如今，有些善信的人家斋僧，见我食肠大，衬钱比他们略多些儿，我拿了攒在这里，零零碎碎有五钱银子；因不好收拾，前者到城中，央了个银匠煎在一处，他又没天理，偷了我几分，只得四钱六分一块儿。你拿了去罢。”行者暗笑道：“这呆子裤子也没得穿，却藏在何处？……咄！你银子在那里？”八戒道：“在我左耳朵眼儿里揌着哩。我捆了拿不得，你自家拿了去罢。”

行者闻言，即伸手在耳朵窍中摸出，真个是块马鞍儿银子，足有四钱五六分重；拿在手里，忍不住哈哈的一声大笑。那呆子认是行者声音，在水里乱骂道：“天杀的弼马温！到这们苦处，还来打诈财物哩！”行者又笑道：“我把你这馕糟的！老孙保师父，不知受了多少苦难，你到攒下私房！”八戒道：“嘴脸！这是甚么私房！都是牙齿上刮下来的，我不舍得买了嘴吃，留了买匹布儿做件衣服，你却吓了我的。还分些儿与我。”行者道：“半分也没得与你！”八戒骂道：“买命钱让与你罢，好道也救我出去是。”行者道：“莫发急，等我救你。”将银子藏了，即现原身，掣铁棒，把呆子划拢，用手提着脚，扯上来，解了绳。八戒跳起来，脱下衣裳，整干了水，抖一抖，潮漉漉的披在身上，道：“哥哥，开后门走了罢。”行者道：“后门里走，可是个长进的？还打前门上去。”八戒道：“我的脚捆麻了，跑不动。”行者道：“快跟我来。”

好大圣，把铁棒一路丢开解数，打将出去。那呆子忍着麻，只得跟定他。只看见二门下靠着的是他的钉钯，走上前，推开小妖，捞过来往前乱筑；与行者打出三四层门，不知打杀了多少小妖。那老魔听见，对二魔道：“拿得好人！拿得好人！你看孙行者劫了猪八戒，门上打伤小妖也！”那二魔急纵身，绰枪在手，赶出门来，应声骂道：“泼猢狲！这般无礼！怎敢渺视我等！”大圣听得，即应声站下。那怪物不容讲，使枪便刺。行者正是会家不忙，掣铁棒，劈面相迎。他两个在洞门外，这一场好杀：

> 黄牙老猱变人形，义结狮王为弟兄。因为大魔来说合，同心计算吃唐僧。齐天大圣神通广，辅正除邪要灭精。八戒无能遭毒手，悟空拯救出门行。妖王赶上施英猛，枪棒交加各显能。那一个枪来好似穿林蟒，这一个棒起犹如出海龙。龙出海门云霭霭，蟒穿林树雾腾腾。算来都为唐和尚，恨苦相持太没情。

那八戒见大圣与妖精交战，他在山嘴上竖着钉钯，不来帮打，只管呆呆的看着。

那妖精见行者棒重，满身解数，全无破绽，就把枪架住。捽开鼻子，要来卷他。行者知道他的勾当，双手把金箍棒横起来，往上一举，被妖精一鼻子卷住腰胯，不曾卷手。你看他两只手在妖精鼻头上丢花棒儿耍子。

八戒见了，捶胸道："咦！那妖怪晦气呀！卷我这夯的，连手都卷住了，不能得动；卷那们滑的，倒不卷手。他那两只手拿着棒，只消往鼻里一搠，那孔子里害疼流涕，怎能卷得他住？"行者原无此意，倒是八戒教了他。他就把棒幌一幌，小如鸡子，长有丈余，真个往他鼻孔里一搠。那妖精害怕，沙的一声，把鼻子捽放，被行者转手过来，一把挝住，用气力往前一拉，那妖精护疼，随着手，举步跟来。八戒方才敢近，拿钉钯望妖精胯子上乱筑。行者道："不好，不好！那钯齿儿尖，恐筑破皮，淌出血来，师父看见，又说我们伤生，只调柄子来打罢。"

真个呆子举钯柄，走一步，打一下，行者牵着鼻子，就似两个象奴，牵至坡下。只见三藏凝睛盼望，见他两个嚷嚷闹闹而来，即唤："悟净，你看悟空牵的是甚么？"沙僧见了，笑道："师父，大师兄把妖精揪着鼻子拉来，真爱杀人也！"三藏道："善哉！善哉！那般大个妖精！那般长个鼻子！你且问他：他若喜喜欢欢送我等过山呵，饶了他，莫伤他性命。"沙僧急纵前迎着，高声叫道："师父说：那怪果送师父过山，教不要伤他命哩。"那怪闻说，连忙跪下，口里呜呜的答应。原来被行者揪着鼻子，捏㑩了，就如重伤风一般。叫道："唐老爷，若肯饶命，即便抬轿相送。"行者道："我师徒俱是善胜之人，依你言，且饶你命。快抬轿来。如再变卦，拿住决不再饶！"那怪得脱手，磕头而去。行者同八戒见唐僧，备言前事。八戒惭愧不胜，在坡前晾晒衣服，等候不题。

那二魔战战兢兢回洞，未到时，已有小妖报知老魔、三魔，说二魔被行者揪着鼻子拉去。老魔悚惧，与三魔帅众方出，见二魔独回，又皆接入，问及放回之故。二魔把三藏慈悯善胜之言，对众说了一遍。一个个面面相觑，更不敢言。二魔道："哥哥可送唐僧么？"老魔道："兄弟，你说那里话！孙行者是个广施仁义的猴头，他先在我肚里，若肯害我性命，一千个也被他弄杀了。却才揪住你鼻子，若是扯了去不放回，只捏破你的鼻子头儿，却也惶恐。快早安排送他去罢。"三魔笑道："送！送！送！"老魔道："贤弟这话，却又像尚气的了。你不送，我两个送去罢。"

三魔又笑道："二位兄长在上：那和尚倘不要我们送，只这等瞒过去，还是他的造化；若要送，不知正中了我的'调虎离山'之计哩。"老怪道："何为'调虎离山'？"三怪道："如今把满洞群妖，点将起来，万中选千，千中选百，百中选十六个，又选三十个。"老怪道："怎么既要十六，又要三十？"三怪道："要三十个会烹煮的，与他些精米、细面、竹笋、茶芽、香蕈、蘑菇、豆腐、面筋，着他二十里，或三十里，搭下窝铺，安排茶饭，管待唐僧。"老怪道："又要十六个何用？"三怪道："着八个抬，八个喝路。我弟兄相随左右，送他一程。此去向西四百余里，就是我的城池。我那里自有接应的人马。若至城边，……如此如此，着他师徒首尾不能相顾。要捉唐僧，全在此十六个鬼成功。”老怪闻言，欢欣不已。真是如醉方醒，似梦方觉。道：“好！好！好！”即点众妖，先选三十，与他物件；又选十六，抬一顶香藤轿子。同出门来，又吩咐众妖：“俱不许上山闲走：孙行者是个多心的猴子，若见汝等往来，他必生疑，识破此计。”

老怪遂帅众至大路旁高叫道：“唐老爷，今日不犯红沙，请老爷早早过山。”三藏闻言道：“悟空，是甚人叫我？”行者指定道：“那厢是老孙降伏的妖精抬轿来送你哩。”三藏合掌朝天道：“善哉！善哉！若不是贤徒如此之能，我怎生得去？”径直向前，对众妖作礼道：“多承列位之爱，我弟子取经东回，向长安当传扬善果也。”众妖叩首道：“请老爷上轿。”那三藏肉眼凡胎，不知是计；孙大圣又是太乙金仙，忠正之性，只以为擒纵之功，降了妖怪，亦岂期他都有异谋，却也不曾详察，尽着师父之意。即命八戒将行囊捎在马上，与沙僧紧随。他使铁棒向前开路，顾盼吉凶。八个抬起轿子，八个一递一声喝道。三个妖扶着轿扛。师父喜喜欢欢的端坐轿上。上了高山，依大路而行。

此一去，岂知欢喜之间愁又至。经云：“泰极否还生。”时运相逢真太岁，又值丧门吊客星。那伙妖魔，同心合意的，侍卫左右，早晚殷勤。行经三十里献斋，五十里又斋，未晚请歇，沿路齐齐整整。一日三餐，遂心满意；良宵一宿，好处安身。

西进有四百里余程，忽见城池相近。大圣举铁棒，离轿仅有一里之遥，见城池，把他吓了一跌，挣挫不起。你道他只这般大胆，如何见此着唬？原来望见那城中有许多恶气。乃是：

攒攒簇簇妖魔怪，四门都是狼精灵。斑斓老虎为都管，白面雄彪作总兵。丫叉角鹿传文引，伶俐狐狸当道行。千尺大蟒围城走，万丈长蛇占路程。楼下苍狼呼令使，台前花豹作人声。摇旗擂鼓皆妖怪，巡更坐铺尽山精。狡兔开门弄买卖，野猪挑担干营生。先年原是天朝国，如今翻作虎狼城。

那大圣正当悚惧，只听得耳后风响，急回头观看，原来是三魔双手举一柄画杆方天戟，往大圣头上打来。大圣急翻身爬起，使金箍棒劈面相迎。他两个各怀恼怒，气嘑嘑，更不打话；咬着牙，各要相争。又见那老魔头，传声号令，举钢刀便砍八戒。八戒慌得丢了马，轮着钯，向前乱筑。那二魔缠长枪，望沙僧刺来。沙僧使降妖杖支开架子敌住。三个魔头与三个和尚，一个敌一个，在那山头舍死忘生苦战。那十六个小妖却遵号令，各各效能：抢了白马、行囊，把三藏一拥，抬着轿子，径至城边，高叫道：“大王爷爷定计，已拿得唐僧来了！”那城上大小妖精，一个个跑下，将城门大开，吩咐各营卷旗息鼓，不许呐喊筛锣，说：“大王原有令在前，不许吓了唐僧；唐僧禁不得恐吓，一吓就肉酸不中吃了。”众精都欢天喜地邀三藏，控背躬身接主僧。把唐僧一轿子抬上金銮殿，请他坐在当中，一壁厢献茶，献饭，左右旋绕。那长老昏昏沉沉，举眼无亲。毕竟不知性命何如，且听下回分解。

——《西游记》(人民文学出版社 1985 年版)

唐僧师徒四人西天取经，一路之上，磨难重重，不知有多少妖精要吃唐僧肉。孙悟空一路降妖除魔，不知斗过多少妖怪，经历了多少曲折。其中，狮驼岭的三个魔头在一众妖怪之中背景最为深厚，也是师徒四人取经路上所遭遇到的最大的一难。作者共用了四个章回来讲述这段故事。此处节选的，就是这段故事中最为精彩的部分。

此前，作者几度渲染了妖魔的凶残，在七十四回中先由太白金星特意变化了来报信，说这里的三个魔头“吃尽了阎浮世上人”，神通广大，十分狠怪，而且声势浩大，手下有名带牌的小妖就有四万七八千，指点他们要“挪移变化，乖巧机谋”，方才能够安然过山。接着，又由巡山的小妖之口说出大王“一口曾吞十万兵”；二大王鼻子一卷，“就是铁背铜身，也就魂亡魄丧”；三大王有个宝瓶，能把人“一时三刻，化为浆水”，吃尽了狮驼国的国王和文武百僚，以及满城大小男女。这时，妖未出场，但凶险万端的气氛已然烘托出来。

在七十五回，孙悟空化作巡山的小妖，亲见三个妖怪。本想凭着当年“齐天大圣”的威名，吓退三怪，不想被三怪识出本相，装入宝瓶之中。幸有观音当年在蛇盘山所赐的三根救命毫毛，方得化险为夷，安然脱身。心有不甘的悟空叫上八戒，再与妖怪赌斗。老魔出战，将悟空吞入腹中。老魔本以为得计，却没想到自讨麻烦，呕吐不出，药毒不死，悟空反倒“在肚里撒起酒风来，不住的支架子，跌四平，踢飞脚；抓住肝花打秋千，竖蜻蜓，翻根头乱舞”，老魔“疼痛难禁，倒在地下”。这一回，就是写老魔反被悟空所制之后发生的故事。

为脱苦难，老魔答应送唐僧过山，但由于三魔的撺掇，他意欲趁悟空出来时将他咬碎。悟空听到这个阴谋，先用金箍棒试探，迸碎了老魔的门牙。之后，三魔用激将法，使悟空答应出来比拼。悟空为防有变，又用根毫毛变绳儿，拴在老魔的心肝上，从老魔的鼻孔爬出。经一番曲折，终令三怪同意送唐僧过山。悟空本以为三个妖怪会抬着轿子送唐僧过山，没想到二魔生事，活捉了八戒。悟空设法救出八戒，又收服了二魔。但三魔心有不甘，又设下诡计。在送唐僧的途中，抢走了唐僧。在这波折百出的过程中，不但写出了取经路上的种种艰辛，也成功塑造了孙悟空、猪八戒等生动鲜明、个性突出的形象。

孙悟空是作者着力塑造的一个英雄，他敢于斗争，蔑视权贵，智勇双全，顽强乐观，坚忍不拔。险象环生的狮驼岭一难正是孙悟空施展身手的最好舞台，其无所畏惧、豪气凌云的英雄气概得到了充分体现。

打探消息的过程，生动显示了孙悟空的随机应变和机智灵活。他先是跳上高峰远观，接着又化作苍蝇近听。思量之后，又化作和所见小妖相类的一个小妖，在巧妙的应答中，套出了三个魔头的看家本事。紧接着，他又化作小钻风，去洞府打探三个老妖的虚实。在闯入深山之后，灵机一动，转而想倚着当年的名头，仗着威风，或者可以省些力气。于是，编出一套说法来，吓退了门前的妖怪。进得洞内，对着三个魔头，他依然故伎重施，机变百出。只因忍不住笑，被三魔认出本相，捉入宝瓶。作者极为细致生动地叙述了整个过程，从中我们看到了孙悟空七十二变的神通，也看到了他的机智聪慧与机变谋略。

被困在那个能把人“一时三刻，化为浆水”的宝瓶之内，悟空仍然没有一丝的畏惧，满瓶火焰，全然不惧；四周毒蛇，尽数掐断。火龙盘绕，难禁之时，他想到了当年观音菩萨赐给他的三根救命毫毛，分别变作金钢钻、竹片、绵绳，“扳张篾片弓儿，牵着那钻，照瓶底下飕飕的一顿钻，钻成一个眼孔，透进光亮”，终得变化脱身。而这时，他不是赶快逃走，而是变作个蟭蟟虫儿，径飞在老魔头上钉着。在这里，我们看到了他面对危难时的沉着冷静、随机应变，看到了他面对挫折时的不屈不挠、坚忍不拔。

悟空与老魔斗法，老魔现出原形，张口欲吞之时，他“收了铁棒，迎将上去，被老魔一口吞之”，从而得以在老魔腹内“撒起酒风来，不住的支架子，跌四平，踢飞脚；抓住肝花打秋千，竖蜻蜓，翻根头乱舞”，令老魔“疼痛难禁，倒在地下”，制服了老魔。当老魔答应送唐僧过山之时，他并没有放松警惕。得知老魔意欲趁其出来时将他咬碎，便先用金箍棒试探，迸碎了老魔的门牙。接着，三魔用激将法激悟空出腹，他又用根毫毛变作绳儿，拴在老魔的心肝上，在老魔“肚里生下一个根儿”。为了防止绳子被咬断，他不从老魔的口中走出，而是从他的鼻孔爬出。经一番曲折，再次制服老魔。在与二魔打斗，被二魔卷住时，经八戒提醒，他“把棒幌一幌，小如鸡子，长有丈余，真个往他鼻孔里一搠”，转败为胜，生擒了长鼻象怪。这些都写出了他的机灵，往往于险象环生之时，用巧计取胜，充满了斗争的智慧。

与三怪的斗争过程集中体现了孙悟空的英勇无畏与乐观自信。当唐僧被吓得大惊失色，“扑的跌下马来，挣挫不动”，当八戒被“唬出屎来了”并吵嚷着要“各自顾命”，悟空没有畏惧，没有退缩。他对畏缩的唐僧说，“莫怕！莫怕！有我哩！”“师父放心，没大事。……有我哩！”他向太白金星询问妖精的情形，直接问的是：“端的是甚妖精，他敢这般短路！烦公公细说与我知之，我好把他贬解起身。”面对八戒“那些妖精点卯也得七八日，怎么就打得罄尽”的问难，他说可以将金箍棒变作四十丈长短、八丈围圆粗细，“往山南一滚，滚杀五千；山北一滚，滚杀五千；从东往西一滚，只怕四五万砑做肉泥烂酱！”当沙僧嘱他仔细，他说自己一去“就是东洋大海也荡开路，就是铁裹银山也撞透门”。刚刚在宝瓶中经历一番凶险，方得脱身，就可以“喜喜欢欢，嚷嚷闹闹，踏着云头，径转唐僧处”。这一切的言语行为，都展示了孙悟空的积极乐观，让我们看到了昔日齐天大圣的凛凛威风和对自己本领的高度自信。

神通广大的悟空并不是一本正经的，相反，他还有着几分狡黠和顽皮。面对特意变化来给他们送信的太白金星，他“口口声声只叫他的小名”；打探消息，他把自己的牌儿变作“总钻风”，演戏时还不忘让小钻风们每人拿出五两见面钱；初入妖洞，他对三个老怪大言恫吓的同时，还用毫毛变个苍蝇，要“唬他一唬”；当老魔对着透亮的宝瓶说“这瓶里空者，控也”，他要回一声“我的儿啊！搜者，走也”；跳出洞外之时，还不忘回头骂一声“瓶子钻破，装不得人了，只好拿了出恭”；被老魔吞入腹中，二魔说他不中吃时，他在老魔肚里搭腔说“忒中吃！又禁饥，再不得饿”；老魔说要一冬不吃饭饿死他时，他则说自己带了折迭锅，可以在老魔腹中煮杂碎吃；对动不动就张罗分行李散伙，又撺掇唐僧念紧箍咒的八戒，他用恶作剧的方式加以整治——八戒敌不过二魔，让他扯扯救命索，他反将绳子抛将出去，害他被妖怪活捉；八戒被浸在池塘，他并不着急施救，而是扮作阴间的勾魂鬼捉弄八戒，哄他拿出私房钱。所有这些，让我们看到了孙悟空的幽默风趣，甚至带有一点点的顽劣，令读者时常会忍俊不禁。

以上描写，不但表现出孙悟空勇敢顽强、不屈不挠的斗争精神和善于斗争、机智灵活的斗争智慧，同时也表现了他活泼好动、精灵古怪的性格特征，而这正是猴子的特性。

猪八戒也是作者着力刻画的形象。错投了猪胎的天蓬元帅，身上带有着一些猪的特性：体肥性憨，贪吃贪睡，却又爱自作聪明、搬弄是非。在这里，他的个性特征也得到了充分的表现。当得知狮驼岭有三只老妖和四万七八千只小妖时，他即被吓得战战兢兢，“唬出屎来”，主张“赶早儿各自顾命去罢”！悟空一斗狮魔，从宝瓶中出来，拉他同去与妖怪决斗时，他说“我又粗夯，无甚本事，走路扛风，跟你何益”，又央悟空“但只急溜处，莫捉弄我”，表现出他的畏难情绪。老魔与悟空战到好处，一旁观战的他“忍不住掣钯架风，跳将过去，望妖魔劈脸就筑”；可当老魔现出原身，张开大口要吞他时，他“急抽身往草里一钻，也管不得荆针棘刺，也顾不得刮破头疼，战兢兢的，在草里听着梆声”，表明他也想在战斗中发挥作用，却又总是有几分胆怯，总是保命为先。看到悟空被吞，他心里埋怨，却不敢行动，直等到妖怪得胜回去，才钻出草来，“溜回旧路”，在兄弟情义上明显不够义气。他哭哭啼啼地回去向唐僧报信之后，也不劝解跌脚拳胸的师父，反而忙着叫沙僧分行李散伙，表现出意志的薄弱。师徒几个在途中等候三妖抬轿来送，可是等来的却是二魔的挑战。这时，他笑话悟空弄虚头、捣鬼，质问个中原因，又表现出他爱搬弄是非。他在悟空的撮弄之下出战，却要悟空用个绳儿扣在他腰间，“做个救命索”，表现出他胆怯和懦弱下的自作聪明。悟空被二魔卷住腰胯，他在一旁想出应该将金箍棒捅入二魔的鼻孔，正好提醒了悟空，可见并非全无是处。

当悟空拿住了二魔，他方敢近身，“拿钉钯望妖精胯子上乱筑”，又带有明显的得意猖狂，仗势欺人。作者就是用这样生动传神的笔墨，在一次危难之中，塑造了一个令人又气又恨又笑却又带有几分可爱的“呆子”形象。

《西游记》中的妖怪形象也都是各具特色。此处，大魔是狮子怪，二魔是象精，三魔的本身则是鹰。因而，大魔擅吞口，二魔用鼻卷，三魔则更多几分阴险狡诈，都符合其本身的动物特性。

作者描写、叙事的语言极为生动、幽默而有风趣。上一回，狮子怪说要将在他腹中的悟空饿死时，悟空说他自带着折迭锅，可以在三叉骨上支锅，顶门上开天窗当烟洞，奇妙对答已经让人发笑。这一回，悟空扯着拴住妖怪心肝的绳子，与老魔挣扯之间，小妖们齐声高叫：“这猴儿不按时景：清明还未到，他却那里放风筝也！”用放风筝来比喻老魔的窘态，又由小妖们高喊出来，尤为讽刺。被浸在池塘里的八戒“四肢朝上，掘着嘴，半浮半沉，嘴里呼呼的，着然好笑，倒像八九月经霜落了子儿的一个大黑莲蓬”，也都是令人可以一笑的生动描绘。

《西游记》用神奇的想象、传神的笔墨、生动的语言，创造出一个神奇瑰丽的神魔世界，塑造了一个个个性鲜明的人物形象，构造了一个个生动曲折的故事情节。狮驼岭之难，作者更是用风趣诙谐的语言，叙述了整个波澜起伏的斗争过程，精彩绝伦，值得细细品味。

第四节 《红楼梦》第三十三回

手足耽耽小动唇舌　不肖种种大承笞挞

却说王夫人唤他母亲上来，拿几件簪环当面赏与，又吩咐请几众僧人念经超度。他母亲磕头谢了出去。

原来宝玉会过雨村回来听见了，便知金钏儿含羞赌气自尽，心中早又五内摧伤，进来被王夫人数落教训，也无可回说。见宝钗进来，方得便出来，茫然不知何往，背着手，低头一面感叹，一面慢慢的走着，信步来至厅上。刚转过屏门，不想对面来了一人正往里走，可巧儿撞了个满怀。只听那人喝一声：“站住！”宝玉唬了一跳，抬头一看，不是别人，却是他父亲，不觉的倒抽了一口气，只得垂手一旁站了。贾政道：“好端端的，你垂头丧气嗐些什么？方才雨村来了要见你，叫你那半天你才出来了；既出来了，全无一点慷慨挥洒谈吐，仍是葳葳蕤蕤。我看你脸上一团思欲愁闷气色，这会子又咳声叹气。你那些还不足，还不自在？无故这样，却是为何？”宝玉素日虽然口角伶俐，只是此时一心总为金钏儿感伤，恨不得此时也身亡命殒，跟了金钏儿去。如今见了他父亲说这些话，究竟不曾听见，只是怔呵呵的站着。

贾政见他惶悚，应对不似往日，原本无气的，这一来倒生了三分气。方欲说话，忽有回事人来回："忠顺亲王府里有人来，要见老爷。"贾政听了，心下疑惑，暗暗思忖道："素日并不和忠顺府来往，为什么今日打发人来？"一面想，一面令"快请"，急走出来看时，却是忠顺府长史官，忙接进厅上坐了献茶。未及叙谈，那长史官先就说道："下官此来，并非擅造潭府，皆因奉王命而来，有一件事相求。看王爷面上，敢烦老大人作主，不但王爷知情，且连下官辈亦感谢不尽。"贾政听了这话，抓不住头脑，忙陪笑起身问道："大人既奉王命而来，不知有何见谕，望大人宣明，学生好遵谕承办。"那长史官便冷笑道："也不必承办，只用大人一句话就完了。我们府里有一个做小旦的琪官，一向好好在府里，如今竟三五日不见回去，各处去找，又摸不着他的道路，因此各处访察。这一城内，十停人倒有八停人都说，他近日和衔玉的那位令郎相与甚厚。下官辈等听了，尊府不比别家，可以擅入索取，因此启明王爷。王爷亦云：'若是别的戏子呢，一百个也罢了；只是这琪官随机应答，谨慎老诚，甚合我老人家的心，竟断断少不得此人。'故此求老大人转谕令郎，请将琪官放回，一则可慰王爷谆谆奉恳，二则下官辈也可免操劳求觅之苦。"说毕，忙打一躬。

贾政听了这话，又惊又气，即命唤宝玉来。宝玉也不知是何原故，忙赶来时，贾政便问："该死的奴才！你在家不读书也罢了，怎么又做出这些无法无天的事来！那琪官现是忠顺王爷驾前承奉的人，你是何等草芥，无故引逗他出来，如今祸及于我。"宝玉听了唬了一跳，忙回道："实在不知此事。究竟连'琪官'两个字不知为何物，岂更又加'引逗'二字！"说着便哭了。贾政未及开言，只见那长史官冷笑道："公子也不必掩饰。或隐藏在家，或知其下落，早说了出来，我们也少受些辛苦，岂不念公子之德？"宝玉连说不知，"恐是讹传，也未见得。"那长史官冷笑道："现有据证，何必还赖？必定当着老大人说了出来，公子岂不吃亏？既云不知此人，那红汗巾子怎么到了公子腰里？"宝玉听了这话，不觉轰去魂魄，目瞪口呆，心下自思："这话他如何得知！他既连这样机密事都知道了，大约别的瞒他不过，不如打发他去了，免的再说出别的事来。"因说道："大人既知他的底细，如何连他置买房舍这样大事倒不晓得了？听得说他如今在东郊离城二十里有个什么紫檀堡，他在那里置了几亩田地几间房舍。想是在那里也未可知。"那长史官听了，笑道："这样说，一定是在那里。我且去找一回，若有了便罢，若没有，还要来请教。"说着，便忙忙的走了。

贾政此时气的目瞪口歪，一面送出那长史官，一面回头命宝玉："不许动，回来有话问你。"一直送那官员去了。才回身，忽见贾环带着几个小厮一阵乱跑。贾政喝令小厮："快打，快打！"贾环见了他父亲，唬的骨软筋酥，忙低头站住。贾政便问："你跑什么？带着你的那些人都不管你，不知往那里逛去，由你野马一般！"喝令叫跟上学的人来。贾环见他父亲盛怒，便乘机说道："方才原不曾跑，只因从那井边一过，那井里淹死了一个丫头，我看见人头这样大，身子这样粗，泡的实在可怕，所以才赶着跑了过来。"贾政听了惊疑，问道："好端端的，谁去跳井？我家从无这样事情，自祖宗以来，皆是宽柔以待下人。——大约我近年于家务疏懒，自然执事人操克夺之权，致使生出这暴殄轻生的祸患。若外人知道，祖宗颜面何在！"喝令快叫贾琏、赖大、来兴。小厮们答应了一声，方欲叫去，贾环忙上前拉住贾政的袍襟，贴膝跪下道："父亲不用生气。此事除太太房里的人，别人一点也不知道。我听见我母亲说——"说到这里，便回头四顾一看。贾政知意，将眼一看众小厮，小厮们明白，都往两边后面退去。贾环便悄悄说道："我母亲告诉我说，宝玉哥哥前日在太太屋里，拉着太太的丫头金钏儿强奸不遂，打了一顿。那金钏儿便赌气投井死了。"话未说完，把个贾政气的面如金纸，大喝："快拿宝玉来！"一面说，一面便往里边书房里去，喝令："今日再有人劝我，我把这冠带家私一应交与他与宝玉过去！我免不得做个罪人，把这几根烦恼鬓毛剃去，寻个干净去处自了，也免得上辱先人下生逆子之罪。"众门客仆从见贾政这个形景，便知又是为宝玉了，一个个都是啖指咬舌，连忙退出。那贾政喘吁吁直挺挺坐在椅子上，满面泪痕，一叠声："拿宝玉！拿大棍！拿索子捆上！把各门都关上！有人传信往里头去，立刻打死！"众小厮们只得齐声答应，有几个来找宝玉。

那宝玉听见贾政吩咐他"不许动"，早知多凶少吉，那里承望贾环又添了许多的话。正在厅上干转，怎得个人来往里头去捎信，偏生没个人，连焙茗也不知在那里。正盼望时，只见一个老姆姆出来。宝玉如得了珍宝，便赶上来拉他，说道："快进去告诉：老爷要打我呢！快去，快去！要紧，要紧！"宝玉一则急了，说话不明白；二则老婆子偏生又聋，竟不曾听见是什么话，把"要紧"二字只听作"跳井"二字，便笑道："跳井让他跳去，二爷怕什么？"宝玉见是个聋子，便着急道："你出去叫我的小厮来罢。"那婆子道："有什么不了的事？老早的完了。太太又赏了衣服，又赏了银子，怎么不了事的！"

宝玉急的跺脚，正没抓寻处，只见贾政的小厮走来，逼着他出去了。贾政一见，眼都红紫了，也不暇问他在外流荡优伶，表赠私物，在家荒疏学业，淫辱母婢等语，只喝令"堵起嘴来，着实打死！"小厮们不敢违拗，只得将宝玉按在凳上，举起大板打了十来下。贾政犹嫌打轻了，一脚踢开掌板的，自己夺过来，咬着牙狠命盖了三四十下。众门客见打的不祥了，忙上前夺劝。贾政那里肯听，说道："你们问问他干的勾当可饶不可饶！素日皆是你们这些人把他酿坏了，到这步田地还来解劝。明日酿到他弑君杀父，你们才不劝不成！"

众人听这话不好听，知道气急了，忙又退出，只得觅人进去给信。王夫人不敢先回贾母，只得忙穿衣出来，也不顾有人没人，忙忙赶往书房中来，慌的众门客小厮等避之不及。王夫人一进房来，贾政更如火上浇油一般，那板子越发下去的又狠又快。按宝玉的两个小厮忙松了手走开，宝玉早已动弹不得了。贾政还欲打时，早被王夫人抱住板子。贾政道："罢了，罢了！今日必定要气死我才罢！"王夫人哭道："宝玉虽然该打，老爷也要自重。况且炎天暑日的，老太太身上也不大好，打死宝玉事小，倘或老太太一时不自在了，岂不事大！"贾政冷笑道："倒休提这话。我养了这不肖的孽障，已不孝；教训他一番，又有众人护持；不如趁今日一发勒死了，以绝将来之患！"说着，便要绳索来勒死。王夫人连忙抱住哭道："老爷虽然应当管教儿子，也要看夫妻分上。我如今已将五十岁的人，只有这个孽障，必定苦苦的以他为法，我也不敢深劝。今日越发要他死，岂不是有意绝我。既要勒死他，快拿绳子来先勒死我，再勒死他。我们娘儿们不敢含怨，到底在阴司里得个依靠。"说毕，爬在宝玉身上大哭起来。贾政听了此话，不觉长叹一声，向椅子上坐了，泪如雨下。王夫人抱着宝玉，只见他面白气弱，底下穿着一条绿纱小衣皆是血渍，禁不住解下汗巾看，由臀至胫，或青或紫，或整或破，竟无一点好处，不觉失声大哭起来："苦命的儿吓！"因哭出"苦命儿"来，忽又想起贾珠来，便叫着贾珠哭道："若有你活着，便死一百个我也不管了。"此时里面的人闻得王夫人出去，那李宫裁王熙凤与迎春姊妹早已出来了。王夫人哭着贾珠的名字，别人还可，惟有宫裁禁不住也放声哭了。贾政听了，那泪珠更似滚瓜一般滚了下来。

正没开交处，忽听丫鬟来说："老太太来了。"一句话未了，只听窗外颤巍巍的声气说道："先打死我，再打死他，岂不干净了！"贾政见他母亲来了，又急又痛，连忙迎接出来，只见贾母扶着丫头，喘吁吁的走来。贾政上前躬身陪笑道："大暑热天，母亲有何生气亲自走来？有话只该叫了儿子进去吩咐。"贾母听说，便止住步喘息一回，厉声说道："你原来是和我说话！我倒有话吩咐，只是可怜我一生没养个好儿子，却叫我和谁说去！"贾政听这话不像，忙跪下含泪说道："为儿的教训儿子，也为的是光宗耀祖。母亲这话，我做儿的如何禁得起？"贾母听说，便啐了一口，说道："我说了一句话，你就禁不起，你那样下死手的板子，难道宝玉就禁得起了？你说教训儿子是光宗耀祖，当初你父亲是怎么教训你来！"说着，不觉就滚下泪来。贾政又陪笑道："母亲也不必伤感，皆是作儿的一时性起，从此以后再不打他了。"贾母便冷笑道："你也不必和我使性子赌气的。你的儿子，我也不该管你打不打。我猜着你也厌烦我们娘儿们。不如我们赶早儿离了你，大家干净！"说着便令人看轿马，"我和你太太宝玉立刻回南京去！"家下人只得干答应着。贾母又叫王夫人道："你也不必哭了。如今宝玉年纪小，你疼他，他将来长大成人，为官作宰的，也未必想着你是他母亲了。你如今倒不要疼他，只怕将来还少生一口气呢。"贾政听说，忙叩头哭道："母亲如此说，贾政无立足之地。"贾母冷笑道："你分明使我无立足之地，你反说起你来！只是我们回去了，你心里干净，看有谁来许你打。”一面说，一面只令快打点行李车轿回去。贾政苦苦叩求认罪。

贾母一面说话，一面又记挂宝玉，忙进来看时，只见今日这顿打不比往日，又是心疼，又是生气，也抱着哭个不了。王夫人与凤姐等解劝了一会，方渐渐的止住。早有丫鬟媳妇等上来，要搀宝玉，凤姐便骂道：“糊涂东西，也不睁开眼瞧瞧！打的这么个样儿，还要搀着走！还不快进去把那藤屉子春凳抬出来呢。”众人听说连忙进去，果然抬出春凳来，将宝玉抬放凳上，随着贾母王夫人等进去，送至贾母房中。

彼时贾政见贾母气未全消，不敢自便，也跟了进去。看看宝玉，果然打重了。再看看王夫人，“儿”一声，“肉”一声，“你替珠儿早死了，留着珠儿，免你父亲生气，我也不白操这半世的心了。这会子你倘或有个好歹，丢下我，叫我靠那一个！”数落一场，又哭“不争气的儿”。贾政听了，也就灰心，自悔不该下毒手打到如此地步。先劝贾母，贾母含泪说道：“你不出去，还在这里做什么！难道于心不足，还要眼看着他死了才去不成！”贾政听说，方退了出来。

此时薛姨妈同宝钗、香菱、袭人、史湘云也都在这里。袭人满心委屈，只不好十分使出来。见众人围着，灌水的灌水，打扇的打扇，自己插不下手去，便越性走出来到二门前，命小厮们找了焙茗来细问：“方才好端端的，为什么打起来？你也不早来透个信儿！”焙茗急的说：“偏生我没在跟前，打到半中间我才听见了。忙打听原故，却是为琪官同金钏姐姐的事。”袭人道：“老爷怎么得知道的？”焙茗道：“那琪官的事，多半是薛大爷素日吃醋，没法儿出气，不知在外头挑唆了谁来，在老爷跟前下的火。那金钏儿的事是三爷说的。我也是听见老爷的人说的。”袭人听了这两件事都对景，心中也就信了八九分。然后回来，只见众人都替宝玉疗治。调停完备，贾母令“好生抬到他房内去”。众人答应，七手八脚，忙把宝玉送入怡红院内自己床上卧好。又乱了半日，众人渐渐散去，袭人方进前来经心服侍，问他端的。且听下回分解。

——《红楼梦》(人民文学出版社 1985 年版)

《红楼梦》，“既是一支绚丽的燃烧着理想的青春浪漫曲，又是充满悲凉慷慨之音的挽诗”(宁宗一语)。如果说，作者那如椽巨笔的重点是在大观园这个舞台上表现“女儿”——那些不含杂质的少女的人性之美，那么，与此同时，作者也让我们看到了她们的对立面——那些让这些水作的骨肉最终“薄命”的根本。从这个角度来说，“宝玉挨打”这一《红楼梦》中的著名事件，就是用一种激烈冲突的方式，明明白白地写出了这种对立与抗争。

宝玉挨打的原因是什么呢？从文中可以看出，主要是因为三件事：

其一，贾雨村过府拜访，点名要见宝玉。宝玉并不愿意和这类人来往，满心的不痛快。磨蹭了半天方才去见，又“全无一点慷慨挥洒谈吐，仍是葳葳蕤蕤”，贾政觉得他“脸上一团思欲愁闷气色”，很不满意。表面看来，贾政气恼是因为宝玉的表现不够好；实际上则反映了父子之间在宝玉未来人生规划上的冲突和对立。宝玉素来不喜“仕途经济”这一套，称那些钻营于此的人为“禄蠹”“国贼”。他抗拒封建家庭为他安排的传统的生活道路，尽力逃避官僚间的交游和应酬；父亲贾政却希望他以后能够不负“天恩祖德”，光宗耀祖，希望他多历练一些官场上的经验，因此多次让宝玉与官僚们应酬。也正因为此，宝玉无精打采的表现让一心想让他将来行走仕途的父亲尤为恼火和失望。从这一层次来说，这是反映了封建家长制与个人个性追求的矛盾对立。

其二，忠顺王府派人来向宝玉索要伶人琪官。琪官本是忠顺王府的小旦，地位卑贱，宝玉却偏偏喜欢和这样的人交往，甚至有互赠随身汗巾这样的“亲密”之事，令贾政感觉面子有损。从这一层次来说，琪官事件在一定程度上体现了宝玉的个性追求与封建标准的对立。在宝玉的人生哲学里，有着对个性自由和平等的追求。他主张平等待人，尊重个性，他爱慕和亲近那些与他品性相近、气味相投的出身寒素和地位微贱的人。这实质上是对自己出身为贵族阶级的否定，因而也是封建标准所不能容忍的。更重要的是，贾府与忠顺王府素无交往，两家属于不同的政治集团。这一次，忠顺王府盛气凌人地前来要人，贾政低三下四地应答接待，都表明两家本来就有芥蒂。琪官事件无疑给贾政招来了政治上的麻烦。因此，贾政认为事态已经非常严重，“祸及于我”，因而，便动了真气。这里，曲折反映了统治阶层内部的矛盾与对立。

其三，贾环搬弄是非，污蔑宝玉强奸未遂，逼死金钏儿。金钏儿本是王夫人身边的大丫头，因与宝玉调笑凑趣，被王夫人打了一个嘴巴之后赶出了贾府。金钏羞辱不过，投井自杀。这件事，贾政本不知情。而贾环趁机一进谗言，便触动了贾政一直紧绷的神经。这个原因，也需要分成两个层次来看。第一层，自然是金钏儿之死。一个豆蔻年华的少女，只因与宝玉之间的几句调笑，就被骂成“下作小娼妇”，说是“好好的爷们，都叫你们教坏了”，扣上了寡廉鲜耻的恶名，被“宽仁慈厚”的王夫人撵出了贾府——这是女子对自由爱情的追求与封建纲常伦理间的尖锐矛盾对立。第二层，就是贾环趁机搬弄是非。在荣国府，嫡子贾宝玉可谓集万千宠爱于一身，而庶出的贾环却处处不受待见。贾环这一次的所作所为，正体现了三妻四妾的婚姻制度造成的嫡庶之间的冷漠和仇视。

综上可见，宝玉挨打的原因是多方面的，是诸种矛盾的累积和爆发，从一定程度来说，可以看作封建家长对自由、平等与爱情的追求的一次疯狂打击。

从艺术角度来说，在这一段中作者主要采用了逐层递进的写法。如宝玉挨打的前奏，先写贾政不满宝玉见客时的无精打采；次写贾政恼怒宝玉流荡优伶，招惹忠顺王府；再写贾环进谗，终于激怒贾政。由此我们看到了贾政由不满到怒火中烧，再到失去理智的心理变化过程，气氛愈来愈紧张，宝玉已经是在劫难逃。再如宝玉挨打的经过，先写贾政喝命小厮“堵起嘴来，着实打死”；次写贾政嫌打得轻，“一脚踢开掌板的，自己夺过来，咬着牙狠命盖了三四十下”；再写王夫人到来，“贾政更如火上浇油一般，那板子越发下去的又狠又快”；最后写王夫人抱住了板子，贾政“便要绳索来勒死”。层层着色，渐至高潮，艺术技巧相当精湛。

再者，宝玉挨打是一个疾风暴雨般的大场面，是紧张而凄厉的，而高明的作者却还可以笔墨从容地用看似闲笔来表达更多的东西——宝玉急得团团转，要找一个可以为他报信的人，好不容易盼到的却是个耳聋的老婆子。她在这里只是打岔似的说了两句话，可这两句话却有着深刻的用意。

其一，“跳井让他跳去，二爷怕什么？”王夫人的大丫头金钏儿羞愤跳井，无论如何也算得上一件“大事”，就连这样一个聋老婆子，也都知道了这件事。可是，这个大家庭的家长贾政却一无所知，还要说“我家从无这样事情”。那么，他的“于家务疏懒”到了怎样的一种程度？贾府中此前此后发生的诸多事故，是他这样一句话就可以开脱干系的吗？是一句“执事人操克夺之权”就可以推诿过去的吗？

其二，“有什么不了的事？老早的完了。太太又赏了衣服，又赏了银子，怎么不了事的！”金钏的惨死，已经通过贾环的描述做了特写。一条鲜活的生命就这样成了井下的冤魂，一干人等又如何看待呢？“宽仁”的王夫人说这是“一桩奇事”，“谁知他这么气性大”；“识大体”的宝钗说她或是“失了脚掉下去的”，纵然是自杀，“也不过是个糊涂人”，“不过多赏他几两银子发送他，也就尽主仆情了”。如果说这是“主子”们站在他们角度的想法，尚情有可原。那么，那些和金钏处在同一层次的奴仆们又如何呢？“王夫人唤他母亲上来，拿几件簪环当面赏与，又吩咐请几众僧人念经超度。他母亲磕头谢了出去。”至亲的母亲，不追问女儿的死因，反而要叩谢主子那几件簪环的“恩赏”。“太太又赏了衣服，又赏了银子，怎么不了事的！”花样年华的青春少女，在众人的眼里，不过就值那一点衣服、银子，何其可悲！何其可叹！

这一事件中，作者还细致地三次写到了贾政的眼泪。第一次，是他暴怒之时：“喘吁吁直挺挺坐在椅子上，满面泪痕，一叠声：‘拿宝玉！拿大棍！拿索子捆上！把各门都关上！有人传信往里头去，立刻打死！’”这是失望绝情之泪。第二次，是王夫人劝止之后：“贾政听了此话，不觉长叹一声，向椅子上坐了，泪如雨下。”这是后继无人之泪。第三次，是贾母说他：“只是可怜我一生没养个好儿子，却教我和谁说去！贾政听这话不像，忙跪下含泪说道……”这是无可奈何之泪。三次流泪，皆因打宝玉而起，却又各有不同，让我们看到了一个父亲的内心世界。

总之，《红楼梦》是一部说不尽的奇书，作者用精心的艺术布局和高超的艺术手法，在错综复杂的人物关系中，蕴含了博大精深的思想内涵，值得我们不懈的探求。

后记

小说者，街谈巷语之说也。一个“小”字，已经意含鄙薄。虽然，先圣孔子认为小说“虽小道，必有可观者焉”，却又紧接着说：“致远恐泥，是以君子弗为也。”一般说来，初期的小说由于内容上的浅薄、形式上的短小，并没有受到太多的重视。但是，小说这一曾经被排斥于正统文学样式之外的“小道”，却依然顽强地生长着。历朝历代都有一些文人从事于小说的创作，他们不断完善和发展着小说艺术，终于使这株小苗长成了参天大树。

由粗陈梗概的丛残小语，到场面宏大，人物众多，情节错综复杂、波澜起伏的章回长篇，中国的古典小说走过了千余年的发展历程。我们现在能够读到的作品，经过了漫漫的时间长河的沙汰，带有着渊远历史的墨香，题材广泛，风格多样，可谓异彩纷呈，包罗万象。它们讲述了一个又一个或离奇，或曲折，或哀怨，或欢乐的精彩故事，塑造了一个又一个或高大，或优美，或凄艳，或可笑的人物形象，它们共同构成了中国古典文学画廊中不朽的展品，至今仍散发着智慧与创造的光芒。

毋庸置疑的是，小说——当然也包括古典小说，具有着娱乐性、说教性和实用性。对于上层统治者来说，小说可以观风俗，知厚薄；对于下层一般民众来说，小说则可以用来娱乐消遣。早在魏晋南北朝时期，人们就已经充分认识到了小说的娱乐功能——“远实用而近娱乐”，将其作为最早的休闲文学。到了中唐，由于小说艺术的发展与成熟，小说成为“能著文章之美，传要妙之情”的新的文学样式，又被赋予了劝善惩恶的道德说教功能，部分承担着“兴化致治”的使命。这时，文备众体的传奇小说得到了“重视”，一些知名作家、达官贵人纷纷从事小说的创作，另外一些作家如韩愈、柳宗元则将“传奇”的创作手法运用到正统的文学创作中去。然而，人们对古典小说的态度仍然是发展和变化着的。

1902 年，动荡、变革中的中国发生了“小说界革命”，古典小说尤其遭受到排斥与贬损。近代资产阶级革命家、文学家梁启超一方面宣称小说“具有不可思议之力支配人道”，极为重视小说对读者所能发挥的熏、浸、刺、提的功能与力量；另一方面又认为，中国的古典小说并不具备这样的功能，“综其大较，不出诲淫、诲盗两端”。出于政治目的，对古典小说的内容与艺术成就进行了双重否定。继之而起的新文化运动中，用白话创作的、以各阶层市民生活为素材的古典小说，在

"文言"与"白话"的二元对立中，获得了极大的尊重和理解，很多学者积极地对古典小说进行整理和研究。1920年起，亚东图书馆首先大规模出版经过分段、标点的古典小说，并请胡适撰写导言，从而引发了胡适专力从事古典白话小说作者生平、版本、传播研究的热情，并最终促使他撰成《中国章回小说考证》这一专著。然而，即便胡适，他在一方面宣称《红楼梦》"是一部自然主义的杰作"的同时，又认为"《红楼梦》毫无价值"，声称《三国演义》"只能算是一部很有势力的通俗历史讲义，不能算是一部有文学价值的书"，对古典小说的艺术成就进行了否定。鲁迅先生几乎与胡适同时投身于对古典小说的研究，他对中国历代的小说家、作品、研究资料进行全方位的整理、校勘和编订。同时，他以改造国民病态的灵魂为宗旨，将病态社会的不幸的人们作为描写的主要对象，希望用文学来唤醒蒙昧的民智。他创作新小说的同时，也给予古典小说以充分的重视。他的《古小说钩沉》《故事新编》《中国小说史略》等著作，不但在理论上对中国古典小说的发展历程进行总结，表达了精深的学术见解，也在文献上对古典小说进行了整理与钩沉，为中国古代小说研究奠定了坚实的基础，更通过改编、重述等方式，对古典小说进行一种现代化的改造，从而使古典小说承载着新时期的内涵，以一种全新的面貌出现在读者面前，焕发出独异的光彩。

如今，时间的指针已经指向了21世纪的第二个十年，虽然古典小说仍然拥有着广大的爱好者，但由于生活节奏的加快、阅读方式的改变以及思想观念的变化等等原因，造成现代读者在阅读古典文学作品时往往陷入一种两难的处境：一是我们很多人阅读的目的原本是为了娱乐消遣，而古典小说在语言与表达上与现代汉语的差异，往往造成理解上的"慢节奏"，使原本轻松休闲的阅读变成一种吃力的解读；二是我们往往赞赏古典小说优美、典雅、含蓄、诗意的风格美，却又往往因为典雅和含蓄而造成理解上的偏差甚至错误。获得审美愉悦的前提是读懂，而相对艰深繁难的古典文言则成为读者获得审美快感的最大障碍。那么，我们就自然要面对这样的问题：怎样才能在不改变古典小说文本的前提下，让读者相对轻松而快速地读懂？如何让古典小说这一绚烂的文化瑰宝，更多地走入读者的视野，走进读者的内心？或者，更进一步，如何通过这些作品的阅读体验，在潜移默化中达到弘扬传统文化、加强人文修养的目的？于是，就有了这本《通赏中国古典小说》。我们希望，能够通过这样一种方式，使读者尽快体验到阅读的愉悦，同时，在这种愉悦中感受到我国古典文学的成就与魅力。

这项工作，学界早有前贤做过努力与尝试，广大的教育工作者和文学研究者也对古典小说保留着研究与推广的热情。他们著书立说，为古典小说的普及传播做出了努力和贡献。这些著作大多按历史朝代的兴衰更替，按时间顺序选取一些广为流传的名篇，进行解读，而本书在编撰体例上，则力图有所创新，希望能以另外一种面目呈现在读者面前。

“分题材”概念最早从恩师刘学锴先生处得来，当时如获至宝，后来也就一直致力于唐宋诗歌的分题材研究，从中体会到唐宋诗歌的题材同时具有社会学意义和美学意义。通过分题材研究，可以显示出唐宋诗重要题材的产生、发展、演进的源流及其变化的文化轨迹，提示唐宋诗题材之间的异同与联系，重现唐宋诗人在当时文化背景下对诗歌题材所进行的文化选择的心理脉络。那么，在古典小说的普及与推介中可否运用这一思维呢？这时，余恕诚先生的文体交叉融合研究给了我很大的启发。经过思考与商量，我们决定延续唐宋诗研究的分题材思路，以时间脉络为经，以题材内容为纬，按作品产生的先后顺序，将同一类作品组织起来，作为一个专题，整理出这样几个类别。在这样的类别划分基础上，选取每一类中具有代表性的作品，这样既可以清晰地展现不同时段在题材内容上的转变与变化，也可以看到同一题材内容在不同时代的发展与演进轨迹。笔者认为，这样的一种编排与划分，已经可以初步粗略地显示出一种题材的社会与历史、文化意义，更有助于我们把握一个时代的文化背景和文人们的心理选择。

早在20世纪80年代末期，霍松林先生就曾主编过《中国古典小说六大名著鉴赏辞典》这样的工具书以造福学界，师从先生学习多年，获益良多，这本小书在某种程度上也可以看作先生推广古典小说工作的延续。而在我的古典文学研究之路上，对我影响最大的是刘学锴、余恕诚两位老师，他们严谨求实的学术风格、誉满学界的学术友谊、虚怀若谷的学术胸怀，都给我以深刻的影响。在这本书的编撰过程中，我们力求贯彻这种严谨的学术风格，不求哗众取宠，但求言之有物。

如果，这样一本小书能够将古典小说由研究者的案头推向广大读者的书桌，让更多的读者了解中国古典小说，欣赏中国古典小说，那么也就算达到了最基本的目的了。同时，也希望这样一本小书，能够在帮助广大读者更好地阅读和理解古典小说的同时，可以通过对各类题材的梳理，为古典小说的推广与研究打开一个新的视角，使古典小说的研究工作上升到一个更富于概括性的层次。那么，就算是笔者对学界额外的贡献了。

长春出版社王占通副社长，蔼然长者，学富五车，真正的学者、出版家；谢冰玉主任，才靓之女，业务水平着实令人敬佩。弟子孟祥娟博士和胞妹沈文雪教授，学问严谨扎实，功力深厚。在本书撰著期间，武振玉教授，孟杨、曹磊、陈大远、邹晓春、全崴、孙千淇、沈思澄、武禹含、杨辰宇、丁晖、于悦、焦炯炯、代景丽、刘姝瑾、王慷、胡洋、左红杰、刘文宙、马雁晶、蔡雨彤等同学，都在资料搜集、体例设计和校对等方面做出了贡献。有此合作，甚为愉快。是为后记。

沈文凡

2011年11月